돌아봐줘

TURN AROUND

박수정 장편소설

★ ★ ★ ★ ★

돌아봐줘

TURN AROUND

NO. T81T06

DATE
11-06

가하)

돌아봐줘

지은이 박수정
펴낸이 이형기
펴낸곳 도서출판 가하

초판인쇄 2018년 10월 30일
초판발행 2018년 11월 6일
출판등록 2008년 10월 15일 제 318-2008-00100호

주소 서울 영등포구 양평로 67, 1209 (당산동5가, 한강포스빌)
전화 02-2631-2846 **팩스** 02-2631-1846

www.ixbook.co.kr

ISBN 979-11-300-3321-1 03810

값 11,800원

Contents

* * * * *

part
—

1

NE TRITON

벌써 가을이구나.

누렇게 말라붙어 곧 떨어질 듯 위태위태하게 흔들리는 플라타너스 이파리를, 미용실의 커다란 유리벽을 통해 바라보며 지환은 생각했다.

올해 서른, 배우가 된 지 3년차. 이제는 밤에도 선글라스를 쓰고 다니는 게 별로 어색하지 않을 정도로 연예인이라는 직업에도 슬슬 익숙해져가고 있지만 미용실에서 보내는 시간만은 매번 지루하기만 했다.

"어머, 예쁘셔라! 요즘 본 신부들 중에 최고세요."

"에이, 너무 비행기 태우신다."

저만치서 과장 섞인 칭찬에 이어 싫지 않은 웃음소리가 들려왔다. 오늘 결혼하는 신부가 메이크업을 받고 있는 모양이다. 컷이나 펌, 염색 등의 시술을 하는 일반 미용실과 달리 이 미용실은 연예인이나 신부 화장과 헤어 스타일링을 주로 하는 곳이었다.

사람이 둘 이상 모여 있는 곳이라면 어디나 그렇듯 이곳에서도 사람의 급이 나뉜다. 톱스타급의 연예인은 원장이 직접, 그보다 조금 떨어지는 연예인은 실장급이, 그리고 무명이나 신인

9

들은 일반 디자이너들이 각각 담당하고 있었다.

지금 지환의 머리를 만지고 있는 것은 신입 디자이너. 기술이 떨어지는 만큼 친절함으로 채우려는 건지 늘 필요 이상으로 말이 많았다.

"지환 씨, 곧 영화 개봉하죠? 시사회 초대권 나오면 저도 한 장 주세요."

"아, 네. 사무실에 한번 물어보죠."

사실은 주머니 속에 VIP시사회 초대권이 여러 장 들어 있었지만 별로 주고 싶지 않아서 그렇게 대꾸하며 넘겨버렸다. 원장이나 실장도 아니고 기껏해야 신입 디자이너 따위와 뭐하러 친하게 지낸단 말인가.

헤어 디자이너가 머리를 손질해주는 동안 심심풀이 삼아 앞에 놓여 있던 잡지의 페이지를 뒤적거리는데 문득 화보가 눈에 띄었다. 배우 민효령의 화보였다.

민효령은 올해 서른 살로 지환과 동갑이지만 커리어는 하늘과 땅 차이였다. 아역연기자였던 그녀는 성인이 된 후 연기 변신에 성공해 무사히 톱스타로 자리매김했다. 지금은 국내를 넘어 중국과 일본에서도 인정받는 범 아시아적인 스타가 되어 있다.

화보 속의 민효령은 진한 스모키 메이크업에 블랙 슈트를 입고 톱 배우다운 카리스마를 뽐내고 있었다. 옛날에는 국민여동생이었던 시절도 있었는데…… 하고 그녀의 옛 모습을 떠올리고 있는데 등 뒤에서 헤어 디자이너가 불쑥 말했다.

"민효령 씨, 저희 미용실 다니세요."

지환이 보고 있는 페이지를 슬쩍 넘겨다본 모양이었다.

"아, 그래요?"

"네, 이 화보 촬영하던 날도 오셨어요. 저희 원장님한테 메이크업 받으셨거든요."

그렇다면 언젠가 마주칠 일도 있을지 모르겠군, 하고 지환은 생각했다. 배우로 활동하고 있기는 하지만 소속사가 같은 것도 아니고 같은 작품에 출연한 적도 없으니, 아직 민효령을 실제로 본 적은 한 번도 없었다.

그녀의 팬도 아니고, 엄밀히 말하자면 별로 좋아하지 않는 쪽이었지만 한번 보고 싶기는 하다. 실제로 만나서 인사라도 한마디 나누면 아마 누군가는 무척 부러워할 테니까.

머리 손질에 메이크업까지 마치고 나자 두 시간이 훌쩍 지나버렸다. 거울 속의 남자는 들인 시간만큼이나 멋지게 완성되어 있었다. 거울에 비친 배우 서지환의 얼굴을, 지환은 잠시 낯선 눈으로 바라보았다.

대학 졸업 후 평범한 회사원으로 지내다가 3년 전에 광고모델로 데뷔했다. 그 뒤에 곧바로 촬영한 드라마에서 꽤 비중 있는 조연을 맡게 되었는데, 반응이 나쁘지 않아서 지금껏 여러 작품에 조연으로 출연하며 활발하게 활동하고 있는 중이었다.

지금은 데뷔 후 첫 영화 출연작이 곧 개봉을 앞두고 있었다. 비록 그다지 비중이 큰 역할은 아니지만, 충무로 흥행 보증수표라 불리는 배우들이 주연을 맡은 작품인 만큼 개봉하기 전부터 흥행이 주목되는 상황이었다. 오늘은 그 영화 관련으로 잡지 인터뷰가 있는데 사진도 몇 컷 찍는다고 해서 미용실에 온 것이었다.

신인배우가 약속에 늦을 수는 없는 법이다. 마침 오늘은 매니저도 다른 일 때문에 곁에 없어서 스스로 운전해서 인터뷰 장소로 가야 했다. 톱스타라면 매니저 없이 움직이는 일은 있을 수 없겠지만 지환 같은 신인에게는 가끔 있는 일이었다. 지환은 서둘러 미용실을 나섰다.

버튼을 누르고 기다리자 잠시 후 엘리베이터가 도착했다. 문이 열리고 선글라스를 쓴 여자 하나가 내렸다. 조막만 한 얼굴의 대부분을 가리는 커다란 선글라스, 방금 감고 온 티가 역력한 반쯤 젖은 머리, 펑퍼짐하고 긴 검정 패딩코트를 걸치고 있는데도 확연히 느껴지는 늘씬하고 마른 몸. 얼핏 보아도 연예인의 분위기가 물씬 풍겼다.

여자는 지환에게는 시선 한번 주지 않은 채 바람을 일으키며 곁을 스쳐 지나갔다. 왠지 낯이 익은 것 같은데 누구지, 하고 고개를 갸웃거리다 지환은 한 박자 늦게 깨달았다.

……잠깐, 민효령이잖아?

돌아보자 민효령은 이미 저만치 멀어지고 있었다. 어떻게 할까, 하고 생각하다 지환은 얼른 그녀의 뒤를 쫓아갔다.

"저어, 잠시만 실례합니다."

뒤에서 부르자 민효령이 걸음을 멈추고 돌아보았다.

"안녕하세요, 선배님. 배우 서지환이라고 합니다. 저…… 옛날부터 선배님의 팬이었습니다."

용기를 내서 인사한 신인배우를, 민효령은 화려한 선글라스 너머로 힐끗 쳐다보았다.

"아 네, 고마워요."

대화를 이어가기 힘들 정도로 심드렁한 대답이 사람을 민망하게 만들었다. 하지만 이왕 쫓아와서 말까지 걸었는데 그냥 인사 한마디만 하고 어물어물 물러서기는 부끄러웠다. 무슨 말을 더 해야 하지, 하고 고민하다 퍼뜩 주머니 속의 영화 시사회 초대권이 떠올랐다.

"이번에 제가 처음으로 영화를 하나 찍었습니다. 혹시 괜찮으시다면 시사회에 와주시면 영광이겠습니다."

티켓을 건네는 순간 이미 후회하고 있었다. 어차피 거절당할 거, 내가 왜 무덤을 팠지?

놀랍게도 민효령은 잠시 뭔가를 생각하는 듯하더니 선선히 티켓을 받아들었다.

"시간 되면 가도록 할게요."

거절당하지 않았다는 사실에 오히려 지환이 더 놀랐다.

"그럼 수고."

지환을 향해 턱을 조금 까딱하고 민효령은 그대로 돌아섰다.

사전에 메일로 질문지를 받아서 열심히 준비한 보람을 느낄 만큼 인터뷰는 화기애애한 분위기에서 순조롭게 진행되었다.

인터뷰 말미에 기자는 "앞으로의 목표는 뭔가요?"라고 물었다. "작은 역할이라도 감사하게 임하면서 연기의 재미를 배워가고 싶습니다."하는 뻔한 대답을 했지만, 사실 속마음은 전혀 딴판이었다.

비주얼에는 자신이 있고, 연기도 이만하면 나쁘지 않다고 생각한다. 3년 동안 쉴 틈 없이 활동하면서 인지도도 어느 정도 생겼고 팬 카페 회원 수도 많이 늘었다. 이쯤 되면 주연을 맡아도 충분하다고 지환은 생각하고 있었다. 이왕이면 공중파 미니시리즈의 주연이면 더 좋고.

사실은 내년 초 방송을 목표로 제작될 미니시리즈의 남자주인공 캐스팅 건으로 얼마 전에 방송국 피디와 비밀리에 미팅을 가졌다. 인지도 면에서는 아쉽지만 뛰어난 마스크와 안정적인 연기력이 마음에 든다, 윗선에서만 허락이 떨어지면 캐스팅하고 싶다는 게 피디의 의견이었다. 지금은 이제나저제나 하고 연락을 기다리는 중이었다.

인터뷰를 마치고 나서 지환은 스스로 운전해서 소속사 사무실로 향했다. 소속사 사장에게 인터뷰가 어떻게 진행되었는지 직접 보고도 해야 하고, 혹시나 예의 드라마 건으로 방송국에서 무슨 연락이 없었는지도 묻고 싶었다.

지환이 몸담은 소속사는 연기자 매니지먼트를 전문으로 하는 소규모 회사였다. 신생인 만큼 아직 톱스타급은 한 명도 없고 소속 배우 대부분이 신인이다. 인력도 모자라서 오늘처럼 매니저가 따라붙지 못하는 경우도 있었다. 단지 사장의 의욕만은 대단해서, 소속 배우들의 스케줄 하나하나를 직접 확인하고 싶어 했다.

회사에 도착해서 차를 세우고 사무실로 올라가는데 마침 안에서 나오던 사람을 문 앞에서 딱 마주쳤다.

"스케줄 있었나 보네?"

지환을 보고 말을 걸어온 상대의 이름은 서현우. 데뷔 4년차로, 이 회사에서는 제일 잘나가는 배우였다.

"인터뷰 하나 하고 왔어."

시큰둥하게 대꾸하자 상대도 굳이 대화를 오래 이끌어가려고 하지는 않았다.

"그래, 그럼 수고해라."

그렇게 말하고 지나가려는 현우에게, 지환은 퍼뜩 생각났다는 듯이 말했다.

"아참, 형. 나 오늘 민효령 만났는데."

아까 민효령에게 옛날부터 팬이었다고 말했던 건 물론 거짓말이었다. 사실 그녀의 오랜 팬은 자신이 아니라 바로 이 작자다. 현우는 고등학교 때부터 그녀의 팬이었다. 남들이 당시 한창 인기 있던 걸그룹에 열광할 때도 현우는 오로지 민효령에게만 관심이 있었다.

놀랍게도 오랜 팬심은 여태 현재진행형인 것 같았다. 작년엔가 무슨 영화 대본이 하나 들어온 적이 있는데, 지환조차 하기 싫을 정도로 터무니없이 비중이 작은 역이었는데도 주연이 민효령이라는 이유 하나만으로 꼭 하고 싶다고 현우가 우겼던 것이다. 사장이 반대해서 결국은 못 했지만.

"민효령?"

순간 현우의 눈이 번쩍 빛났다.

"어디서?"

"미용실. 알고 보니까 나랑 같은 데 다니더라고."

"그래서? 인사는 했어?"

물어오는 목소리가 꽤나 다급했다. 현우 역시 데뷔 후 여태껏 민효령과 인사는커녕 실물조차 본 적이 없었다. 최소한 지환이 아는 한은.

"당연히 인사 드렸지, 대선배님인데. 엄청 친절하게 받아주셔서 깜짝 놀랐어."

거짓말까지 섞자 현우의 표정이 복잡해졌다. 부러움과 질투와 안타까움이 뒤섞인 그 얼굴에 지환은 소리 내어 웃고 싶어졌다.

내친김에 민효령이 영화 시사회에도 와주기로 했다고 말하고 싶었지만 거기까지는 참았다. 시간이 되면 오겠다고 말은 했지만, 거꾸로 말하면 바쁘면 못 온다는 소리 아닌가. 아니면 애초에 올 생각이 없는데 그저 인사치레로 한 말일지도. 진짜로 그녀가 와주면 얼마나 통쾌할까, 하고 속으로 생각하며 지환은 물었다.

"근데 회사엔 웬일이야? 무슨 일 있어?"

"아, 그냥. 별일 아냐."

현우는 정확히 대답하지 않고 얼버무렸다. 이건 뭔가 있는데,

싫었지만 지환은 굳이 캐묻지 않았다.

"그럼 들어가."

"그래. 먼저 간다."

현우와 헤어지자마자 지환의 얼굴에서 미소가 싹 가셨다. 서현우와의 관계는 상당히 복잡했다. 일단 그는 지환의 사촌형'이었던' 사람이다. 형이라고 해도 나이는 동갑이지만. 동시에 지환에게 있어서는 필생의 라이벌이기도 했다.

사실 지환이 배우가 된 것 자체가 현우 때문이라고 해도 과언이 아니다. 현우가 배우가 되었다는 것을 알고 제 발로 현우의 소속사인 이 회사에 찾아와서 오디션을 보고 데뷔한 거니까. 그전에는 자신이 연예인이 될 거라고는 꿈에서조차도 생각해본 적이 없었다.

"어, 지환아. 인터뷰는 잘했고?"

노크를 하고 들어가자 사십 대 초반의 젊은 사장이 반갑게 지환을 맞이했다.

"네, 대표님. 그런데 현우 형 무슨 일 있나요?"

"아, 현우."

사장은 조금 거북한 얼굴로 지환의 눈치를 보더니 이윽고 입을 뗐다.

"너무 서운해하지 마라. 그 드라마, 현우가 하기로 됐다."

"네?"

지환은 제 귀를 의심했다. 그 드라마라니?

"피디는 너랑 하고 싶어 했는데 위에서 반대가 컸나 봐. 그래서 아무래도 현우가 너보다는 인지도가 좀 더 있으니까 현우랑 다시 미팅을 했는데, 오히려 그 역 이미지에 더 어울리는 것 같 다면서…….”

그 뒤의 말은 들리지도 않았다. 그러니까, 자신이 그토록 오 매불망 연락을 기다리던 그 미니시리즈의 주연을 현우가 맡게 되었다는 얘기 아닌가. 믿을 수가 없었다. 바로 어젯밤까지도 그 역으로 스타덤에 오르는 자신을 꿈꾸며 잠들었는데. 아침에 일어나서도 이미 통째로 외워버린 1회 대본의 대사를 중얼거렸 는데. 그 역이 다른 사람도 아니고 하필이면 서현우에게 가다 니!

굳어지는 지환의 표정을 보고, 사장은 미안한 듯이 덧붙였다.

“서운하겠지만 좋은 쪽으로 생각하자. 아직은 인지도도 좀 더 쌓고, 연기력도 더 키우고 나서 주연을 맡는 게 지환이 너한테도 좋을 거야.”

한 대 치고 싶은 것을 꾹 참고 지환은 억지로 미소를 지어 보 였다.

“아닙니다, 대표님. 그렇지 않아도 저한테는 시기상조 아닐까 생각하고 있었습니다.”

“그래, 그렇게 생각하면 다행이고. 조급하면 이 바닥 오래 못 버티는 법이니까.”

“예.”

“오늘은 일찍 들어가서 쉬어. 매니저도 없이 인터뷰하느라 수 고 많았다.”

"그럼 먼저 들어가보겠습니다."

인사를 하고 나오며 지환은 으스러져라 주먹을 쥐었다. 그토록 기대했던 역을 맡지 못하게 되었다는 데 대한 실망보다, 현우에게 빼앗겼다는 분노 쪽이 훨씬 더 컸다. 일이 이렇게 될 때까지 사장도, 현우 본인도 자신에게는 한마디도 하지 않았던 데 대한 배신감도.

분노보다도 한층 견디기 힘든 것은 패배감이었다. 대체 내가 서현우보다 못한 게 뭐란 말인가! 주먹으로 벽을 쾅 내리치자 금세 정수리 끝까지 짜릿한 통증이 전해져왔다.

외모만 가지고 보면 지환 쪽이 훨씬 더 잘생겼다. 그건 누구든지, 심지어 현우 본인마저도 인정하는 부분이었다. 연기력도 크게 뒤처지지 않는다고 스스로는 생각한다. 그러나 현우에게는 특유의 고급스러운 분위기라는 무기가 있었다. 평생을 귀한 가문의 도련님으로 살아온 사람으로서의 자연스러운 우아함.

드라마에는 남자주인공이든 아니면 서브든 간에 재벌 2세나 재력 있는 집안의 후계자 역할이 으레 한두 명은 등장하기 마련이다. 현우는 그런 역에 딱 적합한 분위기를 갖고 있었다. 그래서 데뷔 초부터 비중 있는 역할을 자주 맡다가 이번에는 주연까지 꿰차게 된 것이었다.

그게 부러워서 지환 역시 닮으려고 노력해본 적도 있었다. 하지만 귀티라는 것은 노력해서 얻어지는 게 아니라는 것만 깨달았을 뿐이었다. 비싼 옷과 시계를 온몸에 휘감고 외제차를 날마다 바꿔가며 몰아도 그에게 배어나오는 것은 귀티가 아닌 졸부 냄새였다.

어쩌면 당연한 건지도 모른다. 온 동네가 떠받드는 가운데 자란 도련님과 동네 머슴 자식으로 자란 자신이 같은 분위기를 낼 수 있다면 도리어 그게 이상하겠지.

당연하다는 것을 알아도 패배감이 옅어지는 것은 아니었다. 오히려 그래서 더 화가 났다. 세상에서 가장 지기 싫은 상대에게 번번이 지고 마는 비참한 기분.

돌아가신 부모님을 떠올리자 그만 뛰어내리고 싶어졌다.

잔뜩 기대했던 일이 수포로 돌아가고 나자 모든 일에 의욕이 없어졌다. 새로 개봉한 영화에 대해서도 마찬가지였다. 그까짓 조연으로 출연한 영화 따위, 잘돼봤자 어차피 찬사는 주연배우들의 몫이 될 게 뻔하지 않은가. 설령 천만 관객을 돌파한다 해도 커리어에 그리 큰 도움이 될 것 같지도 않았다. 내 대사는 몇 마디 있지도 않은데.

솔직히 VIP 시사회에도 가고 싶지 않았다. 민효령에게 와달라고 티켓을 주었던 일 따위는 거의 잊어버리다시피 했다. 말이야 바른말이지, 민효령이 뭐가 아쉬워서 나 따위 신인배우의 초대를 받아들인단 말인가. 오랜 팬이라는데 면전에서 거절하기 뭐해서 받아주는 척한 게 틀림없다고, 그렇게 생각했다.

현우에게 돌아간 그 드라마는 방송국 자체제작으로, 벌써부터 대본 좋다고 입소문이 난 기대작이어서 홍보가 엄청나게 들어갈 거라고 했다. 이 작품으로 톱스타급으로 발돋움할 가능성이 크다고. 가만히 있어도 미운 자식이 내 작품을 빼앗아서 스타가 된다. 생각만 해도 속이 부글부글 끓었다.

부정적인 감정으로 가득한 채 며칠을 보내고 드디어 시사회 당일이 되었다. 영화 상영이 끝나고 감독과 다른 배우들과 함께 무대인사를 위해 앞문으로 들어가자 우레와 같은 박수 소리가 터져 나왔지만 별로 설레지도, 기쁘지도 않았다.

그러나 관객석에 환하게 불이 밝혀진 순간, 지환은 제 눈을 의심했다. 맨 앞줄에 앉아서 열렬히 박수를 치고 있는 화려한 미모의 여자.

바로 민효령이 아닌가!

눈을 비비고 다시 보아도 분명 그녀가 틀림없었다. 무대인사를 어떻게 끝냈는지 모르겠다. 관객에게 와주셔서 감사하다고 인사하면서도, 재미있으셨냐고 물으면서도 오로지 지환의 눈에는 민효령밖에 보이지 않았다.

물론 지환의 눈에만 그랬을 뿐, 사실은 그녀 외에도 여러 연예인과 유명인사들이 축하를 위해 자리하고 있었다. 무대인사가 모두 끝나고 관객들이 뒷문으로 나갈 때 VIP들은 주연배우들과 직접 인사를 나누고 나서 함께 앞문으로 퇴장했다. 민효령 역시 마찬가지였다. 매니저와 함께 주차장으로 향하려는 그녀를 재빨리 따라가 엘리베이터 앞에서 붙잡았다.

"저, 선배님."

뒤에서 부르자 새하얀 폭스 재킷을 걸친 작은 어깨가 놀란 듯이 흠칫 굳어졌다. 그녀는 돌아서서 어색한 얼굴로 지환을 마주했다.

"와주셔서 정말 고맙습니다. 진짜로 와주실 거라고는 상상도 못 했는데요."

민효령은 지환의 얼굴을 똑바로 보지 않고, 고개를 숙인 채 조그맣게 말했다.

"초대해주셔서 고맙습니다. 영화 정말 재미있었어요."

왠지 수줍어하는 것같이도 보였다. 물론 알고 있다. 천하의 민효령이 새파란 신인배우에 불과한 제 앞에서 수줍음을 탈 리 없다는 것을. 그렇지만 최소한 그의 눈에는 그렇게 보였다. 지난번과는 사뭇 다른 태도에 용기가 나서 그랬을까. 저도 모르게 불쑥 대담한 말이 튀어나왔다.

"여기까지 와주셨는데 제가 차 한잔 대접해도 되겠습니까?"

사실 같이 출연한 배우들과 회식이 예정되어 있지만 아무래도 이대로 보내기는 싫었다. 아름다운 얼굴에 곤란해하는 빛이 떠올랐다. 거절당할 것 같은 느낌에 지환은 끈질기게 말했다.

"시간 오래 빼앗지 않겠습니다. 딱 삼십 분 정도면 됩니다."

저만치에 서 있는 매니저의 눈치를 슬쩍 보고 나서 민효령은 고개를 살며시 끄덕였다.

"……네."

다행히도 근처 카페에는 사람이 드물었다. 마주 앉아 있는 상대를, 지환은 이게 꿈인가 생시인가 하는 심정으로 쳐다보았다. 지난번에 만났을 때는 커다란 선글라스를 쓰고 있어서 잘 느끼지 못했는데, 이렇게 가까이서 제대로 보니 역시나 대단한 미인이었다.

작은 얼굴 안에 용케 자리 잡고 있는 눈, 코, 입 하나하나의 모양이 모두 완벽하게 아름다웠다. 살짝 치켜 올라간 눈매의 커다란 눈과 완벽한 브이라인을 그리는 턱 때문에 전체적으로 도도한 고양이 같은 인상을 주었다.

치장 역시 화려했다. 짙은 화장에 헤어스타일도 완벽했다. 화려한 폭스 재킷 안에는 반짝이는 재질의 검정색 원피스를 입고, 작은 귓불에는 커다란 크리스털 귀걸이가 빛나고 있었다.

어느 모로 보나 톱스타다운 모습. 단 하나, 겉모습과 어울리지 않는 것이 있다면 바로 그녀의 갈색 눈동자였다.

배우로 일하기 시작한 후 여태 수많은 연예인을 보았다. 예의 바른 사람, 안하무인인 사람, 친절한 사람, 유머러스한 사람. 성격이야 모두 제각각이었지만 그들을 모두 아우르는 공통점이 한 가지 있다면 바로 눈이었다. 독기라고도 부를 수 있을 만큼 강한 눈빛. 그런데 톱스타인 민효령의 눈에는 전혀 그런 기운이 없었다. 그저 차분하게 가라앉아 있을 뿐.

"고맙습니다."

민효령은 차를 가져온 종업원에게 인사를 건네는 것을 잊지 않았다. 그러고 보니 아까 주문을 받으러 왔을 때도 고맙다고 인사했던 것 같다.

대중적으로 알려진 그녀의 이미지는 좀 지나칠 정도로 도도한 쪽이었다. 사석에서 팬들을 마주쳤을 때 절대 사인요청에 응해주지 않는 걸로도 유명했다. 워낙 본업인 연기를 잘하는 데다 톱스타니까 대중들도 원래 그런 캐릭터려니 하고 이해하는 편이었지만, 거만하다고 싫어하는 사람도 적지 않았다.

지환 역시 민효령의 성격에 대해 그런 줄로만 알고 있었다. 지난번에 미용실에서 마주쳐서 인사했을 때도 생각했던 것과 크게 다르지 않았다. 자연스러운 거만함이 몸에 밴 듯한 느낌이랄까. 그런데 이제 보니까 무척 예의가 바르지 않은가. 조심스럽게 커피잔을 두 손으로 감싸 드는 그녀를 보며 지환은 의외라고 생각했다.

"영화, 어떠셨습니까?"

"……좋았어요."

여전히 민효령은 눈을 내리깐 채, 지환을 보지 않고 대답했다.

"한참 부족한 연기를 선배님께 보여드려서 부끄럽습니다. 열심히 한다고는 했는데 같이 출연한 다른 선배님들께도 괜히 폐가 되지 않았을까 걱정입니다."

"그렇지 않아요."

반쯤은 겸손을 떠느라 한 말인데, 갑자기 민효령이 정색하며 커피잔을 내려놓고 똑바로 쳐다보는 바람에 지환은 깜짝 놀랐다.

"이번에 같이 연기하신 분들 모두 베테랑이잖아요. 신인이 어떻게 처음부터 그분들과 똑같이 연기해내겠어요? 아직 서투른 면이 있는 건 당연한 거지요."

뺨을 조금 붉히고 민효령은 열심히 말했다.

"지환 씨의 연기에는 분명히 진정성이 있어요. 이번 작품에서의 연기도 정말 좋았어요. 비슷한 역할이었던 '인형의 집'보다 훨씬 더요."

지환은 조금 놀랐다.

"선배님이 그 작품을 보셨습니까?"

"아, 네. 어쩌다 우연히……."

그제야 민효령은 당황한 듯 시선을 떨어뜨렸다. 지환은 조금 이상하다는 느낌을 받았다. 그녀가 방금 말한 드라마는 인터넷에서만 방송한 웹드라마인 데다 홍보도 별로 되지 않아서 일부러 찾아보기 전에는 알기 힘든 작품이었다. 그런데 그걸 우연히 봤다고?

어쨌든 미모만큼이나 연기력으로도 인정받고 있는 선배의 칭찬에 기쁘지 않을 수 없었다. 그러려고 했던 건 아니었는데 어느새 저도 모르게 고민을 털어놓고 있었다.

"좀처럼 비중 있는 역이 들어오지 않아서 고민입니다. 주연을 맡아도 잘 해낼 수 있을 것 같은데, 기회가 잘 오지를 않네요."

"너무 조급하게 생각하지 말아요. 지환 씨에게도 곧 좋은 역할이 올 거예요."

민효령은 마치 제 일처럼 안타까운 얼굴을 했다.

"그런 기분이 듭니다. 저 빼고 다른 사람들은 다 날아가고, 또

25

달려가고 있는데 저 혼자 꾸물꾸물 기어가고 있는 것 같은 기분."

지환은 쓸쓸하게 웃었다.

"선배님은 처음부터 톱스타셨으니까 모르시겠지만요."

민효령이 지환을 향해 가까이 다가앉았다.

"그렇게 생각하지 마세요. 지환 씨는 충분히 잘하고 있어요."

약간 상기된 얼굴로 그녀는 열심히 말했다.

"남이 날든지 걷든지 상관할 필요 없어요. 중요한 건 속도가 아니라 방향이라고 생각해요. 지환 씨는 지환 씨의 속도로 잘 가고 있는 거예요."

나는 나의 속도로 가고 있다. 그 말이 자격지심으로 가득했던 가슴에 한 줄기 구원처럼 스며들었다.

"지환 씨는 조연으로도 이미 빛나는 사람인걸요. 지금 당장은 답답하겠지만, 지금 할 수 있는 역할을 열심히 하고 있으면 언젠가 주연으로 발돋움하게 될 거예요."

열심히 격려의 말을 하고 있는 민효령을, 지환은 물끄러미 바라보았다. 그녀는 자신의 기운을 북돋아주려고 애쓰고 있었다. 말 한마디 한마디에서 진심이 느껴졌다. 단순히 선배로서 고민하는 후배를 격려해주는 거라고 생각하기에는 너무 열렬하게 느껴질 정도였다.

"그럼 선배님, 바쁘실 텐데 이만 일어나시죠. 시간 많이 빼앗아서 죄송합니다."

커피숍을 나오며 지환은 인사했다.

"오늘 좋은 말씀 감사합니다."

일부러 시선을 맞추고, 스스로 가장 매력적이라고 생각하는 미소를 떠올린 채 속삭이듯 말하자 민효령은 놀란 듯 황급히 속눈썹을 내리깔았다.

"힘내세요. 늘 응원하고 있을게요."

목소리가 떨리는 것이 역력히 느껴졌다. 이쯤 되자 그렇게 생각할 수밖에 없었다. 혹시 이 여자가 내게 관심이 있는 거 아닐까?

에이, 민효령이 뭐가 아쉬워서 나 같은 신인배우를. 말도 안 된다고 생각하면서도 지환은 일단 시험해보기로 했다. 불시에 키스라도 하는 것처럼 얼굴을 확 가까이 가져가서 속삭였다.

"아, 여기 뭐가 묻었네요."

옷에서 먼지를 떼어주는 척하며 슬쩍 훔쳐본 그녀의 얼굴은 새빨갛게 물들어 있었다. 지환은 도저히 믿을 수가 없었다.

민효령이 나를?

하지만 의심의 여지가 없었다. 이래 봬도 연예인이다. 데뷔하기 전에도 늘 여자에게는 귀찮을 정도로 인기가 있었다. 자신에게 호감을 품은 여자는 살면서 수백 명, 아니 수천 명도 더 보아 왔다. 민효령은 분명 지금 자신을 상대로 수줍음을 타고, 긴장해 있었다.

기쁘다기보다는 얼떨떨했다. 이게 꿈인가, 생시인가. 눈앞에 있는 여자는 대한민국 최고의 톱스타였다. 이건 호박이 넝쿨째, 아니 아예 금덩어리가 굴러온 거나 다름없었다.

굴러온 금덩어리는 잡아야지. 지환은 휴대전화를 꺼내어 그
녀에게 내밀었다.

"전화 드려도 될까요?"

거절당할 거라고는 추호도 생각하지 않았다. 하지만 민효령
은 무척 당황한 얼굴을 했다. 그러더니 지환의 휴대전화를 받아
들고 전화번호를 입력하는 대신에 손을 뒤로 감추고 한 걸음 물
러났다.

"죄송해요. 그럼 먼저 실례할게요."

뒷걸음질을 치던 그녀는 금세 뒤돌아서서 도망치듯 빠른 걸음
으로 저만치서 기다리고 있는 매니저를 향해 가기 시작했다.

"선배님?"

당황한 지환이 불렀으나 민효령은 돌아보지 않았다.

끈질긴 햇빛에 지환은 결국 잠을 포기하고 눈을 떴다. 유명 연예인이나 사업가들이 주로 살고 있는 고급 빌라는 위치나 보안, 시설 모두가 두루 더할 나위 없이 좋았다. 한 가지 단점이 있다면 햇볕이 너무 잘 든다는 것. 아침 일찍 일어나는 사람에게야 문제가 없겠지만 연예인처럼 불규칙한 직업을 가진 사람에게는 그리 좋은 점이라고 보기 힘들었다. 늦잠을 자기가 힘드니까.

침실 커튼을 암막으로 바꿔 달아야겠다고, 매일같이 하면서도 매일같이 잊어버리는 다짐을 오늘도 또 한 번 하면서 지환은 거실로 나왔다. 졸음을 쫓기 위해 작은 커피메이커에 커피를 내렸다. 진한 커피 향기가 넓은 집 안에 퍼지기 시작하자 조건반사처럼 민효령이 생각났다.

민효령과 커피를 마시고 난 지 며칠이 흘렀다. 그 며칠 내내, 시도 때도 없이 그녀가 떠올랐다.

사실 팬이었던 적은 한순간도 없었다. 별로 취향에 맞지도 않았고, 결정적으로 현우가 좋아하기 때문에 오히려 싫어하는 쪽에 가까웠다.

그러나 마주 앉아 차를 마시고 난 후로 이미지가 바뀌었다. 실제의 민효령은 여신처럼 아름다운 것은 물론, 예의 바르고 사려 깊은 데다 상냥하기까지 했다. 놀라운 것은 그녀가 자신에게 호감을 품고 있다는 사실이었다. 아니, 호감 그 이상이다. 반한 상대를 바라보는 눈빛이라고 해도 과언이 아니었다.

그런데 왜 전화번호도 알려주지 않고 그냥 가버렸을까. 그 점을 이해할 수가 없었다. 고민 끝에 다다른 결론은 그랬다. 아마도 소속사에서 연애를 막고 있다든가 하는 문제가 아닐까. 그녀가 자꾸만 저만치 서 있는 매니저의 눈치를 보던 게 떠올라서 심증이 더욱더 굳어졌다.

민효령 정도의 커리어를 가진 배우가 소속사 눈치를 본다는 게 잘 이해는 가지 않았지만, 아무래도 그 외의 이유를 생각해낼 수가 없었다. 하기야 그녀가 하고 있는 광고만 국내외를 합쳐 수십 개나 된다는데, 열애설이 터지면 문제가 있겠지.

「지환 씨의 연기에는 분명히 진정성이 있어요.」

효령이 해준 말을 지환은 수백 번도 더 곱씹었다.

「지환 씨는 지환 씨의 속도로 잘 가고 있는 거예요.」

그 말을 떠올릴 때마다 조급했던 마음이 거짓말처럼 편안해졌다.

그래, 그까짓 미니시리즈 주연, 서현우가 좀 먼저 한다 해서 뭐 그리 큰일이겠는가. 어차피 나도 언젠가는 하게 될 텐데, 단지 시간의 문제일 뿐인데.

그녀는 말했었다. 지금 당장은 답답하겠지만 주어진 역할을 열심히 하고 있으면 언젠가 주연으로 발돋움하게 될 거라고. 단순히 위로하려는 게 아니라 확신에 차 있는 말투였다. 그것도 업계 톱의, 연기력으로는 단 한 번도 의심받아본 적이 없는 배우가 한 말이다. 지환은 자신감에 휩싸였다.

민효령이 나를 인정해주었다. 심지어 나를 남자로 보고 있다. 꿈만 같은 일이었다. 하다못해 그녀와 열애설이라도 한번 나면 인지도가 얼마나 올라가겠는가. 물론 서현우가 충격을 받을 것은 덤이고.

커피로 아침을 대신하고, 간단히 샤워를 하고 옷을 갈아입은 후 주차장으로 내려갔다. 나란히 서 있는 네 대의 차 중에서 벤츠 E클래스를 골라 시동을 걸었다.

아직 신인이다 보니 너무 좋은 차를 타고 있으면 이상한 눈으로 보는 사람들이 가끔 있었다. 같은 소속사의 배우에게서 대놓고 이런 질문을 받은 적도 있었다. '혹시 도와주시는 분 계시느냐'고. 다른 사람들의 시선도 별반 다르지 않다는 것을 알고 나서 일부러 대외활동용으로 산 차가 바로 이것이었다.

오늘은 회사에서 미팅이 있다. 지환은 그대로 소속사로 향했다.

"네 영화 시사회에 민효령 씨가 왔었다고?"

회사에서 마주친 현우는 인사도 생략하고 다짜고짜 물었다.

"응. 미용실에서 만났을 때 초대권 드렸었거든."

자못 의기양양하게 말했지만 현우는 노골적으로 믿지 못하겠다는 표정을 했다.

"원래 다른 배우 때문에 갈 예정이었는데 우연히 네가 초대권을 준 거겠지. 네가 초대했다고 민효령 씨가 갈 리가 있나."

대놓고 무시하는 듯한 말투에 울컥 화가 치밀었다.

"민효령 선배는 날 축하해주러 왔던 거야. 끝나고 나하고 둘이서 차도 마시고 갔다고."

충격받을 줄 알았는데 도리어 현우는 피식 웃었다.

"왜, 이왕 말하는 거 사귄다고 하지."

"뭐?"

"드라마 건은 미안하게 됐다. 곧 너한테도 좋은 소식 있을 거야. 힘내라."

오히려 위로하듯 어깨를 툭툭 두드리더니 가버리는 것이 아닌가! 이제는 사촌동생도 무엇도 아니고 그저 동갑내기 배우일 뿐이건만. 여전히 자연스럽게 자신을 아랫사람 대하듯 하는 태도는 하나도 변하지 않았다. 그 점이 지환을 분노하게 만들었다.

어디 두고 보자.

저만치 멀어지는 현우의 뒷모습을, 지환은 이를 악물고 노려보았다.

같은 미용실에 다닌다는 것을 아는 이상 기회를 잡는 것은 그리 어렵지 않았다. 지환은 붙임성 좋은 것을 빼면 시체인 매니저를 시켜서 민효령이 언제 미용실에 오는지 알아보게 하고, 그 시간에 맞춰서 우연인 것처럼 미용실을 찾았다.

"안녕하세요, 선배님."

뒤에서 부르자 헤어롤을 만 채로 다리를 꼬고 앉아 한 손으로 커피를 마시며 잡지를 들여다보고 있던 효령이 거울을 통해 지환을 흘깃 쳐다보았다.

"아, 서지환 씨."

"그날은 와주셔서 정말 감사했습니다."

입술에 붉은 립스틱을 바른 효령이 가느다란 눈썹을 치켜 올리며 웃어 보였다.

"뭘요. 초대해줘서 내가 고맙지."

그러더니 도로 보고 있던 잡지로 시선을 가져갔다. 지환은 그만 민망해지고 말았다. 주위에 사람도 여럿 있는데 이렇게 무시를 하다니. 아무래도 주위에 보는 시선이 있어서 그런 거겠지, 하고 금세 마음을 가다듬었다. 소속사에서 철저하게 관리하고 있다면 당연하지 않겠는가.

"그럼 실례하겠습니다."

지환은 일단 물러나기로 했다. 저만치 멀리 떨어진 제 자리에 가서 앉자 담당 헤어 디자이너가 뒤에서 머리칼을 만지작거리며 거울을 들여다보고 물었다.

"민효령 씨랑 어떻게 아는 사이세요?"

자신 같은 신인배우가 효령과 인사를 나누는 걸 보고 무척이

33

나 궁금했던 모양이다.

"이번 제 영화 시사회에 선배님께서 와주셔서요."

"세상에, 민효령 씨가?"

헤어 디자이너는 무척이나 놀란 얼굴을 하고는 귓가에 속삭이듯 말했다.

"민효령 씨, 자기네 회사 신인도 절대 안 챙겨준다던데. 지환 씨랑 엄청 친한 사인가 보다! 그쵸?"

지환은 미소로 대답을 대신했다. 남들이 자신과 민효령을 가까운 사이라고 착각하는 것이 싫지 않았다. 그녀의 존재만으로도 덩달아 몇 단계는 급이 높아진 듯한 기분이었다.

그러다 퍼뜩 떠오른 것이 있었다. 바로 자신의 생일이 며칠 남지 않았다는 사실이었다. 저녁에 소속사 식구들끼리 모여서 조촐하게 생일파티를 할 예정이었다. 그 파티에는 물론 현우도 참석할 것이고.

……내 생일파티에 민효령이 오면 어떨까.

처음에는 스스로도 에이, 말도 안 되지, 하고 생각했다. 민효령이 내 생일파티 따위에 올 리가 있나. 그러나 자신의 생일파티에 나타난 효령을 보고 깜짝 놀랄 소속사 식구들, 특히 서현우의 표정을 상상하자 참을 수 없게 되었다. 상상만 해도 가슴이 마구 흥분으로 끓어올랐다.

그래, 안 될 건 또 뭔가. 사귀자는 것도 아니고, 같이 술 먹자는 것도 아니고, 그냥 아주 잠깐이라도 좋으니까 와서 얼굴만 비쳐달라고 하면 그쯤이야 들어줄 수도 있지.

지환은 거울을 통해 저만치 앉은 효령을 힐끔거리며 기회를 노렸다. 이윽고 머리 손질을 모두 마친 효령이 의자에서 일어나 기지개를 켜는 것이 보였다. 지환은 때를 놓치지 않고 잽싸게 효령에게 다가갔다.

"선배님, 잠시만 드릴 말씀이 있는데요."

"나한테?"

"여기선 좀 그렇고, 잠깐 이쪽으로 와보시죠."

주저하는 그녀의 팔을 붙들고 지환은 사람이 드문 피팅룸 쪽으로 향했다. 주위에 누가 없나 확인한 후에야 팔을 놓자 효령은 조금 불쾌한 얼굴을 했다.

"대체 뭐죠?"

"이번 주 토요일이 제 생일입니다. 그날 저녁에 저희 회사에 모여서 생일파티를 하기로 했는데, 저희 회사 식구들 중에도 민효령 선배님 팬들이 많이 있어서요. 혹시 시간 괜찮으시면, 잠깐만이라도 들러서 얼굴 비쳐주실 수 없을까 해서……."

"뭐라고요?"

효령은 어이가 없다는 듯이 되물었다. 역시 너무 무리한 부탁이었나, 하고 생각하면서도 지환은 승부를 걸어보기로 했다.

"사실은 제가 무척 기대하던 드라마 배역이 있었는데, 그 배역을 하필이면 같은 소속사 배우에게 빼앗겼습니다. 그 뒤로는 회사에서 얼굴 들고 다니기도 힘들고…… 선배님이 와주시면 제 체면이 설 것 같습니다."

구차하게 속사정까지 얘기한 것은 동정심에 호소하기 위해서

35

였다. 지난번에 자신이 고민을 털어놓았을 때 그녀는 무척이나 안타까운 얼굴을 했었으니까.

잠시 후, 효령의 입에서 기가 차다는 듯한 소리가 흘러나왔다. 하!

"이봐요, 서지환 씨."

민효령은 팔짱을 끼고 한쪽 입꼬리를 치켜 올린 채 물었다.

"내가 그쪽이랑 놀 급으로 보이나?"

노골적인 비웃음에 정신이 번쩍 들었다. 비록 민효령이 여자 치고는 작지 않은 키라고 하지만, 186센티미터인 자신에 비해서는 훨씬 작다. 그런데도 기껏해야 제 어깨까지밖에 오지 않는 여자의 눈빛 하나에 자신이 한없이 작아진 것 같은 기분이 들었다. 그만큼 민효령의 분위기는 압도적이었다. 업계 톱의 카리스마가 이런 것인가 싶었다.

"심심해서 시사회 한번 가줬다고 맞먹으려 들면 곤란하지."

효령은 손가락을 들어 지환의 어깨를 떠밀 듯이 쿡쿡 찔렀다.

"나랑 놀고 싶으면 한참 더 큰 후에 오세요, 후배님. 응?"

얼음처럼 굳어져 있는 지환을 두고 민효령은 등을 돌려 가버렸다. 그리고 몇 걸음 가다가는 갑자기 생각났다는 듯이 돌아보고는 말했다.

"앞으로는 알은체하지 말고."

지환의 생일날, 공교롭게도 현우가 주연을 맡은 드라마의 제작발표회가 있었다. 분명 자신의 생일파티인데, 케이크에 불을 끄고 나자 현우의 주연 축하파티 같은 분위기가 되어버렸다.

　"이야, 진짜 축하해. 대본 되게 잘 빠졌다고, 벌써부터 방송국 쪽에서도 기대작이라고 소문이 자자하던데."

　"제가 열심히 해야죠."

　"잘될 거야. 낮에 제작발표회 보니까 아주 한유민이랑 케미가 장난이 아니더라고."

　"한유민 선배가 워낙 잘해주셔서요. 많이 배울 것 같습니다."

　사람들이 줄줄이 현우에게 축하를 건네는 것을 보고 있자 속이 부글부글 끓었다. 겸손한 척 대답하고 있는 현우의 꼴도 가증스러웠다. 속으로는 이것 봐라, 하면서 의기양양해 있는 주제에!

　옛날부터 저런 식으로 사람을 비참하게 만드는 것이 특기였다. 전교 1등을 해놓고도 친척들이 대단하다고 칭찬하면 별것도 아닌데요 뭐, 하며 겸손을 떨곤 하는 것이었다. 전교 1등이 별것 아니면 반에서조차 1등을 놓치기 일쑤인 자신은 대체 뭐가 된단 말인가. 인간 이하?

　홧김에 지환은 계속해서 술잔을 비웠다.

「지환 씨는 지환 씨의 속도로 잘 가고 있는 거예요.」

　그토록 위로가 되었던 말이, 지금 생각하니 오히려 더 사람을

비참하게 만들었다. 그렇게 내 마음을 다 헤아려주는 척 해놓고
는, 정작 생일파티에 와달라고 부탁했더니 뭐라고 했지?

「나랑 놀고 싶으면 한참 더 큰 후에 오세요. 후배님. 응?」

얼굴이 화끈 달아오르는 기분이었다. 그 자리에 다른 사람이
없었기 망정이지, 누가 듣기라도 했었다면……. 끔찍한 기억을
머릿속에서 지워버리듯 지환은 술잔을 기울이는 속도를 빨리했
다.
"지환이 형, 오늘 너무 빨리 달리시는 것 같아요. 좀 천천히 드
세요."
매니저가 말리려고 했지만 코웃음을 쳐버렸다.
"생일날 안 먹으면 언제 먹으라고?"
다시 빈 잔을 채우려 위스키 병에 손을 가져가는데 누군가가
먼저 병을 집어 들었다.
"내가 한 잔 줄게."
현우였다.
"영화 흥행이 무척 잘되고 있다면서. 축하한다."
위스키를 따르며 담담하게 건네는 축하의 말에 말 그대로 찢
어 죽이고 싶은 기분이 들었다. 차라리 대놓고 지환이 넌 언제쯤
나처럼 주연을 해보냐고 비웃는 편이 나을 것 같다. 사촌형이었
던 라이벌의 단정한 옆얼굴을, 지환은 한껏 노려보았다.
"고마워."

이를 악물고 대꾸했을 때였다.

"저, 실례합니다."

문득 머뭇거리는 여자의 목소리가 들려왔다. 뭔가 싶어 고개를 든 순간 지환은 술이 확 깨는 것 같은 느낌을 받았다. 민효령이 눈앞에 서 있지 않은가! 취해서 헛것이 보이나 싶어서 몇 번이나 눈을 감았다 다시 떠봐도 틀림없는 그녀였다.

다른 사람들도 놀라기는 마찬가지였다. 매니저나 스타일리스트들은 물론이고 배우들까지도 눈이 튀어나올 듯한 표정으로 쳐다보고 있을 뿐, 아무도 효령에게 말을 걸 엄두를 내지 못했다.

"아니, 민효령 씨가 저희 회사에는 어쩐 일이십니까?"

제일 먼저 일어서서 그녀를 맞이한 것은 소속사 사장이었다.

"저기, 서지환 씨 생일이라고 해서 축하하러…….."

효령은 손에 든 케이크 상자를 들어 보였다.

"저희 지환이랑 아는 사이라고요? 민효령 씨가?"

"같은 미용실에 다니거든요."

물론 그것만으로는 전혀 설명이 되지 않았을 게 틀림없었다. 하지만 민효령 같은 대스타를 계속 세워놓은 채로 캐묻기도 뭐했는지, 사장은 일단 그녀에게 자리부터 권했다.

"잘 오셨습니다. 자, 이리 앉으시죠."

가져온 케이크 상자를 테이블에 내려놓고 효령은 조심스럽게 지환의 옆에 와서 앉았다.

"늦어서 미안해요."

살짝 쳐다보며 건네는 어색한 사과에 하마터면 눈물이 날 뻔했다.

"왜 이제 왔어요. 여태 기다렸는데."

저도 모르게 어린애처럼 투정하는 듯한 말투가 나와버렸다. 주위 사람들은 그저 놀란 듯이 지환과 효령을 쳐다보고 있을 뿐이었다.

"미안해요."

효령은 다시 한 번 사과했다. 진심으로 미안한 듯한 표정에 뭐가 뭔지 알 수 없게 되었다. 며칠 전에 미용실에서 만났을 때는 세상에서 제일 표독스러운 표정으로 알은체도 말라고 쏘아붙이더니, 대체 이 태도는 뭔가.

"저기, 케이크는요? 벌써 촛불 껐나요?"

효령이 주위를 둘러보며 걱정스러운 듯이 물었다.

이미 생일 노래 부르고 촛불 끄고 케이크까지 다 나눠 먹고 난 후지만, 누가 사온 케이크라고 감히 마다할쏘냐. 매니저가 냉큼 상자에서 케이크를 꺼내 세팅하고 초를 꽂아 불까지 붙였다. 초의 숫자는 정확히 지환의 나이대로였다.

"생일 축하합니다. 생일 축하합니다. 사랑하는 서지환, 생일 축하합니다."

다 같이 손뼉을 치며 다시 한 번 생일 축하 노래를 부르기 시작했다. 제 곁에 앉아서 노래를 부르고 있는 효령의 아름다운 얼굴을, 지환은 눈을 깜빡이는 것도 잊고 바라보았다.

케이크를 자르고 나자 기다렸다는 듯이 질문이 날아왔다.

"저희 지환이랑은 정확히 어떻게 아는 사이십니까?"

사장의 질문에 효령은 조금 곤란한 표정으로 슬쩍 지환의 눈치를 보았다.

"같은 미용실 다니다가 친해졌어요. 제가 원래 옛날부터 민효령 선배님 팬이었거든요. 그러다가 효령 선배님이 시사회에도 와주시고 하면서 가까워진 거죠."

지환이 대신 대답했다.

"아, 그럼 그때 시사회에 민효령 씨가 오셨던 게 지환이 너 때문이었어?"

"세상에, 나는 상상도 못 했네. 영락없이 다른 배우 때문에 오신 줄 알았지."

다른 사람들이 놀랍다는 듯이 한마디씩 했다.

"그나저나 이렇게 만나 뵙게 돼서 영광입니다, 민효령 선배님."

"예전부터 팬이었습니다."

같은 연예계에 있으면서도 좀처럼 만나기 힘든 톱스타다. 매니저들은 물론 소속 배우들까지도 때는 이때라는 듯이 앞을 다투어 효령에게 명함을 건네고 악수를 청했다. 효령은 하나하나 예의 바르게 손을 마주 잡으며 인사를 건넸다.

"반갑습니다. 얼마 전에 출연하신 영화 재미있게 봤어요."

"중국 진출하신다는 기사 봤는데, 꼭 잘되기를 바랄게요."

놀랍게도 그녀는 소속 배우 한 사람 한 사람에 대해 잘 알고 있었다. 이제 갓 데뷔한 신인에게까지 인사를 잊지 않는 것이었다.

"KBC 주말 드라마에서 셋째아들 역으로 나오고 계시죠? 잘 보고 있어요."

마치 모든 드라마와 영화를 다 보는 것 같았다.

"선배님이 저를 어떻게 아십니까?"

"아니, 제 작품을 보셨다고요?"

하나같이 놀란 얼굴을 했다. 민효령 같은 톱배우가 자신들에 대해 알고 있을 줄은 꿈에도 몰랐던 것이다.

"스케줄 없을 때는 드라마나 영화 보는 게 취미여서요."

효령은 조금 수줍은 듯이 대답했다. 그때까지 홀린 듯한 눈으로 효령을 쳐다보고 있던 현우가 제일 마지막으로 인사를 건넸다. 목소리에는 긴장한 티가 역력했다.

"만나 뵙게 돼서 영광입니다, 선배님. 서현우라고 합니다."

그나마 여기 있는 배우들 중에는 가장 인지도가 높은 것이 현우다. 그러나 효령은 웬일인지 현우에게는 짧게만 대꾸했다.

"반갑습니다."

자신에게만 알은체를 해주지 않는 것이 서운했는지, 현우는 다시금 끈질기게 효령에게 대화를 시도하려 했다.

"사실은 이번에 제가 MBS 수목 미니시리즈에 출연하게 됐습니다. 상대역이 한유민 선배님이신데, 민효령 선배님과 같은 소속사라고…….."

지환은 현우의 말을 중간에서 자르고 효령에게 잔을 건넸다.

"효령 선배, 한 잔 해요."

42

노려보는 현우의 시선이 느껴졌지만 모른 체하고 위스키 병을 들었다.

"저, 제가 술을 잘 못해서……."

곤란한 듯한 얼굴을 하는 효령의 잔에 넘치도록 술을 따랐다.

"내 생일이잖아요. 딱 한 잔만 해요."

효령은 어쩔 수 없다는 듯이 잔을 들었다. 다른 사람들도 덩달아 잔을 들어 건배를 했다.

"자, 이렇게 와주신 민효령 씨께 감사합니다. 민효령 씨를 위하여!"

모두가 한 번에 잔을 비우자 그녀도 따라서 그렇게 했다. 잔을 내려놓을 때 슬쩍 보니 예쁜 이마가 찌푸려져 있었다. 물론 딱 한 잔으로 끝날 리가 없었다.

"선배님, 제 잔도 한 잔 받으시죠."

"제 잔도 받아주시면 영광이겠습니다."

날이면 날마다 오는 민효령이 아니다. 모두들 경쟁하듯 효령의 빈 잔을 채우고, 건배라도 한 번 더 하려 들었다. 의외로 거절을 잘 못하는 타입인 듯, 효령은 사양하다가도 집요하게 권하면 결국 잔을 들었다. 이게 마지막이에요, 진짜 이것만 마실게요, 하면서 계속해서 술이 들어가고 있었다.

얼굴이 점점 빨개지는 게 보였다. 슬슬 말려야 하나, 하고 생각했을 때는 이미 늦어 있었다. 효령은 결국 소파에 등을 기댄 채 축 늘어지고 말았다. 술을 잘 못한다는 게 거짓말은 아니었던 모양이다. 살며시 팔을 뻗어 효령을 끌어당겨 제 어깨에 기대게 만들고, 지환은 속삭이듯 물었다.

"괜찮아요?"

가느다랗게 눈을 뜬 효령이 고개를 살래살래 저었다. 눈동자의 초점이 흐릿했다.

"데려다줄게요. 우리 가요."

지환은 일어나서 효령의 팔을 잡아 일으켰다. 쓰러질 듯 비틀거리는 몸을 껴안듯이 부축하자 현우의 눈이 튀어나올 듯 커졌다.

"나오지 마. 대리 불러서 갈 테니까."

따라 일어나려는 매니저를 거절하고 지환은 사람들에게 인사를 건넸다.

"그럼 저희는 먼저 일어나보겠습니다. 먼저 가서 죄송합니다, 대표님."

지환의 품에 안겨 있는 효령을, 모두가 눈이 둥그레져서 바라보고 있었다.

"가요, 효령 선배."

눈을 감은 효령에게 속삭이고 지환은 그녀를 부축한 채 돌아섰다. 등에 꽂히는 무수한 시선이 짜릿했다.

"집이 어딥니까?"

소속사 사무실을 나오면서 묻자 효령은 조금 실눈을 뜨고 입속으로 웅얼거렸다.

"XX동······."

몇 번을 다시 물어도 동네 이름까지밖에 알아들을 수가 없었다. 지환은 한숨을 푹 쉬었다. 아까 말릴 걸 그랬나.

다행히 코트 주머니에 선글라스가 들어 있었다. 지환은 효령을 부축하고 회사 근처 호텔에 체크인을 했다. 프런트의 직원은 선글라스를 쓴 신인배우도, 취해서 고개가 푹 꺾여 있는 톱스타도 알아보지 못했다.

아무리 마른 몸매의 배우라도 취해서 축 늘어져 있으니 무겁다. 몸도 제대로 가누지 못하는 효령을 겨우겨우 눕히고 지환은 침대 가에 앉아 한숨을 돌렸다. 베개 위에 풍성한 머리칼을 흩뜨린 채 무방비하게 잠들어 있는 모습을 보자 웃음이 나왔다. 막말로 지금 덮쳐서 기정사실을 만들어도 모를 것 같지 않은가.

물론 술 취한 여자에게 손대는 건 범죄고, 지환은 범죄를 저지를 생각은 없었다. 아쉽지만 몸을 일으키려 했을 때였다.

"……씨."

목소리가 들린 것 같아 돌아보니 효령이 어느새 눈을 뜨고 이쪽을 물끄러미 바라보고 있었다.

"자는 거 아니었습니까?"

놀라서 묻자 효령은 입술을 달싹거렸다.

"태주 씨."

그 입술에서 흘러나온 것은 다른 사람의 이름. 취해서 누군가와 착각하는 모양이라고, 지환은 쓴웃음을 지었다.

"저 서지환입니다. 많이 취하신 것 같은데 푹 쉬세요. 이만 가보겠습니다."

일어나려는데 이번에는 옷소매를 붙들렸다.

"태주 씨."

지환의 소매를 붙잡고, 효령은 가지 말라는 듯이 고개를 저었다. 슬픈 듯한 눈으로 바라보면서. 지환은 한숨을 푹 쉬었다.

"저, 태주 씨가 누군지 모르겠지만……."

지환은 말을 끝맺지 못했다. 갑자기 효령이 그의 목에 팔을 두르며 입을 맞추었기 때문에.

"아니, 저는…… 읍."

어떻게든 입술을 피해 말하려 했다. 나는 태주라는 사람이 아니라고. 그러나 효령은 막무가내였다. 죽어도 보내지 않겠다는 듯, 지환의 목을 꼭 껴안고 입을 맞추는 것이었다. 자기 쪽에서 도발하고 있는 주제에 키스는 이상할 정도로 서툴렀다. 먼저 입을 맞춰놓고도, 정작 그 뒤는 어떻게 해야 좋을지 모르겠다는 듯이 열심히 입술만 눌러 붙인다.

적극적인 행동, 서투른 입술.

가슴속에서 무언가가 확 타오르는 듯한 기분이 들었다. 알고 있다. 취해서 정신이 없는 여자를 안는 건 반칙이다. 하지만 사람이 참는 데도 한계가 있는 법이었다. 지환은 일단 효령을 힘으로 제압했다. 더는 매달리지 못하게 양손으로 손목을 침대에 딱 눌러 고정시키고, 그녀의 얼굴을 정면에서 내려다보았다.

"내 얼굴 똑바로 봐요."

물기 어린 시선이 지환을 올려다보았다.

"나는 태주 씨가 아니라 서지환입니다. 그런데도 선배가 나하고 자고 싶다면, 지금부터 일어나는 일은 모두 선배 책임이에요."

마지막으로 경고하고 지환은 손목을 놓아주었다. 손이 자유로워지자마자 효령은 기다렸다는 듯이 지환을 껴안았다.

"이젠 나도 몰라."

낮게 중얼거리고 지환은 효령을 마주 안았다. 여자의 부드러운 몸과 마주 닿자 금세 온몸이 불타오르듯 뜨거워졌다. 아니, 사실을 말하자면 이미 한참 전부터 불이 붙어 있었다.

연예인이라는 게 그렇다. 주위 시선 때문에 섣불리 애인을 사귀기도 힘들고, 하룻밤 만남 같은 건 더더욱 위험요소가 컸다. 그렇다고 유흥업소 같은 곳에도 별로 취미가 없는 데다 자칫 그런 곳에 잘못 갔다가는 배우생명이 끝날 수도 있었다. 즉, 오랜만의 섹스라는 뜻.

원래 침대에서 그리 성급하게 구는 편은 아닌데, 오랜만인 데다 상대가 상대이기도 해서 도저히 흥분을 주체할 수가 없었다. 남자라면 누구나가 꿈꾸는 여자가 지금 내 품에 안겨 있다.

서투른 주제에 대담한 입술이 열정을 더욱더 부채질했다. 작은 입술은 생긴 것만큼이나 달았다. 지환은 정신없이 입술을 빨며 효령의 옷을 벗겼다. 날씬한 몸은 의외로 볼륨이 있어서 보기에도, 만지기에도 좋았다.

브래지어 위로 부드럽고 탄력 있는 가슴을 어루만지다 참지 못하고 아예 벗겨버리려는 순간, 효령이 그를 살짝 밀어냈다. 이제 와서 주저하듯 그녀는 새삼 불안한 눈으로 지환의 얼굴을 바라보았다.

"싫으면 지금이라도 그만둘게요."

그녀의 귓불을 살짝 깨물며 지환은 속삭였다.

"그렇지만 지금 와서 싫다고 하면 나는 무척 슬플 것 같네요."

부드러운 협박에 저항도 멎었다. 그녀는 눈을 감고 지환이 하는 대로 고분고분 몸을 맡겼다. 새하얀 젖가슴을 욕심껏 주무르면서 연분홍색 끄트머리를 입안에 품었다.

"아!"

감도가 좋아도 이만저만 좋은 게 아니다. 달콤하게 살짝 깨물 때마다 작은 신음과 함께 허리가 튀어 올랐다. 어쩔 줄 모르겠다는 듯 애타게 바라보는 눈동자에 눈물이 고여 있어서 조금 혼란스러워졌다.

도대체 이 순진한 처녀 같은 반응은 뭐란 말인가. 아무리 배우라 해도 침대 위에서까지 연기를 할 필요는 없을 텐데. 연기든 뭐든 간에, 신선한 반응이 참을 수 없는 흥분을 불러일으켰다. 마음 같아서는 좀 더 느긋하게 애무해주고 싶지만 슬슬 여유가 없어지고 있었다.

"괜찮겠어요?"

허락을 구하자 효령이 보일 듯 말 듯 고개를 끄덕였다. 살짝 손가락을 담가 확인해보자 샘은 이미 입구까지 촉촉하게 젖어 있었다. 이 정도면 괜찮겠지, 하고 지환은 한 번에 깊숙한 곳까지 파고들었다.

"아……!"

순간 품 안의 여자가 낮게 고통의 신음을 흘렸다. 반대로 지환은 눈앞이 아찔해졌다. 이건 뭐지? 좁고 뜨거운 내부가 기다렸다는 듯이 지환의 남성을 단단히 끌어안았다. 단순히 조인다는 느낌이 아니었다. 좋은 건 둘째치고 아예 움직이지도 못할 지경이었다.

지금껏 여러 여자를 만났지만 이런 적은 한 번도 없었다. 표정을 살피자 효령은 고통을 참듯 눈을 꼭 감고, 입술이 하얘지도록 꽉 깨물고 있었다. 맙소사. 불안감이 스멀스멀 밀려왔다.

"설마…… 처음입니까?"

그제야 효령은 실눈을 떴다. 대답 대신에 당황한 듯 눈길을 피하는 것이, 감이 딱 왔다.

이 여자는 내가 처음이다.

지환은 충격에 빠졌다. 세상에, 나이 서른의 톱스타가 여태 처녀였다니! 도저히 믿을 수가 없었지만 민효령이 자신에게 거짓말을 할 이유도 없었다.

젠장, 그럼 진작 말을 했어야지. 미련한 여자의 행동에 지환은 속으로 혀를 찼다. 시간을 들여 느긋하게 애무를 해줘도 모자랄 마당에, 심지어 한 번에 꿰뚫기까지 했으니 얼마나 아팠을까. 어쨌든 이제 와서 후회해도 늦었다. 지환은 부드럽게 속삭였다.

"너무 조여, 선배. 이러면 더 아프니까 조금만 도와줘요. 응?"

하지만 압박은 조금도 줄어들지 않았다. 본인도 어떻게 해야 하는지 방법을 모르는 것 같았다. 어쩔 수 없이 그 상태에서 조금씩 허리를 움직일 수밖에 없었다. 비좁고 뜨거운 곳에 가둬놓은 채 쉼 없이 강하게 조여든다. 마치 사정을 강요당하는 느낌이었다. 얼마 움직이지도 못해서 금세 절정의 신호가 느껴졌다. 자존심이 상했지만 더는 버틸 수가 없었다.

"선배 때문이야. 선배가 너무…… 아아."

꾸짖듯 하얀 목덜미를 깨물며, 지환은 지옥처럼 깊은 쾌락의 늪에 빠져들었다.

짧은 섹스가 끝나자마자 효령은 기절하듯 잠이 들었다. 곁에 누워 잠든 여자의 얼굴을 바라보고 있자 옛날 일이 떠올랐다.

고등학교 때였던가. 작은아버지 댁에 갔다가 우연히 본 적이 있다. 현우가 자기 방 벽에 붙여놓은 민효령의 포스터에, 그것도 입술도 아니고 뺨에 진지한 표정으로 입을 맞추는 걸.

모범생에 수재라고 찬사가 자자한 녀석이 유치한 짓도 다 한다고 속으로 비웃었다. 그리고 현우가 방을 비운 사이에 몰래 포스터 속 민효령의 입술에 진하게 키스해버렸다. 마치 형의 여자친구를 빼앗은 것 같은 기분이었다.

그런데 지금은 심지어 사진도 아니고 진짜 그 여자가 곁에 있다. 효령의 완벽한 미모를 들여다보며 지환은 생각했다. 절대로 놓치지 않겠다고.

그나저나 태주라는 게 누굴까. 아마도 헤어진 전 남자친구 정도겠지, 하고 지환은 생각했다. 아니, 방금까지 처녀였던 걸 봐서는 사귄 게 아니라 짝사랑했던 남자인지도 모르겠다.

아무리 취했어도 그렇지, 얼굴을 뻔히 보면서도 다른 사람과 착각하다니 우스운 일이었다. 혹시 그 태주란 녀석이 나랑 닮았나. 어쩌면 그래서 처음부터 자신에게 호감을 품었던 게 아닐까.

어쨌든 방금 민효령과 섹스한 건 태주라는 남자가 아니라 엄연히 자신이다. 그리고 이렇게 된 이상 지환은 하룻밤의 불장난으로 끝낼 생각이 없었다. 효령은 분명 자신에게 호감을 품고 있었다. 그렇지 않으면 왜 신인배우 따위의 생일파티에 와줬겠는가. 일부러 케이크까지 사들고.

절대 놓치지 않겠다. 지쳐 잠든 여자를 품에 꼭 껴안고, 지환도 그대로 따라서 잠이 들었다.

문제는 아침에 벌어졌다. 눈을 떠보니 효령이 온데간데없었던 것이다. 자신이 깨기 전에 이미 일어나서 나가버린 것 같았다. 얼른 전화를 걸려고 휴대전화를 꺼냈다가 가슴이 철렁했다. 그러고 보니 전화번호도 모르잖아!

처음 전화번호를 물었을 때 효령은 왠지 머뭇거리며 가르쳐주지 않았었다. 그 후로는 물어본 적이 없고. 즉 전화번호를 알기도 전에 섹스부터 한 것이었다. 혹시나 싶어 두리번거려봐도 남겨놓은 쪽지 한 장 없었다. 지환은 머리를 감싸고 말았다.

회사에서 지환을 보는 사람들마다 하나같이 그 소리뿐이었다.

51

"아니 대체 민효령이랑은 무슨 사이야?"

"혹시 사귀기라도 하는 거야?"

좋아하는 사이다, 같이 잤다. 그 소리가 목구멍까지 치밀어 올랐지만 지환은 애써 삼켜버렸다. 마음 같아서는 내 여자라고 외치고 싶은 심정이었지만 일단은 그녀의 입장도 생각해줘야 했다. 그렇지 않아도 소속사 눈치 보는 것 같았으니까.

"그런 거 아닙니다. 같은 미용실 다니다가 좀 친해졌는데, 제가 요즘에 연기에 대해 고민이 많다고 말씀드렸더니 힘내라고 선배로서 응원 차 축하하러 와주신 것뿐입니다."

다행히도 사람들은 곧이곧대로 믿어버리는 것 같았다.

"하긴 그렇지, 민효령 씨면 재벌 2세도 충분히 만날 텐데."

"그나저나 민효령 다시 봐야겠네. 자기 소속사 후배도 아닌데 그렇게 챙겨주고."

마치 그러면 그렇지 너 따위가 그런 톱스타랑, 하고 말하는 것 같아서 그건 또 그것대로 은근히 기분이 상했다. 어쨌든 다른 사람들에게는 다 그렇게 말했지만 단 한 사람 예외가 있었다.

"민효령 선배랑은 무슨 사이냐."

현우는 인사도 없이 다짜고짜 그렇게 물었다. 늘 지환을 대할 때 보이던 특유의 여유가 전혀 느껴지지 않는 것이, 꽤나 충격을 먹은 모양이었다. 지환은 웃으며 되물었다.

"무슨 사이 같은데?"

현우의 턱이 굳어지는 것이 보였다.

"너 설마……."

대답 대신에 지환은 의미심장하게 싱긋 웃어 보였다. 현우의 일그러지는 표정이 그렇게 통쾌할 수가 없었다. 여태 살면서 현우를 상대로 승자의 기분을 느껴본 것은 처음이었다. 죽어도 이 여자를 놓치지 않겠다고 지환은 다시 한 번 다짐했다.

문제는 정작 연락할 방법이 없다는 것이었다.

"민효령 씨 언제 또 오실지 모르겠다는데요."

미용실에 다녀온 매니저의 보고에 지환은 펄쩍 뛰었다.

"그럼 연락처라도 알아왔어야지!"

"회원 연락처는 다른 사람한테 알려줄 수 없게 돼 있다고, 미안하다고 하던데요."

"내가 팬도 아니고, 같은 배우인데 왜 못 알려줘?"

"개인정보보호 차원이라는데 그럼 어떡해요."

그런 상태로 며칠이 흘렀다. 지환은 점점 초조해져갔다. 아침에 일어나니 아차 싶었던 걸까. 그래서 도망치듯 먼저 나가버렸던 걸까. 이대로 아예 없었던 일로 끝내버리려는 것 같아서 가슴이 서늘해졌다. 그렇게는 안 되지!

안절부절못하는 사이에 시간만 흘렀다. 다행히 일주일쯤 지난 후, 매니저가 귀가 번쩍 띌 만한 소식을 물어다주었다. 민효령이 데뷔 후 처음으로 팬 미팅을 한다는 것이었다. 지환은 말끔하게 차려입고 팬 미팅 장소로 향했다. 커다란 꽃다발도 잊지 않았다.

"배우 서지환입니다. 민효령 선배님 첫 팬 미팅이라고 해서 축하드리러 왔습니다."

다행히도 효령의 매니저 중 한 사람이 지환의 얼굴을 알아보고 안으로 들여보내주었다. 효령은 이미 메이크업을 마치고 스태프들과 함께 대기실에 있었다.

"선배님, 팬 미팅 축하드립니다."

꽃다발을 내밀며 말을 걸자 그녀는 마치 귀신이라도 본 듯한 얼굴을 했다.

"⋯⋯서지환 씨."

주위의 눈치를 보며 곤란해서 어쩔 줄을 몰라 하는 표정으로 알 수 있었다. 만약에 자신이 이렇게 찾아오지 않았더라면 이 여자는 절대 연락하지 않았을 것이다.

"잠깐 얘기 좀 하고 싶은데 괜찮으시겠습니까?"

효령은 하얗게 질린 얼굴로 겨우 고개를 끄덕였다. 지환은 그녀를 데리고 사람이 없는 비상계단 쪽으로 갔다.

"그날은 왜 먼저 가버렸죠?"

단둘이 되자마자 다짜고짜 품에 끌어안고 물었다. 효령이 놀라서 몸을 굳히는 것이 느껴졌지만 모른 체 더욱더 세게 끌어안았다.

"미안해요."

"사과를 듣고 싶은 게 아닙니다."

지환은 애틋하게 속삭였다.

"보고 싶어 죽는 줄 알았어요."

제 귀에도 제법 애절하게 들렸다. 나름대로 혼신을 다한 연기였는데, 실망스럽게도 효령은 전혀 감동해주지 않았다. 대신에

품에서 빠져나와서는 고개를 푹 숙인 채 더듬더듬 말하기 시작했다.

"그날은…… 저어, 정말 미안해요. 그땐 내가 너무 취해서……."

역시 그녀는 그날 밤의 일을 후회하고 있다. 그래도 최소한의 양심은 있는지, 다른 남자와 착각해서 잤다는 말은 하지 않았다. 그렇다면 이쪽에서도 굳이 말을 꺼낼 필요가 없다.

"그래서, 선배는 나하고 앞으로 어떻게 하고 싶은 겁니까?"

단도직입적으로 묻자 효령은 얼굴이 보이지 않을 정도로 고개를 푹 숙이고 대답했다.

"없었던 일로 해줬으면 좋겠어요. ……정말 미안해요."

이것도 어느 정도 예상했던 바였다. 물론 들어줄 마음은 없지만. 지환은 한껏 상처받은 얼굴을 지어 보였다.

"어떻게 있었던 일을 없었던 일로 할 수가 있죠?"

효령은 당황스러운 눈으로 지환의 얼굴을 올려다보았다.

"아무리 내가 신인이라고, 이렇게 대놓고 하룻밤 장난감 취급을 해도 되는 겁니까?"

지환이 분노를 터뜨리자 효령은 어쩔 줄을 몰라 했다.

"그렇지 않아요. 장난감이라니, 절대 그렇게 생각한 적은……."

"나는 진심이었어요. 그런데 사람 마음을 어떻게 이렇게 갖고 놀 수가 있죠?"

말하면서도 대사가 어딘가 붕 떠 있는 듯한 느낌이 들었다. 만약에 이게 촬영 현장이었다면 반드시 감독이 다시 가자고 외쳤을 것이다.

그도 그럴 것이, 몇 번 만나지도 않은 여자였다. 겨우 하룻밤 잔 게 전부인데 진심은 무슨 얼어 죽을 진심이란 말인가. 애초에 진짜로 사귀는 여자에게조차 별로 진심이 되어본 적이 없는 지환이었다. 그러니 연기에 몰입이 될 리가 있나.

"선배도 날 좋아한다고 생각했어요. 내 착각이었던 겁니까?"

"그런 건 아니지만⋯⋯."

여기서 클라이맥스다. 지환은 이를 악물고 외쳤다.

"그럼 왜 나는 안 된다는 건데, 왜!"

이 부분만은 스스로 생각해도 제법 그럴듯한 연기가 나왔다. 왜냐하면 실제로 어디선가 빌려온 대사였기 때문에. 바로 데뷔작이었던 드라마에서, 극중 자신의 사촌형과 결혼하게 된 여자에게 애절하게 고백했을 때의 대사였다.

"지환 씨⋯⋯."

효령은 왠지 무척이나 마음 아픈 얼굴을 했다. 누가 보면 그녀 쪽이 차이는 중이라고 착각할 정도로. 효령이 약한 모습을 보이는 것을 지환은 놓치지 않았다.

"기회를 줘요."

목소리를 누그러뜨리고 효령의 손을 붙들어다 두 손으로 꼭 잡고 간절하게 말했다.

"내가 뭔가 선배 마음에 안 들었겠죠. 마음에 들도록, 선배도 나를 좋아하도록 노력할 테니까 기회를 줘요."

이 정도 했으면 넘어올 거라고 생각했다. 그러나 효령은 어째서인지 쉽사리 고개를 끄덕이려 하지 않았다. 대신에 한참 망설이듯 지환을 바라보더니, 이윽고 결심한 듯 어렵게 입을 열었다.

"정말 미안해요. 사실은……."

사실은 다른 사람이랑 착각했다는 말을 하려는 거겠지. 지환은 그녀의 말을 중간에 잘라버렸다.

"정 그러면 나도 생각이 있습니다."

지환은 최후의 카드를 내밀었다.

"선배 가는 데마다 쫓아다닐 겁니다. 누가 보든 말든 상관없이요."

비겁한 수를 써서라도 놓치고 싶지 않았다. 평생 잘난 척하는 얼굴만 보였던 서현우가, 처음으로 내 앞에서 패배감에 어린 표정을 하지 않았던가. 이 여자 때문에!

"뭐라고요?"

협박이 제대로 먹혀들어간 모양이었다. 효령은 금세 얼굴이 하얗게 질렸다.

"말도 안 되는 소리 말아요."

떨리는 목소리로 애써 반박하려는 그녀를 한마디로 간단히 제압해버렸다.

"내 영화의 시사회에 와줬었죠. 생일파티 와준 거, 나랑 같이 나가는 것까지 본 사람들도 한둘이 아닙니다. 거기에 내가 그렇게 맹렬히 쫓아다닌다면 다들 어떻게 생각할까요?"

효령은 불안한 표정으로 지환을 쳐다보았다. 그것만은 절대 안 된다고 얼굴에 쓰여 있었다. 너무 겁을 먹게 만들면 또 안 되지. 지환은 한발 물러나는 척을 했다.

"나도 이렇게까지 하고 싶지 않습니다. 하지만 나는 이렇게 선배한테 푹 빠져 있는데, 선배는 도망가려고만 하니까 어쩔 수가 없잖아요."

은근슬쩍 그녀에게 책임을 전가했다.

"솔직히 말해봐요. 선배도 나한테 마음이 있잖아. 아니면 나 혼자만의 착각인 겁니까?"

역시나 효령은 아니라고 말하지 못했다. 그러면 그렇지. 자신감을 얻은 지환은 승부수를 던졌다.

"앞으로 딱 한 달만 만나요, 우리. 그러면 그 이상은 절대 귀찮게 하지 않겠습니다."

즉 만나주지 않으면 귀찮게 하겠다는 뜻이었다. 효령도 그것을 눈치챘는지 얼굴에 치열하게 고민하는 빛이 떠올랐다.

잠시 후 그녀는 머뭇거리듯 물었다.

"진짜로 한 달이면 되는 거예요……?"

"약속하겠습니다."

지환은 힘주어 고개를 끄덕였다.

"한 달 후에도 선배가 날 좋아하지 않는다고 말하면 원하는 대로 없었던 일로 해줄게요. 두 번 다시 찾아오지도, 귀찮게도 하지 않겠습니다."

잠시 후, 결국 효령은 기어들어가듯 중얼거렸다.

"······알았어요."

scene 03

한 달 후에도 싫다고 하면 깨끗이 물러나주겠다고는 했지만, 사실 그런 일은 벌어지지 않을 거라는 자신이 있기 때문에 한 말이었다.

수려한 외모에 훤칠한 키, 명문대 출신에 넘치는 재력. 살면서 저 싫다는 여자는 여태 단 한 번도 보지 못한 지환이었다. 효령만 해도 애초에 자신에게 호감이 있으니까 시사회에 와준 것 아니겠는가. 생일파티 역시 마찬가지고.

아마도 커리어가 너무 차이 나는 상대와 엮이고 말았다는 생각에 뒤늦게 후회가 들었던 것 같은데, 그런 건 별로 문제가 되지 않았다. 후회 따위는 할 여지도 없을 정도로 나한테 푹 빠지게 만들어버리면 되니까.

한 달 후, 민효령은 나 없이는 살 수 없는 여자가 돼 있을 것이다. 반드시 그렇게 만들고 말겠다고 지환은 다짐했다.

그러기 위해서는 이쪽도 최선을 다해야 했다. 지환은 인터넷을 뒤져 효령의 인터뷰 기사를 하나하나 찾아 읽기 시작했다. 인기에 비해서 인터뷰는 자주 하지 않는 듯, 자료가 별로 많지는 않았다. 그녀에 대한 정보 하나하나를 지환은 주의 깊게 머릿속에 새겼다. 민효령이 좋아하는 것, 싫어하는 것, 앞으로의 꿈,

가족관계…….

처음으로 알게 된 사실은 그녀에게 쌍둥이 언니가 있다는 것이었다. 그런 미인이 세상에 하나 더 있단 말이지, 하고 지환은 조금 신기하게 생각했다.

협박까지 동원해서 만들어낸 유효기간 한 달짜리 연애의 시작.

그녀의 팬 미팅이 있었던 날로부터 이틀 후, 지환은 첫 데이트를 하자는 빌미로 효령을 불러냈다. 약속장소는 미용실 앞이었다. 방금 메이크업을 마치고 나온 완벽한 미모의 배우를 차에 태우고 지환은 물었다.

"어디 가고 싶은 데라도 있어요?"

효령은 한참 동안 대답이 없었다. 하기야 협박에 못 이겨 억지로 만나는 사이인 셈인데 가고 싶은 데가 없기도 하겠지. 기다리다 지쳐서 그냥 일단 무작정 달릴 셈으로 차를 출발시키려는 순간, 그녀가 중얼거렸다.

"……단풍이 보고 싶네요."

마침 11월 초, 한창 단풍이 들기 시작할 때였다. 단풍이라, 어디가 좋을까. 잠시 생각하다 떠오른 곳이 있었다. 고향 동네에 있는 은행나무 숲이 이맘때쯤 무척 아름다울 텐데.

부모님이 돌아가신 후로 한 번도 찾은 적이 없는 고향이었다. 조금 망설이다 지환은 마음을 결정하고 차를 출발시켰다. 동네 안까지 안 들어가면 괜찮겠지.

"좋은 데가 있어요. 꽤 오래 걸릴 테니까 시트 좀 뒤로 눕히고 편하게 앉아요."

다정하게 말했는데도 효령은 정자세로 등을 꼿꼿이 세우고 앉은 채 미동조차 하지 않았다. 온몸에서 불편한 기운이 뿜어져 나오고 있어서 지환은 쓴웃음을 지었다.

평일 낮의 뻥 뚫린 고속도로를 시원스럽게 달렸다. 가만히 두면 그녀 쪽에서는 언제까지나 입을 열지 않을 것 같아서 지환은 궁금했던 것을 물었다.

"내 생일날, 왜 와줬던 거죠? 처음에 부탁했을 땐 화를 내면서 거절해놓고."

그야 자신에게 호감이 있으니까 왔을 거라고 생각하고는 있었다. 하지만 그 전에 일단 차갑게 거절했다가 마음을 바꾼 이유는 잘 짐작이 가지 않았다. 대답이 돌아오는 데는 약간의 시간이 걸렸다.

"······꼭 하고 싶었던 역할이 같은 소속사 배우한테 돌아갔다고 했잖아요. 그 후에 서현우 씨가 미니시리즈 주연으로 들어간다는 기사를 봤어요. 두 분이 사촌이라고 알고 있는데, 그래서 지환 씨 마음이 더 안 좋지 않을까 생각했어요."

지환은 내심 놀랐다. 배역을 빼앗아간 것이 서현우라고는 한마디도 하지 않았는데, 그녀가 그걸 눈치채고 있었다니.

"사촌인 건 또 어떻게 알았죠?"

"예전에 기사에서 본 적 있어요."

데뷔 초에 보도자료로 사촌이라는 기사가 몇 번 나간 적이 있었다. 현우도 신인이었기 때문에 크게 화제가 되지는 않았지만.

문득 떠오르는 것이 있었다. 생일파티에 왔던 날, 그녀는 유독 현우에게만 친절하지 않았다.

"그래서 현우 형이 인사했을 때, 일부러 알은체 안 해준 겁니까?"

"네."

지환은 혀를 내둘렀다. 서현우에 대한 라이벌 의식은 매니저를 포함한 그 누구에게도 드러낸 적이 없었는데. 이 여자는 어떻게 이렇게 나에 대해서 잘 알고 있는 걸까? 그러면서 왜 이렇게 방어적으로 굴고 있는 거지?

핸드백을 단단히 끌어안은 채 앞만 쳐다보고 있는 여자의 주위에 보이지 않는 보호막 같은 것이 느껴졌다. 어떻게 경계심을 무너뜨릴까 궁리하다 지환은 가장 가까운 가족 이야기부터 시작하기로 했다.

"참, 쌍둥이 언니가 있다고 들었는데."

대답이 돌아오지 않아서 슬쩍 곁눈질로 쳐다보니 효령은 마치 밀랍으로 빚은 인형처럼 새하얗게 굳어져 있었다. 지환은 웃으며 알게 된 경위를 설명했다.

"예전에 효령 씨가 했던 인터뷰에서 봤어요."

그제야 효령은 짧게 네, 하고 대답했다.

"일란성 쌍둥이라고 쓰여 있던데. 어때요, 효령 씨랑 많이 닮았어요?"

"……그렇게 닮지는 않았어요."

"그렇구나. 언니는 이름이 뭐예요?"

"효주……라고 해요. 정효주."

왜 성이 다르지, 하고 생각하다 금세 떠올렸다. 민효령의 본명이 정효령이라는 것을.

"성격은? 언니는 어떤 사람이죠?"

한참 동안 대답이 돌아오지 않았다. 가까워지려고 언니 얘기를 꺼낸 건데, 혹시나 질문이 불편했나 싶어서 지환은 효령의 눈치를 보았다. 효령은 창밖의 하늘을 쳐다보고 있었다. 끝없이 펼쳐진 새파란 가을 하늘을.

"……저 달 같은 사람이에요, 우리 언니는."

효령의 시선이 향하고 있는 방향을 내다보니 정말로 희미한 낮달이 걸려 있었다.

"분명히 그 자리에 있는데 해가 뜨면 안 보이게 돼버리잖아요."

단순히 그냥 언니 성격이 어떠냐고 물은 건데 무슨 대답이 이렇게 거창해. 그렇게 생각하며 지환은 다시 물었다.

"그럼 해는 누구죠?"

"나예요."

하늘을 쳐다보던 시선을 내리깔며 효령은 중얼거렸다.

"평생을 내 빛에 가린 채로 사는 사람. 그게 우리 언니예요."

무슨 소린지는 대강 알 것도 같다. 본인이 워낙 톱스타니까 상대적으로 언니가 가려지는 면이 있었겠지. 하지만 자신은 태양이고 언니는 태양빛에 가려 보이지도 않는 달이라니, 그런 소리를 자기 입으로 하는 것 자체가 좀 너무하지 않은가 싶은 생각이 들었다. 달이라고 해서 낮에 뜨고 싶지는 않았을 텐데.

어쩌면 자신도 비슷한 처지일지 모른다. 한동네에서 사촌형 제로 같이 자랐지만, 늘 서현우만 온갖 칭찬과 주목을 다 받았으 니까.

얼굴도 본 적 없는 효령의 언니가 문득 궁금해졌다. 어떤 사람 일까, 그 여자는.

"나중에 언니 한번 같이 봤으면 좋겠네요."

대답은 없었다. 더는 말하기 싫다는 듯 효령은 눈을 감아버렸 고, 지환도 일부러 자는 척하는 여자에게 굳이 말을 걸고 싶지는 않았다. 어색한 분위기가 싫어서 일부러 더 밟기도 했고, 길도 뚫려 있었던 덕분에 평소 같으면 세 시간은 족히 걸렸을 거리를 두 시간 만에 도착했다.

"자, 다 왔어요. 그만 일어납시다."

효령은 그제야 눈을 떴다.

차에서 내리자 샛노란 은행나무 숲이 눈앞에 펼쳐져 있었다. 마침 때를 잘 맞춰 왔는지, 이미 어릴 때부터 익숙해져 있는 지 환도 새삼 감탄할 정도의 장관이었다. 역시나 효령도 놀란 듯이 눈을 크게 뜨고 주위를 둘러보고 있었다.

"좀 걸을까요?"

노랗게 물든 길을 둘이서 천천히 걸었다. 숲이 무척 마음에 드 는 듯, 키 큰 은행나무들을 올려다보는 효령의 표정은 아까 차에 서와는 달리 한결 풀어져 있었다.

"어때요, 마음에 들어요?"

효령은 고개를 끄덕이고는 물었다.

"여기가 어디예요? 국립공원 같은 건가요?"

"그냥 사유지입니다. 굳이 말하자면 우리 집안 선산 같은 거."

정확히 말하면 작은집, 즉 현우의 아버지 소유니까 더는 '우리 집안'이 아니지만 그렇게 소개하는 데 별로 죄책감이 느껴지지는 않았다. 이 산을 평생 가꾸고 돌본 사람이 바로 자신의 아버지가 아닌가. 산자락에 이렇게 은행나무 숲을 조성해놓은 장본인도 바로 아버지였다.

"여기는 온통 은행나무뿐이지만, 조금 위로 올라가면 다른 종류의 나무들도 많이 있어요. 울긋불긋해서 더 예쁠 겁니다."

은행나무 숲을 빠져나와 산길을 오르기 시작했다. 올라가는 도중에 효령은 간간이 무릎을 굽혀 땅에 떨어진 도토리를 주워 들었다.

"할머니 생각이 나서요."

그리운 듯 눈을 가늘게 뜨고 효령이 말했다.

"가을이면 늘 할머니랑 도토리 주우러 다녔던 기억이 있어요. 고구마도 캐고, 고추도 따고 그랬죠."

고구마 캐고 고추 따는 민효령이라. 떠올려봤지만 잘 상상이 되지 않았다.

"효령 선배가요?"

웃으며 되묻자 효령이 흠칫하며 도토리를 떨어뜨렸다.

별로 높지 않은 산인데도 경치를 둘러보며 천천히 올라가느라 시간이 꽤나 걸렸다. 야트막한 산은 이미 단풍이 절정에 이르고 있었다. 손을 뻗어 빨갛게 물든 나뭇잎을 살며시 어루만지며 미모의 배우는 감탄한 듯이 말했다.

"꽃보다 더 예쁜 것 같아요."

산을 다 오르고 나자 우거진 억새밭 너머로 작은 산장이 눈앞에 보였다. 바람이 마른 풀에 스치는 소리가 났다. 수풀 사이로 퍼드덕거리며 노는 참새 떼를, 효령은 신기한 것이라도 보듯 한참이나 바라보았다.

"배고프지 않아요? 우리 점심도 걸렀는데."

슬쩍 묻자 그제야 효령은 주위를 돌아보고는 저만치 산장이 있는 것을 발견한 모양이었다.

"혹시 저기서 뭔가 팔지 않을까요?"

"가게는 아니지만 일단 와봐요. 뭐가 있나 좀 봅시다."

지환은 효령을 이끌어 산장으로 향했다. 생각했던 대로 산장 문은 잠겨 있었다. 자신의 생년월일로 비밀번호를 누르자 낡은 자물쇠는 금세 열렸다. 효령은 놀란 듯이 물었다.

"어떻게 열었어요?"

"아까 말했잖아요, 우리 집안 선산 같은 거라고."

이 산과 산장은 아버지가 관리했다. 가끔 지환도 아버지와 함께 산장에 올라와서 청소를 돕곤 했었다. 청소가 끝나면 아버지가 직접 끓여주시곤 했던 라면이 얼마나 맛있었는지 지금도 기억이 생생하다.

"가만있자, 뭐가 있을까……."

찬장을 열어보자 라면이 몇 개 보였다. 유통기한을 확인하니 아슬아슬하긴 했지만 다행히 아직 지나지는 않은 상태였다.

"라면 먹을래요?"

배가 고팠던 모양이다. 효령은 금세 고개를 끄덕였다. 지환이 휴대용 가스버너에 라면을 끓이는 동안 효령은 옷소매를 걷어붙이고 선반에서 그릇을 꺼내 씻기 시작했다.

"지하수라 많이 차가울 겁니다. 내가 할 테니 만지지 말아요."

"괜찮아요. 그냥 가볍게 물로 헹구기만 하는 건데요, 뭐."

그런 효령을, 지환은 조금 신기한 눈으로 바라보았다. 이미지만 봤을 때는 그림같이 앉아서 남이 차려준 진수성찬에 대고 맵니 짜니 하고 불평을 늘어놓을 것같이 생겼는데.

그릇을 씻는 효령의 손이 눈에 띄었다. 요즘은 일반인들도 대부분 손톱을 길게 길러서 화려하게 네일아트를 한 사람이 많은데, 그녀의 손톱은 짧고 단정하게 다듬어져 있을 뿐 아무 장식도 색깔도 없었다.

낡은 코펠 냄비에 라면을 끓여서 마주 앉아 먹었다. 점심도 거르고 산에 올라오느라 시장했던 걸까. 계란 한 알, 김치 한 조각 곁들이지 않은 초라한 라면을, 톱스타는 호호 불어가며 맛있게도 먹었다.

"이거 더 먹어요."

남은 라면을 덜어주자 그것도 효령은 마다하지 않았다. 예전에 같이 촬영했던 여배우가 맛있게 라면을 먹는 장면을 찍다가도 카메라만 멈추면 딱 뱉어버리던 게 떠올라서 조금 의외였다.

라면을 다 먹고 나서 설거지를 했다. 이번에도 나서려는 효령

68

을 지환이 강제로 밀어내버렸다.

"제가 해도 되는데…….."

효령이 곁에서 안절부절못해서 무척 신기한 기분이었다. 같은 연예인이라도 자기 쪽이 훨씬 더 스타면서.

그러다 효령이 문득 찬장에서 뭔가를 발견한 모양이었다.

"지환 씨, 커피 마실래요?"

"좋죠."

효령은 방금 씻어놓은 냄비에 물을 끓여서 믹스커피를 탔다. 젓가락으로 조심조심 저어주는 커피잔을 받아들자 새삼스럽게 웃음이 났다. 사람 오래 살고 볼 노릇이다. 살다 보니 민효령이 타주는 커피도 마셔보는구나. 그녀가 타준 믹스커피는 그 어떤 고급 원두로 내린 커피에 비교할 바가 아니었다. 그저 이 장면을 현우가 보지 못하는 것이 안타깝기만 했다.

맞은편에 앉아서 두 손으로 잔을 감싸고 커피를 마시고 있는 효령을 바라보다 문득 떠오른 것이 있었다. 지난번에 미용실에서 봤을 때, 다리를 꼬고 앉아서 한 손으로 커피를 마시던 그녀의 모습이었다. 그러고 보니 처음에 함께 차를 마셨을 때는 역시 지금처럼 두 손으로 잔을 들었던 것 같은데.

"그런데 효령 씨는 왜 사람이 자꾸만 변하죠?"

호칭을 효령 선배, 에서 효령 씨로 슬쩍 바꾼 것은 자꾸만 자신과의 커리어 차이를 인식하게 만들고 싶지 않아서였다.

"네?"

"뭐랄까, 볼 때마다 다른 사람 같아서."

가볍게 한 말이었는데 효령은 왠지 얼굴이 굳어졌다. 커피잔을 내려놓는 그녀에게 지환은 웃으며 말했다.

"그거 알아요? 미용실에서는 효령 씨 되게 무서워 보여요. 나한테도 막 화내고."

"그건…… 미용실에는 다른 사람들도 있으니까……."

효령은 왠지 안절부절못하며 시선을 돌렸다.

"왜, 다른 사람들이 볼 때는 나랑 가까워 보이면 안 되는 겁니까?"

짐짓 서운한 듯이 묻자 그녀는 대답하지 않았다. 그저 당황한 듯이 테이블만 바라보고 있을 뿐.

"혹시 소속사에서 남자 못 만나게 해요?"

효령은 고개를 끄덕였다.

"네."

역시 그랬구나. 지환은 슬며시 미소를 지었다. 하기야 나 싫다는 여자가 있을 리 없지.

배우로 데뷔하기 전에도 늘 여자를 끄는 타입이었다. 지금까지 살면서 이쪽에서 괜찮다고 생각한 여자가 자신을 마다한 적은 한 번도 없었다.

어쩌면 그래서 늘 뜨뜻미지근한 연애만 해왔는지도 모른다. 괜찮으면 사귀고, 마음이 식으면 헤어지고, 어쩌다 상대로부터 먼저 헤어지자는 말을 들으면 미련 없이 오케이하고 돌아서는 식으로. 그러면 오히려 저쪽에서 매달려오곤 했다. 화가 나서 한 말이다, 진심으로 한 말이 아니라면서.

70

민효령도 여자인 이상 예외일 리 없다. 지환은 다시 한 번 자신감을 품었다.

가을 해는 짧았다. 아직 시간은 5시도 안 됐는데 커피를 마시고 나자 벌써 해가 뉘엿뉘엿 지기 시작하고 있었다.

"어두워지기 전에 내려가야겠네요."

솔직한 심정으로는 차가 퍼졌다는 핑계라도 대서 함께 밤을 보내고 싶었지만 안타깝게도 여기에 난방시설이라고는 하나도 없었다. 속으로 훗날을 기약하며 지환은 효령과 함께 산장을 나왔다. 내려가는 길에 효령이 발을 조금 헛디뎌서 넘어질 뻔하는 바람에 얼른 손을 잡았다.

"괜찮아요?"

"네."

"내 손 꼭 잡고 걸어요. 넘어지지 않게."

효령의 손을 꼭 잡은 채 산을 내려왔다. 긴장한 듯이 손바닥에 땀이 촉촉하게 배어나는 것이 느껴졌지만, 그녀는 지환의 손을 뿌리치려고 하지는 않았다. 내려오는 길에 효령은 주머니에 손을 넣어 아까 주웠던 도토리 몇 알을 꺼내 떨어뜨렸다.

"집에 가져가려고 주운 거 아니었어요?"

"사람들이 자꾸 주워가서 다람쥐가 겨울에 먹을 게 없대요."

다람쥐 걱정까지. 지환은 그만 소리 내어 웃어버렸다.

"효령 씨는 생각했던 거랑은 많이 다른 것 같네요."

"네?"

또다시 흠칫 표정이 굳어지는 효령을, 지환은 웃으며 안심시켰다.

"좋은 뜻입니다. 뭐랄까, 전에는 무척 도도하고 차가운 이미지로만 생각했거든. 그런데 실제로 알고 나니까 되게 소박하잖아요. 산도 잘 타고, 라면도 맛있게 잘 먹고."

"아, 네……."

"원래 갖고 있던 이미지보다, 새로 알게 된 효령 씨 쪽이 나는 훨씬 좋네요."

듣기 좋으라고 한 소리기는 하지만 진심이기도 했다. 솔직히 말해서 미용실에서 마주칠 때의 효령의 모습은 지환이 딱 질색하는 타입에 가까웠으니까.

칭찬이 부끄러웠던 걸까. 효령은 내내 고개를 푹 숙이고 있었다.

"자, 이러다 해 지겠네요. 얼른 내려갑시다."

그런 효령의 손을 꽉 고쳐 잡고 지환은 걸음을 서둘렀다.

지환이 작은아버지에게서 전화를 받은 것은 효령과 함께 고향에 내려갔다 온 이틀 후였다.

─ 지환이, 혹시 산장에 왔다 갔느냐?

그걸 어떻게 알았을까. 속으로 혀를 내두르며 지환은 공손하게 대답했다.

"예. 그저께 단풍 구경을 갔다가 라면 끓여 먹고 왔습니다."

－ 어쩐지, 누가 왔다 간 흔적이 있어서 현우에게 물었더니 모르는 일이라고 하더구나. 왔으면 들러서 인사라도 하고 가지 그랬느냐.

"금세 서울로 올라가봐야 해서 그럴 수가 없었습니다. 죄송합니다, 작은아버님."

습관이란 무섭다. 이미 법적으로 남남인 사이인데도 좀처럼 호칭만은 고칠 수가 없었다. 동갑내기인 현우에게 여태 형이라고 부르고 있는 것도 그래서였다.

－ 됐다. 곧 있으면 내 환갑이니 그때나 내려오너라.

그러고 보니 올해가 작은아버지의 환갑 되는 해였다. 종손인 작은아버지의 환갑이니 온 일가친척이 다 모일 터였다. 물론 더이상 서씨 집안사람이 아닌 지환은 참석할 이유가 없었다.

'죄송하지만 제가 거기 왜 가야 합니까.'

참지 못하고 대꾸하려다 지환은 입을 다물었다. 퍼뜩 떠오른 생각이 있어서였다.

"예, 그럼 그때 뵙겠습니다."

순순히 대답하고 지환은 전화를 끊었다. 갈 것이다. 그 대단하신 종손 어르신의 환갑잔치에. 가서 내가 어떤 사람인지, 온 동네 일가친척들 앞에 똑똑히 보여주고 오겠다. 속으로 이를 가는데 또다시 휴대전화가 울렸다. 이번에는 아들 쪽이었다.

"무슨 일이야?"

－ 너, 오늘 스케줄 없으면 나 좀 보자.

"무슨 일인데?"

— 지금 집에 있지? 들어간다.

전화는 일방적으로 끊겼다. 어이없어하고 있는데 금세 초인 종 소리가 났다. 이제 보니 아예 집 앞에 와서 전화를 한 모양이 었다. 문을 열자 현우가 장승처럼 버티고 서 있었다.

"들어와. 뭐 마실 거라도 줄까?"

"됐고, 이리 와서 앉아봐."

빠른 걸음으로 소파로 향하는 현우에게서 평소의 여유는 전혀 느껴지지 않았다.

"너, 그저께 산장에 갔다 왔지."

또 그건가. 지환은 피식 웃고 말았다.

"아니, 라면이랑 커피믹스 좀 먹었기로서니 그게 그렇게 큰일 이야? 부자가 돌아가면서 이러게."

하지만 현우는 조금도 웃지 않았다.

"누구랑 같이 갔어?"

다그치듯 하는 말투에 기분이 확 상했다.

"내가 누구랑 갔든 무슨 상관인데?"

"설마 민효령 씨랑 간 거야?"

그렇지 않아도 자랑하고 싶었던 판인데 부정할 필요가 있나. 지환도 웃음기를 지우고 현우를 똑바로 쳐다보며 고개를 끄덕 였다.

"그래. 효령 씨랑 같이 갔어."

현우의 얼굴이 굳어졌다. 짐작은 하고 있었지만 충격이라는 듯한 표정이었다.

74

"······사귀는 사이냐?"

으스러져라 꽉 쥔 주먹이 무릎 위에서 부들부들 떨리는 것이 보였다. 승리감을 들키지 않도록 지환은 짐짓 걱정스러운 표정을 해 보였다.

"효령 씨 입장도 있으니까, 다른 사람한텐 비밀로 해줘."

현우는 한참 동안이나 지환을 노려보더니 불쑥 말했다.

"헤어져."

"뭐?"

지환은 제 귀를 의심했다.

"민효령 씨, 너 같은 녀석이 함부로 건드릴 여자 아니야."

어이가 없었다.

"듣자 듣자 하니까 좀 그렇네. 나 같은 녀석이라니?"

"네가 지금까지 울린 여자가 한둘이 아니라는 거 알고 있어. 다른 여자랑 무슨 짓을 하든 내 알 바 아니지만, 민효령 씨를 그 중 한 명으로 만들지 말란 말이다."

울린 여자가 많은 거야 사실이다. 하지만 그게 뭐 딱히 나쁜 짓을 했다거나, 양다리를 걸쳤다거나 하는 수준 떨어지는 이유는 아니었다. 그저 서로 감정의 온도가 같지 않아서 그랬을 뿐. 늘 자신보다는 상대가 훨씬 더 뜨거웠고, 그러다 보면 트러블이 생기기 마련이었다.

어쨌든 간에 현우에게 이런 소리를 들을 이유는 없다. 지환은 비웃듯 말했다.

"아무리 팬이라도 연애사에까지 간섭하는 건 좀 오버 아닌가?

형이랑 효령 씨는 기껏해야 내 생일날 잠깐 본 게 전부일 텐데."

"그게 처음이 아니야."

"그럼 뭐 사인회라도 갔었어?"

코웃음을 치는 지환에게, 현우는 심각한 얼굴로 말했다.

"만난 적이 있어. 그녀가 날 기억하지 못할 뿐이지."

호기심이 일었다.

"그러니까 언제, 어디서, 어떻게?"

"……데뷔한 지 얼마 안 됐을 때였어."

현우는 조금 망설이더니 결심한 듯이 입을 뗐다.

"사극 촬영 현장이었는데 날이 무척 더웠어. 주연배우들끼리 싸움이 나는 바람에 촬영이 제대로 이루어지지 않았지. 나는 신인이라 어디 가서 쉴 수도 없고, 계속 두꺼운 한복을 입은 채 땡볕에서 하염없이 대기해야 했어. 하필 그날은 매니저도 곁에 없어서, 쉬겠다는 소리를 하고 싶은데 좀처럼 입이 떨어지지 않더군."

무슨 상황인지 지환도 알 것 같았다. 감독도 저기압이었을 텐데 갓 데뷔한 신인이 어떻게 쉬겠다는 말을 꺼낼 수 있었을까.

"한참 그러고 있자니 눈앞은 어질어질하고, 이러다 죽겠다는 생각이 들더군. 그때 마침 민효령 씨가 근처에 왔다가 촬영장에 들렀어. 감독하고 아는 사이여서 인사차 왔다고."

"그래서?"

"물론 민효령 씨는 나와 전혀 아는 사이가 아니었지. 그런데 갑자기 나한테 다가와서 아는 사람처럼 반갑게 인사를 하더니,

아는 후배랑 얘기 좀 하겠다고 감독한테 말해서 나를 자기 차에 데려가서 쉬게 해줬어."

예전이라면 믿지 않았을 것이다. 하지만 민효령의 진짜 성격을 알게 된 지금은 충분히 그랬으리라고 짐작이 갔다. 하여튼 쓸데없이 상냥해가지고, 하고 지환은 속으로 혀를 찼다.

"차에 데려가서 얼음물을 주면서 민효령 씨가 말하더군. 쓰러질 것 같은 얼굴을 하고 있어서 데려왔다고, 잠깐이라도 푹 쉬라고."

생각만 해도 황홀한가 보다. 마치 꿈꾸는 것 같은 눈동자였다.

"삼십 분쯤 쉬고 나니까 살 것 같더군. 마침 촬영도 재개되었다고 해서 나는 현장으로 돌아갔지. 민효령 씨는 일부러 나를 데려가서 감독한테 아는 후배니까 잘 부탁드린다는 말까지 해줬어. 그리고 헤어지기 전에 격려도 해주더군. 신인이라 이래저래 고달픈 일도 많겠지만 힘내라고, 열심히 하는 모습을 보니 꼭 훌륭한 배우가 될 수 있을 거라고."

자초지종을 듣고 나니 이해할 것 같았다. 어쩐지, 나이 서른이 넘어서까지 여전히 민효령한테 너무 연연하는 게 이상하다 했더니 그런 일이 있었구나.

물론 효령에게 있어서야 그냥 신인배우를 격려하려던 것뿐이었겠지만, 원래도 팬이었던 현우에게는 그 사건이 아예 일생일대의 목표로 굳어져버리고 만 모양이었다.

"그때부터 내 목표는 오로지 하나뿐이었어. 반드시 배우로서 성공해서, 언젠가 민효령 씨의 상대역으로 연기하고 말겠다고. 그리고…….”

그 뒷말은 차마 하기 민망한지 현우는 말끝을 흐렸다. 물론 알아듣지 못할 지환이 아니었다.

“사귀고 싶다?”

지환은 웃으며 물었다. 비웃는 게 아니라 기분이 좋아서 진심으로 나오는 웃음이었다. 현우가 짝사랑하다 못해 인생의 목표로까지 삼고 있는 바로 그 여자를, 지금 내가 사귀고 있지 않은가.

“그런데 내가 거기 방해가 되니까 헤어져달라 이거야?”

“꼭 그래서만은 아니야. 아까도 말했지만 너는 민효령 씨를 행복하게 해줄 수 없는 녀석이니까 하는 소리야.”

“나라고 어쩔 수 있나. 효령 씨가 나를 너무 좋아해서 사귀는 건데.”

지환은 천연덕스럽게 거짓말을 했다. 말하고 보니 아주 거짓말도 아니지 싶었다. 싫다는 걸 억지로 협박해서 사귀고 있긴 하지만 아마도 그건 소속사 때문인 것 같고. 효령은 분명 자신을 좋아하고 있었다.

“그런 톱스타가 나 같은 신인을 만나는 걸 보면 모르겠어?”

현우는 분한 얼굴을 했다.

“대체 민효령 씨는 너 같은 녀석의 어디가 좋다는 거냐.”

“글쎄, 그건 나야 모르지.”

건성으로 대꾸하고 지환은 소파에서 일어섰다. 이만 돌아가

달라는 의사의 표현이었다.

"하여튼 효령 씨 걱정해주는 건 고마운데, 내가 해줄 수 있는 게 없네. 미안."

현우는 앉은 채로 지환을 노려다보다가 몸을 일으켰다.

"너무 잘난 체하지 마라. 민효령 씨 현명한 여자야. 너 같은 녀석과는 어차피 오래가지도 못할 거다."

"덕담 고마워."

"농담하는 거 아니다. 울렸다간 널 죽여버릴 거야."

그렇게 말하니 왠지 꼭 울리고 싶은데, 하고 지환은 저도 모르게 생각해버렸다. 효령이 자신 때문에 우는 꼴을 보면 현우가 얼마나 억장이 무너질까. 죄 없는 그녀에게는 미안하지만, 꼭 한 번 울려보고 싶어졌다.

뭐, 지금 당장은 아니지만.

scene 04

민효령이라는 도깨비 방망이를 어떻게 써먹을까, 하고 지환은 행복한 고민에 빠졌다. 제일 먼저 떠오르는 것은 스캔들을 터뜨려서 자신의 인지도를 높이는 것이었다. 그러나 이건 아직 시기상조 같다.

커리어 차이가 너무 많이 나는 상황에서 사귄다는 기사가 나면 자칫 신인배우가 성공을 위해 톱스타에게 접근했다는 소리를 들을 위험이 있었다. 무엇보다 효령이 알려지는 걸 원하지 않을 테고. 일단 교제 사실은 자신이 좀 더 뜨고 난 후에 터뜨리는 게 좋겠다고 지환은 생각했다.

뜨려면 무엇보다 좋은 작품에서 큰 배역을 맡아야 한다. 이것 역시 효령이 충분히 도와줄 수 있는 부분이었다. 그녀가 주연을 맡고, 상대역을 직접 추천하겠다고 하면 되지 않겠는가.

다짜고짜 부탁하면 속 보일 테니까, 배역 때문에 고민하는 모습을 조금씩 비치는 게 좋을 것 같았다. 좋아하는 남자가 계속 고민하고 있으면 어떻게든 해주고 싶어 하겠지.

거기까지 계획을 세워놓고 나서 지환은 현우에게 전화를 걸었다. 스캔들이나 배역은 나중 얘기고, 지금 당장은 이 자식을 배 아프게 만들어주고 싶다. 그것도 죽도록.

"오랜만에 식사나 같이 할까?"

전화를 받은 현우는 어처구니없다는 듯이 되물었다.

– 뭐?

원래도 둘이서 밥 먹을 정도로 친한 사이가 아니었다. 사촌형제로서 같은 동네에서 자라 같은 소속사에서 배우로 활동하고 있어도 따로 만나는 일이라곤 없었다.

지환이 갓 데뷔했을 때 현우가 선배랍시고 몇 마디 해주기는 했지만 별로 와 닿지도 않았다. 기껏해야 1년 먼저 데뷔했을 뿐이지 서로 신인이기는 마찬가지인데 누가 누구에게 훈장질을 한단 말인가. 어쨌든 원래도 같이 안 먹던 밥을, 민효령 때문에 서먹해진 지금에 와서 먹자고 청하니 현우가 어이없어할 만도 했다.

"내 친척이라고 얘기했더니 효령 씨가 꼭 소개해달라고 졸라서. 아무래도 좀 그런가?"

일부러 뒤에 미안한 척 덧붙였지만 알고 있었다. 현우가 거절하지 못할 거라는 사실을. 민효령에 대한 현우의 감정은 거의 숭배에 가까운 것이었다. 비록 사촌동생의 여자친구로서 만나는 거라고 해도, 그녀의 얼굴을 가까이서 보고 이야기를 나눌 수만 있다면 현우는 기꺼이 승낙할 것이다. 자신이 없었더라면 애초에 말조차 꺼내지 않았다.

"뭐, 불편하면 그만두고."

– 아, 아니. 괜찮아.

일부러 한발 슬쩍 물러났더니 역시나 현우는 미끼를 덥석 물었다.

– 언제?

그러면 그렇지. 지환은 소리 없이 웃었다.

"효령 씨랑 시간 맞춰보고 연락해줄게."

약속장소인 강남의 예약 전문 일식집의 개별실에, 서현우는 미리 와서 앉아 있었다. 평소 일이 없을 때는 일반인같이 러프한 차림으로 다니는 현우가 오늘은 대단한 스케줄이라도 있는 사람처럼 제대로 차려입고 있어서 웃음이 났다. 남의 여자친구 만나는 자리에 저렇게까지 신경을 쓰고 싶을까. 참 눈물 나는 짝사랑이로군.

"안녕하십니까, 민효령 선배님."

"네, 안녕하세요."

현우의 깍듯한 인사에 효령은 어색하게 대답했다.

미리 예약을 해두었기 때문에 모두 모이자 금세 요리들이 나왔다. 회나 튀김, 일식 전골 등이 푸짐하게 차려졌지만 현우도, 효령도 손을 댈 생각을 하지 않았다. 현우는 반쯤 정신 나간 듯한 눈으로 효령을 바라보고 있었고, 효령은 그런 시선이 무척 불편한 듯 고개도 제대로 못 들었다. 중간에서 지환은 아무것도 눈치채지 못한 척 쾌활하게 재촉했다.

"자, 다들 수저 안 들고 뭐 해? 얼른들 먹읍시다, 배고픈데."

그제야 두 사람도 식사를 시작했다. 지환은 일부러 효령의 접시에 맛있는 것들을 골라 얹어주었다.

"이거 되게 맛있네. 먹어봐요, 효령 씨."

맞은편에서 날아오는 시선에서 살기가 느껴질수록 지환은 신이 났다. 죽이고 싶을 정도로 부러운 모양이다.

"저, 서현우 씨는 지난번에 지환 씨 생일파티 때 처음 뵀었죠."

현우가 소외될까 봐 민망했는지, 효령은 조심스럽게 현우에게 말을 걸었다.

"사실은 그게 처음이 아닙니다."

현우가 불쑥 말했다.

"네?"

"3년 전에 한 번 촬영장에서 뵌 적이 있습니다."

효령은 조금 당황스러운 눈으로 현우를 바라보았다.

"죄송하지만 같은 작품을 한 적이 있었나요……?"

"아뇨. 그때 선배님이 근처에 오셨다가 감독님께 인사드린다고 잠깐…….'

현우는 열띤 얼굴로 설명을 시작했다. 지난번에 지환에게 이야기했던, 바로 그 사건이었다.

"아, 기억나요!"

효령이 그제야 생각났다는 듯이 반가운 얼굴을 했다.

"그렇구나, 그분이셨구나. 그땐 수염을 붙이고 계셔서 몰라봤네요."

어색했던 분위기가 한결 부드러워졌다.

"그 후에 괜찮으셨어요? 굉장히 안 좋아 보이셨는데."

"예. 선배님이 배려해주신 덕분에 아무렇지 않았습니다."

"다행이에요. 그 후로도 며칠은 걱정되더라고요."

효령이 생긋 웃자 현우의 뺨이 살짝 붉어졌다. 얼씨구, 잘들 논다. 지환이 그렇게 생각하는데 현우는 진지한 얼굴로 한술 더 떴다.

"그때 저한테 뭐라고 말씀해주셨는지, 혹시 기억나십니까?"

"글쎄요, 제가 뭐라고 했었죠?"

"힘내라고, 꼭 훌륭한 배우가 될 수 있을 거라고 격려해주셨습니다."

"어머. 제가 그런 소릴 다 했네요, 주제넘게."

효령은 민망한 듯이 웃어넘기려 했지만 현우는 그지없이 진지했다.

"그 말씀 한마디를 가슴에 품고 열심히 연기했습니다. 반드시 선배님의 격려에 부응하는 배우가 되자는 결심으로 말입니다."

"아, 네. 이렇게 잘되셨으니 정말 다행이에요."

"지금도 한참 부족하기는 하지만, 곧 방송될 미니시리즈에 주연을 맡게 되었습니다. 모두 선배님 덕분입니다."

어찌나 열렬히 말하는지 마치 사랑고백처럼 들렸다. 역시나 효령도 어색해서 견딜 수 없었는지, 도와달라는 듯이 지환을 쳐다보았다.

"에이, 너무 진지하다. 효령 씨 밥 먹다 체하겠……."

말하는 도중에 휴대전화가 울렸다. 눈짓으로 양해를 구하고 전화를 받았다.

"네, 서지환입니다."

— 여기 남대문경찰서인데요. 혹시 김옥례 씨라는 분이랑 어떻게 되십니까?

갑자기 튀어나온 할머니의 이름에 지환은 놀라서 휴대전화를 귀에 바짝 갖다 댔다.

"저희 할머니 되십니다만?"

— 지금 할머님께서 여기 계신데요. 좀 와주셔야겠습니다.

"할머니가요? 무슨 일입니까? 혹시 사고라도 당하신 겁니까?"

가슴이 철렁했다.

— 아니, 그런 건 아니고요. 다치신 데는 없는데 상황이 좀 골치 아프게 됐습니다. 일단 서에 오셔서 말씀하시죠.

"지금 바로 가겠습니다."

영문도 모르고 지환은 전화를 끊었다. 표정이 심상치 않다는 것을 깨달았는지, 현우가 물었다.

"무슨 일인데?"

"남대문경찰서라는데. 할머니가 지금 거기 계시다고 좀 오래."

"너희 할머니 말이야?"

현우도 놀란 얼굴을 했다.

"아니, 그분이 무슨 일로 경찰서에? 서울엔 언제 오셨대?"

"그건 나도 모르겠고, 하여튼 지금 가봐야겠어."

지환이 급하게 일어서자 효령도 따라서 일어났다.

"같이 가요, 지환 씨."

괜찮으니까 오지 말라고 말하려다 지환은 생각을 바꿨다. 둘만 남겨놓고 갔다가는 현우가 효령에게 무슨 수작을 부릴지 모르지 않는가. 혹시라도 자신이 과거에 여자를 수도 없이 울렸다는 둥 하는 소리라도 했다간 곤란하다.

"미안해, 형. 그럼 나중에 보자."

그렇게 내뱉자마자 지환은 뛰쳐나갔다.

옆 마을에 사시는 친할머니와는 어릴 때부터 가끔 만났다. 종부답게 꼬장꼬장하기만 하고, 지환을 향해서는 한번 웃어주는 법도 없었던 본가의 할머니와는 달리 늘 자상하고 따스한 분이셨다. 지환을 보면 낡아빠진 몸뻬 주머니에서 꼬깃꼬깃한 지폐를 꺼내서 과자 사 무라, 하고 쥐여주시곤 했다.

「수제비를 끼리 묵는 한이 있드라도 니를 그 댁에 보내는 기 아니었데이. 내 새끼 불쌍해 우야노?」

오랜 궂은일에 거칠어진 아버지의 손을 잡고 어루만지며 눈물을 글썽이던 분.

하루아침에 벼락부자가 되었을 때, 할머니는 그 돈을 단 한 푼도 남기지 않고 다 손자인 지환에게 넘겨주셨다. 할머니 재산이니 다 주실 필요 없다, 새 집도 사시고 생활비도 마음껏 쓰시며 편히 사시라고 말씀드려도 오히려 펄쩍 뛰며 역정을 내셨다.

「그기 와 내 낀데? 니 아부지 끼다. 니 아부지 그래 되았으니 이제 지환이 니 꺼라 말이다!」

결국 지금도 낡은 옛날 집에 그대로 살면서 남의 집 밭일을 해주며 품삯을 받아 살고 계셨다. 지환이 매달 보내드리는 생활비에는 아예 손도 안 대시는 눈치였다. 할머니는 그게 돌아가신 지환의 아버지에 대한, 또 손자인 지환에 대한 속죄라 생각하시는 모양이었지만 지환은 여태 시골에서 고생하고 계시는 할머니만 생각하면 늘 마음 한구석이 무거웠다.

그런데 그런 할머니에게 대체 무슨 일이 생긴 것일까. 왜 서울에, 그것도 경찰서에.

"저어, 외할머니신가 봐요."

옆자리에 앉은 효령이 조심스럽게 말을 걸었다.

"아니, 친할머닙니다."

"네? 그러면……."

효령은 뭐가 뭔지 모르겠다는 듯한 표정을 했다. 그러면 서현우에게도 할머니 아니냐, 왜 같이 가지 않느냐고 묻고 싶은 모양이었다.

"설명하자면 좀 길고. 지금은 그럴 정신이 없으니까, 일단 할머니부터 뵙고 나중에 얘기하죠."

"미안해요."

효령은 얼른 입을 다물었다. 제발 할머니에게 아무 일 없기를
기도하면서 지환은 차의 속도를 높였다.

◇ ◆ ◇

경찰서 안에 들어서자마자 주위를 둘러보았다. 낡은 가방을
끌어안고 시든 할미꽃처럼 지친 표정으로 앉아 있는 할머니가
눈에 들어왔다.

"할머니!"

지환은 얼른 달려갔다. 할머니는 손자의 얼굴을 보자 기다렸
다는 듯이 눈물을 쏟았다.

"아이고, 지환아. 이를 우야면 좋노!"

"왜 그러세요, 할머니. 예? 어떻게 된 거예요?"

"내 감옥소 가게 생깃데이!"

대체 이게 무슨 일인가. 무슨 일이냐고 다그쳐 물어도 할머니
는 그저 늙으면 죽어야 한다면서 가슴을 치며 울기만 하셨다. 올
해로 85세. 평생 시골에서 들일로 고생하며 살아오신 할머니는
원래 나이보다도 훨씬 더 늙어 보였다. 주름진 얼굴에 흐르는 눈
물에 지환은 미칠 지경이 되었다.

"김옥례 씨 손자분 되십니까?"

경찰이 다가와서 물었다.

"예, 제가 손잡니다. 대체 어떻게 된 일입니까?"

"할머님께서 서울역에서 다섯 살짜리 어린아이를 유괴하셨습

니다."

"예?"

제 귀를 의심하는 지환에게 경찰이 사정을 설명했다.

동네 친구분의 손자 결혼식 때문에 서울에 올라오셨는데, 그만 서울역에서 화장실에 갔다가 보따리를 깜빡하고 나오셨다는 것이다. 한참 후에야 생각이 나서 도로 돌아가서 찾았는데 이미 온데간데없기에 근처를 계속 찾아 헤매며 이 사람 저 사람 붙들고 혹시 파란 보따리 못 봤냐고 물었단다.

그러다 웬 어린아이가 저만치를 가리키며 저기서 봤다고 했고, 할머니는 반가운 마음에 어디서 봤는지 가르쳐달라고 아이 손을 잡고 무작정 아이가 가리키는 방향으로 가게 된 것이다.

보따리를 찾을 생각에 무작정 가다 보니까 꽤나 멀리 가버렸는데, 정작 보따리는 못 찾고 그만 길마저 헤매게 되었단다. 그제야 아이 부모가 찾을 것이 걱정되어서 도로 돌아가려고 했지만, 시골 노인이 복잡한 서울역 근처에서 제대로 길을 찾을 수 있을 리 없었다.

아이는 아직 다섯 살짜리라 집 주소는 물론 부모의 이름도 제대로 말하지 못했고, 할머니는 할머니대로 우는 아이 손을 잡고 근처를 하염없이 헤매기만 했단다. 문제는 잠깐 시선을 뗀 사이에 아이가 없어져서 혼비백산한 부모가 잽싸게 경찰에 실종신고를 한 것이었다. 할머니는 근처를 돌던 순찰차에 의해 현장에서 붙잡혀 왔다고 했다.

"잃어버린 지 삼십 분 만에 찾았는데 아이 부모님이 무척 화가 나셨습니다. 지금은 잠깐 아이 음료수 사준다고 나가셨는데, 아무래도 좋게 넘어가기는…….”

경찰의 설명이 끝나갈 때쯤에 마침 잔뜩 화가 난 얼굴의 젊은 부부가 어린아이의 손을 잡고 들어왔다.

“저희 이만 가도 되는 거죠?”

울고 있는 할머니에게는 시선조차 주지 않고, 아이 엄마가 경찰을 향해 말했다.

“저희는 좋게 넘어갈 생각 전혀 없으니까, 강력하게 처벌해주십시오.”

아이 아빠도 거들었다. 이러다가는 정말로 할머니가 유괴범이 될 판이다. 지환은 황급히 부부의 뒤를 따랐다.

“저, 잠시만요. 김옥례 씨 손자 되는 사람입니다.”

“그런데요?”

나란히 노려보는 눈길이 사나웠다. 지환을 알아보지 못하는 것인지, 아니면 알아보았지만 이 상황에 별 상관없는 건지는 알 수 없었다. 지환은 어떻게든 부부를 설득하려 했다.

“저희 할머니가 그만 큰 잘못을 하셨습니다. 하지만 일부러 그러신 것도 아니고, 그저 나이 드신 분이라 실수를 하신 것뿐이니 아무쪼록 너그럽게…….”

“실수요?”

아이 엄마가 목소리를 높였다.

“세상에 무슨 그런 실수가 있어요? 저희는 애 잃어버리고 심장이 다 까맣게 타버렸다고요!”

"이건 엄연한 유괴입니다. 당연히 벌을 받아야지요!"

아이 아빠도 거들었다. 험악한 말투에 지환도 그만 울컥하고 말았다.

"유괴라니요. 저희 할머니가 협박을 하거나 돈을 요구한 것도 아니지 않습니까? 고의가 아니라는 건 그쪽도 아실 텐데 굳이 그렇게 나쁘게만 보실 필요는……."

어떻게든 사과하고 설득하려는 생각이었는데 부모는 점점 더 화난 얼굴이 되었다.

"이봐요, 애 없으시죠?"

"애 잃어버린 부모 심정이 어떤지 댁이 알기나 해? 엉?"

불난 집에 기름을 부은 격이었다. 그제야 아차 싶었으나 이미 때는 늦었다. 아이 부모는 더욱더 화가 나버렸다.

"할머니라고 절대 그냥 넘어가지 마시고 반드시 처벌해주세요. 만약에 그랬다간 국민신문고에 올릴 테니까요!"

경찰을 상대로 으름장을 놓기까지 하는 것이었다. 이를 어쩌면 좋은가. 지환이 입술을 깨물었을 때였다.

"많이 속상하셨죠?"

갑자기 효령이 끼어들어 아이 부모에게 말을 건넸다.

"민효령 씨?"

지환에게는 꿈쩍 않던 부부도 효령을 보고는 놀람을 감추지 못했다.

"네, 배우 민효령이에요. 많이 놀라셨죠?"

아이가 효령의 얼굴을 보고 좋아서 팔짝팔짝 뛰었다.

"와, TV에 나오는 누나다!"

효령은 무릎을 굽혀 아이와 시선을 맞췄다.

"우리 친구, 누나 알아?"

"네! 엄마가 보는 TV에 나오는 누나!"

효령은 손을 뻗어 아이의 뺨을 어루만지며 안타까운 듯이 말했다.

"세상에나 이렇게 귀여운 아드님을. 잃어버린 줄 알고 얼마나 놀라셨어요?"

뜬금없이 톱스타가 나타나서 위로를 건네자 아이 부모는 놀라면서도 한편으로는 새삼 아까의 절박했던 감정이 되살아나는 모양이었다.

"하늘이 무너지는 줄 알았습니다."

"요즘에는 애들을 가지고 인신매매도 한다잖아요. 두 번 다시 애 얼굴 못 보는 줄 알고 얼마나 놀랐는지!"

갑자기 울음을 터뜨리는 아이 엄마를, 효령이 안고 다정하게 등을 토닥였다. 잠시 후 아이 엄마가 조금 진정이 되고 나자 아이 아빠가 물었다.

"그런데 민효령 씨가 경찰서엔 웬일이십니까?"

"아, 저어…… 사실은 저희 친척 어르신 되시는 분이시거든요."

효령은 정말이지 말을 꺼내기 힘들다는 듯한 표정을 했다.

"뭔가 일이 생겼다고 해서 촬영하다 말고 놀라서 달려왔는데, 이런 일인 줄은 몰랐네요."

갑자기 효령이 부모를 향해 허리를 깊이 숙였다.

"물론 돈으로 보상이 될 일이 아니겠지만 제가 책임지고 정신적 피해 보상을 해드리겠습니다. 정말 죄송합니다."

그녀는 고의가 아니었다는 변명도, 용서해달라는 말도 일절 하지 않았다. 그저 진심 어린 말투로 피해자의 마음을 살피고 성의를 다해 사과할 뿐. 그제야 지환은 아까 자신의 대응이 어디가 잘못되었는지를 깨달았다.

"어떤 처분을 내리시더라도 달게 받겠습니다."

톱스타가 허리를 숙여 사과하자 아이 부모도 놀라서 어쩔 줄을 몰랐다.

"아니, 저어……."

부부는 난감한 듯이 서로의 눈치를 보았다. 결국 먼저 입을 뗀 것은 아이 엄마였다.

"저기, 아까는 저희도 너무 경황이 없고 화가 나서 그랬는데요. 민효령 씨가 이렇게까지 말씀하시니까……."

"사실은 저희 집사람이 민효령 씨 팬입니다."

"어머, 정말요?"

효령의 표정이 순간 반가움에 가득 찼다가 금세 마음 아픈 얼굴이 되었다.

"그런데 다른 사람도 아니고 제 팬분께 이렇게 걱정을 끼쳐드리고, 어쩌면 좋아요."

이제는 도리어 저쪽이 어쩔 줄을 몰랐다.

"아유, 아니에요. 민효령 씨가 무슨 잘못이 있다고!"

"괜찮습니다. 뭐, 아이도 다친 데 없고요."

그러더니 그제야 지환의 할머니 쪽을 돌아보며 말하는 것이었다.

"할머니도 많이 놀라셨죠? 앞으로는 조심하세요."

결국 아이 부모는 경찰에게 없던 일로 해달라고 말하고 일을 마무리지었다. 돌아가기 전에 효령에게 사인까지 부탁했다.

"정말 감사합니다. 혹시 나중에라도 아이가 불안해하거나 무슨 일이 있으시면 꼭 저희 회사로 연락을 주세요. 최선을 다해서 돕겠습니다."

끝까지 부모의 손을 잡으며 성의를 다해 배웅하는 효령을 보고 지환은 깨달았다. 그녀는 단순히 사건을 잘 무마시키기 위해 연기를 한 게 아니었다. 물론 그런 의도도 없지는 않았겠지만, 효령은 진심으로 놀란 부모를 위로하고 싶었던 것이다. 그게 보고 있는 사람에게도 전해졌다.

아이와 부모를 보내고 나서 효령은 할머니에게로 다가갔다.

"많이 놀라셨죠, 할머님?"

무릎을 굽혀 손을 잡고 위로하는 효령의 얼굴을, 할머니가 물끄러미 쳐다보았다.

"어디서 마이 본 것 같은데…… 테레비에 나오는 처녀 아이가?"

"네, 지환 씨 동료 배우예요. 제가 신세 많이 지고 있어요."

일이 잘 마무리되자 맥이 탁 풀렸다. 지환은 그만 할머니에게 마음에도 없는 핀잔을 주고 말았다.

"조심하셨어야죠, 세상이 어떤 세상인데. 그까짓 보따리가 뭐라고, 진짜로 감옥 가실 뻔했잖아요?"

보따리 얘기가 나오자 할머니는 또다시 눈물을 글썽였다. 효령이 손을 잡고 상냥하게 물었다.

"할머님, 보따리에 뭐 중요한 거라도 넣어두셨어요?"

할머니는 기어들어가는 목소리로 말했다.

"고구마 말랭이랑…… 백만 원."

"예?"

지환은 놀라서 할머니를 쳐다보았다. 시골에서 농사짓는 가난한 할머니가 그런 큰돈을 왜 갖고 계셨단 말인가.

"종손 도령네는 사시사철 집에서 돈이다 보약이다 해다 바칠 거 아이가. 근데 내는 명색이 할머이가 돼가 이날 이때껏 니한테 해준 게 뭐 있노. 날도 추워지는데 보약이나 한 첩 해 묵일라꼬 푼푼이 모았드이마는……."

울먹거리고 마는 할머니를 보자 지환도 마음이 아팠다. 시골 살림이란 돈이 귀한 법이다. 물론 매달 넉넉하게 생활비를 보내 드리고 있었지만 할머니는 그 돈은 아예 없는 돈으로 치고 손도 대지 않으시는 것 같았다.

당신 손으로 손자 보약 해주고 싶어서 남의 고추 따주고 한 푼, 고구마 캐주고 또 한 푼, 그렇게 벌어서 차곡차곡 모았을 돈을 허망하게 잃어버렸으니 얼마나 속이 상하셨을까. 미친 듯이 서울역을 헤매셨던 것도 무리가 아니었다.

"할머니, 그 보따리 어떻게 생겼어요? 제가 사람들 시켜서 찾아볼게요."

"그걸 이제 와가 우예 찾겠노?"

반신반의하는 듯 하면서도 할머니는 설명했다.

"파란 보자기에 싸놨는데, 금색으로 농업협동조합이라꼬 쓰여 있고, 누런 봉투에다가 만 원짜리로⋯⋯."

효령은 고개를 끄덕이며 설명을 듣더니 어디론가 전화를 하면서 밖으로 나갔다.

"여보세요? 네, 정 실장님, 저예요. 저 부탁이 하나 있는데⋯⋯."

말도 안 된다고 생각했다. 누가 주워 가도 한참 전에 주워 갔겠지.

금세 통화를 끝내고 돌아오더니, 효령은 생긋 웃으며 할머니에게 말했다.

"할머님, 모처럼 서울 오셨는데 손자분이랑 좋은 구경 안 가시겠어요?"

"좋은 구경?"

"네. 혹시 가수 김연자 좋아하세요?"

"김연자?"

할머니의 눈이 둥그레졌다.

"김연자 선생님이 저랑 같은 회사거든요. 마침 오늘 공연을 하신다는데, 제 매니저가 표 구해줄 수 있다고 하네요."

할머니의 까맣게 탄 얼굴에 순간적으로 반가운 기색이 떠올랐다. 하지만 금세 도로 시무룩해져서는 고개를 저었다.

"됐다, 치아라. 돈 잃어뿌고 뭐 잘했다꼬 구경을 가겠노, 구경을."

"돈은 저희 매니저들이 서울역 가서 열심히 찾아볼 거예요. 그동안 가만히 앉아서 기다리느니 즐겁게 공연 보시는 게 낫지 않겠어요? 안 본다고 돈이 돌아오는 것도 아닌데요."

"캐도 뭐 장한 일 했다꼬……."

할머니가 끝내 어물거리자 효령이 결국 아깝다는 듯이 말했다.

"초대권이라서 맨 앞, 제일 좋은 자리라는데. 그럼 됐다고 할게요."

"잠깐만!"

돌아서려는 효령을, 할머니가 화들짝 놀라 불러 세웠다.

"……그럼 한번 가보까?"

효령이 웃음을 참고 있는 것을 지환은 알 수 있었다.

콘서트 장 앞에서 효령은 데리러 온 매니저의 차를 타고 돌아갔다.

「혹시 보따리 찾거든 이따 매니저 통해서 보내드릴게요. 일단 잊어버리시고 공연 즐기세요, 할머님.」

이윽고 시작된 공연 내내 지환은 입을 다물지 못했다. 어릴 적부터 뵈었지만 이렇게 즐거워하는 할머니의 모습은 생전 처음이었다. 늘 아프다고 앓는 소리를 하시던 무릎도 오늘만은 멀쩡한 듯, 자리에서 일어나 내내 가수와 함께 노래를 부르며 덩실덩실 춤을 추셨다.

유괴 소동 때문에 놀랐던 마음도 덕분에 진정되었는지, 공연이 끝나고 나올 때 할머니는 날아갈 것 같은 표정을 하고 계셨다. 놀랍게도 공연장 밖으로 나오자 진짜로 매니저가 기다리고 있었다.

"서울역 남자화장실 쓰레기통에서 찾았습니다. 다른 것들은 더러워져서 버렸고, 돈 봉투만 건져왔네요."

그렇게 말하며 매니저는 할머니에게 봉투를 건넸다.

"아이고, 감사합니데이, 참말로 감사합니데이!"

매니저를 향해 할머니는 굽은 허리를 더욱더 굽혀가며 몇 번이나 인사를 했다.

그날 밤 지환은 할머니와 저녁식사를 하고 집에 모시고 와서 잤다. 할머니는 한사코 내려가겠다고 하셨지만, 서울까지 오신 분을 그대로 보낼 수가 없었다.

"하이고 시상에, 이게 어디 사람 사는 집이고?"

반찬은커녕 쌀조차 없는 주방을 보고 할머니는 기절할 것 같은 표정을 했다. 그리고 다음 날 아침에 꼭두새벽부터 지환을 깨우더니, 근처 마트에 데리고 가서 산더미같이 장을 봐와서는 폭풍처럼 반찬을 만들기 시작했다.

가지무침, 오징어채볶음, 미역줄거리볶음, 각종 나물······ 하다못해 커다란 배추 한 통으로 겉절이까지 담가놓고 나서야 할머니는 겨우 만족했다. 할머니가 만든 반찬에 된장찌개로 식사를 했다. 식사 도중에도 할머니의 잔소리는 끝이 없었다.

"마이 무래이. 앞으로도 끼니 거르지 말고 꼭 이래 해서 밥해 묵으야 한데이. 알았제?"

"할머니, 여기 와서 저랑 같이 사실래요? 그렇게 걱정되시면 같이 지내시면서 저 밥해주시면 되잖아요."

늙으신 할머니가 여태 시골에서 홀로 고생하시는 게 마음이 아팠다. 차라리 같이 지내는 게 마음이 편할 것 같았다. 하지만 할머니는 콧방귀도 뀌지 않았다.

"멀쩡한 내 집 놔두고 내가 왜 니 집에 얹혀사노?"

식사를 하고 나서 지환은 할머니를 차로 서울역까지 모셔다 드렸다. 기차를 타기 전, 할머니는 어제 효령의 매니저에게서 돌려받은 돈을 봉투째로 지환에게 건네주었다. 보약 해 먹으라고 하실 줄 알았더니 그 말이 아니었다.

"이 돈, 그 처녀 도로 갖다주래이."

"네?"

"내가 잃어먹은 돈은 이렇게 빳빳한 새 돈이 아이다 이 말이다."

역시나, 하고 지환은 생각했다. 그 역시 혹시나 하던 중이었다.

"내 마음만 받겠다꼬, 고맙다꼬 꼭 전해주고."

"예, 할머니."

"그리고 지환아."

할머니가 지환의 손을 꼭 잡았다. 거칠기 그지없는, 주름진 손으로 손자의 손을 어루만지며 할머니는 당부하듯 말했다.

"그 처녀, 을마나 대단한 사람인지 내야 모리지마는, 매달려서라도 꽉 잡아삐래이. 알았제?"

"할머니도 참. 그런 사이 아니에요. 그냥 동료 배우라니까요?"

지환은 웃어넘기려 했지만 할머니는 드물게 정색을 했다.

"지환이 니, 할미 말 단디 들으래이. 나중 가가 울고불고 짜지 말고!"

잠시 후 할머니가 탄 기차는 떠났다. 저만치 멀어지는 기차를 바라보며, 지환은 피식 웃었다.

내가 민효령 때문에 울고불고할 일이라. ……그런 게 있을 리 없지 않은가.

이래저래 써먹을 일이 많은 여자니까 사귀고는 있지만 딱히 특별한 감정이 있는 건 아니었다. 교제 사실까지는 대중에게 알린다 해도 결혼 생각은 전혀 없었다.

목표는 톱스타가 되는 것인데, 대단한 연기파가 아닌 이상 남자배우라도 결혼하고 나면 어쩔 수 없이 내리막길을 걷게 마련 아닌가. 특히나 자신처럼 비주얼 덕을 보는 젊은 배우라면 결혼은 치명적이다. 즉 얻을 것을 다 얻고 나면 미련 없이 헤어질 생각이었다.

뭐, 어제 일을 보아서라도 헤어질 때는 웬만하면 울리지 말고 최대한 좋게 헤어져줘야겠다.

그렇게 생각하며 지환은 떠나는 기차를 뒤로했다.

scene 05

할머니가 내려가시자마자 바로 그날 만나자고 연락을 했지만 거절당했다.

－ 스케줄이 있어서요.

그다음 날, 또 다음 날에도 마찬가지였다.

"오늘은 만날 수 있어요? 줄 게 있는데."

역시나 대답은 계속 거절이었다.

－ 미안해요. 오늘도 안 될 것 같아요.

쳇, 하고 지환은 속으로 투덜거렸다.

"대체 우리 언제 만날 수 있는 겁니까?"

－ 잘 모르겠어요. 한가해지면 연락할게요.

기약 없는 말만 남긴 채 전화는 끊겼다.

돈을 돌려주는 건 둘째치고 빨리 만나서 부탁할 게 있는데 이래서야 언제 만날 수 있을지 알 수가 없다. 고민하다 지환은 차를 몰고 무작정 집을 나섰다. 일단 집 앞에 가서 전화할 셈이었다. 집에 있으면 나와서 잠깐 얼굴만 보자고. 밖에 있는 거면 올 때까지 기다리겠다고.

얼마 전 효령에 대해 이것저것 검색해봤을 때 기사를 통해서 그녀가 살고 있는 아파트를 알게 되었다. 민효령 외에도 스타들이 많이 살고 있지만 '민효령 아파트'라는 별명으로 불리고 있다고.

해당 아파트가 외부인의 단지 내 출입을 철저히 막고 있다는 내용의 기사를 본 기억이 나서 걱정했는데, 그 때문에 비난의 대상이 된 후로 방침이 바뀌었는지 다행히 차량이 아닌 행인의 출입까지 막지는 않았다. 지환은 아파트 바깥에 차를 세워놓고 걸어서 공원처럼 잘 꾸며진 단지 안으로 들어갔다.

효령에게 전화를 하려고 휴대전화를 꺼내는데 등 뒤에서 누군가가 불렀다.

"저기, 잠깐만 실례해요."

돌아보니 화려한 꽃무늬가 든 외투에 명품백을 들고 짙게 화장을 한 중년의 부인이 서 있었다. 마치 재벌 사모님 역을 주로 맡는 중견연기자 같은 분위기였다.

"우리 혹시 어디서 봤었나요?"

부인은 긴가민가 하는 표정으로 지환의 얼굴을 들여다보았다.

"아 예, 안녕하십니까. 저 배우 서지환이라고 합니다."

혹시나 선배 연기자인가 싶어서 지환은 일단 정중하게 인사를 하고 보았다.

"어머, 그래요? 우리 딸도 배운데."

부자연스러울 정도로 팽팽한 눈가와 지나치게 반들반들 윤이 나는 피부. 얼굴 여기저기에 성형 시술의 흔적이 역력한 부인은 자랑스럽게 자신을 밝혔다.

"나 민효령 엄마예요."

지환은 깜짝 놀랐다. 여기서 효령의 어머니를 마주칠 줄이야.

"낯이 익다 했더니 TV에서 봤었나 보네. 근데 서지환 씨도 여기 살아요?"

"아, 예."

저도 모르게 거짓말을 했다. 신인배우와 사귀는 사이라는 걸 알면 소속사는 물론이고 그녀의 어머니 역시 기꺼워하지는 않을 게 뻔했다.

"어느 동?"

되는 대로 눈앞의 건물을 가리키자 부인의 얼굴에 확 반가운 기색이 어렸다.

"세상에, 이웃사촌이었네!"

이런 젠장, 하고 지환은 속으로 중얼거렸다. 하필이면 잘못 찍었구나.

"근데 왜 오며가며 한 번도 못 봤을까? 엘리베이터에서라도 마주쳤을 법한데."

효령의 어머니가 고개를 갸웃거렸다.

"이사 온 지 얼마 안 돼서 그런 것 같습니다."

등골에 식은땀이 배어났다. 어떻게 대화를 마무리짓고 빠져나가나, 궁리하고 있는데 갑자기 상대가 눈을 빛냈다.

"잠깐, 여기서 이러지 말고. 우리 집에 가서 차라도 한잔해요. 응?"

"아닙니다. 괜찮습니다."

황급히 거절했지만 효령의 어머니는 막무가내였다.

"우리 효령이 모르죠? 이따 오면 내가 인사도 시켜줄게. 이런 기회 흔치 않다니까?"

결국 지환은 팔을 붙잡혀 끌려가고 말았다. 엘리베이터를 타는데 심장이 마구 두근거렸다. 같은 배우라고는 하지만, 새까만 신인에 불과한 자신을 왜 효령의 어머니가 굳이 집에까지 불러들여 차 대접을 하겠다는 건지 의도를 알 수가 없었다.

문득 떠오르는 생각에 가슴이 철렁했다. 이미 자신과 효령의 관계를 눈치채고, 내 딸한테서 떨어지라는 말을 하려는 게 아닐까. 설마 드라마에서 보던 봉투를 내가 받게 되는 건가, 하는 상상까지 하며 지환은 효령의 어머니를 따라 집에 들어섰다.

효령의 집은 맨 위층인 펜트하우스였다. 거실에 들어서는 순간 감탄이 절로 나왔다. 가정집이라기보다는 무슨 드라마에 나오는 재벌집 세트 같은 광경이 눈앞에 펼쳐져 있었다. 지환이 사는 집도 고급 빌라의 대명사처럼 불리는 곳이었지만 이 집과는 거실 넓이부터가 차원이 달랐다.

"아줌마."

역시 드라마에 자주 등장하는 재벌 사모님 같은 톤으로 가정부를 부른 효령의 어머니는, 다음 순간 픽 웃어버렸다.

"하여튼 내 정신도. 아줌마 휴가 중이었지?"

그러더니 다시 목청을 돋우어 불렀다.

"효주야."

방금 가정부를 부른 것과 정확히 똑같은 톤이었다. 효주가 효

105

령의 쌍둥이 언니의 이름이라는 것을 지환은 떠올렸다. 어떻게 생겼을까, 호기심이 일어났다.

잠시 후 보풀이 인 카디건을 걸친 하얀 얼굴에 수수한 인상의 여자가 거실로 나왔다. 전혀 닮지 않은 얼굴에 지환은 깜짝 놀랐다. 이 여자가 효령의 쌍둥이 언니라고? 쌍둥이는커녕 자매라는 것도 의심스러울 지경이었다.

"다녀오셨어요, 엄마."

제 어머니의 등 뒤에 서 있는 지환을 뒤늦게 발견한 효주가 흠칫 놀라는 얼굴을 했다.

"……!"

지환은 허리를 숙여 인사했다.

"안녕하십니까. 서지환이라고 합니다."

그러나 효주는 대답하는 것도 잊은 듯 눈을 크게 뜨고 지환을 쳐다볼 뿐이었다.

"…….."

마치 귀신이라도 본 것 같은 표정에 조금 민망해지려고 하는데, 어머니가 핀잔을 주었다.

"손님 오셨잖니. 멍하니 서 있지 말고 가서 커피 좀 내와."

그제야 효주는 흠칫 제정신으로 돌아온 듯했다.

"아, 네."

그녀는 도망치듯 등을 돌려 주방으로 사라져버렸다. 쟤가 효령이 언니라든가, 우리 큰딸이라든가. 효주에 대해서는 한마디 소개도 설명도 하지 않은 채 자매의 어머니는 지환에게 소파를 권했다.

"이리 앉아요."

지환은 어색한 자세로 소파에 앉았다.

"이사 온 지 얼마 안 돼서, 우리 아파트 돌아가는 사정은 아직 잘 모르겠네?"

"아, 예."

"그럼 내가 일단 설명부터 해줄게요. 우리 아파트 입주민회 대표가 2년 전에 당선된 사람인데……."

효령의 어머니는 장황하게 이야기를 늘어놓았다. 현재 입주민 대표가 자기 마음대로 관리소장을 임명하기도 하고, 공금으로 개인물품을 구입하는 등 전횡을 일삼고 있다고.

대체 나를 불러놓고 이런 소리를 왜 하는 건가. 혼란스러운 가운데서도 지환은 고개를 끄덕이며 이야기에 집중하는 척했다.

"내 친정 동생이 바로 아랫집에 사는데, 유일이라고 큰 리조트 회사 사장이거든? 동생이 이번 입주민회 대표 선거에 나가려는데 그러려면 같은 동 주민들 추천이 필요해요."

그제야 지환은 효령의 어머니가 초면인 자신을 불러들여 차 대접을 하는 이유를 깨달았다. 효령과의 관계를 들킨 게 아니었던 것이다. 그제야 마음이 좀 놓였다.

"아, 예."

잠시 후 쟁반에 커피잔을 받쳐 든 효주가 다시 거실에 나타났다.

"하여튼 굼떠가지곤. 어디서 커피 볶아갖고 왔니?"

큰딸을 향해 어머니가 못마땅한 듯 눈을 흘겼다. 이쪽이 다 민망해질 지경이었다.

"아, 제가 하겠습니다."

효주가 찻잔을 들어 테이블에 내려놓는 걸 도우려고 손을 뻗다가 손끝이 그녀의 손등에 살짝 닿았다. 순간 효주는 불에라도 덴 사람처럼 화들짝 놀라며 손을 움츠렸다.

"……!"

그 바람에 찻잔이 떨어져 테이블 위에 굴렀다. 다행히 깨지지는 않았지만 커피가 쏟아져 그만 지환의 바지까지 적시고 말았다.

"저런!"

자매의 어머니가 수선을 떨었다.

"괜찮아요? 데지 않았어요?"

효주가 새하얗게 질린 얼굴로 사과했다.

"죄송해요."

지환은 뜨거운 것을 참고 웃어 보였다.

"괜찮습니다."

"얼른 욕실에 가서 찬물로 좀 식혀요."

자매의 어머니가 욕실을 가리켰다. 일어나서 욕실로 향하는데 등 뒤에서 매서운 호통 소리가 들렸다.

"정신을 어디다 팔고 있는 거니? 조심하지 않고!"

다행히 잽싸게 피한 덕분에 젖은 부위는 크지 않았다. 조금 빨개진 것뿐 화상을 입은 것 같지도 않았다. 수건에 물을 적셔서 대강 닦아내고 나서 지환은 밖으로 나왔다.

"아줌마더러 빨리 나오라고 하든지 해야지, 뭐만 시켰다 하면 이 모양이니 답답해서 원."

닦달하는 목소리는 지치지도 않고 계속 이어졌다. 잘못을 해서라기보다, 그걸 빌미로 평소의 못마땅함을 퍼붓는 것같이 느껴졌다. 어쨌든 사람이 야단을 맞고 있는데 끼어들기도 뭐했다. 잠시 이맛살을 찌푸리고 서 있는데 주방 옆에 붙어 있는 펜트리룸의 문이 조금 열려 있는 것이 눈에 띄었다.

원래 창고 용도로 쓰여야 할 그 안에 침대가 놓여 있었다. 입주가정부 방인가, 하고 생각하면서 지환은 슬쩍 안을 들여다보았다. 창문조차 없는 좁은 방에 작은 침대와 책상이 놓여 있고, 옷장 대신에 한쪽에 2단 행거가 설치되어 있었다. 호화로운 인테리어의 집과는 전혀 어울리지 않는, 마치 고시원 같은 느낌을 주는 방이었다.

책상에 노트북이 놓여 있고 책장에는 책도 많이 꽂혀 있는 걸 보면 아무래도 가정부가 아니라 언니인 효주의 방인 것 같았다.

이 정도 크기의 집이면 침실도 여러 개일 텐데 왜 굳이 이런 방을 쓰는 걸까. 그렇게 생각하며 문을 닫으려는데, 문득 책장에 낯익은 것이 눈에 띄었다. 바로 자신의 데뷔작이었던 드라마의 감독판 DVD였다. 어지간히 그 드라마의 팬이 아닌 이상, DVD까지 소장하지는 않는 법인데.

'그래서 아까 날 보고 그렇게 놀랐나?'

그렇게 생각하며 지환은 도로 방을 나와 문을 닫고 거실로 돌아갔다. 테이블은 이미 말끔하게 정리되어 있었다. 아까까지 딸에게 매섭게 야단을 치던 자매의 어머니가 지환을 보고는 딴판으로 상냥한 목소리를 냈다.

"괜찮아요? 화상 입지 않았고?"

"예."

"다행이네요. 그래서 아까 하던 얘기를 계속하자면……."

또다시 지리멸렬한 아파트 입주민 대표 선거 이야기가 시작되었다.

"아, 예. 그렇군요."

반쯤 영혼 탈출 상태로 맞장구를 치며 지환은 머릿속으로 딴생각을 했다. 효령이 자기 언니인 정효주를 낮에 뜬 달에 비유했던 게 떠올랐다.

「평생을 내 빛에 가린 채로 사는 사람. 그게 우리 언니예요.」

그때는 아무리 그래도 그런 표현은 좀 너무하지 않은가, 하고 생각했었는데 직접 눈으로 보니까 이해가 갔다. 이건 낮에 뜬 달 정도가 아니라 아예 내놓은 자식 취급 아닌가.

'쌍둥이 자매인데 왜?'

머릿속에 물음표가 마구 날아다녔다.

잠시 후 효주가 가방을 들고 거실로 나왔다. 외출을 하려는 모양이었다.

"엄마, 저 좀 나갔다 올게요."

"또 나가?"

자매의 어머니가 못마땅한 얼굴을 했다.

"아줌마 월요일에나 출근한다고, 그때까진 좀 집에 있으라고 했잖아."

"저녁 차려놨어요. 국만 데워서 드시면 돼요."

"돈도 안 되는 거, 참 애쓴다, 애써."

때는 이때라고 지환은 생각했다.

"어느 쪽으로 가시죠?"

지환이 묻자 효주는 머뭇거리며 대답했다.

"역삼동 쪽이에요."

"마침 잘됐네요. 저도 그쪽에 일이 있어서 가야 하는데, 제가 태워다 드리죠."

"아, 아니에요! 괜찮아요."

효주가 화들짝 놀라며 거절했다. 하지만 지환은 반드시 그녀를 데려다줄 셈이었다. 그 핑계가 아니면 도저히 빠져나갈 타이밍을 잡을 수가 없을 것 같아서.

"그럼 저는 이만 일어나보겠습니다."

자매의 어머니가 아쉬운 표정을 했다.

"아니, 왜 벌써 가요? 이따 효령이 오면 인사시켜준다니까."

얼굴 마주 보고 모르는 사이인 척하는 것도 고역일 것 같았다. 그때까지 이 말 많고 거만한 아주머니를 상대하는 것도 질색이다.

"저도 일이 있어서요. 감사하지만 다음 기회에 부탁드립니다."

못내 아쉬워하는 효령의 어머니를 뒤로하고 지환은 효주와 함께 밖으로 나왔다. 엘리베이터가 내려가는 동안 효주는 내내 고개를 푹 숙이고 있었다.

"저, 정말 데려다주지 않으셔도 돼요."

"그러지 말고 같이 가죠. 어차피 가는 길인데."

집에서 구박을 받든 어쨌든 일단은 효령의 언니니까 점수를 따놓고 싶었다. 한편으로는 호기심이 일기도 했다. 화장기 하나 없는 얼굴에 카키색 사파리 점퍼, 빛바랜 청바지에 낡아서 앞코가 살짝 입을 벌리고 있는 운동화. 얼굴뿐 아니라 어디를 보아도 동생과 닮은 데라고는 하나도 없는 여자였다.

"자, 타세요."

아파트를 나와 버스 정류장으로 향하려는 여자를, 강제로 밀어넣다시피 옆자리에 태우고 나서 지환은 차를 출발시켰다.

"근데 역삼동에는 무슨 일로 가시죠?"

"일이 있어서요."

"무슨 일을 하시는데요?"

"영화 일이에요."

마지못해 대답하는 눈치가 역력했다.

"어, 같은 업계네요? 사실은 저도 배우입니다. 얼마 전에 영화 하나 개봉했는데."

반갑게 말했지만 그녀는 데면데면하게 대꾸했다.

"저는 배우가 아니라 스태프로 일하고 있어요."

"그렇구나. 지금 작업하시는 건 무슨 영화죠?"

"말씀드려도 모르실 거예요."

무슨 질문을 해도 돌아오는 대답은 하나같이 방어적이었다. 최대한 말을 섞고 싶지 않아 하는 눈치가 역력했다.

"아, 이게 언제 또 비뚤어졌지."

지환은 들으라는 듯이 혼잣말을 하며 룸미러의 방향을 살짝 틀었다. 옆자리에 앉은 효주의 얼굴이 잘 보이도록. 다행히 효주는 고개를 푹 숙이고 있어서 눈치채지 못한 것 같았다.

"혹시 제가 나오는 드라마나 영화, 보신 적 있으십니까?"

"······아뇨."

목소리가 조금 떨려서 거짓말이라는 걸 바로 알았다. 알 수 없는 것은 왜 굳이 본 것을 못 봤다고 하는지, 그 이유였다.

"나중에 혹시 기회 되면 한번 봐주시죠."

지환은 모른 척 빙긋 웃었다. 목적지로 향하는 내내 효주는 먼저 말 한마디 하지 않았다. 지환은 그런 효주의 얼굴을 계속해서 룸미러를 통해 힐끔거리며 훔쳐보았다.

아까 처음 얼굴을 봤을 때는 생각보다 너무 안 닮아서 깜짝 놀랐었다. 그런데 이렇게 찬찬히 보니까 역시 쌍둥이구나, 싶기는 했다. 원래는 닮은 얼굴인데 결정적으로 눈이 전혀 다르게 생겨서 전체적인 인상이 아예 달라 보였던 것이다.

효령이 끄트머리가 날카롭게 올라간 고양이 같은 눈이라면, 언니 효주의 눈은 쌍꺼풀이 없고 눈매가 조금 아래로 처져서 순한 강아지 같은 느낌이었다. 게다가 효령은 늘 완벽하게 화장한

113

얼굴이었는데 이 여자는 맨얼굴이라서 첫눈에는 많이 다르게 느껴졌던 것 같다. 아마도 효주가 화장을 하거나 선글라스를 써서 눈을 가리면 꽤 비슷해 보일지도 모르겠다고 지환은 생각했다.

"여기쯤 세워드리면 될까요?"

"네."

차가 채 멈추기도 전에 효주는 안전벨트를 풀었다. 일 초라도 빨리 내리고 싶다는 듯이.

"또 봐요."

붙임성 있게 빙긋 웃었지만 그녀는 끝내 지환의 얼굴조차 쳐다보지 않았다.

"태워다주셔서 감사합니다."

인사를 하자마자 차에서 내려서 잰걸음으로 멀어지는 효주의 뒷모습을, 지환은 잠시 그 자리에 차를 세운 채 쳐다보았다.

대체 왜 날 저렇게 경계하지? 아니면 원래 낯가림이 심한 성격인가?

문득 효주가 걸음을 멈추고 웅크려 앉더니 신발을 한참 만졌다. 그러더니 다시 일어서서 절뚝거리듯 어색한 걸음걸이로 걷기 시작했다. 발목이라도 삐었나, 하고 생각하다 문득 아까 보았던 효주의 운동화가 떠올라서 지환은 상황을 이해했다. 아, 밑창이 떨어진 거구나.

도와줄까 하다가 그만두었다. 아무리 애인의 언니라도 그렇지, 저렇게 온몸에서 경계의 오라를 뿌리고 있는 여자에게 이 이

114

상 오지랖을 부리고 싶지 않았다. 그래봤자 별로 반가워할 것 같지도 않고.

화려한 강남 거리 한복판을 밑창 떨어진 운동화로 절뚝거리며 걷는 여자. 초라한 뒷모습을 잠시 바라보다 지환은 차를 출발시켰다.

◇ ◆ ◇

그날 저녁에 효령과 통화를 했다. 집에 찾아갔다가 어머니와 언니를 만났다고 하자 그녀는 별로 놀라지 않았다.

– 엄마한테 얘기 들었어요. 그런데 왜 집까지 왔던 거예요?

"줄 것도 있고, 꼭 할 얘기가 있어서."

– 뭐죠?

"전화로 할 얘긴 아닌데. 언제 시간이 나는 겁니까?"

– 다음 주 월요일에는 만날 수 있을 것 같아요.

바쁘다는데 그 이상 조를 수도 없었다. 지환도 모처럼 일에 집중했다.

며칠 후 잡지 화보 촬영 스케줄이 있었다. 키가 크고 체격이 늘씬해서 보통은 슈트 화보가 많은데 이번에는 캐주얼도 몇 컷 섞여 있었다.

상대 여성모델이 신었던 운동화를, 촬영이 끝나고 에디터가 도로 상자에 넣어 챙기는 것이 눈에 들어왔다. 새 운동화를 보자 문득 떠오르는 사람이 있었다. 하얗고 수수한 디자인이 꼭 어울릴 것만 같다. 모델과 체격이 비슷하니까, 사이즈도 비슷하지 않을까.

"저기, 옷이나 신발 같은 것들은 촬영 후에 도로 반납합니까?"

지환은 충동적으로 에디터에게 말을 걸었다.

"보통은 그렇죠. 왜요, 마음에 드는 거 있으세요?"

운동화 상자를 가리키자 에디터가 어리둥절해했다.

"이건 여자 운동화인데요?"

"사무실 막내 코디 취미가 운동화 모으는 거라서요. 마침 그 친구 생일이라."

준비한 것처럼 거짓말이 술술 나와서 스스로도 조금 놀랐다.

"아, 그럼 가져가세요."

에디터는 선뜻 운동화를 상자째 건네주었다. 받고 나니까 뒤늦게 난감해졌다. 이걸 어떻게 전해준단 말인가. 효령에게 전해달라고 부탁하면 언니한테 왜 이걸 주느냐고 수상하게 생각할 것 같았다. 사실 나도 내가 이걸 왜 받아 왔는지 모르겠는데. 이틀 동안 하릴없이 차 뒷좌석에 운동화를 싣고 다니다 지환은 결심했다. 계속 갖고 있어봤자 쓸모도 없으니까 얼른 주어버리고 말자.

지난번처럼 아파트 바깥에 차를 세워놓고 단지 안으로 들어섰다. 직접 호출하기도 뭐하고, 경비에게 전해달라고 할까 잠시 고민하고 있는데 어디선가 표독스러운 목소리가 들려왔다.

"……하여튼 정이라곤 약에 쓸래도 없는 년."

돌아보니 저만치에서 두 여자가 마주 보고 서 있었다.

"아니, 네 아빠가 죽네 사네 하고 있는데 나 몰라라 하겠다고? 그게 자식으로서 할 말이야?"

바로 효령의 언니 효주와 그 어머니였다.

"제가 언제부터 자식이었는데요?"

효주가 떨리는 목소리로 반박했다.

"늘 효령이만 자식이셨잖아요. 사랑은 다 효령이한테 주셨으면서 저한테 이러시는 거 너무하다고 생각하지 않으세요?"

말 한번 잘했다는 듯, 자매의 어머니는 마구 쏘아붙였다.

"내가 너한테 못해준 게 뭐가 있는데? 밥을 굶기길 했어, 대학엘 안 보냈어? 남들 하는 만큼 입히고 먹이고 가르치고, 해줄 거다 해줬더니 이제 와서 뭐가 어째?"

"먹이고 입히고 가르치는 게 다는 아니잖아요."

"그럼 뭐? 뭘 더 해줬어야 하는데!"

어머니가 소리를 빽 질렀다.

"아유, 내 팔자야. 어쩌다 저런 걸 내 속으로 낳았는지."

독기 품은 말에 딸이 기어이 울음을 터뜨렸다.

"제가 낳아달라고 한 적 없잖아요."

거의 울부짖음과도 같은 외침이었다.

"제가 뭘 그렇게 잘못했어요? 대체 저한테 왜 이러시는 건데요!"

등을 돌리고 있어서 목소리만 들리는데도 어찌나 서러운지, 아무 상관없는 이쪽이 다 마음이 아플 지경이었다. 그러나 정작 어머니는 그런 딸을 세상에서 가장 미운 것이라도 보듯 흰자위 가득한 눈으로 흘겨보았다.

"효령이 걱정할라. 울음 다 그치고 들어와."

끝까지 차갑게 말하고, 어머니는 돌아서서 가버렸다. 혼자 남은 효주가 그 자리에 무너지듯 주저앉아 통곡하듯 울음을 터뜨렸다.

"흑!"

그녀가 신고 있는 신발이 눈에 들어왔다. 여전히 그 낡아빠진 운동화. 하나 새로 사 신지도 못하고, 그걸 고쳐서 도로 신은 모양이었다.

운동화 한 켤레 살 형편이 못 되는 여자. 궁전처럼 화려한 집의 창고 방에서 더부살이하듯 살고 있는 여자. 지환의 마음속에서 뜻 모를 분노가 뭉클거리며 고개를 들었다.

"정효주 씨."

다가가서 이름을 부르자 울음이 뚝 멎었다. 여자가 천천히 고개를 들었다.

"……!"

시선이 마주친 순간 젖은 눈동자가 놀란 듯이 커다래졌다. 지환은 그녀의 팔을 잡아 일으켰다. 일단 근처의 벤치에 앉히고 나서 옆에 앉자 그토록 서럽게 울던 여자는 거짓말처럼 조용해졌다.

"저기, 오지랖이라고 해도 어쩔 수 없지만."

한숨을 쉬고 말을 꺼냈다.

"보아하니 식구 대접도 못 받는 것 같은데, 왜 그 집에서 미련하게 버티고 있는 겁니까?"

그렇지 않아도 상처받은 사람에게 할 말은 아닌지 모른다. 하지만 말하지 않고는 견딜 수 없을 정도로 가슴이 답답했다. 이런 취급을 받으면서도 그 집에 붙어살고 있는 미련한 여자에게 화가 났다.

"어떻게 사람이 그러고 삽니까. 나 같으면 하다못해 고시원이라도 얻어서 나오겠네."

효주는 대답이 없었다. 지환이 제 질문을 잊어버리기 시작할 때쯤에야 작은 입술이 불현듯 움직였다.

"……한 달에 삼십만 원."

"예?"

갑자기 무슨 소린가 싶어서 되묻자 그녀가 처음으로 눈을 들어 지환을 똑바로 쳐다보았다.

"고시원비, 한 달에 삼십만 원이라고요."

당황한 지환에게 효주는 계속해서 말했다.

"식비도 최소 이십만 원은 들겠죠. 그럼 한 달에 오십만 원은 있어야 할 텐데, 매달 꼬박꼬박 그만큼 벌 자신 없어요."

어디까지나 담담한 말투였지만 지환은 가슴이 철렁했다. 고시원이라도, 하고 쉽게 내뱉으면서 정작 고시원비 따위는 생각해보지도 않았다.

"내가 작업하는 영화, 주로 독립영화나 저예산 영화예요."

그녀는 진심으로 궁금하다는 듯이 물었다.

119

"서지환 씨는 영화를 찍으면서 스태프들이 얼마를 받는지, 혹시 생각해본 적 있나요?"

대답할 말이 없었다. 그런 데는 관심을 가져본 적도 없었으니까.

"……."

지환이 우물쭈물하자 가벼운 바람 같은 헛웃음이 그녀의 입술에서 새어나왔다. 그럴 줄 알았다는 듯이.

"능력은 없고, 그런 주제에 꿈은 놓기 싫고. 그럼 뭔가는 견뎌야겠죠."

체념한 듯한 말투에 또다시 가슴속에서 뭔가가 꿈틀거렸다. 무슨 말을 하는지는 알겠다. 하지만 대놓고 하녀 취급을 받으며 살아가는 게, 사람으로서 과연 견딜 수 있는 일일까.

"동생한테라도 좀 도와달라고 하면 될 것 아닙니까. 민효령 선배, 내가 잘은 몰라도 친언니 나 몰라라 할 정도로 모진 사람 같진 않던데."

"동생 돈으로 나온다……. 뭐, 그런 방법도 있겠네요."

고개를 끄덕이고 나서 효주는 중얼거렸다.

"그런데 나 같은 사람한테도 자존심이라는 게 있어서요."

가슴이 뜨끔했다. 저 여자는 자존심도 없이 어떻게 저런 집에 붙어사나, 하고만 생각했다. 그게 그녀에게는 나름대로 자존심을 지키는 방법이었을 줄은 생각도 하지 못했다.

"이만 갈게요."

효주는 고개를 약간 숙여 보이고 일어섰다. 저만치 멀어져가는 효주의 뒷모습을 바라보다 지환은 황급히 따라갔다.

"잠깐만."

운동화 상자를 불쑥 내밀자 효주는 의아한 얼굴로 지환을 쳐다보았다.

"이게 뭔데요?"

시선을 피하며 지환은 상자를 그녀의 가슴팍에 밀어붙였다.

"자존심 상해할 필요 없습니다. 산 거 아니고 공짜로 얻은 거니까."

반강제로 상자를 넘겨주고 나서 지환은 돌아섰다. 울지 말라는 말은 결국 하지 못했지만, 진심으로 생각했다. 이걸로 조금은 위로가 되었으면 좋겠다고.

scene 06

미리 말했던 대로 그다음 주 월요일이 되어서야 겨우 효령을 만날 수 있었다.

– 청담동에 있는 카페예요.

그녀가 약속장소를 지정했다. 보는 눈이 많을 텐데 괜찮겠느냐고 물었더니 본인 소유의 카페라서 2층은 아예 비워놓고 가끔 관계자들과 미팅하는 용도로만 쓴다고 했다.

가을 햇살이 비춰드는 창가에, 효령은 뭔가 깊은 생각에 잠긴 듯한 얼굴로 앉아 있었다.

"효령 씨."

다가가서 부르자 그제야 효령이 흠칫 놀라며 이쪽을 쳐다보았다.

"지환 씨."

오랜만의 만남이어서일까. 조금 어색한 표정으로 시선을 떨어뜨리는 그녀는 오늘도 완벽한 메이크업에 화려한 차림새를 하고 있었다. 예쁜 보석 장식이 붙어 있는 구두를 보는 순간 효주가 신고 있던 낡은 운동화가 떠올랐다. 갑자기 울컥하는 자신에게 스스로 당황해서, 지환은 일부러 더 다정한 목소리를 냈다.

"나 보고 싶지 않았어요?"

한참 후에야 조금 수줍은 듯한 대답이 돌아왔다.

"……보고 싶었어요."

지환은 돈이 든 봉투를 꺼내 건넸다.

"일단 이거."

봉투를 열어본 효령은 불장난을 하다 들킨 어린애 같은 표정을 했다.

"할머니가 보자마자 아시더라고요. 잃어버린 돈은 그렇게 새 돈이 아니었다고."

민망한 듯 귀까지 빨개지는 게 귀여웠다.

"제가 괜한 짓을 했나 봐요. 어차피 들킬걸."

"아니, 할머니도 무척 고마워하셨어요. 이래저래 신경 써줘서 정말 고마워요. 우리 할머니 때문에 괜히 폐 끼쳤네요."

"폐라뇨. 저도 할머님한테 뭔가 해드릴 수 있어서 기뻤어요. 돌아가신 외할머니 생각이 나서요."

부끄러운 듯 두 손으로 찻잔을 만지작거리다 효령이 문득 생각났다는 듯이 물었다.

"참. 나한테 할 말이라는 건 뭐예요?"

지환은 의자를 당겨 효령 쪽으로 다가앉았다.

"전에 같이 단풍 보러 갔던 동네 있죠? 사실은 거기가 내 고향입니다."

"아, 네."

"이번에 작은아버지 환갑잔치를 한다고 연락이 왔더군요."

"네."

고개를 끄덕이면서도 효령은 의아한 얼굴을 했다. 이 얘기를
왜 나한테, 하는 듯한 표정이었다.

"혹시 효령 씨가 거기 같이 가줄래요?"

"네?"

화들짝 놀라는 효령에게, 지환은 진지하게 말했다.

"친척들 모이는 자리에서 효령 씨를 소개하고 싶어요."

민효령이라면 그 시골구석에서도 충분히 통할 만한 톱스타
다. 하다못해 팔순이 넘은 지환의 할머니조차도 텔레비전에 나
오는 사람 아니냐며 효령을 알아보지 않았던가. 비록 아직 자신
이 톱스타가 되진 못했지만 효령을 데리고 고향에 간다면 충분
히 사람들에게 그와 맞먹는 충격을 줄 수 있을 것이었다.

동네 머슴 아들 서지환이 서울에서 톱스타 애인을 데려왔다!

"잔치면 사람들도 많을 텐데, 그러다가 자칫 기사라도 나
면……."

효령은 곤란한 얼굴을 했다.

"걱정할 것 없어요. 다들 늙으신 분들에다 시골이라 인터넷
하는 사람도 잘 없으니까."

물론 거짓말이었다. 아무리 시골이라 해도 왜 젊은 사람이 없
고 인터넷이 없겠는가. 하지만 그런 위험을 불사하고서라도 지
환은 역시 효령을 고향에 데려가고 싶었다. 그만큼 동네 사람들
앞에서 과시하고 싶은 욕구가 컸다. 게다가 스캔들이 나면 나는
대로 그것도 또 원했던 바가 아닌가.

124

"낙엽 지기 전에 은행나무 숲도 한 번 더 볼 겸 같이 갑시다. 응?"

자신의 생일파티에도 와주었던 여자다. 조르면 들어줄 거라고 생각했는데, 의외로 그녀는 쉽게 고개를 끄덕여주지 않았다.

"소문이 퍼져서 스캔들이 될 수도 있잖아요. 아무래도 그건 안 되겠어요."

미안해하면서도 거절만은 완강했다. 지환은 조금 더 감정에 호소해보았다.

"내가 사랑하는 사람이라고, 고향 사람들 앞에서 효령 씨를 당당하게 소개하고 싶어요."

그러나 효령은 끝내 고개를 저었다.

"정말 미안해요, 지환 씨."

아무리 말해도 요지부동이었다. 지환은 실망해서 한숨을 내쉬었다. 끝내 들어주지 않겠다고 버티는 효령이 얄미웠지만, 그렇다고 화를 낼 수도 없었다. 비록 잔치에는 데려갈 수 없다 해도 아직 써먹을 데가 무궁무진한 여자니까. 지환은 깨끗이 포기하고 손을 들었다.

"내가 괜한 부탁을 해서 효령 씨 마음 불편하게 했나 봅니다. 미안해요."

거절해놓고도 효령은 역시 미안해서 어쩔 줄 몰랐다.

"지환 씨, 마음 많이 상했어요?"

계속해서 이쪽의 눈치를 살피는 것이었다. 이것도 나쁘지 않겠는걸, 하고 지환은 생각했다. 이렇게 미안하게 만들어놨으니다음에는 자신이 무슨 부탁을 해도 들어주려 하지 않겠는가.

물론 다음에 부탁할 것이란 뻔했다. 효령이 드라마의 주연을 맡고, 그 상대역을 자신으로 지목해달라는 것. 일단 함께 연기해서 작품을 히트시켜놓고, 연기하다 사랑에 빠졌다는 식으로 열애 기사를 내는 것이다. 이 얼마나 아름다운 그림인가?

"잊어버려요, 난 괜찮으니까."

한껏 쓸쓸한 표정으로 웃어 보이고 나서 지환은 화제를 바꾸었다.

"참. 혹시 아버지가 어디 아프십니까?"

지난번에 효주가 어머니와 실랑이하던 것이 떠올라서였다.

"그건 왜요?"

효령의 표정이 굳어졌다.

"그냥, 저번에 효령 씨 어머니한테 끌려서 집까지 갔었다고 했잖아요. 그때 보니까 어머니랑 언니가 그런 얘기를 나누는 것 같길래."

사실은 그때가 아니라 그 뒤에 효주에게 운동화를 전해주러 갔을 때 본 거지만 왠지 효령에게 그 얘기는 하지 말아야 할 것 같았다.

효령이 어두운 얼굴로 고개를 끄덕였다.

"아버지가 신부전증을 오래 앓으셨는데, 투석도 한계가 있어서 이젠 이식을 받으셔야 할 것 같다고 해요."

아, 그런 거였군. 그제야 지환은 그때의 대화를 이해했다.

"그럼 부모님은 언니한테 이식해달라고 하시는 겁니까?"

"네."

"근데 언니는 해주기 싫어하는 것 같던데요?"

"언니 입장에서는 그럴 수도 있겠죠."

마치 생판 남의 말을 하듯 하는 말투가 귀에 거슬렸다.

"쌍둥이 언닌데 별로 안 친한가 봐요?"

"언니랑은 어릴 때부터 떨어져 살았거든요. 언니는 시골 외할머니가 키웠고, 나는 부모님이랑 살았어요. 언니가 집에 돌아온 건 중2 때 외할머니가 돌아가신 후예요."

지환은 고개를 갸웃거렸다. 맞벌이 부부의 경우 조부모가 아이를 대신 키워주는 거야 그리 드문 일도 아니다. 하지만 쌍둥이 중 하나만 맡겨 키우는 케이스는 들어보지 못한 것 같다.

"아니, 쌍둥인데 왜 따로따로?"

"그때 아버지가 일 때문에 해외에 가 계셨대요. 어머니 혼자서 쌍둥이 돌보시다 우울증이 올 지경이라 외할머니가 며칠 봐주시겠다고 데려가셨대요. 할머니도 연세가 있으시니 둘 다는 힘들고, 언니만요. 그러다 그게 한 달이 되고, 1년이 되고…… 그렇게 된 거죠."

"자주 보러는 갔고요?"

효령은 고개를 저었다.

"1년에 두 번, 명절 때만 시골에 가서 만났어요."

지환은 하마터면 한숨을 내쉴 뻔했다. 그렇다면 거의 내버린 거나 마찬가지 아닌가.

「제가 언제부터 자식이었는데요?」

효주가 그렇게 말했던 게 이해가 갈 것 같았다. 서럽게 울던 그녀가 떠올라서 지환은 참지 못하고 불쑥 말했다.

"그건 좀 너무했네요. 그래도 같은 자식인데."

"같은 자식이 아니었나 보죠."

효령의 말투는 먼 사막에서 불어오는 바람처럼 바싹 메말라 있었다.

"엄마가 늘 그렇게 말씀하셨거든요. 저는 애교도 많고 싹싹한데, 언니는 누굴 닮아서 저렇게 데면데면하게 구는지 꼭 남같이 느껴진다고요."

언니에 대한 연민 따위는 조금도 느껴지지 않는 말투였다. 부모에게서도, 하다못해 쌍둥이 동생에게마저 냉대를 받는 여자가 새삼 불쌍한 기분이 들었다. 물론 자신이 불쌍하게 생각한다고 해서 달라질 것도 없지만.

"그래서, 이식은 어떻게 되는 겁니까?"

"모르겠네요. 언니가 싫다고 저러고 있으니까."

"그렇다고 아버지를 그냥 돌아가시게 놔둘 수도 없는 거 아닙니까?"

"그것도 그렇죠."

어째서일까. 다람쥐의 겨울식량까지 걱정하는 여자가 이상할 정도로 언니 일에만은 무심하기 그지없었다.

"가족 중에 언니만 이식해줄 수 있는 겁니까?"

"엄마는 검사 결과 아예 맞지 않았고, 나는 검사를 받아보지 않았어요. 하지만 언니하고 나는 일란성 쌍둥이니까 언니가 맞으면 나도 맞는 거겠죠."

문득 효령은 아름다운 눈을 크게 뜨고 지환을 쳐다보았다.

"지환 씨는 누가 하는 게 옳다고 생각해요?"

순간 말문이 막혔다. 솔직하게 말하자면 효령이 해주는 게 옳지 않은가 싶었다. 정효주는 아예 자식 대접도 못 받아본 모양인데, 장기까지 내놓으라는 건 너무하지 않은가. 하지만 그렇다고 효령이 이식하자니 그것도 곤란한 일이었다. 걸어다니는 기업이나 마찬가지인 톱배우의 몸에 칼자국을 내다니.

잠시 생각한 끝에 지환은 두 손을 들었다.

"내가 뭐라고 말할 수 있는 문제가 아닌 것 같습니다. 미안해요."

효령은 아무 대답도 없었다. 그저 가만히 찻잔을 들여다보고만 있을 뿐.

"……"

혹시 자기편을 들어주지 않아서 마음이 상했나, 싶어서 지환은 슬그머니 효령의 눈치를 보았다. 그냥 눈 딱 감고 언니가 해야 한다고 말할 걸 그랬나.

"언제 영화 보러 가고 싶어요."

잠시 후 그녀는 불쑥 엉뚱한 소리를 했다.

"……지환 씨랑 같이."

◇ ◆ ◇

지금껏 만나자고 할 때는 늘 지환이 먼저였다. 효령 쪽에서 먼
저 뭔가를 하고 싶다고 한 것은 이번이 처음이었다. 보통 커플
같으면 어려울 게 없겠지만, 문제는 둘 다 연예인에 한쪽은 전
국민이 아는 스타다. 생각 끝에 지환은 아예 멀티플렉스의 작은
상영관 하나를 통째로 빌려버렸다.

「'오늘의 일상'이라는 영화를 보고 싶어요.」

처음 들어보는 영화다 했더니 작년에 만들어진 독립영화였
다. 어쨌든 약간의 상영료를 따로 지불하면 보는 데는 문제가 없
다고 해서 그렇게 해달라고 영화관 측에 부탁했다.
영화를 보기로 한 날. 지환이 먼저 도착해서 자리에 앉아 기다
리는데, 사람 대신에 전화가 왔다.
- 미안해요, 지환 씨. 급한 스케줄이 생겨서 오늘 영화 못 볼
것 같아요.
지환은 이맛살을 찌푸렸다. 약속시간 다 돼서 갑자기 취소라
니.
"괜찮습니다. 일인데 어쩔 수 없죠."
기분이 상하는 것을 감추고 말하자 생각지도 못한 말이 돌아
왔다.
- 대신에 우리 언니더러 가라고 했어요.

"예?"

지환은 당황했다. 언니라니?

— 모처럼 상영관까지 빌렸는데 아깝잖아요. 마침 언니도 그 영화 보고 싶다고 했었거든요.

"아니, 잠깐. 언니가 알고 있단 말입니까? 나랑 사귀는 거?"

황급히 묻자 효령은 아무렇지도 않게 대꾸했다.

— 네. 얼마 전에 얘기했어요.

지환은 왠지 나쁜 짓을 하다 들킨 것 같은 기분이 되었다. 자신과 동생이 사귀는 사이라는 걸 알고, 그 여자는 어떤 표정을 했을까. 아무래도 효주의 얼굴을 보기가 민망했다. 괜찮으니까 언니까지 보낼 필요 없다, 영화는 다음에 다시 보자고 말하려는데 효령이 틈을 주지 않았다.

— 언니 곧 도착할 거예요. 그럼 나중에 봐요, 지환 씨.

끊겨버린 전화를 붙들고 지환은 망연자실했다. 동생 대신에 언니랑 영화를 보라니 세상에 이런 경우가 어디 있단 말인가. 안절부절못하고 있는데, 잠시 후 진짜로 효주가 상영관 안으로 들어왔다.

카키색 야상 점퍼에 청바지. 커다란 구식 노트북 가방의 무게로 축 처진 한쪽 어깨. 지난번, 그리고 또 그 전번에 봤을 때와도 정확히 같은 옷차림이었다. 눈부시게 새하얀 운동화만 빼고는.

"……효주 씨."

자리에서 일어나 고개를 숙여 보이자 효주가 조그맣게 말했다.

"동생이 갑자기 못 오게 돼서요."

"얘기 들었습니다."

조심스레 눈을 들어 쳐다보는 시선은 약간 겁을 먹은 것처럼 보이기도 했다.

"동생이 아니라 제가 와서 실망하셨죠?"

동생이랑 사귀면서 나한테 운동화 같은 건 왜 갖다줬냐고 질책하는 듯한 기색은 전혀 보이지 않아서 지환은 일단 가슴을 쓸어내렸다.

"아닙니다. 어차피 상영관은 빌린 건데, 날려버리게 되지 않아서 오히려 다행입니다."

효주는 지환에게서 몇 자리 떨어진 곳에 가서 앉았다.

잠시 후 시작된 영화는 끝도 없이 지루했다. 지환은 나오는 하품을 참느라 무진 고생을 했다. 무슨 영화가 사건이라곤 없이 계속 일상의 연속을 찍어놓은 것 같다. 아무리 흥행과는 별 상관없는 게 독립영화라지만 해도 너무하는 것 아닌가 싶었다.

이쪽은 지루해서 죽을 지경인데 곁눈질로 슬쩍 쳐다보니 효주는 굉장히 재미있는 영화라도 된다는 듯이 눈도 깜빡이지 않은 채 스크린을 바라보고 있었다. 민망해서라도 꾸벅꾸벅 졸 수가 없다. 지환도 스크린에 집중하는 척을 하기 시작했다.

처음에는 어디까지나 '척'을 하려는 것뿐이었는데 점점 진짜로 집중하게 되었다. 상업영화처럼 흥미를 확 끄는 스토리라인이 없어도, 그냥 잔잔한 일상의 이야기에도 나름의 매력이 있다는 것을 알았다. 영화가 끝났을 때에야 지환은 어느새 자신이 푹 빠져들어 있었다는 것을 깨달았다. 이름 모를 여배우의 마지막 눈빛에 여운이 길게 남았다.

영화가 끝나고 크레디트가 올라가는데도 효주는 좀처럼 일어날 기색이 없었다. 어쩔 수 없이 계속 스크린을 쳐다보고 있는데 캐스트 뒤에 이어지는 연출부 스태프들의 이름 속에 낯익은 이름 석 자가 보였다.

[조감독 – 정효주]

그제야 지환은 효주가 작업한 영화였다는 것을 알았다. 아마도 언니가 참여한 영화라서 효령이 보고 싶다고 한 모양이었다. 언제는 언니가 수술을 강요받고 있다고 해도 별 관심 없어 보이더니, 자신과 사귀고 있다는 비밀까지 털어놓고. 대체 이 자매는 사이가 좋은 건지 안 좋은 건지 헷갈리기 시작했다.

"효주 씨가 작업하신 영화죠? 덕분에 좋은 영화 보았습니다."

지환의 인사에 효주는 말없이 고개를 끄덕였다.

"……."

잠시 어색한 침묵이 흘렀다. 데려다줘야 하나, 아니면 여기서 헤어져야 하나. 지환이 속으로 고민하고 있는데 효주가 불쑥 말했다.

"영화 보여주셨으니까 제가 식사 대접할게요."

"아니, 괜찮습니다."

지환은 황급히 사양했다. 애인의 언니와 단둘이 영화를 본 것도 불편한데 마주 앉아 식사까지 할 생각은 전혀 없었다. 그러나 효주는 거절의 의미를 잘못 받아들인 모양이었다.

"저도 저녁 정도는 사드릴 수 있어요."

자존심이 상한 듯한 표정이었다. 더 거절하면 안 될 것 같아서 어쩔 수 없이 지환은 효주를 따라나섰다.

효주는 영화관을 나가더니 건물 뒤편으로 돌아 들어갔다. 멀티플렉스와 쇼핑몰, 대형 마트가 입점해 있는 번듯한 현대식 빌딩의 뒷골목은 전혀 다른 세상이었다. 다 쓰러져가는 지붕을 덮은 오래된 식당들이 어깨에 어깨를 나란히 하고 재래시장까지 쭉 이어져 있었다.

효주는 그중 간판도 없이 유리창에만 붉은 페인트로 '김치찌개'라고 쓰인 가게로 들어갔다. 겉으로 보는 것만큼이나 내부도 허름했다. 오래되어 누렇게 찌든 페인트 벽과 군데군데 녹이 슬고 김칫국물이 말라붙어 있는 버너에 생리적으로 거부감이 들었다. 아무리 그래도 연예인을 이런 데 데려오다니.

"김치찌개 2인분 주세요."

효주가 익숙한 말투로 주문하자 주인은 대꾸도 없이 주방으로 가버렸다.

"전에도 여기 온 적 있나 봐요?"

"이 근처에서 촬영한 적이 있었거든요."

곧 주인이 둥글넓적한 냄비를 가져와서 버너 위에 올리고 불을 켰다.

"작년에 독립영화 상영관이 여러 곳 문을 닫았어요."

효주가 말했다.

"아, 예."

"아까 그 영화, 상영하기로 했던 곳이 갑자기 문을 닫아서 결국 걸지도 못한 작품이에요. 지환 씨 덕분에 영화관에서 보게 돼서 좋았어요."

영화를 다 찍었는데 상영을 못 한다는 건 어떤 기분일지 상상해보았지만 온전히 알 수는 없었다. 자신이 출연했던 유일한 영화는 메이저 배급사 덕에 상영관을 독차지하다시피 하면서 흥행했었으니까.

김치찌개가 보글보글 소리를 내며 끓기 시작했다. 효령과의 데이트를 위해 모처럼 입은 새 재킷에 국물이 튈까 봐 지환은 될 수 있는 한 뒤로 물러나 앉았다. 효주가 직접 국자로 찌개를 떠서 지환의 앞에 접시를 놓아주었다.

"고마워요."

대충 먹는 척만 해야지, 하고 국물을 한 숟가락 떴다가 지환은 깜짝 놀랐다. 시원하고 담백한 국물이 지금껏 먹어온 김치찌개와는 전혀 달랐다. 이번에는 고기를 한 점 건져 먹어보았다. 냉동된 적이 없는 듯한 부드러운 고기에서는 돼지고기 특유의 나쁜 냄새가 전혀 나지 않았다. 함께 나온 공깃밥은 갓 지은 듯 윤기가 자르르 흘렀다.

"괜찮죠?"

지환의 표정을 살피고 있던 효주가 물었다.

"맛있네요."

인정할 수밖에 없었다. 이렇게 맛있는 김치찌개는 태어나서 처음이다.

"이 근처에서 촬영할 때 자주 먹었어요."

얼른 먹고 일어날 생각이었는데 맛있는 음식에 저도 모르게 마음이 열렸다. 자연스럽게 화제가 효주의 영화 작업으로 옮겨 갔다.

"효주 씨는 언제부터 영화 일을 하게 되신 겁니까?"

"대학 졸업 후부터니까 한 5, 6년쯤 한 것 같아요. 영화과에서 연출 전공했거든요."

지환은 숟가락을 멈추고 효주를 쳐다보았다.

"그럼 미래의 감독님이시네요?"

효주는 조금 웃었다.

"감독 아무나 하나요. 그냥 시나리오만 이것저것 쓰고 있어요."

"어떤 내용이죠?"

얘기가 나왔으니까 반쯤 예의 삼아 관심을 보인 건데 갑자기 효주가 눈을 빛냈다.

"한번 볼래요?"

"여기서 말입니까?"

"네. 노트북에 있거든요."

솔직한 심정으로는 모처럼 만난 맛있는 김치찌개에 집중하고 싶었지만, 상대가 너무 적극적이라 차마 사양할 수가 없었다.

"보여줘요. 내가 봐도 되는 거면."

효주는 가방에서 낡은 노트북을 꺼내 전원을 켰다. 꽤나 오래된 물건인지 부팅하는 데만도 한참이 걸렸다.

"두 남자 사이에서 고민하는 한 여자의 이야기예요."

김치찌개가 끓고 있는 테이블 한구석에 효주가 노트북을 조심스럽게 올려놓았다.

'나의 달'이라는 제목 뒤에 각 등장인물의 캐릭터 설명이 먼저 나왔다. 모든 것을 다 가진 완벽한 남자와, 반대로 가진 거라고는 아무것도 없는 남자. 그리고 두 남자의 사랑을 받게 된 한 여자.

완벽한 남자와 약혼한 여주인공이, 점점 아무것도 가지지 못한 남자에게 끌리기 시작하는 과정이 설득력 있게 펼쳐졌다. 지문도 무척 섬세해서 마치 장면이 눈에 보이는 것 같았다. 무의식중에 지환은 가진 것 없는 남자에게 감정이입을 하고 있었다. 부디 이 여자가 그 남자를 사랑하게 되었으면, 하고 바랐다.

어느덧 지환은 자신이 앉아 있는 곳이 어디인지도 잊어버렸다. 아까까지 그토록 식욕을 자극하던 김치찌개 냄새도 더는 느껴지지 않았다. 이야기에 푹 빠져 정신없이 읽어 내려가는데, 글이 갑자기 중간에 뚝 끊기는 바람에 튕기듯 현실로 돌아왔다.

"이게 끝입니까?"

고개를 들자 왠지 초조한 듯이 쳐다보고 있던 효주와 눈이 마주쳤다.

"아뇨. 그 뒤는 바닷가 장면을 넣고 싶은데 바다에 가본 지가 오래돼서 잘 써지지가 않더라고요. 한번 가야지, 가야지 하고는

137

있는데 시간도 없고……."

그 뒤에 생략된 말을 지환은 짐작할 수 있었다. 돈도 없겠지.

시나리오를 읽고 있는 사이에 찌개는 다 졸아붙어버렸다. 효주의 그릇에 담긴 찌개와 밥도 거의 그대로여서 지환은 자신이 시나리오를 읽는 동안 그녀도 전혀 먹지 않고 있었다는 것을 알았다.

왠지 그런 생각이 들었다. 어쩌면 이 여자는 같이 밥을 먹고 싶었던 게 아니라, 내게 시나리오를 보여주고 싶었던 게 아닐까.

그 뒤는 어떻게 될까. 그 생각에만 골몰해서 식욕도 어느새 사라져 있었다.

"이만 일어날까요?"

효주가 먼저 카운터로 가서 지갑을 꺼냈다. 뒤에서 슬쩍 들여다보자 지갑 안에 든 지폐는 겨우 석 장. 효주는 그중 두 장을 꺼내서 밥값을 치렀다. 내가 사겠다는 말이 목구멍까지 치밀어 오르는 것을 지환은 겨우 삼켰다.

"집에는 어떻게 갑니까?"

"지하철 타고 가면 돼요."

한쪽 어깨에 멘 노트북 가방을 추스르며 효주가 대답했다. 마른 몸매의 여자에게는 가혹할 정도로 무거워 보여서 태워다줘야겠다는 생각이 절로 들었다.

"데려다줄게요."

"아니에요, 괜찮아요."

갑자기 커다란 짐을 실은 오토바이가 두 사람의 곁을 아슬아슬하게 스쳐갔다. 지환은 황급히 효주의 팔을 잡아 끌어당겼다. 다행히 치이는 것은 면했지만 그 서슬에 그만 효주의 어깨에 메고 있던 노트북 가방이 떨어졌다.

가방이 콘크리트 바닥에 부딪치는 순간 퍽 소리가 났다. 소리부터 심상치가 않다 싶더니 그 자리에서 열어보자 역시나 액정이 완전히 박살나 있었다.

"하드디스크만 무사하면 파일은 괜찮을 겁니다."

시나리오가 걱정되어 말하자 효주가 고개를 저었다.

"파일은 인터넷 서버에 늘 백업을 해둬서 괜찮아요."

괜찮다고 하면서도 표정은 마치 사막에서 길이라도 잃은 사람 같았다. 파일이 무사한데도 저렇게 막막한 얼굴을 하는 이유는 뻔했다. 새 노트북을 살 돈이 없는 거겠지.

"갑시다. 집에 데려다줄 테니까."

어떻게 위로해야 할지 몰라서 지환은 일단 그렇게 말했다. 하지만 효주는 고개를 저으며 한 걸음 물러섰다.

"아뇨, 혼자 갈 수 있어요."

아까보다 한층 단호한 어조였다. 자존심 강한 여자가 제 상처를 보이기 싫어하는 것이 생생하게 전해져왔다. 이 여자는 지금 혼자가 되고 싶어 하는 것이다. 결국 지환은 물러설 수밖에 없었다.

"그럼 조심해서 가요."

깨진 노트북이 든 가방을 무겁게 메고 인파 속으로 사라지는 여자의 뒷모습을, 지환은 그 자리에 선 채로 한참 바라보았다. 왠지 가슴이 꽉 막힌 것 같은 느낌이 들어서 일부러 길게 한숨을 내쉬었지만 기분은 조금도 나아지지 않았다.

◇ ◆ ◇

그날 밤에 잠시 효령과 통화를 했다.

– 영화는 잘 봤어요?

얼굴 보고 말할 때는 잘 몰랐는데 전화로 들으니 말투나 목소리가 아까 헤어진 여자와 무척 비슷하다. 노트북은 너무 걱정 말라고 위로의 말이 튀어나오려는 것을 지환은 겨우 삼켰다.

"언니가 만든 영화더군요. 재미있었습니다."

– 다행이네요.

효령은 그 이상 묻지 않았다.

"그래서, 다음엔 언제 만날 수 있는 겁니까?"

– 잘 모르겠어요.

평소와는 달리 더 조르고 싶은 기분이 들지 않아서, 그냥 스케줄 바빠도 힘내라고만 말하고 전화를 끊었다.

다음 날 아침에 일어나자마자 지환은 전자제품 판매점으로 향했다. 요즘 나오는 노트북은 놀랄 만큼 가볍고 얇은 것들도 많았다. 구식 노트북을 힘겹게 메고 다니던 여자를 생각하자 왠지 화가 났다. 세상엔 이렇게 좋은 것들도 많은데.

용도를 묻는 직원에게 주로 문서 작업용이라고 얘기하자 저렴

한 모델을 권해줬지만, 일부러 최신 게임도 쌩쌩 돌아간다는 제일 비싼 노트북을 사버렸다. 새 노트북을 보고 놀라는 여자의 얼굴이 떠올랐다. 빨리 건네주고 싶어서 몸이 달았다.

전화번호를 모르니 또 아파트로 찾아갈 수밖에 없다. 다행히 이번에는 동 호수까지 정확히 알고 있었다. 제발 자매의 어머니가 집에 없기를 빌며, 지환은 효령의 집 호수를 누르고 호출했다.

― 누구세요?

인터폰을 통해 들려온 목소리는 다행히 자매도, 그 어머니도 아니었다. 아마도 가정부인 모양이었다.

"혹시 정효주 씨 댁에 계십니까?"

― 네, 있는데요.

"친구가 찾아왔다고, 잠깐만 내려와달라고 전해주십시오."

혹시나 효령이나 그 어머니에게 얘기가 전해질까 봐 일부러 이름은 밝히지 않았다. 잠시 후 내려온 효주는 지환을 보고 깜짝 놀란 얼굴을 했다.

"지환 씨가 웬일이에요?"

"이거."

지환은 노트북 상자를 내밀었다.

"변상하는 겁니다. 나 때문에 떨어뜨려서 고장 났으니까."

효주의 눈동자가 기쁨에 반짝 빛났다. 그러나 다음 순간 곧 곤란한 얼굴이 되었다.

"이렇게 비싼 걸 어떻게……."

그녀가 자존심 때문에 갈등하고 있는 것을 지환은 눈치챘다.

"그냥 주는 건 아니고."

흠칫 놀라 쳐다보는 효주에게 지환은 빙긋 웃으며 말했다.

"이걸로 시나리오 빨리 완성시켜줘요. 그 뒤, 빨리 보고 싶으니까."

결국 효주는 노트북 상자를 받아들었다. 또 떨어뜨릴까 봐 겁이 났는지 상자를 가슴에 꼭 껴안는 것이 우스우면서도 어딘가 애틋했다.

"고맙게 잘 쓸게요."

일단 물건을 전달하는 데는 성공했다. 지환은 슬그머니 다음 용건을 꺼냈다.

"오늘 시간 있어요?"

"그건 왜요?"

"갑시다, 바닷가."

커다래지는 눈동자에 대고 지환은 말했다.

"시나리오 완성시키려면 바다 보러 가야 한다고 했잖아요."

효주는 대답 대신에 당황한 듯이 지환을 쳐다보았다. 거절당할 것 같은 분위기에 저도 모르게 초조해졌다. 물끄러미 지환을 쳐다보고 있던 효주가 문득 한 걸음 물러났다. 아, 거절당하는구나. 왠지 심장이 뚝 떨어지는 듯한 느낌이 드는 순간, 그녀가 말했다.

"잠깐만 기다려주세요. 옷만 갈아입고 나올게요."

◇ ◆ ◇

대체 왜 나는 지금 이 여자를 태우고 바다로 가고 있는 것일까.

지환은 자기 자신에게 질문을 던져보았다. 하지만 스스로도 자신의 행동을 이해할 수 없어서 적당히 이유를 찾아내서 붙여버렸다. 시나리오의 뒷부분이 보고 싶어서라고.

"어디로 갈까요. 서해? 아니면 동해?"

"노을이 보고 싶어요."

효주의 대답에 지환은 서해안고속도로를 탔다. 평일이라 도로는 비교적 한산했다. 길도 뚫렸겠다, 마음껏 속도를 내서 달렸다.

지난번에 지환의 차에 탔을 때 내내 고개만 푹 숙이고 있었던 여자는, 이번에는 아예 다른 사람 같았다.

"아, 시원하다!"

차창을 열어 들어오는 바람을 얼굴에 맞으며 감탄하기도 하고, 저 멀리 울긋불긋 물든 산을 보면서 환성을 올리기도 했다.

"세상에, 저거 보세요. 너무 예쁘죠?"

이제 보니 참 밝은 여자다. 웃기도 잘 웃고, 곧잘 떠들고.

다행히도 날씨는 무척 맑았다. 가을 햇볕에 얼굴이 탈까 봐 걱정하는 기색도 없이, 여자는 쏟아지는 햇살 아래 행복한 고양이처럼 눈을 감았다.

"햇살이 너무 좋네요."

이렇게 햇빛을 좋아하는 여자가 창문도 없는 구석방에서 살고 있다니. 또다시 마음 한구석이 복잡해졌다. 데리고 나오기를 잘했다는 생각이 절로 들었다.

한 시간쯤 달리다 힐끗 시계를 보니 벌써 점심때가 다 되어 있었다.

"아침은 먹었어요?"

"아뇨. 마침 식구들이 모두 집에 없어서 저도 그냥 걸렀어요."

효주가 고개를 저었다.

"가정부 아줌마는 있나 보던데. 차려달라고 하면 되는 거 아닙니까?"

햇살처럼 빛나던 표정에 순식간에 먹구름이 꼈다.

"제 가정부는 아니니까요."

지환은 나오려는 한숨을 겨우 삼켰다. 하긴 가정부 없을 때는 효주를 대신 부려먹는 것 같던데 멍청한 질문을 했다. 슬그머니 일종의 반발심 같은 것이 들었다.

"뭐 먹고 싶은 거 있어요?"

원하는 게 뭐든 먹여주겠다고 생각했다. 만약에 북해도 게가 먹고 싶다고 하면 차 돌려서 곧바로 공항으로 향할 각오였는데, 정작 효주의 입에서 나온 메뉴는 김빠지는 것이었다.

"휴게소 간식들이요. 츄러스랑 구운 옥수수, 또 알감자……."

"군것질 좋아하나 봐요?"

"여행 갈 때나 먹을 수 있는 것들이잖아요. 여행 갈 일이 별로 없었거든요."

효주는 그 이상 말하지 않았지만 충분히 짐작이 가서 지환은 하마터면 한숨을 내쉴 뻔했다. 하기야 돈이 없어 바다도 못 보러 가는 여자가 오죽할까.

　잠시 후 휴게소가 나타났다. 효주를 차에 있게 하고, 지환은 혼자 선글라스를 쓰고 나가서 이것저것 군것질거리를 산더미처럼 사다 안겼다.

　"이렇게나 많이요?"

　어린애처럼 기뻐하는 모습에 왠지 가슴이 찡했다. 저까짓 게 뭐라고.

　저만치 카세트테이프 파는 곳에서 흘러나오는 시끄러운 뽕짝 리듬이 차창 안까지 새어 들어왔다. 그러고 보니 드라이브에 음악이 빠져 있었다는 걸 깨달았다. 차를 출발시키며 지환은 라디오를 켰다. 좀 경쾌한 팝음악이 없을까 하고 여기저기 주파수를 돌려보는데 갑자기 효주가 아, 하는 소리를 냈다.

　"이 노래 좋아해요?"

　지환은 주파수를 고정했다. 어디서 들어본 것 같은 경쾌한 리듬의 가요가 흘러나왔다.

　흥이 나는데 옆에 지환이 앉아 있으니 눈치가 보이는 모양이다. 입속으로 노래를 따라 부르며 무릎 위에 놓인 손가락만 까딱까딱 춤추듯 움직이고 있는 걸 보니 웃음이 나왔다. 의외로 귀여운 데가 있다고 생각했다.

　"춤춰도 괜찮은데."

　은근슬쩍 말하자 효주는 민망한 듯 얼른 손가락을 멈췄다.

목적지에 가까워져 바다가 보이기 시작하자 효주의 기분은 더욱더 좋아졌다. 해안도로에 들어서자 아예 창을 활짝 열어젖히고 바다를 내다보느라 정신이 팔려서 지환이 뭐라고 말을 걸어도 듣지 못할 정도였다. 나중에는 슬그머니 심술이 나서 차창을 확 닫아버렸다.

"회 먹을 줄 알아요?"

"괜찮아요, 간식도 이렇게 많이 먹었는데."

효주가 사양했지만 지환은 못 들은 척 횟집이 줄지어 있는 바닷가로 차를 돌렸다. 모처럼 바다에 왔으니 해산물을 먹여주고 싶었다. 바닷가의 식당들은 하나같이 비슷비슷해 보여서 고르기가 쉽지 않았다. 차를 천천히 몰면서 어디가 좋을까, 하고 내다보고 있는데 효주가 손가락으로 맨 구석에 있는 가게를 가리켰다.

"저기가 손님이 제일 없는 것 같아요."

연예인인 자신을 배려해서라고 생각하고 지환은 순순히 그 가게 앞에 차를 세웠다.

"어서 오이소."

점심도 저녁도 아닌 어중간한 시간인 탓인지 가게 안은 텅 비어 있었다. 반갑게 맞이하는 주인아주머니 역시 선글라스를 쓴 지환을 알아보는 것 같지 않았다. 생선회와 새우튀김을 주문하고 나서 지환은 말했다.

"그렇게 일일이 신경 쓸 필요 없어요. 아직 알아보는 사람이 많지 않아서."

효주는 고개를 저었다.

"꼭 그래서는 아니고요."

"그럼?"

"손님 많은 가게는 굳이 우리가 안 가줘도 돈 잘 벌 거 아녜요."

그런 이유로 일부러 장사 안 되는 가게를 골라 들어가다니, 지환으로서는 생각조차 해본 적 없는 관점이었다.

"보통은 일부러 제일 붐비는 가게를 고르지 않습니까? 그런데가 맛있을 테니까."

지환의 말에 효주는 어깨를 으쓱했다.

"장사 안 되는 가게라고 꼭 맛없으란 법은 없잖아요."

잠시 후 나온 음식은 관광지라는 걸 감안하고도 훌륭한 편이었다. 방금 튀겨 나온 새우는 바삭바삭하고 회 역시 싱싱했다.

"그것 봐요. 여기도 괜찮죠?"

효주가 눈을 가늘게 뜨고 웃었다.

늦은 점심 겸 이른 저녁을 먹고 나와서 또다시 해안도로를 한참 달리다 조용한 바닷가 근처에 차를 세웠다. 여름이 훌쩍 지나버린 바닷가에는 인적이라고는 없어서, 선글라스도 쓰지 않은 채 실컷 바다를 볼 수 있었다.

둘이서 정처 없이 바닷가를 걸었다. 엄지손톱만큼 작은 게를 잡아서 손바닥 위에 놓고 한참 들여다보다 조심스레 놓아주는 효주에게, 지환은 슬쩍 물었다.

"내 작품, 본 적 있죠?"

지난번에 아니라고 딱 잡아뗐던 여자는, 이번에는 순순히 고개를 끄덕였다.

　"네."

　역시나, 하고 지환은 생각했다. DVD까지 갖고 있는 걸 보기도 했지만, 그게 아니더라도 왠지 그녀가 자신의 작품을 봤을 것만 같은 기분이 들었다.

　"어떤 작품?"

　"지환 씨가 나온 건 다 봤어요."

　뜻밖이었다. 이런저런 작품에 작은 역할로 많이 출연했는데 그걸 다 봤다니.

　"왜요?"

　"연기가 너무 좋아서요."

　효주는 조금 부끄러운 듯이 말했지만 지환은 잘 이해가 가지 않았다. 이만하면 신인치곤 나쁘지 않다고 생각하지만, 그래도 연기력에는 아직 부족한 데가 많은데.

　동갑에, 같은 소속사에, 비슷한 커리어에, 심지어 사촌 간이다 보니 기자들이 가끔 지환과 현우를 묶어서 앞으로가 기대되는 신예라며 기사를 낼 때가 있었다. 그럴 때조차도 비주얼의 서지환, 연기력의 서현우라고 했다. 별로 기분 좋은 평가는 아니었지만 부정하기는 힘들었다.

　"내 연기의 어디가 그렇게 좋았습니까?"

　"음…… 짝사랑하는 연기?"

　당장 딱 떠오르는 작품은 없었다. 늘 주인공이 아닌 서브를 맡다 보니 필연적으로 극중에서 짝사랑을 하게 되는 경우가 많았으니까. 무엇을 떠올렸는지 효주는 마음 아픈 얼굴을 했다.

"보면서 저도 많이 울었어요."

사실 지환은 여태 살면서 짝사랑이란 걸 해본 적이 없었다. 그래서 연기하면서도 속으로는 오히려 한심하다는 생각을 하곤 했다. 나 싫다는 여자 때문에 뭐 이렇게까지 구질구질하게 울고불고 난리란 말인가. 세상에 여자가 그 여자 하나도 아니고. 하지만 칭찬을 들으니 기분은 나쁘지 않았다.

"어떤 작품이 제일 마음에 들었어요?"

효주는 망설이지도 않고 대답했다.

"'모래성'이요."

바로 효주의 방에 DVD로 꽂혀 있는, 지환의 데뷔작이었다.

"아, 그거."

지환은 조금 실망했다. 그거라면 이유가 따로 있다.

"사실 그건 연기력이 좋았던 게 아닙니다. 작품 속 캐릭터가 마침 나랑 딱 맞았을 뿐이지."

공교롭게도 자신과 똑같이 사촌형에게 콤플렉스를 가진 역할이었다. 그래서 난생처음 하는 연기인데도 푹 빠져들었었다.

"왜요?"

효주가 걸음을 멈추고 의아한 듯이 지환을 바라보았다.

"혹시 서현우라는 배우 알아요? 나하고 같은 소속사인데."

"네."

"내 사촌형입니다. 사촌형이라고 해도 나이는 동갑이지만."

정신을 차려보니 어느덧 바닷가 바위 위에 나란히 앉아서 효주를 상대로 털어놓고 있었다.

"현우 형네 아버지가 나한테는 작은아버집니다. 그러니까 우리 아버지가 현우 형의 아버지의 형인 거죠."

효령에게는 차마 하지 못했던 얘기를.

"그런데 호적상으로 형제인 거지, 사실 우리 아버지는 양자였어요."

지환과 현우의 할아버지는 집성촌에서도 종가의 종손이었다. 열여덟에 혼인을 하여 서른이 넘을 때까지 자식을 갖지 못했다. 종손이 대를 끊을 수 없으니 하다못해 밖에서라도 손을 보아야 한다는 의견이 어르신들 사이에 분분히 오갈 때쯤, 마침 가난하게 사는 먼 친척이 어린 외아들과 아내를 남기고 죽었다. 과부 혼자서 아이를 키우느라 입에 풀칠하기조차 힘들다고 했다.

"그래서 그 아이를 데려와서 양자로 들인 거죠."

"그게 지환 씨 아버님이셨군요."

고개를 끄덕이고 지환은 말을 이었다.

"생판 남의 핏줄도 아니고, 똑똑하기도 해서 처음에는 그런대로 종손 대접을 받았다고 해요. 문제는 바로 그 다음해에 종부, 그러니까 내 호적상의 할머니가 덜컥 아이를 가진 거고."

태어난 아이는 설상가상으로 아들이었다. 집안 어른들이 모여 격론을 벌인 끝에 일곱 살짜리 양자는 겨우 파양을 면했다. 고아가 될 아이의 신세보다도 집안의 체면을 고려한 결과였다.

"물론 종손의 지위는 친아들이 이어받게 됐죠. 그게 현우 형

의 아버지고 내 작은아버집니다. 사실 지금은 법적으로 사촌형
도, 작은아버지도 아니긴 하지만."

"어째서요?"

"부모님 돌아가신 후에야 알았습니다. 알고 보니 돌아가시기
몇 해 전에 아버지도 모르게 파양이 됐더군요. 유산 문제가 생길
까 봐 그렇게 했답니다. 그러니까 나하고도 아무 상관없는 사람
들인 셈이죠."

"세상에, 너무하네요."

효주가 안타까운 얼굴을 했다. 사실 진짜 너무한 얘기는 시작
도 안 한 건데, 하고 지환은 속으로 씁쓸하게 웃었다.

"근데 요즘 들어 엉뚱하게 작은집에서 나한테 자꾸 조카 대접
을 하려고 하시네요. 얼마 전에는 연락이 와서 그러더군요, 작
은아버지 환갑잔치에 오라고."

아, 하고 효주의 입에서 탄식 비슷한 것이 새어나왔다.

"근데 지환 씨는 거길 굳이 왜 가려고 하는 거예요?"

가겠다고 말은 안 한 것 같은데. 고개를 갸웃거리면서도 지환
은 대답했다.

"마침 전부터 부모님 산소 문제 때문에 하려던 얘기가 있는
데, 집안 어른들 모여 계실 때 해야 할 것 같아서."

뭔가 깊은 생각에 잠긴 듯한 얼굴로, 효주는 고개를 끄덕였
다.

"……그렇군요."

가을 해는 짧다. 얘기를 나누는 사이에 어느덧 해가 기울었

다. 촬영 때문에 평소에도 여기저기 많이 다녀서 웬만한 풍경에
는 익숙해져 있지만, 한적한 바닷가에 펼쳐지는 오렌지 빛 노을
은 감탄이 절로 나올 정도로 장관이었다. 말 그대로 영화 속의
한 장면 같다.

시나리오에 대해 생각하고 있는지 효주는 한참이나 노을을 물
끄러미 바라보고 있었다. 그녀의 생각을 방해하고 싶지 않아서
지환은 조용히 옆에서 기다렸다. 여자가 노을을 보는 동안, 지
환은 여자의 옆얼굴을 바라보았다. 진하게 화장한 누군가의 얼
굴보다, 노을에 비쳐 발그레해져 있는 맨얼굴이 훨씬 예쁘다고
생각했다.

노을이 짙어져갈수록 바닷바람이 점점 싸늘하게 느껴졌다.
바람이 좀 가려질까 싶어서 지환은 효주의 옆에 바싹 다가앉았
다. 여자에게서는 한낮의 햇살 냄새가 났다.

"데려와줘서 고마워요."

마지막 노을빛이 사라져갈 때쯤, 효주가 불쑥 말했다.

"……시나리오 뒷부분, 이제 쓸 수 있을 것 같아요."

지환은 이제껏 참고 있던 말을 꺼냈다.

"완성되면 남자주인공 역할은 나한테 주는 겁니까?"

놀란 토끼 같은 눈을 하는 효주에게, 지환은 다시 한 번 힘주
어 말했다.

"언젠가 그 작품을 영화로 만들게 되면 꼭 내가 하고 싶어요."

진심이었다. 시나리오와 캐릭터도 마음에 들었지만 무엇보다
이 여자의 앞에서 연기해 보이고 싶었다. 굳이 개인적인 감정이

들어간 역할이 아니라도 잘 해낼 수 있다는 걸 보여주고 싶다. 진짜 배우로서 인정받고 싶었다. 이 여자에게.

'정말 지환 씨가 해줄래요?'

당연히 기뻐할 거라고 생각했다. 배우에게 시나리오를 보여줄 때는 다 생각이 있어서 보여준 게 아니겠는가. 그러나 돌아온 것은 허락이 아닌 엉뚱한 질문이었다.

"효령이, 많이 좋아하세요?"

갑자기 튀어나온 이름에 마치 찬물을 끼얹힌 것 같은 기분이 들었다. 지금까지 서로 불문율처럼 효령에 대한 이야기는 꺼내지 않고 있었는데. 내키지 않았지만 어쩔 수 없이 대답했다.

"그야 좋아하니까 만나는 거죠."

하지만 효주는 재차 물었다.

"톱스타니까, 이용 가치가 있으니까 만나고 있잖아요. 제 말이 틀린가요?"

등골에 식은땀이 배어났다. 효주가 그걸 눈치채고 있었을 줄이야.

"그래요, 처음에는 솔직히 그런 생각도 있었습니다. 하지만 지금은 진심으로 효령 씨를 사랑하게 됐습니다."

하지만 효주는 쉽게 납득하려 하지 않았다. 이상할 정도로 날카로운 질문이 계속해서 날아왔다.

"만약에 제 동생이 톱스타가 아니라면? 그렇게 미인도 아니라면요? 그래도 사랑했겠어요?"

"당연하죠."

만약에 조금이라도 잘못 말했다가 효령의 귀에 들어가면 큰일이다. 지환은 필사적으로 진심을 연기했다.

"내가 사랑하게 된 건 효령 씨 그 자체입니다. 그 외의 조건은 아무 의미도 없어요. 그녀가 일반인이었더라도, 전혀 다른 모습이었더라도 나는 사랑에 빠졌을 겁니다."

그제야 효주는 고개를 끄덕였다.

"……알았어요."

파도가 밀려왔다 빠져나간 모래톱 같은 표정에서는 어떤 감정도 읽어낼 수 없었다. 지환은 속으로 안절부절못했다. 왜 갑자기 그런 질문을 한 걸까? 동생에게 어느 정도 감정인지를 확인하고 싶었던 건가? ……아니면 혹시, 내게 연애감정을 품고 있어서?

아무래도 그런 것 같아서 가슴이 철렁했다. 그렇다면 방금 한 대답에 상처를 받았을 텐데. 뒤늦게 아차 싶었지만 다시 묻는다 해도 역시 그렇게 대답할 수밖에 없었다. 애초에 그런 질문을 한 쪽이 잘못이었다. 지환은 제 손으로 심장에 가시를 박아넣은 바보 같은 여자를 탓했다. 그러게 왜 굳이 그런 걸 물어서.

효주가 자리를 털고 일어나 바닷가를 걷기 시작했다. 지환은 조금 떨어져서 그녀를 따랐다. 짙은 보랏빛으로 물들어가는 하늘 저편에서 서서히 모습을 드러내는 달을 올려다보며 그녀는 불쑥 입을 뗐다.

"……사실은 그 역할, 지환 씨를 떠올리면서 쓴 거였어요."

수줍은 듯한 목소리는 고백인 것 같기도, 아닌 것 같기도 했다. 저도 모르게 고백이었으면 좋겠다고 생각해버린 자신에게 놀라, 지환은 조금 퉁명스럽게 말했다.

"늦었는데 이만 돌아가죠."

scene 07

눈에 띄게 크고 화려한 자동차 한 대가 시원스럽게 고속도로를 달렸다.

평소에는 주위 시선 때문에 좀처럼 타지 않는 이 차를 일부러 골라 타고 나온 것은 오늘이 바로 작은아버지의 환갑잔치 날이기 때문이었다. 마치 전쟁에 나가는 기사가 갑옷과 말을 고르듯, 일부러 가장 비싼 차에 가장 좋은 옷을 입고 나온 것이었다.

오랫동안 별러왔던 일을 드디어 결행하는 날. 그러나 정작 운전하는 지환의 머릿속은 딴생각으로 꽉 차 있었다.

「사실은 그 역할, 지환 씨를 떠올리면서 쓴 거였어요.」

그건 고백이었을까, 아니었을까. 수십 번도 더 같은 생각을 하고 있는 자신이 어이가 없었다. 고백이었다면 뭘 어쩔 거란 말인가. 친자매를 동시에 사귈 수 있는 것도 아닌데.

언니는 언니대로, 동생은 동생대로 끌리는 데가 있다. 두 사람이 하나였으면 얼마나 좋을까, 하고 말도 안 되는 생각을 진지하게 하다가 지환은 실소했다.

지금 쓸데없는 생각 할 때 아니다, 서지환.

억지로 생각을 떨쳐버리듯 액셀러레이터를 지그시 밟았다. 자동차는 밟자마자 거친 숨소리를 내며 시원하게 속도를 높였다. 스치기라도 하면 큰일이라는 듯, 주위 차들이 화들짝 놀라 알아서 비켜서는 게 왠지 통쾌했다.

세 시간쯤 걸려 마을 어귀에 들어섰다. 차창을 열자 익숙한 냄새가 났다. 익어가는 벼 냄새, 구수한 낙엽 냄새, 나무 타는 냄새 등 여러 가지가 섞여서 나는 특유의 냄새. 지환이 태어나서 자란 고향의 냄새였다. 거의 10년 만에 돌아온 고향 마을을, 지환은 차에서 내려 잠시 둘러보았다.

길 여기저기에 벼와 고추가 널려 있었다. 처마 아래 조롱조롱 매달린 곶감이 고운 빛깔로 말라갔다. 누가 보아도 감탄할 만큼 풍요롭고도 정겨운 시골의 가을 풍경. 하지만 이 마을 사람들의 마음씀씀이는 그와 정반대라는 걸 지환은 누구보다도 잘 알고 있었다.

지환은 도로 차에 올랐다. 좁은 시골길과 어울리지 않는 화려한 자동차를, 이따금씩 지나가는 사람들이 신기한 눈으로 쳐다보았다.

종택의 넓은 마당에는 이미 잔치판이 떠들썩하게 벌어져 있었다. 마당 가득 깔린 돗자리마다 잔칫상이 길게 놓여 있고, 온 동네 사람들이 다 모여 앉아서는 한창 먹고 마시는 중이었다. 삶은 돼지고기 냄새와 전 부치는 기름 냄새가 물씬 풍기는 마당으로 슈트를 차려입은 지환이 들어서자 모두의 시선이 집중되었다.

"아이고, 이게 누꼬? 지환이 아이가!"

"안녕하셨어요, 아저씨."

"참말로 오랜마이다! 니 돈벼락 맞았다제?"

"그렇게 됐습니다. 건강하셨죠?"

동네 사람들이자 먼 친척이 되는 어른들이 지환을 보고 저마다 반갑게 말을 걸었다. 젊은 축들은 우르르 몰려나가서 담 아래 세워둔 지환의 차를 구경했다.

"이기 그 벤쓰가?"

"무식한 새끼, 페라리 아이가!"

담 너머로 저희들끼리 지껄이는 소리가 들려왔다. 하얀 머릿수건에 앞치마를 두르고 분주히 음식을 나르고 있던 작은어머니가 지환을 보고는 걸음을 멈췄다.

"작은어머님, 오랜만입니다. 그동안 잘 지내셨어요?"

"세상에, 지환이 왔구나. 이게 얼마만이냐, 응?"

작은어머니는 반가운 얼굴로 지환을 맞이했다. 어릴 때부터 늘 보아왔던 차가운 표정과는 사뭇 달라서 지환은 속으로 쓴웃음을 지었다.

"작은아버지 방에 계시니까 들어가서 인사드려."

"현우 형은요?"

"아직 안 왔어. 오늘 스케줄 있어서 좀 늦는다더라."

지환은 신발을 벗고 마루로 올라섰다. 오늘 잔치의 주인공인 작은아버지는 정갈하게 한복을 차려입고 사랑방 보료 위에 앉아 가까운 친척어르신 몇몇과 함께 술잔을 기울이고 있었다.

"작은아버님, 저 왔습니다."

"오, 지환이 왔구나. 이리 앉아라."

돌아가신 아버지가 중학교도 제대로 못 나온 것과는 달리 작은아버지는 서울에서 대학까지 나온 사람이었다. 서울물 먹은 엘리트라는 것을 과시하듯, 작은아버지는 대학 재학 기간을 빼놓고는 평생 고향에서 살았으면서도 지금껏 사투리 억양의 표준말을 고수하고 있었다.

"안녕들 하셨습니까."

나머지 어르신들에게도 간단히 인사를 건네고, 지환은 준비해온 선물을 작은아버지 앞으로 밀어놓았다.

"환갑 축하드립니다, 작은아버님."

"쓸데없는 데 신경을 다 썼구나. 어쨌든 가져왔으니 고맙게 받으마."

작은아버지는 점잖게 선물을 받아서 풀어보지도 않은 채 보료 옆으로 밀어놓으려 했지만 다른 친척 어른들이 내버려두지 않았다.

"뭐가 들었는지 보기는 해야 할 거 아인교."

"하모, 조카가 가져온 선물인데! 같이 구경 좀 하입시데이."

주위의 독촉에 못 이기는 척, 작은아버지는 선물을 싼 보자기를 풀었다. 이윽고 자개로 치장된 상자 안에서 나타난 물건에 모두가 침을 꿀꺽 삼켰다.

큼직한 금 거북.

세공비를 제하고 단순 금값만 따져도 사천만 원이 훌쩍 넘어가는 물건이다. 애초에 재력 과시의 목적으로 가져온 물건은,

159

경탄의 시선 속에서 순금 특유의 묵직한 빛을 발하며 제 임무를 확실하게 해냈다. 친척들이 놀라서 입을 딱 벌리고 있는 것을 전혀 알아채지 못한 체, 지환은 눈을 내리깔고 공손히 말했다.

"거북이는 장수를 상징한다고 해서 준비했는데, 마음에 드실지 모르겠습니다."

"그, 그래. 고맙다. 크흠."

여태까지 점잔을 빼던 작은아버지도 애써 헛기침을 하는 것이, 놀란 기색이 역력했다.

"지환이 니 부자 됐다 카더니 진짜였구마."

"서울에서 건물주 됐다제?"

세상에 돈의 위용에 홀리지 않는 자가 있기는 할까. 짐작은 했지만, 역시나 그토록 집안이니 가문이니 하면서 콧대가 높았던 서씨들도 다를 게 없었다. 이런 인간들이 천하에 둘도 없는 양반인 척 우리 부모님을 머슴에 하녀 취급을 했단 말인가. 속으로 비웃음을 흘리면서도 지환은 어디까지나 공손히 대답했다.

"그냥저냥 어렵지 않게는 살고 있습니다."

모두들 손을 뻗어 금 거북을 만져보았다.

"이게 순금이라 이거제?"

"하이고, 니 부모는 참말로 복도 없데이. 쪼매만 더 살다 가지, 우째 그리 성질들이 급해가지고는 고생만 직싸게 하다가……."

"거 쓸데없는 소리 말게."

한 친척의 주책없는 말을 작은아버지가 점잖게 나무랐다. 하지만 지환으로서는 오히려 반가운 말이었다. 본론을 꺼낼 빌미를 준 것이 아닌가.

"부모님 얘기가 나와서 말씀입니다만."

지환은 자세를 고쳐 앉았다.

"실은 작은아버님께 상의드릴 것이 있습니다."

"상의? 그래, 뭐냐?"

"제 부모님 산소를 선산으로 옮겨주셨으면 합니다."

작은아버지는 당황한 얼굴을 했다. 주위에 있는 다른 친척들도 마찬가지였다.

"서씨 종가의 큰아들로서 할아버님 곁에 묻어드리고 싶습니다. 비석도 집안 어르신들 성함을 모두 넣어서 다시 세워드릴까 합니다."

돌아가신 아버지를 이 집 자손으로 인정해달라는 요구였다.

"글쎄, 그게 그렇게 쉬운 문제가……."

곤란한 표정으로 입을 떼는 작은아버지의 말을 중간에서 빼앗았다.

"대신에 제가 사당 재건에 드는 비용을 전액 부담하겠습니다."

서씨 가문의 숙원사업이 뭔지 지환은 알고 있었다. 오랫동안 보수공사를 하지 못한 채 그냥 방치돼서, 결국 십 몇 년 전 큰비에 반쯤 쓸려가다시피 한 사당의 재건. 수십 년째 어르신들끼리 모여서 퍼뜩 해야 안 카나, 하모 해야제, 하면서도 여태 공사비가 없어서 못하고 있다는 것도 잘 알고 있다.

종가라고 허울만 좋지, 실상 빛 좋은 개살구나 다름없는 것이 바로 작은집이었다. 팔아먹을 수도 없는 선산과 낡아빠진 종택, 남에게 부치게 해서 먹을 쌀이나 나오는 전답 정도가 재산의 전부였다.

"필요하다면 종택도 보수해드리겠습니다. 이만하면 작은아버님께도 나쁘지 않은 일이라 생각합니다."

아버지는 평생 이 집안의 일원으로 인정받기를 갈망했다. 헛되다고 생각하면서도, 돌아가신 지금에라도 그 소원을 풀어드리고 싶었다. 아니, 어쩌면 그건 핑계인지 몰랐다. 동네 사람들에게 똑똑히 보여주고 싶었다. 당신들이 그토록 천하게 여겼던 우리 아버지가, 당신들은 꿈도 못 꿔볼 명당자리, 대대로 종손이 묻히는 바로 그 자리에 누워 계시다고.

"……."

작은아버지의 얼굴에 고뇌가 어렸다. 이미 호적상 남남이 된 형을 선산에, 그것도 아버지 옆에 묻자니 저어되지 않을 리 없었다. 하지만 한편으로는 지환이 내민 조건에 솔깃하지 않을 수도 없을 터였다.

"니는 돈이면 다 되는 줄 아나!"

문득 노성이 터진 것은 작은아버지가 아닌 다른 친척의 입에서였다. 지환에게는 당숙뻘이 되는 친척으로, 아까 금 거북이를 꺼내놓을 때부터 유독 혼자만 고개를 외로 꼬고 있었다. 이제 보니 심사가 단단히 뒤틀린 모양이었다.

"어른들 앞에서 돈 자랑도 모자라가 뭐? 누구를 선산에다 갖다 묻어?"

이미 술이 과했는지 불콰해진 얼굴로 당숙은 지환을 향해 눈을 부라렸다.

"입은 비뚤어져도 말은 바로 해라 캤다! 이젠 호적에서도 파였으니 생판 남남인데, 누구를 감히 어데 묻는단 말이고?"

"말씀이 과하십니다, 당숙 어른. 작은아버님도 저를 남처럼 취급하지 않으시는데요."

지환은 화를 참고 억지로 조용히 말했다.

"하이고, 종손이 어데 니가 이뻐 그러시는 줄 아나? 니가 돈벼락 맞아가 부자 됐다니까 그러지!"

"어허, 그만하시게!"

작은아버지가 말리려 들었으나 당숙은 들은 척도 하지 않았다.

"와, 니가 조상 덕에 돈 좀 생기따고 하루아침에 양반 된 줄 아나?"

당숙이 피식피식 웃으며 이죽거렸다.

"정신 단디 차리라. 니 부모가 누군지 잊이삔나? 동네 머슴이다, 머슴. 남의 집 변소 치우고 상여막 돌보던 동네 머슴이라 이 말이다!"

그 순간 지환은 눈이 확 도는 것을 느꼈다. 번개같이 일어나서 당숙의 멱살을 잡아 쓰러뜨리고, 그대로 옴짝달싹도 못하게 방바닥에 찍어 눌러버렸다.

"이 무슨 짓이고?"

"니 미쳤나!"

여럿이 황급히 달려들어 떼어내려 했지만 죄다 힘없는 노인네들뿐이었다. 이를 악물고 팔을 휘둘러 뿌리치자 다들 어이쿠, 하면서 뒤로 나동그라졌다.

"그래, 우리 아버지는 동네 머슴이다."

두 손으로 숨도 못 쉬게 멱살을 바투 잡자 당숙이 컥컥거리며 몸부림을 쳤다. 술에 취해 흐려진 눈을 바로 눈앞에서 노려보며 지환은 짐승처럼 으르렁거렸다.

"그래도 우리 아버지는 최소한 너희같이 사람의 탈을 쓴 짐승은 아니었어. 알아?"

비록 못 배우고 가진 것 없어도 아버지는 훌륭한 분이셨다. 조카에게 한참 못 미치는 아들을 두고도, 한 번도 너는 왜 현우만큼 못 하냐고 타박한 적이 없으셨다. 한 번도, 단 한 번도……. 눈시울이 왈칵 뜨거워지는데 별안간 등에 강렬한 통증이 느껴졌다.

"……!"

불시에 몽둥이로 얻어맞은 지환은 비명도 제대로 못 지르고 그대로 멱살을 놓고 나동그라졌다.

"이 미친 섀끼가, 으데 남의 잔치에 와서 행패질이고?"

"아주 직이쀼라!"

동네에서 비교적 젊은 축에 속하는 사내들이 우르르 방으로 들어와서 지환을 마구잡이로 때리고 발로 밟았다. 아까 지환의 차를 둘러싸고 부러워하던 치들이었다. 여기저기서 주먹과 발길질이 사정없이 쏟아졌다. 비명 한번 지를 틈도 없이 일방적인 폭행이 이어졌다. 의식이 점점 가물가물해졌다.

"뭣들 하노, 당장 내쳐버리지 않고!"

구타가 멎었다. 나동그라진 채 신음을 흘리는 지환을, 이번에는 여럿이서 개처럼 질질 끌고 나갔다. 마루를 내려갈 때는 섬돌에 머리를 세게 부딪치는 바람에 눈앞에 별이 보였다. 사람들로 꽉 찬 마당을 가로질러 끌려가는 동안에도 누구 하나 말리는 사람이 없었다.

"이게 무슨 짓이에요!"

누군가의 새된 비명이 오른 것과 동시에 끌려 나가던 몸이 뚝 멈췄다. 어디서 많이 들었던 목소린데, 하고 지환은 실눈을 떠보았다. 눈부시게 아름다운 여자가 안타까운 표정으로 제 얼굴을 들여다보고 있었다.

"지환 씨, 괜찮아요? 네?"

이게 꿈인가, 생신가. 지환은 눈을 끔뻑거렸다.

"효령 씨……?"

죽어도 그것만은 안 되겠다고 끝까지 거절했던 여자가 왜 여기에. 사람들이 놀라서 웅성거리는 소리가 들렸다. 민효령 아이가, 민효령이 여긴 우예 왔노?

"당신들이 사람이야? 어떻게 사람이 사람을 이렇게 때릴 수가 있어!"

효령은 이를 악물고 부르짖었다.

"뭐가 그렇게 잘났다고! 대체 뭐가 그렇게 잘나서 사람을!"

그녀가 눈물 고인 눈으로 노려보자 지환을 두들겨 패서 끌고 나온 청년들이 하나씩 뒷걸음질을 쳤다.

"아이, 그런 기 아이고……."

"이 자식이 먼저 어른한테 손을 대가……."

지환에게는 죽일 듯이 굴더니 효령 앞에서는 꼬리를 축 내린 개처럼 구는 것이었다.

"지환 씨, 걸을 수 있겠어요?"

지환은 겨우겨우 고개를 끄덕였다. 효령이 지환의 팔을 제 어깨에 둘러 일으켜주었다. 비명이 절로 나올 정도로 지독한 통증이 몰려왔지만 어떻게든 간신히 일어설 수는 있었다.

"다들 두고 봐. 이 사람이 얼마나 유명해지는지, 얼마나 성공하는지."

지환을 부축한 채 주위를 노려보며, 효령은 마치 선언하듯 말했다.

"똑똑히들 보란 말이야!"

"지환 씨, 병원 가요."

지환을 힘들게 부축해서 차에 태우고, 효령은 눈물을 줄줄 흘리며 말했다.

"내가 운전할게요. 근처에 병원 어디 있어요? 네?"

이제 보니 매니저도 없이 혼자 여기까지 온 모양이었다.

"아니, 병원은 됐습니다."

지환은 억지로 통증을 참으며 말했다.

"단순히 타박상이니까 그냥 쉬면 나아요."

몇 걸음 걸어보니 대충 상태를 알겠다. 아프기야 죽도록 아팠지만 다행히도 어디 부러진 곳은 없는 것 같다. 최소한 갈비뼈한두 대는 나갔을 줄 알았는데, 과시하기 위해서 입은 촘촘한 올의 고급 양복이 뜻밖에 한 건 해냈다.

"미쳤어요? 이 몸으로 어떻게 서울까지 가려고요!"

효령이 답답하다는 듯이 목소리를 높였다. 물론 서울까지 갈 자신은 없지. 지환은 내비게이션을 가리켰다.

"그 안에 할머니 댁 주소가 있을 겁니다. 여기서 차로 십 분이면 갈 수 있어요."

"할머니가 속상해하실 텐데 거기로 가자고요?"

"오다가 교통사고 났다고 해요. 내가 맞았다는 거 알면 뒷목잡으실 겁니다."

그렇게 말하고 지환은 눈을 감아버렸다.

"눕고 싶네요. 제발, 빨리 갑시다."

어쩔 수 없다는 듯이 효령은 운전대를 잡았다.

"이게 누꼬? 지환이 아이가!"

마당에서 깨를 털고 계시던 할머니는, 효령의 부축을 받아 비틀비틀 들어서는 지환을 보고 기절할 것 같은 얼굴을 했다.

"이기 우예 된 일이고? 어? 누가 이랬노!"

"오다가 살짝 접촉사고가 났어요. 별거 아니니까 걱정 마세요, 할머니."

효령은 지환이 시킨 대로 말했다.

"카면 병원에 가야제 와 일로 오는데!"

"괜찮아요. 그냥 타박상 정도니까 누워서 좀 쉬면 돼요."

더 말할 기운도 없어서, 지환은 멋대로 안방에 들어가 아랫목에 쓰러지듯 누워버렸다.

"하이고, 이기 대체 무슨 일이고……."

할머니는 어쩔 줄 몰라 하면서도 방에 뜨겁게 불을 지펴주셨다. 긴장이 풀리고 몸이 따뜻해지자 온몸이 새삼스럽게 쑤시고 아파왔다. 심한 정신적 피로까지 겹쳐 지환은 기절하듯 눈을 감아버렸다.

꿈을 꾸었다. 장면들이 휙휙 지나가는, 마치 파노라마와도 같은 꿈을. 시작은 지환과 현우가 학교 뒤편의 커다란 느티나무 아래 마주 선 장면이었다.

「부탁이 있어.」

「네가? 나한테?」

현우는 의외라는 표정을 했다. 자존심 강한 지환이, 현우에게 아쉬운 소리를 한 적은 여태 한 번도 없었으니까.

「뭔데?」

「졸업생 대표, 내가 꼭 하고 싶어. 이번 한 번만 양보해줘.」

초등학교 졸업을 눈앞에 두고 있었다. 졸업생 대표는 마지막 기말고사에서 전교 1등을 하는 학생이 맡기로 정해져 있다. 초등학교 6년 내내 한 번도 현우에게 이겨본 적이 없었다. 아마 그건 앞으로도 마찬가지일 것 같았다. 그러나 이번만은 어떻게든 이기고 싶었다.

코피를 쏟을 정도로 죽기 살기로 공부했지만 결과는 간신히 현우와 동점이었다. 당연히 6년 내내 전교 1등이었던 현우가 졸업생 대표가 될 게 뻔했다.

「형도 알잖아, 우리 엄마 아빠 얼마나 고생하시는지. 내가 답사를 하게 되면 엄청 기뻐하실 거야.」

졸업생 대표로 멋지게 답사를 해서 부모님께 자랑스러운 아들이 되어드리고 싶었다. 동네 사람들 앞에서 어깨를 으쓱하게 해드리고 싶었다. 단 한 번, 단 하루만이라도.

「이렇게 부탁할게.」

동갑내기 사촌형을 향해 지환은 고개를 숙였다. 현우는 안타까운 얼굴을 했다.

「그래. 내가 선생님한테 말씀드릴게, 걱정 마.」

장면이 바뀌었다. 꽃다발과 상장과 눈물과 사람들과…… 아, 졸업식이구나.

강당에 놓인 의자에 사람들이 앉아 있었다. 맨 뒷줄에 까맣게 탄 얼굴에 어울리지 않는 양복과 양장을 차려입은 부모님이 나란히 앉아 계셨다. 외아들이 졸업생 대표가 되었다는 소식을 듣고 없는 돈에 간신히 마련해 입은 새 옷.

지환은 잔뜩 긴장해 있었다. 일주일 동안 쓰고 고치고 쓰고 고치고를 반복한 답사를, 이제 곧 단상에 올라가서 읽을 순간이었다. 이제 교장선생님 말씀만 끝나면 드디어…….

그러나 정작 불린 것은 현우의 이름이었다.

「다음은 졸업생 대표인 서현우 군의 답사가 있겠습니다.」

단상 위로 올라가는 현우의 모습을, 지환은 눈을 크게 뜨고 바라보았다.

또다시 장면이 바뀌었다. 고기 굽는 냄새. 갈빗집이었다.

「그간 공부하느라 욕봤다. 마이 묵으라.」

아버지는 고기를 굽고, 어머니는 구운 고기를 지환의 접시에 얹어주고 계셨다. 두 분 다 한마디도 묻지 않았다. 아까는 어떻게 된 일이냐고도, 왜 현우가 졸업생 대표가 되었냐고도.

「마이 묵으야 한데이. 그래야 쑥쑥 큰다 아이가.」

어머니가 계속해서 접시에 얹어주는 고기를, 지환은 눈물과 함께 잘근잘근 씹어 삼켰다. 약속을 어긴 현우보다도, 끝까지 현우를 이기지 못한 자신이 훨씬 더 미웠다.

눈을 뜨자 온통 어둠이었다. 꿈과 현실이 제대로 분간되지 않았다. 몸은 서른 살 서지환인데, 마음은 아직 눈물을 흘리며 고기를 먹던 열세 살 서지환 그대로였다. 불안한 나머지 손으로 주위를 마구잡이로 더듬는데 누군가가 손을 꼭 잡아주었다.

"정신이 좀 들어요?"

부드러운 목소리에 순간 마음이 푹 놓였다.

"효령 씨?"

"네. 나예요."

지환은 한숨을 내쉬며 몸을 일으켜 앉았다. 쑤시고 아프기는 했지만 그런대로 참을 만은 했다.

"불 좀 켜줘요."

전깃불이 켜졌다. 눈이 부셔서 얼굴을 한껏 찌푸리는 지환에게, 효령이 물컵을 건네주었다. 단숨에 벌컥벌컥 마셔버리고 나서 지환은 긴 한숨을 내쉬며 주위를 둘러보았다. 한의원 이름이 쓰여 있는 달력과 군데군데 뜯어져 나간 낡은 벽지가 눈에 들어왔다. 아, 할머니 댁이었지.

"할머니는?"

"옆방에서 주무시고 계세요. 지환 씨 깨면 저녁 먹여야 된다면서 못 주무시고 걱정하시길래, 눈뜨면 제가 먹이겠다고 했어요."

대답하는 효령을, 지환은 물끄러미 바라보았다. 그녀는 화사한 색감의 투피스 차림이었다. 화장은 역시 오늘도 진하게 하고 있었지만 평소보다는 색조를 많이 자제한 것이 전체적으로 무척 단정했다.

"꼭 선 보러 가는 사람 같네요."

픽 웃자 효령이 대답했다.

"어른들 뵙는 자리라고 생각했으니까요."

그런데 다짜고짜 내가 얻어맞는 걸 봤으니 꽤나 놀랐겠구나. 그렇게 생각하며 지환은 물었다.

"작은집은 어떻게 알고 온 겁니까?"

"전에 이 동네 와봤잖아요. 지나가는 동네사람 붙잡고 오늘 환갑잔치 하는 집이 어디냐고 하니까 바로 알려주던데요."

"차는?"

"택시 타고 왔어요."

정작 묻고 싶은 것은 따로 있었다. 지환은 힘들게 입을 열었다.

"……왜 여기까지 온 겁니까?"

"그냥, 그때 거절했던 게 계속 마음에 걸렸어요."

효령이 조그맣게 중얼거리는 순간 눈시울이 시큰했다. 당황해서 지환은 얼른 농담처럼 웃어 보였다.

"창피하네요. 얻어맞는 모습이나 보이고."

"지환 씨 맞는 거 못 봤어요. 끌려나오는 것만 봤지."

"조금만 더 일찍 오지 그랬어요. 그러면 안 맞았을 텐데."

문득 효령이 치를 떨었다.

"아주 나쁜 사람들이에요. 사람을 이 꼴로 만들어놓고."

"알고 보면 그렇게 나쁜 사람들도 아닙니다. 그냥 나를 사람 취급 안 하는 거죠. 우리 부모님한테 그랬듯이."

지환은 픽 웃었다. 왠지 묻지도 않은 이야기를 털어놓고 싶어졌다.

"……우리 부모님은, 동네 머슴 같은 존재였습니다."

효령의 눈이 커졌다.

"종가에 양자로 들어갔던 우리 아버진, 작은아버지가 태어나는 바람에 파양당할 뻔했어요."

"네."

"어찌어찌 해서 파양은 겨우 면했지만 그때부터 인생이 백팔십도 변했답니다. 바로 그날 저녁으로 머슴들이 자는 방으로 쫓

겨났다고 해요. 말 그대로 하루아침에 도련님에서 머슴 신세가
된 거지."

지금껏 그 누구에게도 하지 못했던 얘기가 토해내듯 술술 흘
러나왔다. 효주에게도 여기까지는 말하지 못했었다.

"분명히 호적상으로는 형제인데, 우리 아버지는 작은아버지
를 도련님으로 깍듯이 모시면서 평생을 사셨답니다. 비가 와서
길이 나빠지면 학교까지 업고 다녔고, 아버지 당신 숙제는 못 해
도 작은아버지 숙제는 밤새 해야 했다고."

물론 그 당시의 일은 아직 지환이 태어나기도 전의 일이라 직
접 보지는 못했다. 하지만 지환이 본 모습도 별로 다를 바가 없
었다.

「형님, 저희 밭에 심은 배추가 날이 가물어 그런지 영 시들시
들합니다.」

「그래, 내 얼른 가서 물 끌어다 줄 테니 걱정 말게.」

동생의 말 한마디면 꼼짝 못 하는 아버지를, 지환은 어릴 때부
터 보고 자라왔다. 서울내기인 작은어머니 역시 손윗동서인 지
환의 어머니를 자기 하녀쯤으로 알았다.

「아니, 형님! 다림질을 이렇게 엉망으로 해놓으시면 어떡해
요? 비싼 옷 다 망쳤네!」

「아유, 미안해 동서. 내가 얼른 다시 빨아서 다려줄게, 응?」

173

집안에서 그런 취급을 당하니 동네에서도 대접을 받을 리 만무했다. 온 동네 궂은일이란 궂은일은 죄다 부모님에게 돌아왔다.

"아버지는 중학교도 제대로 못 나오셨거든요. 어머니도 그보다 나을 거 없었고. 게다가 재산은 당연히 모두 작은아버지한테 갔으니까 가진 거라곤 없으셨어요. 그러니 동네 허드렛일, 궂은일 다 맡으면서 동네 머슴살이하듯 그렇게 먹고사셨죠."

모든 사람에게 멸시당하는 부모를 보면서 어린 마음에도 한이 맺혔다. 반드시 온 동네가 종손이라 떠받드는 현우보다 잘난 인간이 되자고, 그래서 부모님 기를 펴게 해드리자고 독한 결심을 품었다.

"근데 한심한 건, 그것도 생각처럼 되지가 않는 겁니다."

지환은 자조적인 웃음을 흘렸다.

동갑내기 사촌인 현우를 집안에서는 깍듯이 형이라 부르게 했다. 현우가 생일이 한 달 빠르다는 것이 이유였지만, 만약에 그렇지 않았더라도 형이라 부르게 만들지 않았을까. 지환이 생각하기엔 그랬다.

"현우 형은 여러모로 천재였어요. 어릴 때부터 늘 전교 1등이었고, 미술이든 글짓기든 간에 대회만 나가면 상을 휩쓸어 오고."

지환 역시 이를 악물고 노력했지만 늘 현우보다는 한발 뒤졌다. 전교 2등은 해도 1등은 늘 현우의 차지였고, 현우가 늘 상을 휩쓸다시피 하는 그림이나 글짓기 따위에는 애초에 전혀 소질이 없었다.

그런 두 사람을 보고 친척들은 수군거렸다. 역시 씨는 못 속인다고. 아무려면 그렇지, 밖에서 데려온 아들이 낳은 자식이 종손보다 뛰어날 리 있겠느냐고.

"대학 입시 때는 엄청 열심히 공부했었어요. 꼭 서울대 붙어서, 우리 부모님 기 한번 제대로 펴게 해드리고 싶었으니까."

하지만 그런 일은 끝내 벌어지지 않았다. 두 분이 돌아가신 것은 현우는 서울대에, 지환은 그 바로 아래 급의 대학에 붙고 난 바로 그 해였다.

"교통사고였어요. 뺑소니를 당하는 바람에 보상 한 푼 못 받았죠."

"세상에……."

효령이 눈물을 글썽거렸다. 지환은 피식 웃었다. 벌써 울면 어떡해, 진짜는 여기서부터인데.

"그런데 정말 억울한 건, 부모님은 죽어서도 집안사람 취급을 받지 못했다는 겁니다."

평생을 자기 손으로 나무 돌보고 잡초 쳐내며 관리했던 선산에, 정작 아버지는 묻히지 못했다. 파양을 했으니까 이제 서씨 가문 사람도 아니라는 것이었다.

"부모님은 어떻게든 집안사람으로 인정받고 싶어서 평생토록 머슴에 하녀처럼 살았어요. 나를 서씨 종가의 자손으로 인정받게 하기 위해서."

지금 와서 생각하면 우스운 얘기지만, 집성촌이라는 환경이 그 집안이니 가문이니 하는 허깨비 같은 것에 집착하게 만들었다. 지환 역시 대학교 진학을 위해 마을을 떠나기 전까지는 별반 다르지 않았다. 부모님 돌아가시기 전까지만 해도 집안 어르신들 앞에서는 감히 고개도 똑바로 들지 못했으니까.

"그래서, 부모님은 결국 어디다 모셨어요?"

"동네에서 좀 떨어진 야산에다가. 그 산이 누구 거였냐면, 바로 이 집 주인인 내 친할머니 거였습니다. 친할아버지가 돌아가실 때 남긴 거라고는 딱 그 산 하나였다네요. 잡목만 잔뜩 우거지고, 바로 옆에 훨씬 큰 산이 있어서 햇볕도 잘 안 들고, 그 흔한 버섯이나 산나물도 거의 나지 않는, 정말 아무 짝에도 쓸모없는 산."

햇볕조차 들지 않아 냉기가 감도는 질척한 땅에 겨우 마련한 무덤. 비석에 친척들 이름 하나 새겨져 있지 않은 초라한 부모님의 무덤 앞에서 지환은 목 놓아 울었다. 서현우보다 못나서 평생 자식자랑 한번 마음껏 해보지 못하고 돌아가시게 만든 자신이 너무나 미웠다.

"근데 인생 참 알 수 없는 게 뭔지 압니까?"

스스로도 우스워서 지환은 피식피식 웃으며 말했다.

"알고 보니 그 야산이 로또였다는 거."

그로부터 몇 년 후 할머니 앞으로 정부에서 막대한 보상이 나왔다. 그 아무 짝에도 쓸모없던 산이, 마침 새 고속도로가 뚫리는 길 한가운데 떡하니 자리하고 있었다고 했다.

외아들 하나 거둬 먹이지 못해서 남의 양자로 보내 고생하게 만들었다고 평생을 자책 속에 살았던 할머니는, 보상금을 고스란히 친손자인 지환에게 넘겨버렸다. 상속세를 제하고도 무려 백억에 가까운 엄청난 재산이었다.

"그 야산은 고속도로가 됐고, 부모님은 훨씬 더 좋은 곳으로 이장해드렸어요. 햇빛도 잘 들고, 나무도 잘 자라는 곳에."

"그랬군요……."

"그래도 부모님이 생전에 묻히고 싶어 했던 건 서씨 가문 선산이니까, 거기로 다시 이장해드리고 싶었습니다. 오늘은 집안 어르신들 모인 데서 그 얘기를 했다가 두들겨 맞게 된 거고."

지환은 씁쓸하게 웃었다.

"내가 부자가 됐건, 연예인이 됐건 그들 눈에는 여전히 그냥 동네 머슴 아들인 거죠."

"정말 너무하네요."

효령이 눈물을 훔쳤다. 제 일처럼 마음 아파하는 걸 보자 또 묻지도 않은 얘기를 하고 싶어졌다.

"내가 왜 배우가 됐는지 알아요?"

효령이 고개를 저었다.

"하루아침에 부자가 되고 나니 인생 허무해지더군요. 가지고 싶은 건 뭐든 가질 수 있고, 더는 회사를 다닐 필요도 없어졌고."

보상금으로 매입한 건물에서는 매달 막대한 금액의 월세가 나왔다. 차도 사고 옷도 사고 시계도 사면서 돈을 물 쓰듯 해보았지만 재산은 계속 불어나기만 했다. 돈이 돈을 낳는다는 사실을 뼈저리게 알았다.

가만히만 있어도 다 쓰지 못할 만큼의 돈이 들어오니 회사를 다니고 싶은 생각도, 사업을 하고 싶은 생각도 없었다. 허탈감과 무료함에 시달리고 있을 때 마침 현우가 배우로 데뷔했다는 것을 알게 되었다.

"새로운 인생의 목표가 생긴 것 같은 기분이었어요. 당장 현우 형네 회사를 찾아가서 데뷔시켜달라고 했죠. 얼굴 보더니 사장이 당장 계약서 쓰자고 하더군요."

그때가 생각나서 잠시 쿡쿡 웃었지만, 웃음도 오래가지는 못했다.

"비록 부모님은 돌아가셨지만 지금이라도 동네 사람들한테 똑똑히 보여주고 싶었어요. 자기들이 사람 취급 한번 안 했던 분들의 자식이, 귀한 종손 도련님보다 훨씬 더 성공한 배우가 되는 걸."

"아……."

"그런데 정작 현실은, 배우로서도 이렇게 지고 있네요."

효령은 또다시 눈물을 글썽였다.

"왜 그렇게 생각해요. 서현우 씨 연기보다 지환 씨 쪽이 훨씬 좋은데요."

그런 효령을 지환은 새삼스럽게 바라보았다. 그리고 보니 서현우보다 자신이 낫다고 말하는 사람은 살면서 이 여자가 처음인 것 같았다. 효령의 아름다운 얼굴을 빤히 쳐다보며 지환은 물었다.

"현우 형도 효령 씨를 좋아한다는 거, 알고 있죠?"

곤란한 얼굴로 효령은 고개를 끄덕였다.

"그런데 어째서 납니까?"

"왜가 어디 있어요?"

참 이상한 말도 다 한다는 듯이 효령은 되물었다.

"지환 씨가 지환 씨니까 좋아하는 거죠."

이런 점이 현우보다 낫다, 저런 점이 현우보다 뛰어나다. 그런 말을 듣고 싶었는데 돌아온 대답은 무척 김빠지는 것이었다. 나는 나니까 좋아한다니, 그게 뭐란 말인가.

실망하려는 순간 효령이 다시 말했다.

"아마 지환 씨 부모님도 마찬가지셨을 거예요. 서현우 씨보다 잘나지 못했어도 아무 상관없었을 거예요. 그냥 아드님이니까 그 자체로 사랑하셨겠죠."

그 순간 지환은 뭔가로 세게 얻어맞은 것 같은 느낌을 받았다.

그랬다. 친척들이 뭐라고 떠들든, 부모님은 단 한 번도 현우와 자신을 비교한 적이 없으셨다. 현우에게 졌다고 실망한 적도, 야단친 적도 없으셨다. 현우에 비해서 한참 떨어지는 성적표를 보고도 늘 기뻐해주셨다.

기뻐하는 부모님을 보면서도 마음 편한 적이 없었다. 속으로는 실망하시면서 아들이 상처받을까 봐 애써 기쁜 척하시는 거라고 여태 생각했었다. 그런데, 그게 아니었다면…… 진심으로 기뻐하셨던 거라면.

아까 꿈에서 본 부모님의 얼굴이 떠올랐다. 졸업생 대표가 되지 못한 아들에게 꽃다발을 안겨주시고, 고기를 배터지게 먹이며 흐뭇해하시던 부모님의 얼굴이.

"정말 그렇다고 생각합니까?"

눈앞이 흐려지더니 볼에 뜨거운 것이 흘러내렸다.

"나 같은 자식이라도, 부모님은 자랑스러워하셨을까요? 평생 아들 자랑 한번 못 해보고 돌아가시게 만들었는데도, 그런데도……."

떨리는 지환의 어깨에, 효령이 다정하게 손을 얹었다.

"당연하죠."

확신을 주듯, 그녀는 힘주어 말했다.

"자랑스럽게 생각하고 계실 거예요, 지금도."

지환은 통곡을 터뜨렸다.

"……!"

효령의 무릎에 얼굴을 묻은 채, 지환은 어린아이처럼 소리 내어 엉엉 울었다. 오랫동안 가슴속에 쌓인 것들을 한꺼번에 토해내듯이.

고개를 들었을 때는 모든 것이 확실하게 정리되어 있었다. 감정에 확실하게 도장을 찍듯 지환은 효령에게 입맞추었다. 작은 입술은 긴장한 듯 파르르 떨리고 있었다. 여전히 키스에 서툰 입술에, 근거도 없이 그런 생각이 들었다. 혹시 이 여자는 잠자리뿐만 아니라 키스도 내가 처음이 아니었을까. 사랑스러운 마음이 왈칵 넘쳐흘렀다.

나를 진심으로 좋아해주는 여자. 존재 자체로 나의 복수가 되어줄 수 있는 여자. 이 이상 완벽한 존재는 없었다. 해 앞에서 달은 빛을 잃었다. 빛을 잃은 달은 더 이상 아무런 의미도 갖지 못했다.

지환은 잠시 입술을 떼고 귓가에 속삭였다.

"수술, 언니더러 받으라고 합시다."

한참 전에 받았던 질문에 대한 답을 이제야 말할 수 있었다.

"언니한테는 안됐지만, 나는 효령 씨가 소중해."

한없이 부드럽게 안겨오던 몸이 순간적으로 뻣뻣하게 굳어진 듯한 느낌이 들었다. 아랑곳하지 않고 다시 한 번 입을 맞추려 하는데 효령이 고개를 틀어 입술을 피했다.

"부모님 사랑은 다 내가 받았어요. 그런데도 언니더러 수술을 하라고요?"

믿을 수 없다는 듯 커다래진 눈동자를 들여다보며, 지환은 힘주어 말했다.

"그거야 내가 알 바 아니고."

슬픈 듯한 눈매도. 수줍은 듯 쳐다보던 눈동자도, 눈이 마주치면 발그레하게 물들던 뺨도. 내 알 바가 아니다. 나와는 아무런 상관도 없다. ⋯⋯내 여자는 지금 눈앞에 있는 이 여자니까.

다시 한 번 효령에게 입을 맞추며, 지환은 자꾸만 떠오르는 효주의 얼굴을 애써 지워버렸다.

분명히 같이 잠들었다고 생각했는데, 다음 날 아침 눈을 떠보자 효령은 온데간데없었다. 당황해서 마루로 나와 두리번거리는 지환에게, 부엌에서 나온 할머니가 말했다.

"서울에 일이 있다꼬, 아침 일찍 택시 불러가 갔따 아이가. 니 깨우지 말라 카든데?"

지환은 실망해서 어깨를 늘어뜨렸다. 아무리 몸이 안 좋아도 운전 정도는 할 수 있는데, 깨워서 같이 갈 것이지. 물론 그녀로서는 푹 쉬라고 배려해준 거겠지만 서운하기 짝이 없었다.

다행히 군불을 뜨겁게 땐 방에서 하룻밤 자고 나니 몸이 한결 개운해져 있었다. 지환은 서둘러 떠날 채비를 했다.

"밥도 안 묵꼬 어델 간다 말이고?"

할머니가 한사코 붙드는 바람에 어쩔 수 없이 아침상은 받았지만 마음이 급했다. 효령은 일이 있어서 일찍 갔다니까 어차피 오늘은 만날 수 없을지도 모른다. 그럼에도 불구하고 멀리 떨어져 있는 것 자체가 초조했다. 최대한 빨리 서울로 돌아가고 싶었다. 그녀가 있는 서울에.

아궁이에 잔가지를 때서 갓 지은 밥은 무척이나 뜨거웠다. 몇 번이나 혀를 데어가면서 지환은 최대한 빠른 속도로 식사를 마쳤다.

"그럼 저 가볼게요, 할머니."

"몸은 괜않나? 진짜 병원 안 가도 되겠나?"

못내 걱정하는 할머니에게, 지환은 아무렇지 않다고 웃어 보였다.

"니, 갸랑 언제 결혼할 낀데?"

182

출발하기 전, 할머니는 지환의 팔을 붙잡더니 귓가에 속삭였다.

"할매가 말했제? 단디 붙잡으라고!"

지난번에는 그냥 피식 웃어 넘겼지만 이번에는 달랐다.

"걱정 마세요. 제가 꼭 붙잡을 테니까."

할머니의 손을 꽉 잡고 지환은 굳게 다짐했다.

서울로 올라가는 길에 몇 번이나 전화를 했지만 효령의 전화기는 계속 꺼져 있었다. 일할 때는 당연히 꺼놓는 게 정상이라는 걸 뻔히 알면서도 서운하기 그지없었다. 아무리 바빠도 잠깐 한숨 돌릴 때 전화 정도는 할 수 있지 않은가. 하다못해 메시지라도 보낸다든가. 내가 언제 서울로 돌아오는지, 언제 만날 수 있는지 궁금하지도 않단 말인가. 슬그머니 서운하기까지 했다.

결국 그날은 계속 연락이 되지 않았고, 만나지 못한 채로 하루가 다 지나가고 말았다. 문제는 다음 날도, 또 그다음 날도 마찬가지였다는 것이다. 전화를 수십 번도 더 하고, 연락 달라고 메시지도 보냈는데도 효령에게서는 대답이 없었다.

거짓말처럼 완전히 연락이 끊겨버렸다. 하루 이틀 정도는 촬영이 길어져서 그러려니 하고 생각할 수도 있지만 사흘 연속 연락이 닿지 않는 것은 문제가 있어도 단단히 있다. 지환은 초조해서 어쩔 줄 몰랐다. 무슨 일이라도 생긴 걸까. 설마하니 서울로 올라가는 길에 사고라도 났나? 뒤늦게 별별 생각이 다 들었다.

연락이 되지 않으니 남은 방법은 집으로 찾아가는 것뿐이었다. 이제는 효령과의 사이를 더 숨기고 싶지도 않아서, 지환은 초인종을 누르고 당당하게 말했다.

"지난번에 뵀던 배우 서지환입니다."

― 어머나, 서지환 씨?

놀란 목소리에 이어 문이 열렸다.

"일단 들어와요."

효령의 어머니는 지환에게 소파를 권하고 가정부에게 차를 내오라고 일렀다. 효주도, 효령도 집에 없는 것 같았다.

"그런데 서지환 씨가 우리 집엔 웬일이에요?"

지환은 가슴을 펴고 말했다.

"민효령 선배님께 드릴 말씀이 있어서 왔습니다."

이 자리에서 뺨을 맞고 쫓겨나더라도 상관없다. 어차피 한 번은 겪어야 할 일이었다.

"우리 효령이, 중국에 촬영 갔는데? 며칠 더 있어야 와요."

"예?"

지환은 놀랐다. 해외까지 나가면서 한마디도 하지 않고 가다니. 어쨌든 그녀가 중국에 있다면 연락이 되지 않는 것도 이해가 갔다. 혹시 휴대전화 사용이 힘든 오지에서 촬영 중인지도 모르니까.

속으로 안도의 한숨을 내쉬는데 효령의 어머니가 물었다.

"근데 서지환 씨가 우리 효령이한테 무슨 할 말이 있어요? 둘이 안면 없는 사이 아니었나?"

의심스러운 눈초리에 뒤늦게 후회가 되었다. 섣불리 집까지 찾아오는 게 아니었는데.

"저어……."

괜히 사실대로 밝혔다가 나중에 효령이 돌아와서 화를 내는 거나 아닐까. 지환이 우물쭈물거리고 있는데 문득 현관문이 열리고 사람이 들어왔다.

……효주였다. 눈이 마주치는 순간 효주가 흠칫 놀라는 것이 보였다. 지환은 얼른 시선을 돌려버렸다.

「수술, 언니더러 받으라고 합시다.」

자신이 그렇게 말했던 걸 효주가 알 리 없는데도, 어째서인지 얼굴을 똑바로 쳐다볼 수가 없었다. 도둑질이라도 하다 들킨 것처럼 심장이 쿵쿵 뛰었다.

"넌 손님을 보고 인사도 안 하니?"

자매의 어머니가 눈을 흘겼다.

"안녕하세요."

마지못한 중얼거림이 들려와서 지환은 시선을 들지 못한 채 대답했다.

"아, 예."

효주는 제 방으로 가버리고, 자매의 어머니는 방에서 핸드백을 꺼내 왔다.

"하여튼 마침 잘 왔어요. 그렇지 않아도 추천서에 사인을 받아야 하는데, 몇 호에 사는지를 몰라서 어떡하나 하고 있었거든. 온 김에 하고 가요."

수다스럽게 말하며 핸드백을 열어 추천서를 꺼내려던 자매의 어머니가 갑자기 멈칫했다.

"아니 잠깐. 근데 여기 넣어뒀던 봉투가 어디 갔지?"

어머니는 고개를 갸웃거려가며 한참 핸드백을 뒤졌다.

"이상하다, 분명히 내가 어제 은행에서 돈을 찾아가지고 바로 여기다가 봉투째⋯⋯."

갑자기 혼잣말이 멈췄다.

"저기, 서지환 씨. 여기 잠깐만 앉아 있어요. 응?"

지환을 향해 우아하게 웃어 보이고, 어머니는 금세 표독스러운 얼굴로 돌변해 슬리퍼를 소리 나게 끌며 효주의 방이 있는 쪽으로 향했다. 불안감이 밀려왔다. 대체 무슨 얘기를 하려는 걸까. 내 알 바 아니라고 생각하면서도 신경이 쓰여서 견딜 수가 없었다. 잠시 기다리다 지환은 결국 발소리를 죽여 뒤를 따라갔다.

살짝 열려 있는 효주의 방문 사이로 목소리가 들려왔다.

"이젠 도둑 취급까지 하시는 거예요?"

떨리는 목소리로 말하는 딸을, 어머니가 마구 몰아붙였다.

"네가 아니면 그럼? 효령이가 그랬다는 거야, 아니면 병원에 계신 아버지가 그랬다는 거야?"

"아줌마도 있잖아요?"

"아줌마 너보다 우리 집에 더 오래 있던 사람이야. 누구한테 누명을 씌우려고 들어?"

"하여튼 저는 아니에요. 이만 나가주세요."

애써 화를 눌러 참는 듯한 목소리였지만 어머니는 거기서 멈추지 않았다.

"말을 안 하려고 했더니, 도대체가 한두 번이어야지 모른 척 넘어가주지."

효주의 어머니가 팔짱을 끼고 다그쳤다.

"너 어제 친구랑 통화할 때 바다에 갔다 왔다고 했지? 버스비도 없는 게 돈이 어디서 나서 갔다 왔어? 응?"

그때 문틈 사이로 효주와 눈이 마주쳐서 지환은 숨을 멈췄다.

'사실대로 말해줘요.'

매달리는 것 같은 눈동자가 애타게 지환을 바라보았다.

'제가 데려갔던 겁니다.'

문을 열고 들어가서 말하려다 지환은 멈칫했다.

잠깐만. 자신이 효주와 함께 바다에 갔었다는 사실을 효령은 모른다. 그 사실을 그녀가 알게 되면, 만약에 언니와의 사이에 뭐가 있다고 오해라도 했다가는……!

지환은 문을 열려던 손을 거두고 뒷걸음질을 쳤다. 그 순간, 여자의 눈빛이 새까만 절망으로 물들었다.

"……."

그 눈빛으로부터 도망치듯, 지환은 등을 돌려 그대로 아파트를 나와버렸다.

scene 08

모처럼 들어온 인터뷰 요청도 거절하고 집 안에 틀어박혔다. 회사에서 한번 읽어보라고 보내준 대본은 아예 펼쳐보지도 않았다. 끈질기게 달라붙는 죄책감을 떨쳐버리려 지환은 애를 썼다. 애초에 사귀는 사이도 아니지 않은가. 그냥 영화 한 번 같이 보고, 바다 한 번 보러 간 것뿐 아닌가. 손을 잡기를 했나, 키스를 하기를 했나.

물론 자신에게도 잘못은 있었다. 정효주가 자신에게 호감을 품고 있다는 것은 진작 눈치채고 있었다. 그러니까 처음부터 아예 엮이지를 말았어야 하는 게 맞다.

하지만 별 의미가 있는 행동을 한 적은 없지 않은가. 운동화를 선물했던 건 단순히 불쌍해서였고, 노트북을 선물했던 건 배우로서 시나리오에 관심이 가서였다. 함께 바닷가에 갔던 것은…… 그래, 오랜만에 잠깐 바람을 쐬고 싶었을 뿐이다.

그 어느 것도 특별한 감정이 들어 있는 행동은 아니었다. 감정이 있었다면 연민, 거기에 약간의 호기심 정도. 만약에 그 이상의 뭔가를 바랐다면 그건 그 여자의 크나큰 착각이었다.

길 가는 사람 백 명을 붙들고 두 여자 중에서 고르라고 하면 과연 몇 명이나 정효주를 선택할까. 당연히 백 명 전원이 민효령을 선택할 것이고, 자신은 그 백 명 중 한 명일 뿐이었다. 그러니까 일이 이렇게 된 건 당연한 거다. 미안해할 필요조차 없는 거라고, 지환은 수백 번도 더 스스로에게 되뇌었다.

드디어 효령에게서 전화가 온 것은, 연락이 끊긴 지 대체 며칠이 흘렀는지도 잊어버리기 시작할 무렵이었다.

"왜 이렇게 연락이 안 됐던 겁니까?"

지환은 진심으로 효령을 원망했다. 진작 연락이 됐더라면 집까지 찾아가지는 않았을 텐데. 그랬다면 그런 일도 벌어지지 않았을 텐데.

"중국까지 촬영을 가면 간다고 말은 하고 가야 하는 거 아닙니까."

대답 대신에 효령은 말했다.

─ 만나요, 우리.

차분하게 가라앉은 목소리였다.

"그래요. 우리 만나서 이야기합시다."

만나서 얼굴을 보고 싶었다. 그러면 이 혼란스러운 마음도 진정이 될 것 같았다. 내 여자는 이 여자라고, 멍청한 자신에게 다시 한 번 확인시키고 싶었다.

"한국에는 돌아온 거죠? 지금 어딥니까? 내가 효령 씨 있는 데로 갈 테니까."

매달리듯 말했지만 돌아온 것은 거절이었다.

– 지금은 병원에 있어서 안 될 것 같아요.

가슴이 덜컥 내려앉았다. 지환은 황급히 물었다.

"어디 아픈 겁니까?"

– 과로예요. 며칠 입원해서 쉬어야 한다고 해서요.

이해가 갔다. 며칠씩 밤새워 촬영하는 바람에 탈진해서 영양
제 맞으며 쉬는 일이 비일비재한 것이 배우라는 직업이니까.

"그럼 내가 병원으로 가죠."

– 보는 눈이 많아서 곤란해요.

어떻게든 빨리 만나서 얘기하고 싶은데 효령은 완강했다. 어
쩔 수 없이 지환은 고집을 꺾었다. 괜히 더 우겼다가 다신 만나
지 않겠다고 나오면 큰일이니까.

"그럼 언제 만날 수 있죠?"

– 이번 주 일요일에 만나면 될 것 같아요.

일요일이면 닷새 후다. 과로치고는 꽤 오래 입원한다 싶었지
만 그런 것까지 일일이 따지고 있기에는 머릿속이 너무 복잡했
다.

"좋아요. 그럼 그날 만나죠."

전화를 끊으면서 문득 그런 생각이 들었다. 혹시 효주가 자신
과의 사이에 있었던 일을 동생에게 다 말해버린 건 아닐까. 만약
에 그렇다면 뭐라고 설명해야 하나.

지환은 머리를 감싸고 말았다. 스스로도 알 수 없는 감정을,
해명할 길이 있을 리가 없었다.

며칠 동안이나 연락을 끊고 집에만 틀어박혀 있었더니 사장이 드디어 전화로 울화통을 터뜨렸다.

— 너 요즘 왜 그래? 작품 안 할 거야?

어쩔 수 없이 메일로 받은 대본을 프린트하려고 컴퓨터 앞에 앉았지만 생각은 여전히 딴 곳에 가 있었다. 저도 모르게 손가락이 민효령의 이름을 검색 창에 입력했다.

프로필 사진의 화려한 미모를 물끄러미 바라보다가, 어느새 그녀의 얼굴에서 누군가와 닮은 점을 찾고 있는 자신을 깨닫고 등골이 오싹해졌다. 황급히 창을 닫으려는데 사진 아래 쓰여 있는 생년월일이 눈에 들어왔다. 만나기로 한 날이, 바로 그녀의 생일이었다.

알게 된 이상 그냥 넘어갈 수는 없었다. 지환은 백화점에 가서 생일선물을 골랐다. 다이아몬드 펜던트가 달린 목걸이였다.

"같은 디자인으로 하나 더 주십시오."

카드를 건네는 순간 제 입에서 불쑥 튀어나온 말에 스스로도 깜짝 놀랐다. 그런 짓을 해놓고 생일선물이라니. 그러나 이미 직원이 이게 웬 횡재냐는 듯이 잽싸게 결제를 해버린 후였다. 들떠 있는 얼굴에다 대고 차마 취소해달라는 말이 나오지 않아서, 그대로 같은 목걸이 두 개를 사들고 돌아와버렸다.

전해줄 수도 없는 물건을 왜 샀을까. 대체 나는…….

한숨을 지으며 똑같이 생긴 두 개의 상자를 바라보고 있는데 초인종이 울렸다. 매니저인가 하고 봤더니 인터폰 화면에 비친 얼굴은 무척이나 반갑지 않은 손님이었다. 지환은 얼굴을 찌푸리며 문을 열었다. 들어오라는 말조차 않고 현관에 버티고 선 채로 상대했다.

"무슨 일인데."

불청객, 현우가 지환의 얼굴을 보더니 말했다.

"엄청 많이 맞았다더니 얼굴은 멀쩡하네."

얻어맞는 와중에서도 본능적으로 얼굴만은 감쌌기 때문이다. 배우가 얼굴이 상했다가는 끝장이니까.

"용건이 뭐냐고 물었어."

"들어가서 얘기하자."

"아니, 그냥 여기서 얘기해."

지환은 차갑게 대꾸했다. 더는 서씨 종자들과는 말조차 섞고 싶지 않았다. 애초부터 생각을 잘못한 거였다. 그까짓 선산이 뭐라고, 아버지를 거기다 묻겠다고 선물까지 사가지고 거길 갔을까. 그런 인간 같지도 않은 인간들이 득시글거리는 동네, 제발 묻어달라고 사정을 해도 이젠 이쪽에서 사절이다. 물론 현우와도 더는 엮일 이유가 없다.

하지만 현우는 완강했다.

"이렇게 서서 할 얘기 아니야. 들어가서 앉아."

어쩔 수 없이 지환은 현우와 거실 소파에 마주 앉았다.

"대체 뭔데?"

"일단 이거."

현우가 금색 보자기에 싸인 것을 내밀었다. 풀어보지 않아도 알 수 있었다. 작은아버지의 환갑잔치에 선물로 들고 갔던 금 거북이다.

"얘기는 들었다. 아버지 환갑 축하해주러 왔는데 일이 그렇게 돼서 미안하게 됐구나."

현우가 고개를 숙였다. 이 인간이 웬일로 사과를 다 하나 했더니 역시나 그 뒤에 이어진 말은 훈계조였다.

"하지만 집안 어르신 멱살까지 잡은 건 네가 실수한 거야. 당숙님 약주 드시면 말씀 험해지는 거 모르는 것도 아니면서, 네가 좀 참았어야지."

지환은 비웃었다.

"너희 집 어른이지 우리 집 어른 아니야. 그 인간 말대로 나는 이제 너희 집이랑은 생판 남남이니까 상관 말고 꺼지라고."

현우의 입에서 긴 한숨이 새어나왔다.

"대체 넌 왜 그렇게 비뚤어진 거냐."

"뭐?"

"어른들 문제는 어찌됐든 나는 언제나 널 내 동생으로 생각해 왔어. 그건 지금도 마찬가지고. 그런데 왜 늘 너는 그렇게 나를 적으로만 생각하는 거냔 말이다."

자못 안타까운 표정에 기가 막힌 나머지 웃음이 나왔다. 지환은 피식거리며 현우의 귀티 나는 얼굴을 뚫어져라 쳐다보았다.

"늘 보던 건데도 늘 새롭게 놀라워. 대체 어쩌면 그렇게 위선을 떨 수가 있지?"

"뭐?"

"차라리 솔직하게 말을 해. 너희 집 허드렛일이나 맡아 하던 부모 밑에서 태어난 나 따위는 태생부터 네 발아래 있는 인간이라고. 그러니까 맞먹으려 들지 말라고. 이 위선자 새끼야."

욕설을 들은 도련님의 우아한 가면이 순간 비뚤어졌다. 현우는 이를 악물고 지환을 노려보았다.

"그렇게까지 내가 미운 거냐? 가짜까지 동원해서 이기려 들 정도로?"

"뭐?"

"민효령 씨. 아니, 민효령 씨 언니. 내가 모를 줄 알았어?"

이게 무슨 잠꼬대 같은 소린가. 지환은 웃음기를 거두었다.

"대체 무슨 헛소리야?"

정색을 하는 지환의 얼굴을, 현우는 빤히 쳐다보았다. 마치 표정을 읽으려 하는 것처럼.

"설마하니 너도 몰랐다는 거야?"

"그러니까 뭘!"

지환은 고함을 지르고 말았다. 어디서부터 말해야 좋을지 모르겠다는 듯 현우는 잠시 마른세수를 했다. 그러더니 길게 한숨을 내쉬고는 입을 열었다.

"잔칫날, 민효령 씨가 너하고 같이 왔었다고 들었어."

"그게 어쨌는데?"

"그날 민효령 씨는 새 드라마 촬영 때문에 중국에 있었어."

말의 뜻이 잘 이해되지 않았다.

"뭐?"

"그날, 우리 본가에 나타났던 시간에 민효령 씨는 중국에 있었다고."

이게 무슨 소린가. 지환은 어안이 벙벙했다.

"세연이 누나한테 들은 얘기야. 민효령 씨랑 같은 드라마 들어가게 돼서, 지금 촬영 중이라는군. 못 믿겠으면 네가 전화해서 직접 물어보든지."

세연이 누나란 같은 소속사의 중견 배우로, 지환과도 아는 사이였다. 지환은 코웃음을 치며 사실을 정정해주었다.

"효령 씨가 일 때문에 중국에 가 있었던 건 사실이지만, 환갑잔치 끝난 후에 간 거야. 지금은 이미 한국에 돌아왔고."

하지만 현우는 단호하게 고개를 저었다.

"아니, 민효령 씨 지금도 중국에 있어."

"세연이 누나가 뭘 잘못 알았겠지."

"잘못 안 거 없어. 한 사람이 아니라 두 사람일 뿐이지."

두 사람이라니. 무슨 헛소리야, 하고 눈살을 찌푸리다 문득 새삼스럽게 떠오르는 사실이 있었다. ······민효령과 정효주는 쌍둥이 자매다.

지환의 표정을 살피던 현우가 말했다.

"너도 알고 있는 모양이구나. 민효령 씨가 쌍둥이라는 거."

지환은 코웃음을 쳤다. 그러니까 지금 말하고 싶은 바는 내가 고향에 가짜를 데려왔다, 이 소린가 본데.

"얼굴이나 보고 하는 소리야? 둘이 전혀 다르게 생겼다고."

하지만 현우는 확신에 차 있었다.

"그거야 화장으로 어떻게 했나 보지."

"화장 아니라 분장을 하더라도 그게 가능한 일이 아니……."

머릿속으로 자매의 얼굴을 나란히 떠올려본 순간 지환의 입이 다물어졌다.

잠깐만. 눈 이외에는 거의 비슷하게 닮은 얼굴이니까, 혹시 인위적으로 쌍꺼풀을 만들고 눈 화장을 잘하면…….

다음 순간 지환은 세차게 고개를 저었다.

"아니, 불가능해."

말도 안 된다. 말이 되더라도 말이 안 된다.

"어쨌든지 간에 네가 만나고 있는 그 민효령 씨는 진짜 민효령 씨가 아니야. 아마도 쌍둥이 언니겠지."

그러고 보면 효령은 늘 진한 화장을 고수하고 있었다. 자신과 데이트를 할 때도 굳이 숍에 들러 풀 메이크업을 하고 나왔다. 시골에서 하룻밤을 보냈을 때도, 그렇게 울어서 얼굴이 엉망인데도 화장만은 지우려 하지 않았다.

가능성이 하나씩 늘어간다. 그러나 지환은 도저히 인정할 수 없었다. 내가 만난 두 여자가, 사실은 한 사람이었다고?

"아니, 그럴 리 없어."

고집스럽게 고개를 젓자 현우가 휴대전화를 꺼냈다.

"정 못 믿겠으면, 좋아."

현우가 휴대전화를 꺼내더니 스피커 모드로 해놓고 어디론가 통화를 시도했다.

― 어, 현우야.

전화를 받은 것은 아까 현우가 말한 같은 소속사의 배우였다. 민효령과 같이 드라마 촬영 중이라던.

"누나, 아직도 촬영 중이에요?"

― 응. 지금 잠깐 쉬는 중. 왜?

"혹시 민효령 씨 근처에 있으면 좀 바꿔주세요. 지환이가 할 말이 있다고 하네요."

― 지환이가? 그래, 잠깐만 기다려봐.

잠시 부스럭거리는 소리 후에 목소리가 이어졌다.

― 효령 씨, 잠깐 괜찮아? 지환이가 전화해서 바꿔달라는데.

― 누구요?

흘러나온 것은 틀림없는 효령의 목소리였다.

― 나한텐 모른 척 안 해도 돼. 효령 씨가 지환이 생일파티에도 왔었다던데?

― 아…… 걔. 됐으니까 안 받겠다고 해주세요.

비웃는 듯한 말투에 온몸이 얼어붙는 것 같았다. 그래, 기억 난다. 거만하고 심드렁한 이 말투. 미용실에서 만났을 때, 생판 모르는 사람처럼 자신을 대하던 말투.

「미용실에는 다른 사람들도 있으니까…….」

일부러 그랬던 거라고 효령은 말했었다. 하지만 그게 사실 다른 사람이었던 거라면? 소리 없이 소름이 끼쳐왔다.

197

― 어떡하지? 효령 씨가 지금 좀 바쁜가 봐.

"괜찮아요, 누나. 나중에 또 전화할게요."

그렇게 말하고 현우는 전화를 끊었다.

"……."

지환은 한참 동안 정신이 나간 사람처럼 우두커니 소파에 앉아 있었다. 인정할 수밖에 없다. 지금 중국에 있는 민효령이 진짜 민효령이다. 가짜라면 연예인 비자가 나왔을 리도 없으니까. 그렇다면 며칠 전에 시골에 나타났던 여자는 언니 정효주라는 뜻인데.

심장이 튀어나올 것처럼 뛰었다. 머릿속이 완전히 뒤죽박죽이었다. 대체 언제부터 정효주였던 것일까? 왜 일부러 동생처럼 화장을 하고 나를 만난 것일까? 목적이 뭐지?

"헤어질 거냐?"

말을 잃고 있는 지환에게, 현우가 불쑥 물었다.

"뭐?"

"그 여자가 민효령 씨가 아니라는 걸 알았잖아. 그럼 헤어질 거냐고."

"그걸 지금 말이라고 해?"

지환은 이를 악물고 말했다. 여태 바보같이 속아서 놀아난 꼴이었다. 알고도 가짜를 계속 만난다면 그게 미친놈 아니겠는가.

"헤어지겠다는 거냐?"

어째서인지 현우는 집요하게 확인하려 들었다.

"그렇다고 했잖아!"

"그럼 됐어."

불쑥 찾아와서 폭탄을 터뜨린 주제에 현우는 미련 없이 자리를 털고 일어났다. 뭔가 후련하다는 듯한 표정에 살의가 치밀었다. 하기야 얼마나 의기양양하겠는가. 내가 그토록 자랑하던 여자가 알고 보니 가짜라는데!

"이만 간다."

현우가 나가고 난 후, 지환은 테이블에 놓인 꽃병을 내동댕이쳐버렸다.

"젠장!"

일단 두 사람이라는 것을 알고 나자 상황을 정리하는 것은 그리 어렵지 않았다.

그러니까 자신이 여태 만났던 민효령은 가짜고, 미용실에서 소리를 지르던 그 민효령이 진짜인 것이다. 아마 처음 마주쳐서 시사회 티켓을 주었을 때도 진짜였을 가능성이 컸다. 어쩐지 미용실에서 마주칠 때마다 태도가 이상했던 것이 이제야 이해가 갔다.

없는 쌍꺼풀도 감쪽같이 만들어내는 화장기술의 위대함에 지환은 새삼 감탄했다. 어이가 없어서 헛웃음이 나올 지경이었다. 대체 왜 이런 사기를 벌였을까. 머리를 싸매고 고민하다 가짜 민효령, 그러니까 정효주가 했던 말이 생각났다. 자신의 모든 작품을 다 보았다고.

그렇다면 이해가 갔다. 원래 정효주가 자신의 팬이었는데, 어쩌다 동생 민효령에게 표를 받아서 동생 대신 시사회에 오게 된 거겠지.

두 사람이라는 걸 알고 나니 확실히 구분이 간다. 시사회에 왔던 민효령, 함께 단풍을 보러 갔던 민효령, 작은아버지의 환갑잔치에 왔던 민효령. 모두가 미용실에서 만난 진짜 민효령과는 전혀 다른 사람이었다.

즉 민효령도 정효주고, 정효주도 정효주였다는 뜻이다. 자신은 진짜 민효령과는 아무런 교류도 없었다!

기적같이 굴러온 금덩이라고 믿었던 것은 도금한 바윗덩어리에 불과했다. 여태 가짜를 상대로 헛짓을 하고 있었던 거였다. 달콤한 말을 쏟아붓고 아까운 시간을 투자해가면서.

가짜에게 홀랑 속아 넘어간 자신을, 지금쯤 현우가 얼마나 비웃고 있을까 생각하자 얼굴에 불이 나는 것 같았다. 아마 지금쯤이면 생일파티에 왔던 것도 가짜라는 사실이 소속사 사람들 사이에 쫙 퍼져 있겠지. 창피해서 차마 회사에도 갈 수가 없었다.

무엇보다 화가 나는 것은 자매인 줄만 알고 둘 사이에서 고민했다는 사실이었다. 혼자 고민하고, 미안해하고, 지우려 애쓰고, 아주 쇼를 했다. 같은 사람인 것도 모르고.

하루는 동생의 얼굴로, 또 하루는 원래 얼굴로 자신을 만나면서 그 여자는 대체 무슨 생각을 했을까? 멍청한 남자라고 속으로 비웃었을까? 잘도 속아 넘어간다고?

농락당했다는 분노만큼이나 허탈감도 컸다. 자신을 정상으로 이끌어줄 거라고 믿었던 동아줄이 사실은 썩은 것이었다니.

당장 정효주에게 전화를 걸어 욕설을 퍼붓지 않는 이유는 오로지 한 가지뿐이었다. 평생 잊을 수 없는 생일로 만들어주겠다. 지환은 이를 악물었다.

◇ ◆ ◇

약속장소는 전에 와봤던 민효령 소유의 카페 2층이었다. 정효주가 어떤 얼굴로 나올까 궁금했는데, 그녀는 이번에도 완벽히 민효령의 얼굴을 하고 있었다. 가짜라는 걸 뻔히 알고 있는데도 불구하고 얼굴만 보면 또다시 긴가민가해질 지경이었다.

이 여자가 정말 그 정효주란 말이지. 애써 속마음을 숨기며 지환은 민효령의 얼굴을 한 정효주의 맞은편에 앉았다.

"왜 이렇게 연락이 안 됐어요. 몸은 괜찮은 겁니까?"

애써 부드럽게 말하는 지환의 눈을, 효주는 쳐다보지도 않았다.

"우리 이제 그만 만나요."

메마른 목소리가 다짜고짜 이별을 고했다.

"어째서죠?"

"우리, 한 달 동안만 만나기로 했었잖아요. 오늘이 그날이에요."

뒤이어 떠오른 것은 자신의 목소리였다.

201

「앞으로 딱 한 달만 만나요, 우리. 그러면 그 이상은 절대 귀찮게 하지 않겠습니다.」

까맣게 잊고 있었던 사실을 떠올리는 순간 어처구니가 없었다. 이따위 사기극을 벌인 주제에 날짜까지 알아서 잘 세고 있었군.

"좋아요. 약속은 약속이니까."

치미는 화를 꾹 참고 두말없이 받아들이자 효주는 오히려 조금 놀란 얼굴을 했다. 내가 매달릴 거라고 생각한 모양이지, 하고 지환은 속으로 코웃음을 쳤다.

"마지막으로 줄 게 있어요."

두 개의 상자를 꺼내 나란히 테이블에 올려놓았다. 케이스를 열자 그 안에서 똑같이 생긴 목걸이 두 개가 기다렸다는 듯이 반짝거렸다.

"오늘이 생일이잖아요. 생일 선물입니다."

"왜 두 개죠?"

효주가 떨리는 목소리로 물었다.

"효령 씨 언니도 생일일 거 아닙니까. 쌍둥이인데 똑같이 축하받아야죠."

목걸이를 가리키며 지환은 빙긋 웃었다.

"똑같이 생겼죠? 꼭 일란성 쌍둥이처럼."

"……."

"그런데 사실은 달라요. 어디가 다른지 한번 맞혀볼래요?"

효주가 두 개의 목걸이를 번갈아 들여다보았다. 물론 아무리 열심히 본들 전문가도 아닌 일반인이 육안으로 구분할 수 있을 리 없었다. 고개를 갸웃거리고 있는 효주에게, 지환은 드디어 폭탄을 던졌다.

"하나는 진짜 다이아몬드고, 또 하나는 가짜거든."

효주가 흠칫 놀라며 시선을 들어 지환을 쳐다보았다. 커다래진 눈동자에 대고, 지환은 미소를 띤 채 다시 한 번 되풀이했다.

"너 같은 가짜한테 딱 어울리는 가짜 보석 말이야."

효주가 그대로 동작을 멈추었다.

"······미안해요."

한참 만에야 효주는 떨리는 목소리로 겨우 입을 열었다.

"속이려고 했던 건 아니었어요. 계속, 계속 사실대로 말하려고 했어요. 그런데 좀처럼 용기가 나지 않아서······."

대답 대신에 지환은 느긋하게 의자에서 몸을 일으켰다. 다가가서 목걸이에 손을 뻗자 효주가 흠칫하며 몸을 움츠렸다.

"이리 줘봐, 내가 해줄 테니까."

목걸이를 받아드는 척하다가 그대로 바닥에 툭 떨어뜨렸다. 일부러 제일 강도가 약한 인조보석으로 갈아 끼워달라고 주문한 목걸이는, 바닥에 떨어지자마자 속절없이 파편이 튀며 깨져버렸다.

"이런, 부서져버렸네."

중얼거리며 지환은 목걸이를 발로 지그시 밟았다. 발아래에서 으드득 하면서 부서지는 느낌이 났다. 잠시 후 발을 치우자 보석은 이제 수천 개의 유리조각으로 변해 있었다.

"어때. 가짜한테 딱 어울리는 최후 같지 않나?"

하얗게 질린 효주를 향해 지환은 잔인하게 내뱉었다.

"당장이라도 널 이렇게 만들어버리고 싶지만 네 인생이 불쌍해서 참아주는 거야."

"……."

"한 번만 더 내 눈앞에 나타나면 너도 이 꼴로 만들어주겠어."

경고하듯 내뱉고 지환은 돌아서서 나가려 했다. 그러나 나가기 직전에 팔을 붙잡혔다.

"잠깐만요."

돌아보자 효주가 매달리듯 올려다보았다.

"동생인 척한 건 미안해요. 하지만 지환 씨가 만난 건 나고, 좋아하게 된 것도 나잖아요."

지환은 눈살을 찌푸렸다. 애초에 사기를 쳐서 만나놓고 이게 무슨 궤변인가. 하지만 그녀 역시 나름의 논리는 있는 모양이었다.

"지환 씨가 그렇게 말했잖아요. 일반인이었더라도, 전혀 다른 모습이었더라도 역시 사랑에 빠졌을 거라고요."

어디서 들은 소리다 싶어서 생각해봤더니 둘이서 바닷가에 갔을 때 제가 한 말이었다. 이쪽은 기억도 잘 안 나는 대사를 이렇게까지 정확히 기억하고 있는 걸 보면, 그 말이 무척이나 감명 깊었던 모양이다.

"그래서 나는, 지환 씨가 좋아하게 된 건 나라고 생각했어요. 다 거짓말이었던 거예요?"

눈물을 참듯 효주가 이를 악물었다.

"혹시 명품이란 거 사봤나?"

가볍게 한숨을 쉬고, 지환은 그녀의 얼굴을 똑바로 쳐다보며 되물었다.

"요즘은 기술이 좋아서 전문가조차도 구별하기 힘들 정도의 정교한 가짜도 많이 나온다더군. 그런데 그걸 시가로 환산하면 얼마인지 혹시 알아?"

"……."

"반값? 3분의 1? 아니면 10분의 1 정돈 될 것 같아?"

"……."

"정답은 제로야. 적발되는 즉시 소각처리지."

효주가 입술을 깨물었다.

"겉보기에 아무리 똑같이 생겼어도 가짜는 아무 가치가 없거든. 진짜한테 폐만 끼칠 뿐."

붙들려 있던 지환의 팔이 힘없이 툭 떨어졌다. 노골적인 비웃음을 담아서 지환은 물었다.

"겉모습이 아닌 내면을 사랑해주는 사람, 혹시 뭐 그런 꿈을 꾸고 있던 건가?"

효주의 얼굴에 수치심이 어렸다. 언젠가 함께 보았던 노을처럼 물들어가는 얼굴을 내려다보며, 지환은 소리 내어 혀를 찼다.

"망상은 네 시나리오 속에서나 하도록 해."

돌아서기 직전에 본 효주는 금방이라도 울음을 터뜨릴 것 같은 얼굴을 하고 있었다. 물론 울든지 기절을 하든지 내 알 바 아니다. 그대로 지환은 구둣발을 올리며 그 자리를 떠났다.

그 정도면 꽤나 후련하게 퍼부어주고 끝냈다고 생각했는데 뒷맛은 왠지 개운치 못했다. 며칠이 지나도 돌아서기 직전에 보았던 얼굴이 계속해서 떠올랐던 것이다. 울음을 터뜨리기 직전의 아이 같던 그 표정이.

아무리 그래도 생일인데 좀 너무했나. 그냥 헤어지면 됐지, 그렇게까지 할 필요는 없었던 게 아닐까?

저도 모르게 그런 생각을 하고 있는 자신을, 지환은 화들짝 놀라 꾸짖었다. 생일이고 뭐고 알 게 뭐란 말인가. 가짜 사기꾼 따위한테.

한편 나쁜 일이 있으면 좋은 일도 있는 법인 모양이었다. 가짜와 한바탕 소동을 벌인 며칠 후 지환에게 반가운 소식이 날아들었다. 바로 케이블 TV 드라마의 주인공 배역 제의였다. 비록 원하던 공중파 드라마의 주연은 아니었지만, 요즘은 오히려 케이블 TV 드라마가 훨씬 더 퀄리티가 높다고 호평을 받고, 시청률도 더 많이 나오는 일도 드물지 않았다.

감독과의 미팅도 성공적이었다. 지난번에도 미팅까지 하고 나서 뒤집어져서 이번에도 그렇지 않을까 마음을 졸였는데, 미팅부터 계약서에 도장을 찍기까지 모두 일주일 안에 일사천리로 진행되었다. 안 될 때는 그렇게도 어렵게 느껴졌던 일인데, 정작 이루어지는 것은 얼떨떨할 정도로 순식간이었다.

「왜 저 같은 신인배우한테 기회를 주시는 겁니까?」

아무래도 믿기지가 않아서 슬쩍 제작사 쪽 담당자에게 물었다.

「투자자 쪽에서 서지환 씨를 강력하게 원했어요.」

이유가 뭐냐고 물었더니 그것까지는 잘 모르겠다는 대답이 돌아왔다.

드디어 꿈에도 원하던 기회가 왔다. 대본이나 배역도 마음에 들어서 지환은 주먹을 불끈 쥐었다. 이번 작품으로 꼭 성공하고 말리라고.

사전제작이지만 일정이 촉박하다고 했다. 제작발표회는 감독의 기자간담회로 대신하고, 첫 촬영이 당장 한 달 후부터였다. 그동안 캐릭터 설정상 근육도 키워야 하고, 검도도 배워야 했다. 준비할 게 한두 가지가 아니라서 몸이 열 개라도 모자랄 지경인데, 이제 정말 작품에 집중하기만 하면 되는데. 이상하게도 자꾸만 딴생각이 났다.

……정효주.

몸만들기에 매달리면서도, 검도 수업을 받으면서도 계속 효주가 떠올랐다. 떨쳐버리려 아무리 노력해봐도 소용이 없었다. 억지로 다른 생각을 하면 꿈에서까지 나타났다. 마지막에 보았던 그때 그 표정을 하고.

사람의 뇌라는 것은 신기하게 만들어져 있었다. 분명 마지막에 만났을 때 그녀는 민효령의 얼굴을 하고 있었는데, 자동으로 정효주의 얼굴로 바뀌어 떠올랐다. 이쯤 되면 싫어도 인정할 수밖에 없었다. 속아서 시작된 거였다 해도 어쨌든지 간에 연애감정이 있었던 것은 사실이다.

뭐, 생각해보면 거짓말을 한 걸 빼고는 그리 나쁜 여자는 아니었다. 소박하고 다정해서, 오히려 거만하고 불친절한 진짜보다도 오히려 성격 면에서는 낫다고 볼 수 있었다. 미모는 진짜에 비해서 한참 떨어지긴 하지만, 그거야 화장으로 얼마든지 커버할 수 있으니까.

며칠 동안 고민하다 지환은 결론을 내렸다. 어차피 이젠 민효령 아니라도 스타가 될 기회를 잡았으니까, 원망은 이쯤에서 접어두고 다시 만나는 것도 나쁘지 않겠다고.

다시 만난다 해도 물론 관계를 오래 이어갈 생각은 없었다. 지금껏 만나온 여자들이 그랬듯, 어떤 연애도 결국은 싫증이 나기마련이다. 그러니까 딱 싫증이 날 때까지만 만날 생각이었다. 어설프게 끝내서 이렇게 자꾸만 떠오르는 것도 짜증나니까.

「지환 씨가 좋아하게 된 건 나라고 생각했어요. 다 거짓말이었던 거예요?」

마지막에 헤어질 때 효주는 매달리듯 물었었다. 그러니까 지환이 다시 만나자고 하면 눈물을 흘리며 기뻐할 게 틀림없었다.

그런데 이게 웬일인가. 정작 효주와 연락이 되지 않았다. 몇 번이나 전화를 걸어도 받지 않고, 메시지를 보내서 연락을 달라고 해도 전화가 오지 않는 것이었다.

네가 감히 내 전화를 안 받아? 지환은 오기로 계속 전화를 걸었다. 그리고 몇십 번째인지도 모르게 된 어느 순간, 거짓말처럼 통화가 연결되었다.

— 여보세요.

목소리를 듣는 순간 왈칵 반가운 마음이 들었다. 스스로 당황한 나머지 그만 말투가 비꼬는 것처럼 되어버렸다.

"잘 지내나? 민효령 언니."

말이 입 밖으로 나오는 순간 바로 후회했다. 이렇게까지 말할 생각은 없었는데.

— 내 이름은 정효주예요.

돌아온 대답은 화난 기색 없이 담담했다.

— 무슨 일이에요?

예상했던 반가운 목소리도, 그렇다고 긴장해서 떨리는 목소리도 아니었다. 그래서 지환은 선뜻 용건을 꺼내지 못했다.

"그게……."

네가 원한다면 다시 만나줄 수도 있는데.

차마 그 말이 안 나와서 잠시 우물쭈물거리고 있는데 전화 저편에서 누군가가 뭐라고 말하는 소리가 어렴풋이 들렸다. 내용은 잘 알아들을 수 없었지만 남자 목소리라는 것만은 알겠다. 지환은 얼굴을 굳혔다.

"남자랑 같이 있나?"

─ 용건이 있으면 말해요.

질문에 대답이 돌아오지 않아서 초조해졌다.

"남자랑 같이 있느냐고 물었어."

─ 할 얘기 없으면 이만 끊을게요.

잠깐, 하고 말하기도 전에 전화는 일방적으로 뚝 끊겨버렸다. 지환은 잠시 휴대전화를 멍하니 쳐다보았다. 도저히 믿을 수가 없었다.

가짜 주제에 내 전화를 끊어?

다음 순간, 지환은 저도 모르게 차 키를 찾아 들고 집을 뛰쳐나가고 있었다. 말도 안 된다. 마지막으로 만난 게 겨우 열흘 전의 일이다. 그사이에 가짜한테 남자가 생기다니, 상상하지도 못한 전개였다.

그 평범하게 생긴 얼굴로 그토록 빨리 남자를 꼬였을 리 만무하다. 보나마나 이번에도 동생인 척 화장하고 속였겠지, 하고 지환은 입술을 비뚤어뜨렸다. 대체 이번에는 어떤 멍청한 녀석이 걸려들었는지 몰라도 내가 직접 폭로해줘야겠다.

집 앞에서 한 시간 넘게 기다려도 좀처럼 효주는 나타나지 않았다. 시간도 늦었는데, 설마 그 남자와 외박을 하려는 건 아니 겠지. 점점 초조해졌다.

두 시간 가까이 기다렸을 때, 드디어 저만치서 남녀 두 사람이 나란히 다가오는 것이 보였다. 어두워서 둘 다 얼굴은 알아볼 수 없었지만, 여자의 실루엣을 보는 순간 조건반사처럼 심장이 뛰어서 바로 알았다. 정효주다.

좋아, 딱 걸렸어.

뭔가 이야기를 나누며 걷고 있는 남녀의 뒤로 돌아가, 일부러 또박또박한 발음으로 이름을 불렀다.

"정효주 씨?"

남녀가 동시에 걸음을 멈추고 돌아보았다. 생각했던 것과는 달리 효주가 전혀 화장기 없는 얼굴을 하고 있어서 깜짝 놀랐다. 이어서 남자의 얼굴을 본 순간 더욱더 크게 놀랐다.

바로 현우가 아닌가!

도저히 믿을 수가 없었다. 대체 현우가 왜 효주와 함께 있는 것일까. 뭐가 뭔지 알 수 없는 가운데서 퍼뜩 떠오르는 것이 있었다. 가짜라는 걸 알았으니까 헤어질 거냐고, 이상할 정도로 집요하게 묻던 현우.

"지환 씨……."

"지환아."

두 사람도 역시 놀란 얼굴로 지환을 쳐다보았다.

"형도 참 대단하다."

지환은 피식피식 웃으며 말했다.

"그래, 그렇게까지 민효령이 포기가 안 됐어? 대용품까지 써야 할 정도로?"

효주의 안색이 변했다. 현우가 한 걸음 앞으로 나서서 효주를 자기 등 뒤에 숨기듯 하고 지환을 향해 경고했다.

"말조심해라, 서지환."

지환은 비웃었다.

"왜, 내 말이 틀렸어? 언제는 민효령 좋다고 그렇게 난리를 치더니!"

현우는 얼굴을 굳히고 말했다.

"내가 좋아한 건 민효령이 아니라 효주 씨였어."

"뭐?"

"그때 내가 촬영장에서 만난 사람. 그때도 효주 씨였단 말이야."

가슴이 덜컥 내려앉았다. 그러고 보니 셋이 만나서 식사했을 때, 둘은 자연스럽게 그 당시의 이야기를 나누고 있지 않았던가. 그때도 가짜가 아니었다면 있을 수 없는 일이었다.

"팬으로서 민효령 선배를 좋아했던 건 사실이야. 하지만 내가 반했던 여자는 여기 있는 효주 씨야."

반했다고 가슴을 펴고 당당하게 말하는 현우에게 격렬한 분노가 끓어올랐다. 이 자식과 더는 말 섞고 싶지 않다. 지환은 현우의 뒤에 서 있는 효주에게로 시선을 돌렸다.

"나한테 복수하려고 이러는 거라면, 그럴 필요 없어."

금방이라도 폭발할 것 같은 감정을 꾹 억누르고, 최대한 부드러운 목소리로 불렀다.

"거짓말했던 건 용서해줄 테니까, 그쯤 해두고 이리 와."

하지만 효주는 가까이 오려 하지 않았다. 오히려 고개를 저으
며 뒷걸음질을 치는 것이었다.

"이리 오라고 했잖아."

타이르듯 말했지만 이번에도 그녀는 듣지 않았다. 대신에 현
우가 한 걸음 다가서며 험악하게 말했다.

"구질구질하게 굴지 마라. 너랑 효주 씨는 이미 끝난 사
이……!"

현우의 귀티 나는 얼굴에 깔끔하게 주먹을 날려버렸다. 퍽,
하고 주먹이 명중하는 순간, 해묵은 감정이 한꺼번에 폭발했다.
신음을 흘리는 현우의 얼굴을 다시 한 대 세게 갈겼다. 비틀거리
는 어깨를 붙잡아서 이번에는 배 한복판에 주먹을 꽂았다.

한 대 한 대 때릴 때마다 분노가 배로 증폭되었다. 평생 동안
이 자식의 그림자에 가려 살았다. 반에서 1등을 하고도, 명문대
에 합격해놓고도 늘 패배자의 기분으로 살아야 했다. 그런데 이
제는 하다하다 못해 여자, 그것도 내가 만났던 여자 앞에서 또
그런 더러운 기분을 맛보게 만들어?

현우는 왠지 고통스러워하면서도 지환을 향해 마주 주먹을 휘
두르려 하지 않고 묵묵히 맞고만 있었다. 아예 반격의 의지가 없
어 보여서 더 화가 치밀었다. 이 자식은 끝까지 나 따위는 상대
도 안 하겠다는 건가!

이성을 잃고 계속해서 미친 듯이 주먹을 날리는 지환의 팔에,

효주가 매달렸다.

"이게 무슨 짓이에요? 그만해요!"

이 여자는 모르는 것일까. 이럴 때 말리면 더 패주고 싶어진다는 걸. 지환은 효주를 간단히 뿌리치고 주먹에 더욱더 힘을 실었다.

"크윽……!"

명치를 얻어맞은 현우가 신음하며 땅바닥에 나뒹굴었다. 그래도 분이 안 풀려서 다리를 들어 걷어차 주려는 순간 효주가 팔을 벌려 앞을 가로막았다.

"나 때문이잖아요. 이러지 말고 그냥 나랑 얘기하자고요!"

그렇지 않아도 그러려고 했지. 지환은 걷어차려던 것을 그만두고 효주의 손목을 꽉 잡았다. 아파하는 것도 아랑곳하지 않고 그대로 인적이 드문 놀이터로 끌고 갔다.

"대체 왜 갑자기 찾아와서 이러는 거예요?"

가로등 아래서 효주는 지환의 얼굴을 한껏 노려보았다.

"나더러 두 번 다시 나타나지 말라면서요. 가짜는 아무 가치도 없다면서요!"

작은 입술이 파르르 떨리고 있었다. 자신이 내뱉었던 말에 그녀가 얼마나 상처를 받았는지가 느껴졌다. 그래서 홧김에 내가 평생의 라이벌로 여기는 서현우랑 만났던 거군. 조금은 마음이 풀려서 지환은 빙그레 웃었다.

"미안. 그땐 나도 속았다는 데 너무 화가 나서 말이 심했어."

솔직하게 사과하는 지환에게, 효주는 차갑게 말했다.

"그래서 하고 싶은 말이 뭐죠?"

지환은 대답했다.

"다시 만나줄게."

"……뭐라고요?"

지환의 얼굴을 빤히 쳐다보며, 효주는 믿을 수 없다는 듯이 되물었다.

"너하고 다시 만나주겠다고. 대신 나 만날 땐 화장은 좀 하고. 뭐, 나도 변태는 아니니까 꼭 동생 닮게 화장할 필요는 없어."

지환으로서는 무척 관대한 조건이었다. 미모도, 재력도, 하다 못해 변변한 직업조차도 없는 여자와 만나주겠다는 것 아닌가. 하다못해 대학생 때도 이런 여자와 사귄 적은 없었다.

당연히 눈물을 흘리며 기뻐해야 할 여자는, 그러나 다음 순간 헛웃음을 쳤다.

"이봐요, 서지환 씨. 뭔가 착각하고 있는 거 같은데, 난 그럴 생각 전혀 없어요."

"뭐?"

"다시 만날 생각 없다고요."

멍하니 쳐다보는 지환을 향해, 효주는 목소리를 높였다.

"못 알아듣겠어요? 좋아하지 않는다고요!"

뭔가로 머리를 세게 얻어맞은 것 같은 충격이 지환을 덮쳤다.

"그러니까…… 내가 싫어졌다고?"

더듬더듬 묻는 지환에게, 효주는 잘라 말했다.

"처음부터 좋아한 적도 없었어요."

어이가 없었다. 그러면 그동안의 일은 다 뭐란 말인가. 자신이야 속아서 그랬다 쳐도, 이 여자는 처음부터 쭉 진심이었다.

"웃기지 마. 그럼 애초에 동생 대신 시사회에는 왜 왔던 거지?"

정색을 하고 반박했지만 효주는 표정 하나 변하지 않았다.

"나도 당신을 좋아했다고 생각했어요. 그런데 헤어져서 생각해보니까 알겠더군요."

"뭘!"

"내가 좋아한 건 당신이 아니라 태주였다는걸요."

처음 같이 자던 날 불렀던 남자의 이름. 지환은 한층 더 화가 치밀었다.

"대체 태주가 누군데 자꾸……!"

"기억 안 나요? 지환 씨가 연기했었잖아요!"

가슴이 철렁했다. 잠깐. 태주, 태주라…… 그제야 지환은 헉, 하고 신음을 흘렸다. 사촌형에게 사랑하는 여자를 빼앗겼던 남자. 결국은 쓸쓸히 돌아서서 사랑하는 여자의 행복을 빌어줄 수밖에 없었던 남자. 자신이 데뷔작 '모래성'에서 맡았던 캐릭터의 이름이 바로 태주였다.

"내 눈에는 지환 씨가 드라마 속의 태주로 보였어요. 무작정 사랑해주고, 위로해주고 싶었어요. 그래서 생일파티에도 갔던 거고, 그날 밤 같이 잤던 것도 그래서였어요."

그럴 수가. 지환은 충격에 휘청거렸다.

"그런데 이제 알겠어요. 당신은 태주가 아니야."

효주가 고개를 저었다.

"비록 드라마 속에서는 사랑을 이루지 못했지만 태주는 사랑받아 마땅한 사람이었어요. 그런데 서지환 씨, 당신은 태주하고는 달라. 사랑받을 가치가 없어요."

가치가 없다.

얼마 전에 자신이 그녀에게 했던 말이, 날카로운 화살이 되어 그대로 돌아왔다. 화살은 지환의 자존심에 정확히 명중했다. 화살에 맞은 자리에서 보이지 않는 피가 뚝뚝 흘러내렸다.

"그래서, 지금 나를 거절하는 건가?"

"말했잖아요. 좋아한 적도 없었다고."

내가 서현우보다 낫다고 말해준 유일한 여자. 내 눈도 똑바로 못 쳐다볼 정도로 수줍음을 타곤 했던 여자. 그 여자가, 지금 이 순간 자신의 눈을 똑바로 쳐다보고 말하고 있었다. 좋아한 건 내가 아니었다고. 드라마 속 캐릭터였다고.

……가짜 주제에!

격렬한 수치심과 분노에, 지환은 얼굴이 확 달아오르는 것을 느꼈다. 그나마 밤이어서 얼마나 다행인지 몰랐다.

"보자 보자 하니까 정말 눈뜨고 못 봐주겠군."

지환은 팔짱을 끼고 얼굴에 노골적인 비웃음을 떠올렸다.

"왜, 하루아침에 잘나가는 배우가 둘씩이나 엮이니까 네가 뭐라도 된 것 같아?"

효주가 숨을 멈추는 것이 눈에 보였다.

"착각하지 마. 애초에 네 그 밋밋하게 생긴 얼굴로는 만나지도 못했어. 나든, 그 자식이든."

"······!"

"그때 그 촬영장에서, 네가 민효령 씨 행세를 하고 있지 않았다면 서현우가 반하기나 했을 것 같아? 어림도 없지."

반격이 성공한 모양이었다. 효주의 얼굴에서 핏기가 싹 가셨다.

"동생 닮은 얼굴을 이용해서 이 남자 저 남자한테 꼬리쳐놓고 잘난 척하는 꼴이라니, 참 혼자 보기 아깝군."

말이 칼이라면 좋겠다. 그 칼로 인정사정없이 가슴을 찔러주고 싶다. 나처럼 똑같이 가슴에서 피가 흐르게 해주고 싶다. 또 뭐가 있을까. 무슨 말을 해야 이 여자가 상처를 받을까. 지환은 필사적으로 생각했다.

효주에게는 불행하게도, 알고 있었다. 그녀의 가장 약한 부분을.

"아참, 네 부모님이 자식 취급도 안 한다고 했지?"

하얀 얼굴이 수치심에 붉게 물들어가는 것을 보며 지환은 느긋하게 비꼬았다.

"머리가 있으면 생각을 해봐. 왜 널 낳아준 부모님마저도 널 자식 취급 안 하는지, 왜 네 동생만 그렇게 싸고도는지. 본인한테도 문제가 있다는 생각은 전혀 안 하나? 응?"

가녀린 몸이 사시나무처럼 덜덜 떨리는 것이 보였다. 날리는 펀치 한 대 한 대가 모두 급소에 정확히 꽂히고 있었다.

"뭐, 내가 제발 다시 만나달라고 너한테 무릎이라도 꿇으러

온 줄 알아?"

쓰러질 듯 휘청거리는 그녀를 내려다보며 지환은 잔인하게 웃었다.

"이번엔 또 어떤 남자가 속고 있나, 피해자 구제 차원에서 온 건데 착각도 유분수지."

웃음기를 싹 거두고, 지환은 마무리 펀치를 날렸다.

"주제를 알아, 가짜."

돌아서는 등 뒤로 흑, 하고 울음을 터뜨리는 소리가 들리는 것 같았다.

물론 돌아보지는 않았다.

scene 09

촬영 준비로 나날이 눈코 뜰 새 없이 바쁘게 흘러갔다. 수은주가 영하 아래로 떨어지는데도 가을이 떠나가는 줄도 미처 모를 정도였다. 피디, 작가, 스태프, 동료 배우들. 수많은 사람을 만나고, 그만큼 많은 이야기와 술잔이 오갔다. 너무 바빠서 다른 생각은 할 겨를조차 없었다.

가끔씩 한숨 돌릴 때면 문득문득 생각의 틈 사이로 효주의 얼굴이 비집고 들어왔다. 웃는 얼굴일 때도, 수줍어하는 얼굴일 때도, 우는 얼굴일 때도 있었다. 그럴 때마다 왠지 석연치 않은 기분이 들었다. 분명 할 말, 못 할 말 실컷 다 퍼부어주고 왔다고 생각했는데, 꼭 뭔가 한마디를 빼먹은 기분이 들었다. 꼭 말해야 했는데, 하지 못한 말.

정작 그게 뭔지는 잘 떠오르지 않았다. 그렇다고 오래 고민하고 있을 겨를도 없었다. 만날 사람도, 배울 것도, 외울 대사도 너무나 많았다. 몸이 두 개가 되었으면 좋겠다고 진지하게 생각할 정도였다.

공교롭게도 서현우 역시 같은 시기에 첫 촬영에 들어간다고 들었다. 방송 예정 시기도 비슷해서 잘하면 이번에는 진짜로 라이벌이 될 것 같았다. 그 자식에게 지느니 혀를 깨물고 죽고 말겠다. 지환은 작품 준비에 열정을 불태웠다.

　드디어 첫 촬영하는 날이 다가왔다. 얼마나 열심히 준비했는지 눈감고도 대본을 줄줄 외울 수 있을 지경이었다. 단순히 달달 외운 것뿐이 아니라, 대사 한 줄을 가지고도 여러 가지 느낌으로 연기할 수 있게 호흡까지 계산해서 철저히 준비했다.

　첫 촬영은 야외 촬영이었다. 대형 프리미엄 아웃렛의 예쁘게 꾸며진 광장에서 여자친구인 여주인공을 만나는 장면. 지환은 이제 겨우 이름을 알리는 신인에 불과했지만 상대 여배우는 톱스타였다. 쇼핑을 나온 사람들이 카메라 앵글을 피해 몇 겹으로 둘러싸고 구경하는 가운데, 드디어 촬영이 시작되었다.

　"액션!"

　저만치 등 뒤에서 여배우가 반갑게 이름을 불렀다.

　"지환 씨!"

　귀에 익은 목소리에 깜짝 놀랐다. 이 목소리는…….

　등을 돌려 이쪽으로 다가오는 상대를 보고 지환은 눈을 크게 떴다. 화장기 없는 맨얼굴. 수수한 옷차림. 정효주가 아닌가!

　"많이 기다렸어?"

　효주가 물었다.

　대체 효주가 왜 여기에. 대답하는 것도 잊고 멍하니 쳐다보고 있자 효주는 수줍은 표정을 했다.

　"나 오늘 화장도 못 하고 나왔는데. 많이 이상해?"

　대체 이게 어떻게 된 일인가. 당혹스러운 나머지 지환은 대사를 하는 것조차 잊어버렸다.

"컷!"

카메라가 멈췄다. 그제야 지환은 퍼뜩 제정신으로 돌아왔다. 눈앞에 있는 것은 효주가 아니라 상대 여배우였다. 닮은 데는 물론 없고 사실 맨얼굴조차 아니다. 단순히 색조를 쓰지 않았을 뿐, 긁으면 손톱자국이 날 것처럼 두꺼운 피부화장에다 음영까지 넣고 있다. 이 얼굴이 정효주로 보이다니. 스스로도 어이가 없었다.

"지환 씨, 대사 안 해?"

감독이 외쳤다.

"표정은 또 왜 그래? 꼭 울 것 같은 사람처럼."

"죄송합니다."

지환은 당황해서 사과했다. 여배우는 이상하다는 듯한 눈으로 지환을 흘깃 쳐다보고는 도로 자기 위치로 갔다.

"자, 제대로 갑시다. 액션!"

배우들이 위치를 잡자 다시 카메라가 돌아가기 시작했다.

"지환 씨!"

맙소사, 들려온 것은 또 제 이름이었다. 지환은 이를 악물었다. 내 이름을 부른 게 아니다. 역할 이름은 주원이다. 그러니까 주원 씨라고 부른 것이다. 돌아보자 반가운 얼굴로 이쪽을 향해 다가오고 있었다.

……정효주다.

안 돼. 정신 차려야 해. 다가오는 효주를 바라보며 지환은 정신을 똑바로 차리려 애썼다. 저 여자는 정효주가 아니다. 아까도 확인했지 않은가. 그러나 아무리 보아도 눈앞의 여자는 틀림 없는 정효주였다.

"나 오늘 화장도 못 하고 나왔는데. 많이 이상해?"

효주가 두 손을 뺨으로 가져가며 물었다. 맨얼굴이 무척 민망한 모양이었다. 가릴 필요 없는데, 그냥 그대로가 예쁜데. 한 번도 그렇게 말해준 적이 없었다.

"아냐. 지금도 예쁜데 왜."

대본에 쓰인 대사는 마치 실제상황인 것처럼 자연스럽게 흘러나왔다. 그런데 한 번으로는 아무래도 부족하다. 작가의 능력 부족인 것 같았다.

"화장 안 해도 괜찮아."

효주의 얼굴을 들여다보며 지환은 대본에도 없는 대사를 입에 담았다.

"너는 그냥 그대로일 때가 예뻐."

정신없이 말하는데 문득 또다시 날아온 목소리가 방해를 했다.

"컷!"

지환은 흠칫 놀라 돌아보았다.

"서지환 씨, 왜 쓸데없이 애드리브를 치고 그래?"

답답하다는 듯이 다가온 감독이 문득 지환의 얼굴을 가까이서 보더니 당혹스러운 표정을 했다.

"아니, 갑자기 울기는 또 왜 울고?"

"예?"

운다고? 내가? 지환은 당황해서 눈가를 훔쳤다. 손등에 미지
근한 액체가 묻어났다. 촬영장을 둘러싸고 구경하던 사람들이
웅성거렸다.

"무슨 일이야?"

"글쎄, 남자배우가 갑자기 우는데?"

여기저기서 수군거리는 소리 가운데 문득 효주의 목소리가 섞
여 들렸다. 지환은 흠칫 놀라 소리가 들려온 쪽을 쳐다보았다.
사람들 속에 서 있는 효주와 시선이 마주치는 순간 심장이 멎었
다.

"……잠깐만."

지환이 불렀지만 그녀는 그대로 돌아서서 사람들 속으로 사라
져버렸다. 이대론 못 보내지. 지환은 얼른 그녀의 뒤를 따랐다.

"서지환 씨? 촬영 중에 갑자기 어디 가?"

당황해서 묻는 감독을, 지환은 쳐다보지도 않고 대꾸했다.

"죄송합니다."

사람들 사이를 헤치며 사라진 여자의 뒤를 좇았다.

"뭐야 이거?"

"몰래 카메라야?"

놀란 사람들이 저마다 한마디씩 했지만 촬영이고 뭐고 이미
머릿속에 없었다. 지금 당장 효주의 얼굴을 보아야 했다. 꼭 해
야 할 말, 겨우 생각난 말이 있었다.

넌 화장하지 않은 얼굴도 예쁘다고. 아니, 그냥 그대로가 예
쁘다고. 그래, 이제야 그 빼먹은 한마디가 뭔지 알겠다. 그때 그

렇게 말해줬어야 했는데.

지환은 필사적으로 효주를 쫓았다.

"지환이 형! 미쳤어요?"

매니저가 황급히 따라와서 팔을 붙잡았지만 뿌리쳐버렸다.

"바빠. 나중에 얘기해."

"형!"

겨우 인파를 벗어나자 저만치에서 걸어가고 있는 효주의 뒷모습이 보였다.

"잠깐만."

이를 악물고 따라잡아서 손목을 붙잡아 돌려세웠다.

"네?"

흠칫 놀라서 돌아보는 여자의 얼굴을 보고 지환은 숨을 멈췄다. 효주가 아니었다.

"미안합니다."

재빨리 사과하고 황급히 주위를 둘러보았다. 저 멀리 있는 분수대에 앉아 턱을 괴고 비둘기를 바라보고 있는 효주의 옆모습이 보였다. 저기 있었구나. 지환은 또다시 뛰었다.

"잠깐. 우리 얘기 좀 해."

숨을 몰아쉬며 말을 걸자 여자가 고개를 들어 지환을 올려다보았다.

"네?"

지환은 당황했다. 이번에도 효주가 아니지 않은가!

"죄송합니다."

이럴 리가 없는데. 지환은 필사적으로 광장을 둘러보았다. 다음 순간, 쓰러질 것 같은 충격에 휩싸였다.

주위를 지나다니는 모든 사람들이 효주로 보였다. 키 작은 효주. 키 큰 효주. 뚱뚱한 효주. 마른 효주. 아기를 안은 효주…….

어지러웠다. 쓰러질 것만 같았다. 당황해서 여기저기로 시선을 돌리다 문득 하늘을 올려다보았을 때, 지환은 숨을 멈췄다.

달이 떠 있었다.

반대편 하늘에 떠 있는 해 따위는 눈에 들어오지도 않을 정도로 크고 눈부신 낮달이.

벼락에 맞은 것처럼 지환은 깨달았다. 그녀가 해도, 달도 되었다는 것을. 자신에게 있어 세상 모든 것이 되어버렸다는 것을. 한참 전부터, 이미 그랬다는 것을.

"……."

허물어지듯 바닥에 털썩 주저앉는 남자를, 지나다니는 사람들이 놀란 눈으로 바라보았다.

회사로 돌아온 지환을 보고 모두가 놀란 얼굴을 했다.

"너 미쳤어? 촬영은 어쩌고 여길 와! 지금 현장이 얼마나 난리가 났는지 알아?"

사장이 사색을 하고 달려왔다.

"너 이러다 첫날부터 잘려!"

"자르라고 하죠."

쳐다보지도 않고 대꾸했다. 지금 드라마 따위가 중요한 게 아니다.

"야, 이 미친놈아!"

길길이 날뛰는 사장을 본체만체하고 지환은 현우가 쓰는 사무실로 향했다. 요즘 작품 준비 때문에 회사에 자주 오니까 오늘도 와 있을 거라고 생각했다. 아니, 와 있어야만 했다. 다행히도 생각은 적중했다. 매니저와 함께 대본을 보고 있던 현우가, 문을 벌컥 열고 들어서는 지환을 보고 흠칫 놀라며 등을 폈다.

얼굴을 보자마자 다짜고짜 물었다.

"정효주 어딨어?"

회사로 오는 길에 수십 번도 더 전화를 했지만 전화기가 꺼져 있다는 메시지만이 반복해서 흘러나올 뿐이었다.

"그걸 내가 어떻게 알아?"

현우는 시치미를 떼려 들었다.

"분위기 파악 안 되나 본데, 나 지금 촬영도 팽개치고 온 사람이야."

위협적인 분위기를 느꼈는지 현우는 그제야 조금 주눅이 든 표정이 되었다. 하기야 저번에 그렇게 얻어맞았으니 무리도 아니다.

"나도 모른다고 했잖아."

그러면서도 대답은 끝내 모른다. 기어이 지환은 테이블을 쾅 내려치며 고함을 지르고 말았다.

"사귀고 있잖아. 네가 모르면 누가 알아!"

현우가 이를 악물었다.

"사귀는 사이 아니야."

"뭐?"

"그날 딱 한 번 만났을 뿐이야. 그 후로는 나도 연락이 안 돼."

지환은 당혹감에 빠졌다. 이제 와서 사귀는 사이가 아니라니. 그러면 그때 내가 퍼부었던 말들은 다 뭐가 되는 거지?

"사귀는 거 아니면 대체 왜 만났는데?"

"말했잖아, 내가 좋아한 여자는 정효주 씨라고."

현우가 지환을 노려보았다.

"찾아가서 고백했어. 그때부터 계속 좋아했다고, 괜찮다면 나랑 만나줄 수 없겠느냐고."

"그랬더니?"

"마음은 무척 고맙다고 했어. 하지만 자기는 곧 수술도 받아야 하고, 누굴 만날 상황이 아니라 미안하다고 하더군."

가슴이 철렁했다.

"수술이라니, 무슨 수술?"

지환은 황급히 물었다. 짚이는 게 있어서 초조해졌다. 설마……! 아니, 그건 아닐 거야. 지환은 애써 스스로에게 말했다. 그렇게 싫다고 했었는데 그럴 리가 없지 않은가.

"그걸 내가 어떻게 알아?"

현우도 화가 난 모양이었다. 오히려 지환을 향해 다그치는 것이었다.

"뻔뻔한 자식. 가짜라고 헌신짝 버리듯 해놓고 이제 와서 신경 쓰는 척하는 거냐?"

현우가 뭐라고 하거나 말거나 신경이 쓰이지도 않았다. 중요한 건 현우 역시 효주와 연락이 안 된다는 사실뿐이었다. 그렇다면 아는 사람이 누가 있을까?

"혹시 민효령 씨 연락처 알아?"

정신 나간 사람처럼 묻는 지환을, 현우가 어이없는 눈으로 바라보았다.

"너 진짜로 제정신 아니구나."

"그래, 미쳤다고 치고. 민효령 씨 전화번호 아느냐고."

"내가 그걸 어떻게 알아?"

퉁명스럽게 대꾸한 현우가 말끝에 혼잣말처럼 덧붙였다.

"……병원이라면 알 것도 같지만."

귀가 번쩍 띄었다.

"뭐?"

"그때 효주 씨 만났던 곳이 한국대 부속병원 근처였어. 무슨 검사를 받아야 해서 며칠 입원해 있다가 나오는 길이라고 하더군."

한국대 병원. 겨우 찾은 실마리에 눈물이 날 것 같았다.

"고마워, 형."

지환은 현우를 향해 고개를 숙였다. 난생처음 진심으로 형이라 부른 순간이었다. 더는 현우에게 적개심도, 라이벌 의식도 느껴지지 않았다. 여태껏 그런 허깨비 같은 것에 집착해온 인생이 아까울 지경이었다. 정작 중요한 건 따로 있는데. 아니, 중요한 건 오로지 하나뿐인데.

질린 듯한 눈으로 쳐다보는 현우를 뒤로하고 지환은 사무실을 뛰쳐나갔다.

미친 듯이 속도를 내서 병원으로 향하는 내내 지환은 기도했다. 제발 그녀가 거기 있기를, 제발 아직 늦지 않았기를. 목숨을 걸고라도 수술 못 하게 막을 생각이었다. 그녀가 정 하겠다고 고집을 부리면, 차라리 내가 대신 하겠다.

다행히도 효주는 그곳에 있었고, 불행히도 때는 이미 늦어 있었다.

"정효주 환자 세 시간 전에 수술 들어가셨어요."

간호사의 말에 하늘이 무너지는 것 같았다. 지환은 정신없이 수술실을 향해 뛰었다. 수술실 앞 의자에 선글라스를 쓴 여자 하나가 오도카니 앉아 있었다.

민낯에다 눈까지 가려놓으니 마치 효주가 앉아 있는 것처럼 보인다. 달려들어 그 앞에 무릎을 꿇고 싶은 것을 꾹 참고 가까이 다가갔다. 여자의 곁에 있던 덩치 큰 남자가 경계하듯 한 발짝 앞으로 다가섰지만 아랑곳하지 않고 말을 걸었다.

"무슨 수술입니까?"

효령이 천천히 고개를 들어 지환을 쳐다보았다.

"알면서 왜 물어요."

지친 듯한 목소리. 눈앞이 캄캄해지는 것과 동시에 분노가 치밀어 올랐다.

"……그쪽이 했어야지."

지환은 이를 악물고 으르렁거리듯 말했다.

"사랑은 당신이 다 받았잖아. 왜 수술은 언니더러 하게 만든
거지?"

가슴이 터질 것만 같았다.

「지환 씨는 누가 하는 게 맞다고 생각해요?」

그녀는 어떤 마음으로 내게 그렇게 물었을까. 나는 뭐라고 대
답했던가.

「수술, 언니더러 받으라고 합시다.」

그 말을 들었을 때 그녀의 기분이 어땠을까. 차라리 제 혀를
잘라버리고 싶은 기분이었다. 어리석은 자신에 대한 분노를, 지
환은 효령을 향해 폭발시켰다.

"저 불쌍한 사람한테서 장기까지 빼앗아가? 당신들이 그러고
도 사람이야?"

상대가 대선배이자 톱스타라는 사실은 이미 안중에도 없었
다. 민효령이 여자만 아니었더라도 이미 멱살을 잡았을 것이다.
멱살을 잡고 흔들며 외치고 싶었다. 지금이라도 네가 대신 들어
가라고. 이미 늦었거든 네 장기 떼어서 언니한테 붙여주라고!

"나도 내가 하겠다고 했어요!"

효령이 마주 외치는 바람에 지환은 주춤했다.

"나라고 마음이 편한 줄 알아요? 내가 하겠다고 해도 언니가 막무가내였다고. 나더러 뭘 더 어쩌란 말이에요?"

아니, 거짓말이다. 지환은 고개를 저었다.

"그럴 리가 없어. 효주 씨는 절대 싫다고 했단 말입니다. 당신들이 강요하지 않은 이상……!"

효령이 말을 가로챘다.

"그래, 언니가 죽어도 싫다고 했었어. 그래서 내가 하겠다고 엄마한테도 말했다고요. 그런데 언니가 엄마랑 무슨 얘기를 했는지, 갑자기 나도 모르게 입원해서 수술 날짜 잡아버렸단 말이야. 나도 몇 시간 전에야 알았다고."

커다란 선글라스 아래로 두 줄기 눈물이 흘러내렸다.

"우리 언니 불쌍해서, 불쌍하고 미안해서 나도 죽을 것 같다고!"

효령은 얼굴을 감싸고 소리 내어 울음을 터뜨렸다.

"흑!"

통곡하는 그녀에게서 깊은 아픔이 전해져왔다. 효령이 진심으로 효주 때문에 괴로워하고 있다는 것을 알자 분노도 조금씩 가라앉았다. 지환은 효령의 옆에 앉았다.

"왜 언니한테 날 만나게 했던 겁니까?"

알고 싶었다. 이제는 너무 늦었다 해도. 한참 후, 효령이 눈물을 훔치며 중얼거렸다.

"언니는 늘 있는 듯 없는 듯, 더부살이하는 아이처럼 조용히 살았어. 소리 내서 웃지도 못하고, 용돈 달라, 뭐 먹고 싶다, 말 한마디 못 하고."

"……."

"그런 언니가 유일하게 행복한 얼굴을 할 때가 바로 당신이 나오는 드라마를 볼 때였어. 그래서 만나게 해주고 싶었던 거야."

그랬구나, 하고 지환은 마음속으로 중얼거렸다. 그래서 그녀가 내게 올 수 있었구나. 오만하고 불친절한 여배우가 더는 밉지 않았다. 오히려 효주 때문에 서럽게 우는 효령이 가깝게까지 느껴졌다.

당신도 그녀를 무척 사랑하는군. 내가 사랑하듯이.

저도 모르게 위로하듯 어깨에 손을 얹으려 한 순간 효령이 진저리를 치며 피했다.

"그런데 당신은 그런 우리 언니한테 대체 무슨 짓을 했지?"

슬픔에 떨리던 입술이 갑자기 돌변해서 비난의 말을 쏟아냈다.

"가짜라고? 사기꾼이라고? 또 뭐라고 했다고? 그런 주제에 뻔뻔하게 여길 나타나?"

효령은 이를 악물고 지환을 노려보았다.

"두고 봐. 경호원 백 명을 붙여서라도 우리 언니 못 만나게 할 거야. 너 따위가 언니한테 두 번 다시 상처 못 주게 할 거라고!"

지환은 고개를 깊이 숙였다.

"잘못했습니다."

자존심 하나만은 누구보다 강한 지환이었다. 여태 살면서 누구에게도 이렇게 비굴하게 빌어본 적이 없었다. 하지만 지금은 자존심 따위는 안중에도 없었다. 효주를 만나야 한다. 만나서 못다 한 말을 해야 한다. 오로지 그 생각뿐이었다.

"한 번만 만나게 해주십시오. 꼭 해야 할 말이 있단 말입니다."

하지만 여배우의 싸늘한 표정은 조금도 변하지 않았다.

"가요. 조금이라도 언니를 좋아했다면, 더는 언니 괴롭히지 말아요."

그때 갑자기 수술실 문이 열리더니 간호사가 바퀴 달린 침대를 밀고 나왔다. 그 위에 누워 있는 파리한 여자의 얼굴에 지환의 가슴이 무너졌다.

"언니 괜찮아? 나 알아보겠어?"

효령이 달려가서 침대 머리맡에 매달렸다.

"수술 잘됐습니다. 엑스레이 찍고 나서 병실로 옮길 거예요."

침대를 밀고 나온 간호사가 대답했다.

"효주 씨."

터져 나오는 눈물을 억지로 참으며 지환은 효주를 내려다보았다. 취한 듯 몽롱해 보이는 시선이 지환의 얼굴에 머무른 순간, 눈동자에 약간 빛이 돌아오는 것이 보였다. 메마른 입술이 희미하게 움직였다.

"……부탁이 있어요."

쉴 대로 쉰 목소리에 귀가 번쩍 띄었다.

"꼭…… 들어줄 거죠?"

지환은 눈물을 흘리며 정신없이 고개를 끄덕였다. 그녀가 달라면 목숨이라도 줄 각오가 되어 있었다. 불 속으로 뛰어들라면 불 속으로, 물속으로 뛰어들라면 물속으로 뛰어들겠다.

그러나 이어진 것은 그 무엇보다도 잔인한 말이었다.

"이제 찾아오지 말아요."

지환의 얼굴을 바라보며, 그녀는 다시 한 번 말했다.

"다신 만나고 싶지 않아요."

온몸에서 힘이 빠져나갔다. 마네킹처럼 멍하니 서 있는 지환을, 효령이 인정사정없이 밀어냈다.

"뭐 해요? 이 사람 빨리 끌어내지 않고!"

효령의 매니저가 다가와서 지환의 팔을 붙들었다.

"가시죠."

침대가 다시 움직이기 시작했다.

"언니, 걱정 마. 내가 저 사람 다신 못 오게 할 테니까, 아무 걱정 말고……."

침대와 함께 효령의 울음 섞인 목소리가 저만치 멀어져가는 것을, 지환은 텅 빈 눈동자로 바라보았다.

다 끝났다. 잘못했다고, 무릎 꿇고 빌어보지도 못하고 이렇게 끝나버렸다.

"……!"

그제야 참고 참았던 통곡이 터져 나왔다. 그 자리에 주저앉은 채 지환은 한참을 울었다. 그리고 눈물샘이 텅 비어버린 후에야 몸을 일으켰다.

비틀거리며 밖으로 나오자 세상은 온통 회색빛이었다. 모든 것이 의미를 잃어버린 이 순간, 지환은 다음 번 숨을 어떻게 쉬어야 할지조차 알 수 없었다.

애초에 그녀가 사랑했던 것은 자신이 아니라 드라마 속 인물이었다는 말이 떠올라 절망은 더욱더 깊어졌다. 울어도 소용없다. 매달려도 소용없다. 그녀는, 나를 사랑한 적도 없었다…….

문득 주머니에서 전화가 계속해서 울리고 있는 것을 깨달았다. 드라마의 감독이었다. 드라마고 연기고 다 무슨 소용인가. 톱스타가 되면 뭘 한단 말인가. 지환은 기계적으로 전화를 받았다. 그만두겠다고 할 셈이었다.

"감독님."

— 서지환 씨 당신, 됐어. 됐으니까 그냥 때려치워!

채 말을 하기도 전에 성난 목소리가 날아왔다.

— 이래서 애초에 나는 반대를 했던 거야. 새파란 신인이 벌써 무슨 주연이냐고. 그런데 투자자 쪽에서 하도 고집을 부려서 어쩔 수 없이 오케이했던 건데…….

투자자라는 단어가 귀에 걸렸다. 그러고 보니 계약을 할 때도 담당자가 그렇게 말했었다. 투자자 쪽에서 자신을 강력히 추천했다고. 그때는 그냥 들어 넘겼던 것이 왠지 무서운 예감으로 다가왔다.

"감독님, 죄송하지만 저를 밀었다는 그 투자자가 누굽니까?"

— 아니, 그걸 지금 본인이 몰라서 물어?

감독이 화난 듯이 되물었다.

"정말로 모릅니다. 제발 말씀해주십시오. 저한테는 아주 중요한 문젭니다."

매달리다시피 말하자 감독도 지환이 정말로 모른다는 것을 안 모양이었다.

— 아, 왜 그 촬영장소로 리조트 협찬한 회사 있잖아! 유일인 가 뭔가.

어디선가 들은 적이 있는 이름이었다. 어디지, 어디서 들었지. 필사적으로 기억을 더듬던 지환의 손에서 휴대전화가 굴러 떨어졌다.

「내 친정 동생이 바로 아랫집에 사는데, 유일이라고 큰 리조트 회사 사장이거든.」

현기증이 일었다. 지환은 비틀거리며 가로수에 기댔다. 효주가 그토록 싫어하던 이식수술을 받기로 한 이유가 바로…… 머릿속이 빙글빙글 돌았다.

그녀는 분명 자신이 사랑했던 건 내가 아니라 태주라고 말했다. 그런데 사랑받을 가치도 없다고 말했던 내게 주연을 맡게 해주기 위해서, 왜. 도저히 알 수가 없었다. 그녀가 사랑했던 것은 나일까, 아니면 태주일까. 미치도록 궁금했지만, 대답해줄 수 있는 여자는 이미 곁에 없었다.

지환은 하늘을 올려다보았다. 얼마 전까지 그 자리에 있었던 새파란 가을 하늘 대신에, 잿빛 겨울 하늘이 머리 위로 무겁게 내려앉았다. 언젠가 만나서 물어볼 수 있는 날이 올까. 그 마음, 내게도 조금은 있었던 거냐고.

앙상한 나뭇가지 끝에 위태롭게 매달려 있던 마지막 낙엽이 춤추듯 떨어졌다. 가을의 끝이었다.

★★★★★

part
—

2

NO TATTOO

scene 01

3년 후, 봄.

뺨을 스치는 바람이 문득 낯설게 느껴졌다. 얼마 전까지도 매서운 칼바람이었던 것이, 어느샌가 애교를 부리듯 살랑거리는 바람으로 변해 있다. 효주는 걸음을 멈추고 주위를 둘러보았다. 바쁘게 오가는 인파 중에 여태 두꺼운 패딩코트를 입고 있는 사람은 오로지 자신뿐이라는 것을 처음으로 깨달았다.

멍하니 하늘을 올려다본다. 분명 며칠 전까지도 앙상하기만 했던 목련 가지에 어느새 여기저기 희끄무레한 꽃눈이 맺혀 있었다. 벌써 봄이 왔구나, 처음으로 생각했다. 겨울 내내 이어진 프리프로덕션(영화 제작의 사전과정)이 거의 전쟁과도 같아서 겨울이 오는지도, 또 가는지도 미처 모르고 있었다.

현재 제작 중인 영화 '일식'은 효주가 직접 시나리오를 쓰고 연출까지 맡게 된 첫 상업영화였다. 대형 배급사에서 일하던 사람이 나와서 직접 영화사를 차리면서 첫 작품으로 선택한 것이 효주의 시나리오.

「몇 년째 장르물만 쏟아졌잖아. 이제 슬슬 멜로 붐이 다시 올 때가 됐다고.」

사장은 그렇게 장담했지만 사실은 멜로라서 제작비가 많이 들지 않는다는 점이 가장 큰 이유라는 것을 효주는 알고 있었다.

사장과 함께 발로 뛰며 투자자를 만난 끝에 간신히 끌어 모은 제작비가 십억. 요즘은 한국영화도 수백억씩 제작비가 투입되는 마당에 참 한숨 나오는 액수였지만, 더 열악한 현장에서도 여러 번 일해본 효주에게는 이나마도 감지덕지였다.

물론 제작비가 적다는 것은 그만큼 모든 일이 쉽지 않다는 뜻이 된다. 로케, 의상, 소품, 촬영 회차…… 거의 모든 부분에서 제작사와 싸우다시피 해야 했다.

「우리 정 감독이 아직 뭘 잘 모르시네. 이걸 무슨 40회 차씩이나 찍고 있어? 25회 차만 가도 떡을 치다 못해 홍콩까지 가겠구먼.」

메인 프로듀서인 사십 대 중반의 제작이사는 처음부터 말이 반 토막이어서 자신이 감독이 맞나 헷갈릴 지경이었다.

십억이란 돈은 영화를 만들기에는 터무니없이 적은 금액이었지만, 그 영화를 팔아서 회수할 생각을 하면 반대로 아득할 정도의 거액이었다. 회사 측 입장도 이해했기에 효주는 대부분 받아들였다.

결국 촬영 회차도 확 줄이고, 지방 로케를 가야 하는 부분이나 촬영시점과 다른 계절감을 넣어야 하는 부분, 엑스트라가 많이 필요한 장면들도 대폭 수정하거나 삭제하게 되었다. 물론 그 과정에서 자존심이 얼마나 많이 상했는지 모른다. 확 다 때려치우고 싶은 생각도 수십 번 들었다.

하지만 여성에다 신인감독이고, 팔리는 장르 영화를 하는 것도 아닌 자신에게는 이나마도 언제 다시 올지 모르는 기회였다. 그래서 이를 악물고 하루하루 버티고 있는 중이었다.

다행히 제작사와는 마찰을 빚어도 스태프들과의 사이는 끈끈했다. 제작이사가 직접 영입한 제작부 인원들을 제외하고는, 연출부는 물론 촬영부, 조명부, 미술부, 음향부 할 것 없이 그간 이런저런 영화에서 같이 일했던 스태프들을 데려왔으니까. 박봉에도 불구하고 자신을 믿고 기꺼이 와준 사람들을 봐서라도 반드시 이 영화, 성공시켜야 했다.

저 꽃망울이 터질 때쯤이면 혹시 좋은 소식이 올까. 목련을 올려다보며 막연히 생각하다 효주는 다시 걸음을 재촉했다.

제작사 근처에 있는 호프집은 스태프들과 자주 찾는, 말하자면 아지트 같은 곳이었다. 생맥주는 미지근하고 튀김은 눅눅하고 주인은 불친절했지만 오로지 가격이 싼 것 하나가 장점이었다.

유리문에 붙어 있는 맥주 광고 포스터와 눈이 마주치지 않게 일부러 고개를 푹 숙인 채 문을 밀고 들어가자 띠링, 하고 맑은 종소리가 울렸다. 무심한 표정의 주인은 언제나 그렇듯 누가 들어오든 나가든 관심 없다는 듯한 표정으로 카운터에 앉아 휴대전화 게임에 열중해 있었다.

"어, 정 감독!"

두리번거리는 효주를 향해 저만치서 누군가가 손을 들었다. 화장기 없는 얼굴, 질끈 묶은 곱슬머리, 효주가 입은 것과 같은 두꺼운 검은 패딩점퍼. 대학교 때 함께 연출을 전공한 친구이자 이번 영화의 조감독인 세현이었다.

"둘이 있을 땐 그냥 이름 부르라니까."

자리에 앉으며 효주는 말했다. 이번 작품에 조감독으로 들어오고부터 세현은 동기인 효주를 꼬박꼬박 감독이라고 부르고 있었다.

"나라도 감독 대접을 해야지."

세현이 문득 분한 얼굴을 했다.

"김 이사 개자식. 어디서 하늘같은 감독님한테 말이 반 토막인지, 아주 혀를 뽑아버릴라."

기다리면서 벌써 한잔 걸쳤는지 욕이 차졌다.

"놔둬. 가뜩이나 반 토막인데 아예 뽑아버리면 막말도 하겠다."

효주의 농담에 세현이 웃음을 터뜨렸다.

"어디 괜찮은 데 좀 건졌어?"

세현은 연출부와 제작부 인원들을 데리고 지방에 로케 헌팅을 다녀온 참이었다.

"어, 완전 대박이야."

세현이 눈을 빛내며 휴대전화를 꺼내 사진과 동영상을 보여주었다. 쓸쓸하기만 한 산골짜기의 풍경에 효주는 고개를 갸웃거렸다.

"글쎄, 잘 모르겠는데?"

"여기 있는 게 죄다 벚나무야. 아직 꽃이 안 피어서 그렇지, 이 게 다 핀다고 생각을 해봐. '4월 이야기'는 댈 것도 아니라니까."

아직 가지만 앙상한 나무들에 머릿속으로 활짝 핀 꽃송이를 그려넣어보았다.

"그럼 나올 것도 같은데?"

"그치? 유명한 벚꽃 관광지처럼 사람 통제할 일도 없고 우리 끼리 실컷 찍으면 돼."

"차량 들어갈 수 있을까?"

"그 정도 길은 돼. 다 체크했어."

"숙소는?"

"거기서 차로 십오 분쯤 가면 모텔이 하나 있는데, 손님 없어 서 방 남아돈대. 통째로 빌리면 팍 깎아주겠다더라."

그래도 여전히 문제가 남아 있었다.

"아까 보니까 벌써 목련은 꽃눈 보이던데. 그럼 벚꽃도 곧 필 거 아냐?"

"여기가 산속인 데다 그늘이 져서, 4월 말에야 겨우 꽃이 핀 대. 늦을 때는 5월 초가 될 때도 있고."

4월 말이면 한 달하고 조금 더 남았다.

"시간 충분해. 그 전에 캐스팅 끝내서 빨리 촬영 시작하면 돼."

힘들게 찾아낸 좋은 장소를 놓치고 싶지 않은지, 세현은 못을 딱 박았다.

"참, 근데 이준혁은? 연락 없었대?"

눅눅한 마카로니 튀김을 하나 집어 입에 넣으며 효주는 애써 아무렇지 않게 대꾸했다.

"오늘 연락 왔었대. 드라마 스케줄 때문에 안 되겠다고."

"아, 좆됐네."

세현이 손바닥으로 눈을 가리고 탄식했다. 시작부터 쉬운 일이라고는 하나도 없었지만 그중에서도 캐스팅이 가장 큰일이었다. 어차피 A급 배우야 처음부터 언감생심 바라지도 못했지만, 그래도 주연은 어느 정도 인지도는 있는 배우를 써야 제작비 회수라도 꿈꿔볼 텐데 문제는 B급 섭외조차 쉽지가 않은 거였다.

저예산에, 신인에, 나이 어린 여성감독. 아예 시나리오조차 보지 않으려고 드는 배우가 대부분이었다. 그나마 최근 예능으로 얼굴을 알린 배우 이준혁이 시나리오를 보고 긍정적인 반응을 보였다고 해서 기대하고 있었는데, 오늘 최종적으로 고사를 표했다.

"어떡하냐, 정 감독. 이준혁까지 이렇게 돼서."

단숨에 잔을 비운 세현이 입술에 묻은 거품을 손등으로 쓱 훔치며 말했다.

"글쎄⋯⋯."

막막하기는 효주도 마찬가지였다.

그 와중에 맥주병의 라벨에 인쇄되어 있는 광고 모델의 빙긋 웃는 얼굴이 자꾸만 신경이 쓰였다. 슬쩍 맥주병의 방향을 반대

쪽으로 돌려놓자 이번에는 세현의 시선이 거기 머물렀다.

"서지환이 준수 역할 하면 딱 어울릴 거 같은데."

세현의 중얼거림에 효주는 피식 웃었다.

"개런티로 제작비 반은 나가겠다. 영화는 뭘로 찍게?"

"그래도 혹시 작품이 마음에 들면 싸게 해줄지도 모르잖아. 이병헌도 시나리오가 마음에 들어서 노 개런티로 출연한 작품 있는데."

"우리 괜히 헛꿈 꾸지 말자, 세현아."

그런 기적 같은 일을 가끔 보기는 한다. 오랜 세월 고생하다 영화 때려치우기 직전에 겨우겨우 데뷔한 감독이 대박을 터뜨린다든가. 언감생심 꿈도 꾸지 못했던 대배우가 시나리오를 보고 연락을 해온다든가.

하지만 대부분의 사람들은 그런 기적과 거리가 멀다는 것을 효주는 잘 알고 있었다. 자신 역시 여태 살면서 노력한 것 이상의 결과를 얻어본 적은 없다. 아니, 노력한 만큼의 결과만 나와 줘도 감사할 지경이었다. 역시나 세현도 그냥 한번 해본 소리인지, 씁쓸하게 입맛을 다셨다.

"서지환 같은 배우 데리고 영화 찍는 감독은 참 좋겠다. 망해도 오십만, 아니 백만은 훌쩍 넘길 텐데."

갑자기 세현이 생각났다는 듯이 테이블을 손바닥으로 탕 쳤다.

"아 맞다. 네 동생! 어떻게 카메오 출연이라도 안 될까?"

여태 영화판에서 일하면서 효주는 단 한 번도 동생이 민효령이라는 사실을 밝힌 적이 없었다. 알고 있는 사람이라면 그나마 세현 정도밖에 없었다. 대학교 시절에 술에 취해서 얘기한 적이 있었기 때문에. 그 후로 서로 한 번도 얘기를 꺼낸 적이 없어서, 세현도 잊고 있는 줄 알았는데.

부탁하면 효령이 거절할 것 같지는 않았지만 아무래도 내키지 않았다.

"나중에 한번 물어볼게."

그렇게 얼버무리자 세현도 효주의 마음을 눈치챘는지 금세 말을 돌렸다.

"혹시 또 유명한 배우 중에 친분 있는 사람 없어?"

맥주병을 힐끗 쳐다보고 시선을 돌리며 효주는 힘주어 말했다.

"없어."

마른안주 하나 시켜놓고 맥주 여섯 병에 소주 두 병을 해치우고 나서야 겨우 호프집을 나왔다.

"무슨 놈의 영화판에 다양성이라는 게 없어요. 허구한 날 조폭이니 범죄니 남자새끼들끼리만 다 해먹고."

잔뜩 취한 세현이 횡설수설하며 비틀거렸다.

"남자배우, 남자스태프, 남자감독! 같이 좀 먹고살자, 이 자식들아! 푸하하하하."

"아휴, 알았어. 알았다고. 기사님, 잘 좀 부탁드려요."

고래고래 소리를 지르는 세현을 택시에 태워 보내고 나서야 효주는 긴 한숨을 내쉬었다. 답답한 마음을 왜 모를까. 표현하는 방식이 다를 뿐 심정은 마찬가진데.

집까지는 버스 한 정류장 거리여서 택시를 타기도 애매했다. 술도 깰 겸 효주는 천천히 걷기 시작했다. 채 100미터도 걷기 전에 휴대전화가 울렸다. 액정에 뜨는 이름을 본 효주의 입가에 가벼운 미소가 번졌다.

"……선배."

전화를 받자 특유의 부드러운 목소리가 들려왔다.

— 집에 들어가는 길?

동균은 효주와 같은 과를 졸업한 두 학번 위의 선배였다. 졸업 후 영화 현장에서 일하다 외주제작사 드라마 피디로 빠졌고, 얼마 전에는 종합편성채널 드라마국의 프로듀서로 입사했다.

대학 시절에는 졸업 작품도 같이 만들 정도로 꽤 친하게 지냈었다. 졸업 후에는 가끔씩 연락만 주고받으며 지내다가 정식으로 사귀는 사이로 발전한 것이 세 달 전. 캐스팅 문제 때문에 조언을 얻느라 만났던 것이 계기가 되었다.

"응. 세현이랑 여태 술 먹고 들어가는 길이야."

— 이런. 밤길 위험한데 좀 일찍 헤어지지 그랬어.

"세현이가 많이 속상해서. 이준혁 캐스팅 오늘 불발됐거든."

사귄다고는 하지만 서로 바쁘다 보니 그동안 만난 것이 채 열 번도 되지 않았다. 하루에 한두 번 이렇게 통화로 서로 이야기를 나누는 것이 전부였다.

- 저런. 효주 너도 많이 속상하겠다.

동균은 제 일처럼 안타까워해주었다.

- 이준혁이랑은 인연이 아니었나 보다. 곧 좋은 배우 나타날 거야.

"고마워, 선배."

실질적으로 도움이 되지 않는다 해도 따뜻한 위로의 말은 언제나 힘이 되었다. 아직 밤바람에서는 겨울 냄새가 짙게 묻어나는데, 휴대전화에서만 따뜻한 공기가 흘러나오는 것 같다. 효주는 뺨에 휴대전화를 꼭 붙이고 천천히 걸었다.

- 그나저나 이번 주에도 못 볼 것 같아. 미안해서 어쩌냐.

동균은 현재 방송 중인 드라마의 조연출을 맡고 있었다. 거의 생방송에 가까운 스케줄이라고 했다.

"바쁜 거야 나도 마찬가진데 뭐. 난 괜찮으니까 선배 건강 해치지 않게 조심해."

- 이 작품 끝나면 좀 나아지려나 했더니, 이젠 또 무슨 특집극 연출을 나더러 맡으라네.

"뭐? 선배가?"

효주는 놀라 걸음을 멈췄다.

- 응. 올해 가을에 방송할 추석 특집 2부작, 내가 연출하기로 됐다.

조금 멋쩍은 듯, 한편으로는 자랑스러운 말투였다.

"너무 잘됐다!"

외주제작사 출신이라고 은근히 따돌림을 당하는 것이 고민이라고 동균은 힘들어했었다. 지금 하고 있는 드라마에서도 B팀 연출도 아닌 조연출을 맡아서 더 속상해했다. 그런데 특집극의 연출을 맡게 되었다니 기쁜 일이 아닐 수 없었다.

"정말 축하해, 선배. 선배는 잘할 수 있을 거야."

— 응. 이번 기회에 뭔가 보여줘야지.

동균도 결심이 굳어 보였다.

— 그럼 조심해서 들어가, 효주야. 시간 나면 또 전화할게.

"잘 자, 선배."

끊을 때의 인사는 극히 평범했다. 다른 연인들이 흔히 나누는 사랑한다, 보고 싶다는 말이 아직까지는 어색한 사이.

효주는 가벼운 한숨을 내쉬며 다시 걷기 시작했다. 왠지 발걸음이 아까보다 좀 더 무거워진 것 같은 기분이 들었다. 동균의 일이 잘 풀린 것은 물론 진심으로 기쁘지만, 그만큼 제 상황이 더 막막하게 느껴지는 것도 사실이었다. 열렬하게 사랑하는 사이였다면 이런 감정은 느끼지 않았을까, 하고 효주는 생각해보았다.

「우리 만나볼래?」

처음 사귀자고 할 때 동균은 그렇게 말했었다. 마치 우리 밥 먹을래, 커피 마실래, 하고 묻는 듯한 말투였다. 대학 때부터 괜찮은 사람이란 걸 알고 있었고, 또 싫지는 않았기 때문에 승낙했다. 그 후로 시간이 나면 만나서 차를 마시고, 영화를 보고, 서로의 작업에 대해 이야기를 나누고, 매일 밤 이렇게 안부전화처럼 통화를 하면서 교제를 이어가고 있었다.

정열과 절실함이 결여된, 마치 미지근한 물 같은 연애. 이 정도의 온도가 효주에게는 딱 좋았다. 누군가에게 설렌다든가 너무 보고 싶다거나 하는 감정 자체가 싫었다. 그러니까 아마도 동균이 사랑한다고 열렬하게 고백했다면 거절했을 것이다.

이렇게 연애감정 자체에 거부감이 생겨버린 것은, 말할 것도 없이 그 남자 때문이었다.

마침 건물 옥상의 대형 광고판 속에서 커피 캔을 들고 매력적인 미소를 짓고 있는 남자의 얼굴을, 효주는 잠시 걸음을 멈추고 올려다보았다. 아까 맥주 광고에도 있던 바로 그 얼굴. ……서지환이었다.

3년 전 서지환과 잠깐 사귀는 사이처럼 된 적이 있었다. 서지환은 동생의 얼굴을 한 효주에게 속아 넘어가 그녀에게 열렬하게 구애했다. 톱스타인 동생을 이용하려는 속셈이 뻔히 보여서, 어떻게든 그가 제시한 한 달의 기간만 채우고 헤어질 생각이었다.

그런데 놀랍게도 지환은 효령인 척하고 있는 효주가 아닌, 진짜 본모습 그대로의 효주에게도 관심을 보였다. 울고 있는 효주에게 다가와 운동화를 건네고, 바닷가에도 데려가주었다.

그것이 효주를 대책 없이 사랑에 빠지게 하고, 동시에 쓸데없는 희망을 품게 만들었다. 어쩌면 내가 거짓말을 한 걸 알아도 용서해줄지 모른다는 희망. 톱스타인 동생이 아니라 보잘것없는 나라도 사랑해줄지 모른다는 희망.

효주는 제가 신고 있는 낡은 캔버스 운동화를 내려다보았다.
진작 내다 버린 하얀 운동화가 떠올라 어디론가 숨고 싶어졌다.
그까짓 신발이 뭐라고 바보같이 착각에 빠졌을까.

착각의 대가는 참혹했다. 그렇게 좋아했던 남자에게, 마지막
으로 들었던 말은…….

「주제를 알아, 가짜.」

끔찍한 기억을 애써 떨쳐버리듯 효주는 고개를 저었다.

당시 신인배우에 불과했던 서지환은, 지금은 저 하늘의 별 같
은 존재가 되어 있었다. 효주와 헤어질 무렵에 처음으로 주연을
맡아 연기했던 드라마가 공전의 히트를 기록하고, 그 후로 출연
하는 작품마다 계속 승승장구했던 것이다. 비록 좋게 헤어진 사
이는 아니지만 그가 배우로서 성공한 것은 싫지 않았다.

아직도 생생하게 기억이 난다. 오랜만에 고향에 갔다가 죽도
록 얻어맞고 흙투성이가 되어 끌려나오던 그 남자의 모습이. 처
참하게 쓰려져 있는 그의 몸 위로 쏟아지는 멸시를 보고 간절하
게 생각했었다. 어떻게든 이 사람을 스타로 만들어주고 싶다고.

마침 지나가는 버스 바깥에 붙은 게임 광고에도 서지환의 얼
굴이 있었다. 부디 이대로 쭉 계속 승승장구하기를. 두 번 다시
누구에게도, 어디에서도 그런 수모는 당하지 않기를. 멀어지는
버스를 바라보며 입속으로 중얼거리고, 효주는 싸늘한 바람에

목을 잔뜩 움츠리며 걸음을 빨리했다.

◇ ◆ ◇

"감독님, 감독님!"

누군가가 어깨를 잡아 흔드는 바람에 효주는 소스라치며 꿈에서 끌려나왔다.

"괜찮으세요? 가위 눌리시는 것 같아서 깨웠는데."

걱정스러운 듯이 바라보는 것은 스크립터인 지선이었다. 이번 영화의 스태프를 구성하면서 일부러 여성을 많이 투입했다. 효주 자신이 여성이기 때문에 현장에서 자리를 구하기 힘들 때가 많았으니까. 연출부 외에, 일반적으로는 남초인 촬영부와 조명부에도 여성스태프가 여럿 있었다.

「감독님, 저 집에서 쫓겨났어요!」

며칠 전 지선이 울면서 전화를 해왔다. 갈 데가 없다기에 일단 오라고 해서 효주의 원룸에서 함께 지내고 있는 중이었다. 부모님이 영화 못 하게 반대를 한다는 거였다.

"깨워줘서 고마워."

몸을 일으켜 앉아서 효주는 길게 한숨을 내쉬었다. 까맣게 잊었다고 생각한 것들은 가끔씩 보란 듯이 꿈에 나오곤 한다. 아니, 넌 아직도 잊지 못했다고 일깨우는 것처럼.

254

어젯밤 꿈에 나온 것은 다름 아닌 서지환이었다. 지환에 대한 꿈은 늘 같은 장면이었다. 시선의 각도로 보아 아마도 자신은 누워 있는 것 같고, 그런 자신을 내려다보며 지환은 하염없이 눈물을 흘리고 있었다. 너무나도 슬픈 얼굴로.

분명 그에게서 마지막으로 들었던 것은 떠올리기조차 싫을 정도의 폭언인데, 왜 꿈에 나타날 때는 늘 그렇게 울고 있는지 모를 일이다.

괜히 서지환 얘기는 해가지고. 어제 쓸데없는 얘기를 꺼낸 세현을 속으로 탓하며 효주는 몸을 일으켰다.

보증금 삼백에 월세 삼십만 원짜리 원룸. 침대와 간이옷장, 책장과 미니 냉장고가 가구의 전부인 이 작은 방이 효주가 3년째 살고 있는 집이었다. 냉동실과 냉장실이 하나로 되어 있는 숙박업소용 미니 냉장고에서 물병을 꺼내 마시며 효주는 습관적으로 리모콘을 들어 TV를 켰다.

— 여자를 아는 냉장고.

귀에 익은 목소리가 들려왔다. 지선이 TV 화면을 쳐다보며 감탄했다.

"민효령은 나이도 안 먹나 봐요. 어쩜 저렇게 예쁠까요?"

우아한 드레스를 입은 효령이, 제 키보다도 커다란 냉장고 옆에서 포즈를 취하고 있었다.

"그러게 말이야."

맞장구를 치며 효주는 속으로 픽 웃었다. 내 얼굴도 화장하면 저렇게 된다고 말하면, 지선이 과연 믿어줄까?

아마도 대학을 갓 졸업했을 무렵이었던 것 같다. 효령이 방송사 연말 시상식을 앞두고 급성폐렴으로 입원한 적이 있었다. 매니저를 포함한 스태프들이 병원까지 쫓아와서 딱 두 시간만 외출을 허락해달라고 사정을 했지만 의사는 절대 안 된다고 했다. 마침 호흡기 전염병이 유행할 때라, 의심환자를 내보낼 수 없다는 것이었다.

「아, 이거 큰일 났네. 기어가는 한이 있더라도 직접 가서 받아야 되는데!」

대상 수상자가 불참했다간 그 방송국과는 끝이라며 매니저가 발을 동동 굴렀다. 그때 스타일리스트가 효주의 얼굴을 유심히 들여다보더니 불쑥 말했다.

「잠깐만. 그러고 보니까 언니 되시는 분이랑 무척 닮았네요. 화장으로 어떻게 해볼 수도 있을 것 같은데?」

말도 안 되는 얘기라고 생각했다. 쌍둥이인 만큼 효령과는 키나 체형, 심지어 목소리까지도 비슷했지만 정작 얼굴만은 닮지 않은 편이었다. 효령이 고등학교 때 쌍꺼풀 수술을 한 이후로는 닮았다는 소리조차 거의 들은 적이 없는데.

「그래요? 그럼 속는 셈 치고 어디 한번 해봐.」

곁에 있던 어머니가 성화를 하는 바람에 효주는 얼떨결에 떠밀려 화장을 받게 되었다. 결과는 스스로도 깜짝 놀랄 정도였

다. 늘 보는 매니저는 물론, 낳아준 어머니조차 눈을 의심할 정
도로 효주의 화장한 얼굴은 효령과 완벽하게 닮아 있었다.

비밀은 눈에 있었다. 쌍꺼풀을 만들고 긴 속눈썹을 붙이자 거
짓말같이 똑같아진 것이었다. 물론 자세히 보면 눈 외에도 조금
씩 다른 곳이 있었지만, 메이크업 아티스트가 기술로 교묘하게
커버했다.

「살았다!」

스태프들이 환호하는 가운데 곤란해진 것은 효주였다. 얼굴
이 똑같아졌다고 해도 속은 어디까지나 일반인 그대로인데 갑
자기 톱스타 행세를 하라니.

「죄송해요, 저 그렇게 많은 사람 앞에 나설 자신이 없어요.」

못하겠다고 하자 어머니가 잡아먹을 듯 눈을 부라렸다.

「가족끼리 어려울 때 도와야지! 연기를 하란 것도 아니고, 그
냥 올라가서 수상소감만 몇 마디 읽고 내려오면 되는데 나 몰라
라 하겠다고?」

끝까지 거절하면 집에서 쫓아내기라도 할 듯한 기세였다.

결국 그날 밤, 효주는 효령 대신에 드레스를 입고 시상식에 참
석했다. 차에서 내려 레드카펫에 설 때는 너무 긴장이 되어서 미
소를 짓기는커녕 숨도 제대로 못 쉴 정도였다. 무대에 올라가서
수상소감을 읽는 도중에 하마터면 기절할 뻔했다. 이렇게 어색
한데, 들키지 않을 리가 없다고 생각했다.

하지만 놀랍게도 아무도 대역이라는 걸 알아차리지 못했고,
화려한 드레스를 입은 효주의 모습은 아무 탈 없이 기사화되었

다. '민효령, 압도적인 자태', '역시 민효령, 여신강림' 따위의 제목을 달고.

며칠 후 효령은 무사히 퇴원했다. 그 뒤로도 효주는 몇 번인가 화장을 하고 효령의 대역을 했다. 효령이 펄쩍 뛰고 하기 싫어하는 일을 어머니의 성화에 못 이겨 맡은 것이었다. 동료 배우의 결혼식에 대신 참석한다든가, 친분이 있는 감독님에게 인사를 하러 간다든가, 팬 미팅에 나간다든가. 아마 통틀어 서너 번 정도 그런 일이 있었던 것 같다.

자주 있는 일이 아니라도 동생의 행세를 한다는 것이 그리 내키지는 않았다. 하지만 효령에게 도움을 준다는 생각으로 효주는 순순히 어머니의 뜻을 따랐다. 집에서 유일하게 효주의 편을 들어주는 게 효령이었으니까. 늘 바빠서 집에도 거의 들어오지 않는 동생이, 속으로는 자신에게 무척 미안해하고 있다는 것을 효주는 알고 있었다.

「언니가 좋아하는 배우 이름이 혹시 서지환 아니야?」

어느 날 효령이 그렇게 물었을 때는 내심 깜짝 놀랐었다. 좋아한다는 내색을 비친 적도 없는데 어떻게 알았을까.

「그건 왜?」

「걔가 나랑 같은 미용실 다니나 봐. 오늘 엘리베이터 앞에서 마주쳤는데, 자기 영화 시사회 하는데 시간 있으면 와달라면서 초대권을 주더라고.」

그렇게 말하며 효령은 'VIP 시사회'라고 쓰인 티켓을 내밀었다.

「언니 생각나서 받아 왔어. 생각 있으면 가.」

「내가 가도 돼? 초대받은 건 넌데.」

「메이크업 하면 되잖아, 나처럼.」

평소 대화도 잘 나누지 않는 동생이 갑자기 무슨 바람이 불어서 이러는 건지 의아했지만, 어쨌든 보고 싶은 마음이 앞섰다. 팬이니까. 그래서 효령의 옷을 입고, 효령의 얼굴을 하고 만났던 것이 시작이었다. ……그러지 말았어야 했는데.

꿈 때문인지, 아니면 어제 먹은 술 때문인지 몸이 찌뿌드드했다. 원룸에 딸린 작은 욕실에는 욕조가 없어서 제대로 목욕을 하고 싶을 때는 근처 목욕탕에 가야 했다.

"목욕탕이나 갔다 오자."

"네, 감독님!"

지선이 목욕바구니를 들고 쫄랑쫄랑 따라나섰다.

"감독님은 진짜 어쩜 그렇게 몸매가 예쁘세요? 다리도 길고."

효주의 벗은 몸을 눈부신 듯이 바라보던 지선이, 문득 깜짝 놀란 얼굴을 했다.

"어머. 감독님 수술하셨어요?"

배꼽 아래의 흉터를 본 모양이었다.

"어릴 때 몸이 좀 안 좋았거든. 지금은 괜찮아."

따뜻한 물 안에 몸을 담그고 있는데 문득 지선이 눈치를 보더니 조그맣게 중얼거렸다.

"죄송해요, 감독님."

"뭐가?"

"감독님도 형편 어려우신데 제가 계속 얹혀 있어서요."

"아니, 괜찮아."

효주는 진심이었다. 오히려 지선이 있으니 외롭지 않아서 좋았다.

유난히 외로움을 많이 타는 효주였다. 처음 영화를 시작하게 된 것도, 영화보다도 오히려 사람들과 어울리는 것이 좋아서였다.

고등학교 때, 어쩌다 들어간 영화 동아리에서 단편 영화를 찍었다. 기껏해야 이십 분짜리 짧은 영화를 만들기 위해 방학 내내 얼마나 고생을 했는지 모른다. 그렇게 함께 고생을 겪고 나니 부원들끼리 보통 친구 이상으로 끈끈해졌다. 가족에게서도 느껴보지 못한 정이 그곳에 있었다. 그 느낌을 잊지 못해서 대학도 영화과로 진학했던 것이다.

"감독님은 집에서 영화 한다고 반대 안 하셨어요?"

"안 하긴, 아예 사람 취급도 못 받았지."

효주는 웃었다. 아역 스타로 어릴 적부터 큰돈을 벌었던 동생과, 돈 안 되는 영화판에서 일하는 자신. 부모님은 효주를 자식은커녕 말 그대로 사람 취급도 안 했었다. 그런 부모에게 신장 한 쪽을 떼어준 것을, 지금은 무척 잘했다고 생각한다. 신장과 함께 남아 있던 미련마저 말끔하게 떼어낼 수 있었으니까.

"진짜 왜들 그러시는 걸까요? 자식이 하고 싶다는 일, 그냥 좀 밀어주면 안 되나?"

지선이 속상한 듯이 말했다.

"부모님도 다 너 걱정해서 그러시는 거지."

영화를 하겠다는 딸 때문에 부모님이 나란히 앓아누우셨다고 했다. 그런 부모를 가진 지선이 오히려 부러웠다. 자신은 평생 한 번도 부모에게 그런 관심을 받아본 적이 없었으니까.

신장이식수술 후에 몸을 추스르자마자 곧바로 집을 나온 지 어언 3년째. 그러나 부모님은 3년 동안 단 한 번의 연락도 없었다. 딸이 어떻게 사는지, 아니 죽었는지 살았는지 아예 관심조차 없는 것 같았다.

"그래도 저는 이 일이 꼭 하고 싶은데 어떡해요."

시무룩하게 중얼거린 지선이 문득 희망에 찬 눈으로 효주를 바라보았다.

"이번 영화 잘되면 부모님도 좀 생각이 바뀌시겠죠?"

책임감이라는 무게가 새삼스레 어깨를 짓눌렀다. 순간적으로 도망치고 싶은 충동에 휩싸여, 효주는 따뜻한 물속으로 숨어들었다.

"그래. 잘될 거야."

대답은 했지만, 목소리에는 힘이 없었다.

scene 02

　주연배우 캐스팅은 여전히 답보 상태인 채로, 일단 조연과 단역들부터 오디션을 통해서 선발하기로 했다. 영화제작 커뮤니티에 공고를 올리고 여러 기획사와 연기학원 등에 연락을 해서 신인들의 프로필을 받았다.

　오디션 심사는 효주와 세현, 그리고 제작이사와 촬영감독까지 네 명이 함께 보았다. 프로필로 미리 오십 명 정도의 1차 합격자를 추려냈다. 개중에는 이름까지는 몰라도 얼굴은 어디서 본 듯 익숙하게 느껴지는 사람들도 여럿이었다.

　오디션은 순조롭게 진행되었다. 아직 신인들이라서인지 대부분 어딘가 한 군데 모자란 부분이 눈에 띄었다. 비주얼은 훌륭하지만 연기가 어색한 사람도, 또 그 반대도 있었다.

　스물한 살의 눈부시게 예쁘게 생긴 청년은 자유연기를 해보라고 했더니 갑자기 노래를 부르며 춤을 추기 시작했다.

　"쟤 너무 귀엽지 않냐? 아이돌 그룹에서 비주얼 담당하는 멤번데, 별명이 얼굴천재란다."

　세현이 쿡쿡거리며 귓속말을 했다. 별명 한번 잘 지었다고 효주는 감탄했다. 세상의 온갖 밝고 맑고 고운 것은 이 청년의 얼굴에 다 들어 있는 것 같았다.

"감사합니다."

이마에 땀이 맺힐 정도로 춤을 추고 나서 꾸벅 인사를 하는 청년이 귀여워서, 효주는 자꾸만 삐져나오려는 엄마 미소를 겨우 참았다.

"잘 봤는데, 아쉽지만 우린 뮤지컬 영화가 아니라서. 혹시 다른 연기 해볼 수 있어요?"

그렇게 후보 몇 명을 추려내가며 오디션을 보고 있는데 갑자기 누군가가 문을 박차고 헐레벌떡 뛰어 들어왔다. 밖에서 참가자들 순서 정리와 진행을 맡고 있던 연출부 서드로, 효주와 세현의 같은 과 후배였다.

"가, 감독님!"

숨넘어가게 효주를 부르는 서드는 마치 귀신이라도 본 듯한 얼굴이었다.

"왜 그래?"

"오, 오디션을 보겠다고 왔는데요."

다급하게 말은 하는데 주어가 빠져 있다. 세현과 효주는 서로 얼굴을 마주 보았다.

"누가?"

"그게…… 아니 이게, 진짜 말도 안 되는데…….."

서드는 대답 대신에 횡설수설했다. 결국 성질 급한 세현이 바깥을 향해 외쳤다.

"다음 들어오세요!"

문이 열리고 누군가가 들어왔다. 평범한 검정색 롱 패딩코트를 입고 야구모자를 푹 눌러쓴 남자였다. 키가 유난히 크다는 것 외에는 아무 특징도 보이지 않았다. 평범해 보이는데, 대체 왜 그래? 효주를 포함한 모두가 의아한 눈으로 남자를 바라보았다.

오디션장 한가운데 선 남자가 모자를 벗고 고개를 드는 순간, 모든 의문은 풀렸다.

완벽한 미모의 남자가 허리를 숙여 인사했다.

"안녕하십니까. 서지환이라고 합니다."

순간 오디션장 안이 얼어붙었다.

"……!"

프로듀서는 눈알이 튀어나올 것 같은 표정을 했고, 세현은 입을 딱 벌렸으며, 촬영감독은 앉아 있던 의자에서 굴러 떨어졌다. 그리고 효주는 숨조차 쉴 수 없었다.

저 사람이 왜 여기에?

모두가 패닉에 빠져 있는 가운데, 제일 먼저 정신을 차린 것은 세현이었다.

"아, 아니, 서지환 씨가 여긴 어떻게……."

더듬거리며 묻는 세현에게, 지환은 두 손을 모으고 공손하게 대답했다.

"오디션 보러 왔습니다."

세현이 손가락으로 지환을 가리켰다.

"서지환 씨가요?"

그리고 이어서 그 손가락으로 제 가슴팍을 가리켜 보였다.

"저희 영화에요?"

보기에는 무척 얼빠진 듯한 행동이었지만, 한편으로는 모두의 심정을 정확하게 대변하고 있었다.

"예."

지환은 어디까지나 성실하게 대답했다.

"……."

대책 없이 침묵만이 흘렀다. 어쨌든 오디션을 진행은 해야 하는데, 아무도 감히 연기를 지시하지 못했다. B급 배우도 감지덕지한 저예산 영화의 조연 오디션에 찾아온 특S급 배우에게, 대체 뭘 시켜야 옳단 말인가. 누구도 할 말을 찾지 못하고 있는 가운데, 그저 하염없이 시간만 흘렀다.

지환이 조심스럽게 입을 뗐다.

"지정연기부터 해볼까요?"

서지환은 지정연기에 이어 시키지도 않은 자유연기까지 알아서 해냈다.

"이 작품, 꼭 하고 싶습니다. 잘 부탁드립니다."

여태 얼음이 되어 있는 심사자들을 향해 90도로 인사를 하고 나서야 서지환은 오디션장을 나갔다.

환희가 찾아온 것은 한 박자 늦게였다.

"만세!"

갑자기 자리에서 벌떡 일어난 세현이 펄쩍펄쩍 뛰며 기뻐했다. 프로듀서 역시 마찬가지였다.

"이사님, 서지환이 들어오면 제작비 늘려도 되는 거죠? 그죠?"

"제작비뿐이야? CG를 처바르든 해외로케를 가든 천 명짜리 몹신을 찍든 하고 싶은 거 다 하면 돼. 서지환이 붙었는데 뭔들 안 되겠어?"

서지환의 위력은 대단했다. 말끝마다 제작비 타령이었던 프로듀서의 입에서 하고 싶은 대로 다 하라는 소리가 나오다니. 미칠 듯한 환희가 조금 가라앉고 나자, 그들은 지극히 당연한 의문에 빠져들었다.

"근데 서지환이 왜 저희 작품을 하고 싶어 하는 걸까요?"

세현의 말에 나이 지긋한 촬영감독이 아는 척을 했다.

"이 바닥 오래 있다 보면 가끔 그렇게 한 번씩 일탈을 하고 싶어질 때가 오나 보더라고. 슬슬 인기에도 물리는데 작품성 찾아가겠다, 뭐 그런 거 아닐까?"

"작품이 맘에 들었으면 회사로 연락을 하면 되죠. 그런데 왜 굳이 조연 뽑는 오디션에 자기가 직접 와요?"

"그것까지야 알 수 있나. 어쨌든 우리야 아이고 황송합니다, 하고 덥석 물면 되지."

"우리 이제 블록버스터 되는 거예요?"

"아, 당연하지. 투자자가 돈 보따리 싸 짊어들고 줄을 설걸?"

"도로 40회 차로 늘려도 되는 거죠?"

"40회 차가 다 뭐야? 50회, 아니 80회 차 가자!"

벌써 천만 관객 돌파한 것처럼 난리가 난 가운데, 입을 다물고 있는 것은 오로지 효주 혼자뿐이었다.

머릿속이 어지러웠다. 그 남자는 도대체 무슨 생각으로 여길 왔을까. 내 작품이라는 걸 모르고 왔다고는 도저히 생각할 수 없었다. 모를 수도 없는 거지만, 만에 하나 모르고 왔다 해도 내 얼굴을 보자마자 당황해서 나갔어야 하니까.

왜지? 대체 왜?

문득 기억 속 깊은 곳에 묻어두었던 목소리가 되살아났다.

「주제를 알아, 가짜.」

순간 해묵은 감정이 울컥 치밀었다. 그가 무슨 생각을 하고 있든 상관없다. 왜 왔든지 알 게 뭔가. 어쨌든 내 작품에는 출연시킬 수 없다.

"전 싫어요."

여태 강강술래 하듯 손을 잡고 펄쩍펄쩍 뛰고 있던 사람들이 거짓말처럼 동작을 뚝 멈췄다.

"정 감독, 지금 뭐라고 했어?"

"제 작품에 서지환 출연시키고 싶지 않다고요."

세 사람이 동시에 외쳤다.

"정 감독 뭐 잘못 먹었어?"

"미쳤어, 정 감독?"

"정 감독!"

효주는 고집스럽게 되풀이했다.

"어쨌든 저는 싫어요."

세현이 달려와서 효주의 어깨를 붙잡았다.

"정 감독, 정신 차려! 서지환이야, 서지환! 크레딧에 이름 들어가는 순간 최소 백만 관객 확보라고!"

정신 차리라는 듯 어깨를 마구 흔드는 세현을 향해, 효주는 딱 잘라 말했다.

"알아."

"그런데 싫다니, 이게 말이야, 당나귀야? 응?"

사실대로 말할 수가 없었다. 그 남자는 순수한 마음으로 출연하려는 게 아니라고, 뭔가 꿍꿍이가 있는 거라고. 말해봤자 믿어줄 것 같지도 않았다. 그 꿍꿍이가 뭔지 자신도 모르겠으니까.

결국 그냥 고집을 부릴 수밖에 없었다.

"하여튼 싫어. 우리 작품에도 안 맞고."

"안 맞다니, 아까 연기하는 거 못 봤어? 나 눈물 한 바가지 흘릴 뻔했다고! 안 그래요, 김 감독님?"

"나? 난 펑펑 울었지!"

좋게 말해서는 안 될 것 같다. 효주는 얼굴을 굳혔다.

"이 영화, 제가 감독이에요. 작품을 생각하시는 마음은 알겠지만 월권은 용납하지 않겠습니다."

세현이 움찔하며 입을 다물었다. 나머지 두 사람도 못마땅한 기색이 역력했지만 드물게 단호한 효주의 기세에 더 이상 말하지는 않았다. 엄한 눈길로 세 사람을 한 번씩 바라본 후 효주는 도로 자리에 앉았다.

"다음, 들여보내."

◇ ◆ ◇

저녁 늦게까지 오디션을 진행하고 나서 효주는 녹초가 되어 집으로 돌아왔다. 집 안에 들어서자 익숙한 냉기가 효주를 맞이했다. 불을 켜자 원룸이 빈약한 속살을 드러냈다.

지선은 며칠 전 회사까지 찾아온 부모에게 붙들려가고 없었다. 함께 지냈던 것은 단 며칠뿐인데도, 없어지니 빈자리가 새삼 크게 느껴졌다. 효주는 TV부터 켜놓고 옷을 갈아입었다.

마침 화면에 나오는 것은 작년에 방송한 서지환 주연의 드라마였다. 평소에는 곧바로 다른 채널로 돌려버리는 서지환의 연기를, 효주는 옷을 갈아입는 것도 잊고 잠시 물끄러미 바라보았다.

한때는 서지환의 연기를 무척 좋아했었다. 처음에 그의 팬이 된 것은 그가 조연으로 출연했던 드라마 '모래성' 때문이었다. 남자주인공의 사촌동생으로, 이름은 김태주라고 했다.

어릴 적부터 효주는 그랬다. 드라마든 영화든 만화든, 주연보다는 늘 조연 쪽에 감정이입을 하고 애정을 품었다. 커서는 그것을 소위 '서브병'이라고 한다는 걸 알았다.

드라마를 보면서 내내 주인공 커플의 사랑이 아닌 태주의 감정에 너무 이입해서 마음이 아팠다. 부디 여주인공이 그를 돌아봐주기를, 기적이 일어나기를 간절히 바랐다. 남자주인공을 맡은 배우는 인기 스타고, 태주를 연기하는 서지환은 조연에 불과하니까 그렇게 될 리 만무하다는 현실을 뻔히 알면서도.

그렇게 열심히 보았던 드라마인데도, 태주가 더 이상 나오지 않게 되자 아예 시청을 중단했을 정도로 효주는 드라마 속의 김태주에게 열렬히 빠져 있었다. 그렇게까지 빠져든 것은 캐릭터도 캐릭터지만, 무엇보다 서지환의 연기가 좋았기 때문이었다.

당시 그는 아직 신인이었다. 발연기라고 부를 정도까지는 아니었지만 신인답게 어설픈 부분이 있었고, 대사 처리도 가끔씩 어색했다. 그런 단점까지도 깜빡 잊을 정도로 서지환은 배역과 일체화되어 연기하는 능력이 무척 뛰어났다. 특히 극중의 태주가 느끼는 열등감과 패배감을 표현할 때는 이게 연기라는 것도 깜빡 잊을 정도였다.

그래서일까. 서지환이 다른 작품에 출연해서 무슨 연기를 해도 효주의 눈에는 태주로 보였다. 무작정 사랑해주고, 위로해주고 싶었다. 물론 서지환이 김태주와는 거리가 먼 인간이라는 걸 나중에 가서야 깨닫게 됐지만.

대체 그 남자가 내 작품의 오디션을 왜 보러 왔을까. 물론 캐스팅할 생각은 없었지만 머릿속이 복잡해서 견딜 수가 없었다. 생각다 못해 효주는 오랜만에 효령에게 전화를 걸었다.

– 어, 언니.

신호가 채 세 번도 울리기도 전에 들려온 목소리에서는, 언제나 그렇듯 반가운 기색이라곤 느껴지지 않았다. 쌍둥이라도 각기 떨어져 자랐기 때문일까. 옛날에도, 지금도 사실 가까운 사이라고는 할 수 없다.

애초에 성격 자체가 너무 달랐다. 효령은 양식을 좋아하고 효주는 한식을 좋아했다. 효령은 남의 눈에 띄는 것을 좋아했고, 효주는 남 앞에 나서는 건 질색이었다. 효령이 여행을 좋아한다면, 효주는 집에서 독서를 하는 편이 훨씬 즐거웠다.

집을 나온 지금은 가끔씩 이렇게 통화로 서로 안부를 묻는 것이 연락의 전부였다.

─ 잘 지내? 영화 준비는 잘돼가고?

"그럭저럭. 캐스팅이 좀 힘드네."

─ 정 안 되겠으면 나라도 시나리오 한번 줘보든가.

어차피 사양할 걸 알 텐데도 굳이 저렇게 말해주는 게 고마웠다.

"넌 아직 멀었으니까 더 커서 와."

농담을 하자 전화 저편에서 웃음소리가 들려왔다. 가깝게 지내지 않는다고 해서 사이가 나쁜 것은 아니다. 효령에 대한 효주의 감정은 어릴 때부터 지금까지 똑같았다. 애증이 아닌 애정. 부럽게는 생각했지만, 단 한 번도 미워해본 적은 없다.

동생은 타고난 연예인이었다. 단순히 미모와 몸매가 뛰어난 것만이 아니라 그냥 존재만으로도 모든 사람의 시선과 호감을 끌었다. 그런 동생을, 효주 역시 사랑하지 않을 수 없었다.

효령 역시 늘 효주를 알게 모르게 신경 써주었다. 원래 타고난 성격이 차갑고 도도해서 겉으로 살갑게 구는 법은 잘 없었지만,

제 편이 되어주는 것은 늘 효령뿐이었다.

몇 년 전이었던가. 이사하던 날, 어머니와 동생이 옥신각신하는 걸 우연히 들었다.

「엄마 제정신이야? 어떻게 언니더러 창문도 없는 방에서 지내라고 해?」

「그럼 어쩌란 말이니? 아빠는 아프셔서 방 따로 쓰셔야 하고, 네 옷방만 해도 두 개는 필요하고, 핸드백이랑 소품 둘 방도 있어야 하는데.」

「자식이 가방만도 못하단 말이야?」

효주는 조용히 창고 방으로 가서 제 짐을 풀었다.

「전 여기가 아늑해서 좋아요. 큰 방은 오히려 안정이 안 돼서요.」

그것 보렴, 하고 의기양양한 표정을 하는 어머니 뒤에 서서 효령은 입술을 깨물고 있었다.

지환과 헤어졌을 때도 그랬다. 너 몰래 화장하고, 네 옷을 훔쳐 입고 바보 같은 짓을 했다. 미안하다고 사실대로 털어놓자 효령은 불같이 화를 냈다.

「내가 그 새끼 아주 죽여버릴 거야!」

펄펄 뛰면서도 효주 탓은 한마디도 하지 않았다.

「언니 많이 속상했지? 걱정 마, 내가 두 번 다시 그 자식이 언니한테 개수작 못 부리게 할게!」

제 편을 들어주는 동생이 고마워서 한층 더 눈물이 났던 기억이 난다. 내가 수술해야겠다고 결정적으로 결심했던 게 아마도 그때였던 것 같다.

이식수술 후 효주가 집에서 나올 때도 효령은 어떻게든 도와주고 싶어 했다.

「글쎄 내가 오피스텔 사둔 거 있다니까. 거기서 지내면 되잖아?」

「효령아. 이왕 나가는 거, 내 힘으로 독립하고 싶어.」

부모님은 언제나 효주를 반편이 취급했다. 제 앞가림도 제대로 못하는 모자란 인간. 효령의 도움을 받게 되면 정말로 그렇게 되어버리는 것 같아서 싫었다.

영화판에서 고생하면서도 동생에게 어떤 식으로도 도움을 청해본 적이 없는 것도 그래서였다. 그런 제 마음을 이해한 것일까. 고맙게도 효령은 그 이상 밀어붙이지 않았다.

「알았어. 언니 마음 편한 대로 해.」

늘 손을 내밀어주면서도 강요하지는 않는 것. 그게 민효령 스타일의 다정함이었다.

— 근데 언니, 무슨 일로 전화했어?

"어, 별건 아니고."

효주는 잠시 망설이다 말을 꺼냈다.

"있잖아, 너 혹시 나 수술했을 때 기억나?"

— 갑자기 3년 전 얘긴 왜?

동생의 말투가 왠지 방어적으로 변했다.

"그냥, 나 수술 끝나고 마취 깰 때쯤 혹시 누가 오지 않았나 싶어서."

수술이 끝난 후 자꾸만 떠오르는 것이 있었다. 침대에 누워 있는 자신을 바라보며 하염없이 눈물을 흘리는 서지환의 얼굴. 지금도 가끔씩 꿈에 나오는, 며칠 전에도 꿈에서 보았던 얼굴이 바로 그것이었다.

아무래도 수술 직후에 그가 왔었던 게 아닐까 하는 생각이 뒤늦게 들었지만 차마 효령에게 물을 수가 없었다. 당시 효령은 서지환의 서 자만 들어도 펄펄 뛰는 지경이었으니까. 하지만 일이 이렇게 되자 확인하지 않고는 견딜 수가 없었다.

– 오긴 누가 와? 그때 내가 계속 언니 옆에 붙어 있었는데 아무도 안 왔어.

효령의 대답은 명쾌하고도 단호했다.

"그렇지?"

– 그렇다니까. 원래 마취 덜 깨면 헛소리도 하고 그런다잖아. 헛것 본 모양이지.

그렇구나, 하고 효주는 납득했다. 역시나 제 뇌가 비몽사몽간에 만들어낸 환영이었던 것이다. 하기야 그토록 심하게 화를 내고 폭언을 퍼붓던 남자가, 수술은 언니더러 하라고 하자고 단호하게 말하던 남자가 굳이 병원에까지 찾아왔을 리가 없었다. 그것도 그렇게 슬픈 듯이 눈물을 흘리면서.

– 근데 갑자기 그건 왜 묻는데?

효령은 수상하다는 듯이 물었다.

"아무것도 아니야. 그냥 갑자기 생각나서. 너 잘 지내나 안부 묻는 김에."

둘러대자 다행히 효령은 그 이상 더 캐묻지 않았다.

— 알았어. 혹시 내가 도와줄 거 있으면 꼭 말하고.

부탁하지 않을 걸 뻔히 알면서도, 효령은 언제나 전화 말미에 그렇게 덧붙이는 것을 잊지 않았다.

"응, 그럴게."

효주 역시 늘 그렇게 대답했다. 그런 일은 없을 거라는 걸 잘 알면서도.

전화를 끊고 효주는 한숨을 내쉬었다. 생각해보면 설령 서지환이 진짜로 병원에 왔었다 해도 변할 것은 없다. 효주는 두 번 다시 서지환을 보고 싶지 않았고, 내 작품에 출연시킬 생각은 더더욱 없었다. 무엇보다 서지환은 이 작품에 맞지도 않는다고 생각했다.

이 작품 '일식'을 쓴 것은 작년 봄, 아직 동균과 사귀기 전이었다. 서지환에게 크게 덴 이후로 연애 따위 관심도 없다고 생각했는데, 흩날리는 벚꽃 아래 팔짱을 끼고 다니는 연인들을 보자니 절로 한숨이 나왔다. 나도 언젠가는 진짜 사랑이라는 걸 해볼 수 있을까. 잘난 데 없고 예쁘지 않고 자신감 없는 나 같은 사람도.

그래서 이 작품의 시나리오를 썼다. 최소한 영화 속에서는 그런 사람도 사랑하고 사랑받을 수 있게 해주고 싶었다. 스스로에게 보내는 위안 같은 마음으로 쓴 영화에, 하필 그 남자를 출연시키고 싶지 않았다.

무엇보다 서지환에게는 약하고 모자라고 못난 것을 사랑하는 마음이 없다. 해를 쳐다보느라 눈이 멀어 있는 남자의 안중에 달 따위가 들어올 리 없는 것이다……

효주는 다시 한 번 다짐했다. 회사에서 뭐라고 하든 절대 타협하지 않겠다고.

◇ ◆ ◇

오디션이 있은 지 이틀 만에 회사에서 호출이 왔다.

"서지환이 오디션에 왔었다며?"

효주를 보자마자 그 얘기부터 꺼내는 사장의 얼굴은 며칠 사이에 다른 사람이 되어 있었다. 늘 이마에 깊게 패어 있던 석 삼 三 자가 깨끗이 사라져 있어서, 그새 시술이라도 받고 왔나 싶을 정도였다.

"다 정 감독 작품이 좋아서야. 틀림없이 대박 날 거야."

"고맙습니다."

어차피 할 말은 뻔하다. 자신이 서지환은 안 된다고 한 걸 피디에게 전해 들었을 테니까 어떻게든 설득하려는 거겠지. 하지만 효주는 이 문제에서만은 죽어도 물러날 생각이 없었다. 끝까지 싫다고 버텨야지, 하고 생각하는데 사장이 불쑥 말했다.

"그래서 말인데, 정 감독. 이번 작품은 경험 많은 감독한테 맡기는 게 어떨까?"

"네?"

효주는 제 귀를 의심했다.

"사실은 오늘 오전에 투자사랑 미팅을 했는데, 돈은 얼마든지 줄 수 있다는 거야. 단지 아무래도 감독이 약하다면서 베테랑으로 바꿨으면 하는 의견이 있어서."

"그러니까 지금 설마 저더러, 제 작품에서 손을 떼라는 말씀이신가요?"

입술이 떨렸다.

"아니, 그럴 리가 있나! 완전히 빠지라는 건 아니고, 조감독으로 들어가자 이거지. 크레딧에 시나리오 작가로도 이름 따악, 박아넣고. 어때? 나쁘지 않지?"

마치 뱀이 혀를 날름거리는 것 같은 표정을 한 사장의 얼굴을, 효주는 멍하니 쳐다보았다. 대체 사람이 어느 정도 뻔뻔하면 어미에게 자식을 남한테 넘기라는 소리를 할 수가 있을까.

"그럴 수 없어요."

마음 같아서는 고함이라도 지르고 싶은데 정작 나온 것은 떨리는 목소리였다.

"제 자식 같은 작품이에요. 어떤 부모가 자기 자식을 다른 사람한테 넘기죠?"

여태 살살 꾀듯 하던 사장이 처음으로 정색을 했다.

"아니 정 감독. 자식 잘되길 바라는 게 진짜 부모 마음 아냐? 애가 똘똘한데 내가 밀어줄 능력이 없다, 그러면 눈물을 머금고 다른 집에 입양을 보내서라도 자식이 크게 되기를 바라는 게 부모지. 안 그래?"

"차라리 영화 안 찍고 말지, 남의 손에는 넘길 수 없어요."

더 들을 가치도 없다. 자리를 박차고 일어서는데 사장이 싸늘하게 말했다.

"그럼 작품 놔두고 몸만 나가든가."

"뭐라고요?"

"이 작품, 이미 정 감독 게 아니라 우리 회사 거라고. 계약서 내용 기억 안 나?"

사장이 가방에서 주섬주섬 시나리오 계약서를 꺼내더니 조항에 밑줄을 쳤다.

[이 영화의 감독은 갑인 제작사 측이 결정한다.]

"자, 여기 봐."

효주 역시 계약서를 읽지도 않고 도장을 찍을 정도로 바보는 아니었다. 기억난다, 이 문구. 하지만 그 감독이라는 게, 자신이 아닌 다른 사람이 될 수도 있다고는 상상조차 해보지 못했다. 그야 시나리오 계약서와 함께 감독 계약서도 썼었으니까!

"무슨 말씀이세요. 감독 계약은 저랑 하셨잖아요?"

"계약서에 쓰여 있는 대로 감독 페이 줬으면 우리는 계약 이행은 한 거지. 그 돈 돌려달라고 안 하는 이상, 이 시나리오로 어떤 감독을 쓰든지 그건 우리 자유고."

한마디 한마디가 마치 악몽 같았다. 하얗게 질린 효주를 향해 사장은 최후통첩을 날렸다.

"잘 생각하고 결정해. 조감독으로라도 들어갈 건지, 아니면 작품 놔두고 몸만 나갈 건지."

◇ ◆ ◇

"이런 날강도 같은 자식들!"

세현이 펄펄 뛰는 가운데 효주는 냉정함을 되찾으려고 애썼다. 동균에게 계약서를 보여주며 상의를 해보았지만 사장의 말과 다를 것이 없었다. 이 시나리오에 어떤 감독을 쓰든 그건 제작사 마음이라고. 감독료만 지불했으면 계약을 위반한 건 아니라고.

일이 이렇게 되고 나자 비로소 서지환이 왜 오디션장에 나났는지 알 것 같았다. 그때 자신에게 속았던 데 대한 앙심을 여태껏 품고 있었던 거다. 그래서 내가 상업영화 데뷔 준비한다는 걸 알고 일부러 내 작품을 빼앗을 셈으로 나타난 것이다.

오디션에 참가하게 되면 소문이 퍼진다. 소문이 퍼지면 투자자가 붙는다. 투자자의 의견인 척, 감독인 자신을 작품에서 쫓아낸다.

처음에는 가정이었던 것이 점점 확신으로 변해갔다. 아무리 생각해도 그 외의 이유를 찾을 수가 없었으니까. 배신당한 느낌이었다. 여태 그가 잘되기를 진심으로 빌고 있었던 자신이 바보 같았다. 정작 상대는 앙갚음할 날만 기다리고 있었는데.

어쨌든 궁지에 몰려 있는 건 이쪽이었다. 찾아가서 얘기를 해볼 수밖에 없다고 효주는 결심했다.

"혹시 서지환이 오디션 볼 때 연락처 남기고 가지 않았어?"

세현이 씁쓸하게 대답했다.

"태워버렸어. 괜히 갖고 있으면 미련만 남을 것 같아서."

효주는 하마터면 한숨을 내쉴 뻔했다. 그럼 연락할 방법이 없지 않은가! 여태 여러 영화 현장에서 일했지만 대부분 독립영화나 저예산 영화였다. 서지환 같은 스타를 아는 사람은 주위에 아무도 없었다.

"이제 와서 연락처는 왜?"

"만나서 빌어라도 봐야지."

오랜 불임 끝에 겨우 가진 자식 같은 작품이었다. 아직 세상에 태어나 빛도 못 본 내 자식. 얼굴도 보기 싫은 남자였지만, 작품을 지키기 위해서라면 기꺼이 무릎이라도 꿇을 수 있었다. 아니, 그보다 더한 것도 할 수 있다.

어쩔 수 없이 효주는 무작정 그의 소속사로 연락했다. 이름과 신분을 밝히고 서지환 씨를 만나고 싶다고 말하자 전화를 받은 직원은 의혹이 짙게 묻어나는 목소리로 무슨 영화의 감독이냐고 되물었다. 아마도 젊은 여자 목소리라서 팬이 아닐까 의심을 하는 것 같았다.

전작을 말하자니 독립영화라 알 리 없을 것 같고, 이번 작품은 아직 기사도 나기 전이다. 본인에게 말하면 알 테니 얘기만 좀 전해달라고 간곡히 부탁하자 직원은 반신반의하면서도 매니저에게 연락을 취해주었다.

— 서지환 씨 지금 신사동에 있는 스튜디오 M에서 잡지 화보 촬영 중이시라는데요. 그쪽으로 한번 가보시든지요.

끝까지 감독이라는 건 믿지 않는 눈치였지만 그만큼 알려준 것만 해도 고마웠다. 효주는 그길로 스튜디오로 향했다.

스튜디오 직원에게 서지환을 만나러 왔다고 하자 직원이 매니저를 불러주었다. 안에서 나온 지환의 매니저는 효주를 훑어보더니 퉁명스럽게 물었다.

"형 지금 촬영 중인데, 누구시죠?"

"정효주 감독이라고 하는데요. 서지환 씨한테 끝나고 잠깐 얘기 좀 하자고 전해주실 수 있을까요?"

"끝나려면 한참 걸릴 텐데요."

노골적으로 귀찮다는 태도였다.

"괜찮아요. 끝날 때까지 기다릴 수 있어요."

효주는 매달리다시피 말했다. 어떻게든 온 김에 담판을 짓고 싶었다.

"형한테 한번 말씀은 드려볼게요."

매니저는 그대로 안으로 들어가버리고, 효주는 복도에 선 채로 기다렸다.

"여기서 이러고 계시면 안 되고, 나가서 기다리세요."

마침 장비를 옮기던 스튜디오 직원에 의해 그나마 복도에서도 있지 못하고 금세 밖으로 쫓겨났다. 스튜디오 입구에서 조금 떨어진 곳에 있는 화단 모서리에 걸터앉아, 효주는 하염없이 지환을 기다렸다.

마침 며칠째 꽃샘추위가 몰아닥치는 중이었다. 화단에 심겨 있는 꽃양배추는 이미 누렇게 얼어 죽어 있었다. 목덜미로 사정없이 파고드는 으슬으슬한 찬 바람이, 한겨울의 강추위보다도 오히려 더 견디기 힘들었다. 낡은 운동화를 신은 발끝이 떨어져 나갈 듯 아팠다. 얼어붙은 귀에도 어느덧 감각이 없어졌지만 효주는 끈질기게 기다렸다. 어차피 쉽게 만나주지 않을 거라고 예상은 했으니까.

그렇게 두 시간쯤 지났을까. 갑자기 스튜디오 안에서 누군가가 튕기듯 뛰쳐나왔다. 지환이었다. 당황한 듯한 표정의 매니저가 뒤를 따랐다. 아까 효주가 본 그 매니저였다. 뭐라고 변명을 하는 것 같은 매니저에게, 지환이 고함을 쳤다.

"……잖아!"

떨어져 있어서 뭐라고 하는지는 잘 들리지 않았지만 험악한 분위기만은 전해져왔다. 잔뜩 화가 나 있는 것 같아서 차마 다가가서 말을 걸 엄두가 나지 않았다. 다급히 주위를 두리번거리던 지환의 시선이 문득 효주와 마주쳤다. 가슴이 철렁하는 것과 동시에, 그는 단숨에 이쪽으로 달려왔다.

"……감독님."

입술 사이로 가쁜 숨과 함께 하얀 입김이 새어나왔다. 지난번에 오디션장에서 보았을 때는 무척 수수한 모습이었는데, 지금은 차림새가 화려하기 그지없었다. 여성용 블라우스에 가까운 디자인의 화이트 셔츠에, 반드르르 윤이 나는 실크 소재의 블랙 재킷에는 커다란 브로치가 달려 있다. 얼굴에도 스모키 메이크업을 하고 있었다.

그럼에도 불구하고 본연의 남성미는 조금도 손상을 입지 않고 있는 것이 대단한 점이다. 하긴 옛날부터 외모 하나는 둘째가라면 서러운 남자였으니까.

"죄송합니다. 기다리시는 줄도 모르고……!"

잠시 안절부절못하던 남자가 별안간 입고 있는 재킷의 단추를 풀기 시작하는 바람에 효주는 놀랐다. 내가 싸우러 온 줄 알고 기선제압이라도 하려는 걸까. 이 날씨에, 자기는 하나도 안 춥다고 센 척이라도 해 보이려는 건가. 이상하게 쳐다보는 효주의 시선을 깨달았는지 남자는 옷 벗는 것을 그만두었다.

"잠깐 얘기 좀 할 수 있을까요?"

추위와 긴장에 입술이 덜덜 떨려서 이를 악물고 말해야만 했다.

"일단 제 차로 가시죠."

지환이 서둘러 앞장섰다. 그의 뒤를 따라 주차장으로 향하는데, 매니저가 차 키를 꺼내며 뒤쫓아왔다.

"됐으니까 따라오지 마."

움찔하는 매니저에게서 키를 빼앗고, 지환은 싸늘하게 내뱉었다.

"당분간 내 눈에 띄지 말고."

잔뜩 화가 난 목소리였다. 무슨 잘못을 했길래 저러는 걸까? 별로 친절하지도 않았던 매니저가 불쌍하게까지 느껴졌다.

차는 밴이 아닌 승용차였다. 보조석 문을 열어 효주를 태우

고, 지환은 급히 운전석에 올라타서 시동을 걸었다. 히터를·켜
자 기다렸다는 듯이 얼음처럼 차가운 바람이 새어나오는 바람
에 효주는 진저리를 쳤다. 남자는 황급히 제 손으로 효주 앞의
송풍구를 막았다.

"조금만 기다리면 따뜻해질 겁니다."

그 말대로 서서히 바람이 따뜻해지기 시작했다. 솔직히 살았
다, 하는 생각이 들었다. 추위가 가시자 이번에는 긴장이 몰려
왔다. 곁에 앉아 있는 남자는 사람이라기보다 완벽하게 다듬어
진 하나의 예술작품 같았다. 상업예술이 만들어낸 최고의 걸작.

어깨가 저절로 움츠러들었다. 과연 이 남자에게서 내 작품을
지켜낸다는 게 가능한 일일까. 골리앗에게 무작정 달려드는 다
윗 같은 기분이 들었다. 어떻게 얘기를 꺼내야 하나, 하고 고민
하고 있는데 지환이 먼저 입을 열었다.

"사실은 연락도 안 주실까 봐 무척 조마조마하고 있었습니
다."

배우답게 울림이 좋은 목소리는 어딘가 초조하게 들렸다.

"혹시 주연이 아니라도 괜찮습니다. 작은 역이라도 맡겨주시
면 열심히 하겠습니다."

당혹스러웠다. 마지막에 헤어질 때 그토록 폭언을 했던 남자
가 왜 지금 와서는 이렇게 깍듯이 감독 대접을 하는 걸까. 혹시
그사이 기억상실이라도 겪었나 의심이 될 정도였다.

이게 진심일까, 연기일까. 효주는 물끄러미 운전석에 앉은 남
자의 얼굴을 바라보았다. 신인배우에게서나 볼 법한 순수한 열

의로 빛나고 있는 얼굴에서는 티끌만큼의 악의도 발견할 수 없었다.

그럼 악의를 품었던 게 아니란 말인가. 나한테서 내 작품을 뺏으려는 게 아니라는 건가. 어쨌든 그렇다면 부탁을 들어줄지도 모른다. 미약한 희망이 싹텄다.

"문제가 좀 생겼어요."

효주는 용기를 내서 말을 꺼냈다.

"무슨 문젭니까?"

차마 말이 나오지 않아서 머뭇거리고 있자 지환이 재촉했다.

"걱정 마시고 편하게 말씀해주십시오, 감독님. 제가 도움이 될 수 있는 거라면 뭐든 하겠습니다."

더없이 적극적인 말투였다.

"제작비 문젭니까? 아니면 캐스팅?"

효주는 심호흡을 하고 말했다.

"이 작품, 못 하겠다고 해주세요."

지환의 숨소리가 멈췄다.

"서지환 씨가 캐스팅된다는 소문이 돌자마자 투자자가 여럿 붙은 모양이에요. 자칫 투자자 입김에 배가 산으로 가게 생겼어요."

내 작품에서 내가 쫓겨날 판이라는 말을 하기에는 너무 자존심이 상해서 이렇게밖에 말할 수가 없었다.

"어렵지만 잘 진행해오고 있었어요. 서지환 씨만 빠져주면 모든 게 정상으로 돌아갈 거예요."

조마조마해하며 대답을 기다렸다. 한참 후에야 차분하게 가라앉은 목소리가 돌아왔다.

"감독님이 하라고 하시면 뭐든지 하겠습니다."

안도감에 왈칵 눈물이 날 뻔한 다음 순간, 지환은 선언하듯 말했다.

"……하지만 이 작품에서 빠지는 것만은 못 합니다."

나오려던 눈물이 도로 쏙 들어갔다. 역시나 이 남자의 짓이었구나.

무언가가 속에서 울컥 치밀었지만 효주는 애써 삼켜버렸다. 이제는 이미 서지환을 주연으로 쓰느냐, 안 쓰느냐의 문제가 아니었다. 이 남자가 물러나지 않으면 자신은 감독 자리를 잃게 된다.

"부탁할게요."

효주는 고개를 깊이 숙였다.

"오래 고생한 끝에 겨우 잡은 기회예요. 나한테는 이 작품뿐이라고요."

한때나마 연애감정을 가지고 만났던 남자에게 고개를 숙이는 것은 물론 죽도록 자존심이 상하는 일이었다. 하지만 자존심 따위가 작품보다 중요하지는 않았다. 그러나 끝내 돌아온 것은 완강한 거절의 말이었다.

"죄송합니다. 그것만은 못 하겠습니다."

여태 누르고 있던 분노가 한꺼번에 치밀어 올랐다. 얄밉도록 아름다운 얼굴을, 효주는 고개를 번쩍 들고 노려보았다.

286

"대체 왜 내 작품에 이러는 건데요? 그쪽은 내 작품 말고도 많잖아요!"

아흔아홉 마리 양을 갖고 있으면서, 겨우 한 마리뿐인 남의 양까지 태연하게 빼앗으려는 남자가 너무나 미웠다.

"시나리오 본 순간 배우로서 욕심이 났을 뿐입니다. 배우가 좋은 작품에 출연하고 싶다는 게, 그렇게나 잘못된 겁니까?"

마치 애원하는 것 같은 말투가 효주를 더욱더 화나게 했다.

"다른 건 몰라도 내 연기는 좋아한다고 하지 않았습니까? 왜 기회조차 주지 않는 거죠?"

자못 안타까워 보이기까지 한 눈빛조차 가증스러웠다. 이 남자는 끝까지 모른 척 시치미를 뗄 작정인 것이다. 뒤로는 나를 내 작품에서 쫓아내려고 하고 있으면서!

울음을 터뜨리고 싶은 것을, 효주는 이를 악물고 참았다. 여기서 눈물을 흘리느니 차라리 죽어버리는 게 낫겠다.

"그렇게 좋은 작품, 어디 다른 감독하고 잘해봐요."

쏘아붙이고 차 문을 열려는 순간 팔을 붙잡혔다.

"다른 감독이라니. 무슨 소립니까?"

당황스러운 눈빛에 화가 치밀었다. 누가 배우 아니랄까 봐.

"연기 많이 늘었네요. 끝까지 모른 척하고 있어요, 그렇게."

지환의 손을 힘껏 뿌리치고 효주는 차에서 내려 문을 쾅 닫아버렸다.

잰걸음으로 주차장을 빠져나오자 어느새 해가 져 있었다. 눈물이 날 것 같아서 하늘을 올려다보자 꽃망울이 맺힌 나뭇가지가 눈에 들어왔다. 며칠 새 무섭게 몰아친 꽃샘추위 속에, 가녀린 꽃망울은 마치 꽁꽁 얼어붙어버린 것처럼 보였다.

……채 피어보기도 전에.

차갑게 얼어붙은 뺨 위로 흐르는 뜨거운 것을 느끼며, 효주는 걸음을 재촉했다.

효주가 실의에 빠져 있는 동안 발로 뛴 것은 세현이었다. 스태프들을 하나하나 만나서 사정을 설명하고 정효주 감독을 지지한다는 내용의 문서에 사인을 받아 온 것이었다. 하지만 효주는 회의적이었다.

"이래봤자 무슨 소용이 있겠어."

마음이야 눈물 나게 고맙지만 효과가 있을 것 같지 않았다. 감독도 갈아치우려는 판에 스태프야 얼마든지 다시 뽑으면 그만 아닌가. 오히려 작품이 커지면 그만큼 스태프들도 베테랑을 쓰고 싶을 텐데, 잘됐다고 쾌재를 부르며 이참에 다 나가라고 할 것만 같았다.

"어쨌든 할 수 있는 건 해봐야지. 이렇게 맥없이 포기할 거야?"

결국 성화에 못 이겨 효주는 세현과 함께 다시 사장을 만났다.

"감독님들부터 막내들까지 모든 스태프 의견 일치했습니다. 정효주 감독님 아니면 저희도 이 작품 안 하겠습니다."

세현이 테이블에 보란 듯이 연판장을 올려놓았다.

"그럼 우리 서로 조금씩 양보하는 게 어떨까?"

소용없을 줄 알았는데 의외로 사장은 허무할 정도로 쉽게 물러섰다.

"나도 그 뒤로 계속 생각을 해봤는데, 아무래도 정 감독 작품이니까 정 감독이 하는 게 맞는 것 같아서. 그러니까 감독은 정 감독 그대로 가고, 대신에 서지환은 캐스팅하는 걸로 하지. 어때?"

당장 작품 놓고 몸만 나가라며 큰소리를 땅땅 치더니, 며칠 전과는 사뭇 다른 태도에 오히려 이쪽이 당황스럽기까지 했다.

그럼 서지환이 내 작품을 빼앗으려 했던 게 아니란 말이야……?

혼란스러운 머리로 생각하는 동안에도 사장은 계속해서 효주를 설득하려 들었다.

"홍보는 물론이고 제작 여건을 생각해도 서지환이 들어오는 편이 나을 거야. 스태프들 고생하는 거 안 보여?"

어쨌든 작품을 뺏기지는 않게 돼서 다행이라고 생각하면서도 효주는 선뜻 타협안을 받아들일 수가 없었다. 차라리 무명배우를 데려다 쓰면 썼지 서지환만은 싫었다. 설령 그가 사주한 일이 아니라 하더라도 마찬가지였다.

「그것만은 못 하겠습니다.」

289

딱 잘라 거절하던 목소리가 떠올라 치가 떨렸다. 내가 고개까지 숙이고 부탁했는데 어쩌면 사람이 그렇게 이기적일 수가 있을까.

"생각해보겠습니다."

결국 확답을 하지 않은 채 효주는 회사를 나왔다.

"정 싫으면 끝까지 버텨. 정 감독 작품이잖아."

곁에서 걷던 세현이 불쑥 말했다.

"사장이 저렇게 한발 물러난 거 보면 승산 있어."

고마운 마음에 가슴이 뭉클했다. 효주는 걸음을 멈추고 세현을 바라보았다. 세현이 입고 있는 낡은 패딩점퍼가 새삼 눈에 띄었다. 여기저기서 꽃이 피는데 세현 역시 여태 한겨울 차림을 하고 있었다. 겨우내 발로 뛰며 여기저기 로케 헌팅 다니느라 벌겋게 된 세현의 뺨을 바라보며, 효주는 아까 사장이 했던 말을 떠올렸다.

「스태프들 고생하는 거 안 보여?」

처음으로 그런 생각이 들었다. 내가 너무 내 고집만 부리고 있는 게 아닐까. 효주는 객관적인 입장에서 상황을 바라보려고 시도해보았다. 서지환이 이 영화에 들어오지 말아야 할 이유가 뭐가 있을까. 연기력, 비주얼, 인지도…….

문득 벼락에 맞은 것처럼 깨달았다. 자신의 사적인 감정을 제외하면, 서지환의 출연을 마다할 이유가 단 하나도 없다는 것을. 반대로 환영할 이유는 차고 넘쳤다. 서지환이 들어오면 투자가 붙는다. 투자가 붙으면 제작비가 늘어난다. 제작비가 늘면 스태프들이 덜 고생하게 된다.

작품이 성공할 확률도 훨씬 높아진다. 영화가 흥행하면 모든 사람에게 후한 보너스를 줄 수 있다. 각자의 경력에도 도움이 된다.

헛웃음이 나왔다. 결국 나 혼자 고집부려서 여러 사람 힘들게 만들고 있었던 거구나. 개인적인 감정 하나만 참아내면 될 일이었는데. 효주는 결심했다.

"세현아."

"왜?"

"우리, 서지환이랑 가자."

세현이 눈을 크게 뜨고 효주를 바라보았다. 제 귀를 의심하는 듯한 표정이었다.

"정 감독……?"

"작은 영화에 너무 큰 배우가 들어와서 오히려 작품 망치는 거나 아닌가 싶어서 걱정돼서 그랬어. 그런데 나도 감독이잖아. 내가 잘하면 되겠지."

순간 세현의 얼굴에 한순간에 봄이 찾아온 것처럼 환한 표정이 떠올랐다.

"고마워, 정 감독. 정말 고마워!"

세현은 눈물까지 글썽이며 효주를 와락 껴안았다. 말을 안 해서 그렇지, 마음고생이 심했구나. 효주는 다시 한 번 자신이 얼마나 이기적이었는지 깨달았다.

"작품 잘될 거야. 우리 진짜 잘해보자."

울먹이는 세현의 등을 토닥이며, 효주는 고개를 끄덕였다.

"그래, 그래야지."

서지환의 캐스팅이 결정되자마자 제작사에서는 기다렸다는 듯이 보도자료를 대량 살포했다.

[서지환, 영화 '일식' 주연 확정]
['일식'은 어떤 영화?]

하루에도 기사가 수십 개씩 쏟아져 나왔다.

[오랫동안 침체되어 있던 한국 멜로영화계에 새 바람을 일으킬 수 있을까. 영화 '일식'이 주목받는 이유이다.]

당초 제작비 십억짜리로 기획되었던 저예산 영화는 바야흐로 할리우드 블록버스터 뺨치는 화제작이 되어버렸다. 서지환이 출연한다는 사실도 화젯거리였지만, 그가 직접 오디션에까지 참가했다는 기사가 나는 바람에 작품 자체에 대한 관심도 엄청났다. 대체 얼마나 대단한 작품이길래 그러느냐는 식이어서 어깨가 절로 무거워질 지경이었다.

또 한 가지 관심이 집중되는 것이 있었으니 바로 아직 비어 있는 여주인공 역할이었다.

[서지환의 사랑을 받을 여주인공은 누구?]

벌써부터 추측 기사까지 나왔다. 여기저기서 출연하고 싶다
는 여배우들의 연락이 줄을 이었다.

"서지환이 대단하긴 대단하다. 세상에 오늘만 전화를 몇 통을
받은 거야?"

세현이 혀를 내둘렀다. 투자 제안도 여기저기서 밀려들었다.
그토록 제작사 사장과 함께 이 사람 저 사람 만나고 돌아다녀도
단 일억조차 받기 힘들었던 게 거짓말처럼 느껴질 정도였다.

회사는 물 들어올 때 노 젓자는 식이었지만 효주는 딱 십억만
더 늘리자고 했다. 애초에 그리 대작 영화를 찍을 셈도 아니었
다. 백억짜리 영화가 백십억이 되면 티도 안 나겠지만, 십억짜
리 영화가 이십억이 되면 제작환경이 한결 나아질 터다. 그러면
됐지 그 이상 욕심 부리고 싶지 않았다.

투자자가 많아지면 입김도 많아지기 마련이다. 이런저런 요
구에 시달려 작품이 산으로 가는 경우도 드물지 않았다. 그런 상
황은 최대한 피하고 싶었다. 마침 투자사를 겸하고 있는 엔터테
인먼트 회사에서 딱 십억 원을 제안해왔다. 효주는 사장과 함께
투자사 대표를 만났다.

시나리오와 제안서를 들고 찾아간 곳은 강남에 있는 룸살롱이
었다. 푸르스름한 조명 아래 소파에 사장과 대표가 먼저 와서 마

주 앉아 있었다.

"어, 정 감독. 이리 와서 앉아요."

화려하게 차려입은 마담의 안내를 받아 들어왔는데, 정작 룸 안에 접대부의 모습은 보이지 않아서 불안한 마음이 들었다. 여자가 있어야 할 곳에 여자가 없으면, 남자들은 그 자리에 있는 누군가를 기어코 여자로 만든다.

"감정표현에 서툰 두 남녀의 사랑을 그린 정통 멜로입니다."

효주가 위스키와 과일안주가 놓인 테이블에 시나리오를 펴놓고 설명하는 동안 투자사 대표는 시나리오에는 눈길도 주지 않고 효주의 얼굴만 쳐다보고 있었다.

"작품 자체가 봄을 배경으로 하고 있습니다. 연애의 시작과정에서 생기는 섬세한 감정의 엇갈림을, 최대한 봄이라는 계절감을 살려서 담을 생각입니다."

설명이 끝나자 두꺼운 자줏빛 입술 사이로 역한 술 냄새와 함께 엉뚱한 소리가 흘러나왔다.

"근데 우리 정 감독이 감독치고는 진짜 미인이네. 얼굴도 조그맣고."

안 그래요? 투자사 대표는 효주의 옆에 앉은 제작사 사장에게까지 동의를 구했다.

"조금만 꾸미면 충분히 배우 해도 되는 마스크인데 말이야. 혹시 데뷔할 생각 없나? 우리 회사에서 아주 제대로 밀어줄 수 있는데."

"아이고, 대표님도 참. 그럼 영화는 누가 만듭니까?"

너스레로 받아넘기며 사장이 눈짓했다. 참아, 정 감독.

"칭찬 감사합니다만 저는 연기보다 연출이 적성에 맞아서요."

너무 쌀쌀맞게 들리지 않게 주의하며 효주는 사무적으로 대답했다.

"자, 정 감독. 한 잔 받아요."

아무래도 오늘 집에 멀쩡하게 가기는 힘들겠구나. 효주가 마음을 단단히 먹으며 잔을 드는데 굳게 닫혀 있던 문이 열렸다.

"대표님, 손님이 오셨는데."

상기된 표정으로 말하는 마담의 뒤에 긴 니트 코트를 걸친 키큰 남자가 서 있었다. 남자의 얼굴을 보고 효주는 하마터면 잔을 놓칠 뻔했다.

"아니, 서지환 씨가 여긴 웬일입니까?"

자리에서 벌떡 일어나는 사장을 향해 남자가 빙긋 웃었다.

"제가 주연이니까, 저도 같이 인사드려야 할 것 같아서요."

투자사와의 미팅 자리에 주연배우가 합석하는 일은 드물지 않다. 그러나 굳이 서지환 급의 배우가 직접 나올 필요도 없는 자리였다. 놀란 듯한 사장의 반응으로 보아서도 부른 적이 없다는 것을 알 수 있었다.

"아이고, 서지환 씨. 만나 봬서 영광입니다."

투자사 대표가 일어나서 지환의 손을 두 손으로 감싸 쥐고 반가워했다.

"잘 부탁드립니다. 서지환입니다."

다른 사람들과 인사를 나누고 나서 지환은 효주에게도 정중하게 인사를 건넸다.

"안녕하십니까, 감독님."

스튜디오까지 찾아가서 만난 후로는 오늘이 처음이었다.

"안녕하세요."

효주는 어색하게 마주 인사를 건넸다. 일이 이렇게 되니까 알 겠다. 자신이 작품에서 쫓겨날 뻔한 일이, 이 남자가 사주한 게 아니라는 걸. 자신이 여태 감독 자리에 앉아 있는 것이 그 증거 였다. 즉 생사람을 잡은 거나 다름없었다.

「이 작품, 못 하겠다고 해주세요.」

무슨 영문인지도 모르고 빠져달라는 소리를 들었으니 기분이 좋았을 리 없었을 텐데.

"캐스팅해주셔서 감사합니다. 열심히 하겠습니다."

정작 지환은 어디까지나 깍듯했다. 겸손이 지나치게 느껴질 정도였다. 누가 봐도 감사해야 할 건 이쪽인데. 어쨌든 기분이 상한 것 같지는 않아서 다행이라고 생각하면서도 한편으로는 불안해졌다. 대체 무슨 생각으로 저러는 걸까.

"근데 서지환 씨가 웬일로 이렇게 작은 영화를 선택하셨는 지?"

투자사 대표가 지환의 잔에 술을 따르며 물었다.

"최근에 계속 범죄나 스릴러 같은 장르물들만 해서, 차기작으 로 멜로를 찾고 있었습니다."

지환이 대답했다.

"그런데 아시다시피 요즘 몇 년간 영화계가 멜로 기근이어서, 이렇다 할 작품이 없어서 고민하던 중에 마침 정 감독님 시나리오를 보게 된 겁니다. 작품 자체도 무척 좋았고, 감독님 전작들도 인상 깊게 봤기 때문에 꼭 제가 하고 싶었습니다."

마치 미리 준비한 듯, 교과서 같은 대답이 오히려 수상했다.

"서지환 씨가 그렇게 극찬하실 정도로 좋은 작품이면 저희가 꼭 투자를 해야겠습니다, 하하하."

아까 효주가 그렇게 열심히 설명할 때는 들은 체도 안 하더니 지환의 말 한마디에 곧바로 투자 결정이 떨어졌다. 허무할 정도로 쉽게.

"그러면 계약서 준비하는 걸로 할까요?"

사장이 반색을 했다.

"그럼은요. 서지환 씨 믿고 가는 거니까 좋은 작품 만들어주셔야 합니다?"

"감사합니다! 열심히 하겠습니다!"

벌떡 일어나 허리를 숙이는 사장을 따라, 효주도 일어나서 고개를 숙였다.

"좋은 작품 만들겠습니다."

투자에 대한 확언을 받아내고 나자 긴장이 탁 풀렸다. 대표와 사장이 잠시 계약 조건 이야기를 나누고 있는 사이에 효주는 화장실을 핑계로 살짝 자리에서 일어났다.

지하에다 밀폐된 방 안의 공기는 술 없이도 사람을 몽롱하게 만들었다. 계단을 올라 밖으로 나와서 찬 공기를 들이마시자 그제야 정신이 좀 맑아지는 것 같았다.

한숨 돌리고 나서 효주는 동균에게 전화를 걸었다.

— 어, 효주야.

전화를 받는 목소리가 왠지 어색하게 들렸다. 그러고 보니 서지환이 영화에 합류한다는 기사가 나가고 나서부터 연락이 조금 뜸해진 것 같다.

"선배 뭐 하나 해서."

— 편집실에 있어. 너는?

"제작사 사장님이랑 같이 투자자 만나고 있다가 잠깐 밖에 나왔어."

— 투자자? 누군데?

"SJ엔터테인먼트 대표. 투자 받기로 했어."

잘됐다고 축하해줄 줄 알았는데 동균은 엉뚱한 소리를 했다.

— 이야, 이러다 정효주 진짜 스타감독 되는 거 아냐?

농담 같은 말투 속에 뼈가 느껴져서 효주는 조금 놀랐다. 동균은 자신의 영화가 순조롭게 진행되는 것을 별로 기뻐하지 않고 있었다.

서운하고 당혹스러운 마음을, 효주는 애써 다독였다. 동균이 특집극 연출을 맡게 되었다고 했을 때 자신 역시 축하하면서도 한편으로는 답답한 제 상황이 떠올라 한숨이 나오지 않았던가. 동균 역시 같은 연출자고, 원래는 영화감독 지망이기도 했으니까 비슷한 심정이겠지.

"나 때문인가 뭐. 서지환 덕분이지."

– 그래, 하기야 서지환이 붙었는데 뭔들 안 되겠냐.

노골적으로 부럽다는 듯이 중얼거리고 나서, 동균은 물었다.

– 근데 서지환은 대체 네 작품을 왜 하는 거래?

"글쎄……."

나도 그게 궁금해. 그렇게 대답하려고 하는데, 그때까지 무미건조하기만 했던 공기에 문득 희미하게 씁쓸한 향기가 섞여들었다. 기억에 있는 향기. 머리가 생각해내기도 전에 심장이 먼저 불안한 소리를 냈다.

"나중에 전화할게, 선배."

전화를 끊자마자 등 뒤에서 낮고 차분한 목소리가 들려왔다.

"담배 한 대 피울까 해서 나왔습니다."

묻지도 않은 말을 한 남자는 효주에게서 몇 걸음 떨어져서 담배를 꺼내 물었다. 오래된 기억을 더듬어보았지만 그 어디에도 그의 담배 피우는 모습은 없었다.

"언제부터 피웠어요?"

저도 모르게 묻고 스스로 당황했다. 언제부터 피웠든 내가 상관할 바 아니지 않은가. 당혹스러운 마음을 효주는 얼른 가다듬었다. 이제는 내 배우니까, 이 정도 관심은 가질 수 있는 거지.

"며칠 전부터 피웠습니다."

지환이 대답했다.

"……입에 뭐라도 물고 있지 않으면 자칫 실수할 것 같아서."

뜻 모를 말을 중얼거리고, 남자는 아름다운 입술 사이로 담배 연기를 가만히 내뿜었다.

희미한 담배 냄새가 공기에 섞여 폐 안으로 밀려들어왔다. 그의 몸 안에 들어갔던 것이라고 생각하는 순간 숨이 콱 막혔다. 서지환과 함께 마시는 공기보다는 차라리 밀폐된 지하 룸 안의 공기가 나을 것 같다.

"먼저 들어갈게요."

효주는 등을 돌려 계단을 내려갔다. 잠깐 자리를 비운 사이에 계약에 대해서는 어느 정도 얘기가 된 모양이었다. 효주가 앉자마자 투자사 대표가 기다렸다는 듯이 입을 열었다.

"근데 정 감독. 여주인공 캐스팅도 슬슬 진행해야 하지 않나?"

벌써 올 것이 왔나, 하고 생각하는 동시에 대표가 가까이 다가앉았다.

"우리 회사에 이채경이라고, 한창 뜨는 친구가 있는데."

역시나 불안한 예감은 빗나가는 법이 없다.

"연기력도 괜찮고, 마스크에 몸매 죽여주고. 서지환 씨랑도 딱 어울릴 거 같은데, 어때?"

이채경에 대해서는 효주도 알고 있었다. 섹시 콘셉트의 걸그룹 출신으로, 기획사를 옮기면서 그룹을 나와 배우로 전향한 케이스였다. 출연하는 드라마마다 발연기 논란을 낳았고, 얼굴은 나올 때마다 미묘하게 달라져서 화제가 되고 있다. 무엇보다 마스크도 이미지도 화려한 쪽이라, 수수하고 소심한 성격인 이번 영화의 여주인공 역과는 전혀 반대라고 할 수 있었다.

"죄송합니다. 제가 처음부터 마음에 둔 배우가 따로 있어서요."

효주는 단호하게 말했다. 이미 마음에 작정해놓은 배우가 있는 것도 사실이지만, 설령 없다고 해도 이채경은 아니었다.

"이채경 씨는 아무래도 저희 작품이랑은 약간 분위기가 안 맞을 것 같은데요."

사장이 조심스럽게 효주의 편을 들자 투자사 대표는 노골적으로 불쾌한 표정을 했다. 대번에 소파에 등을 기대고 비스듬하게 앉더니 턱짓으로 위스키 병을 가리켰다.

"우리 미녀감독, 어디 술 좀 따라보지?"

의도가 뻔하게 전해졌다. 손가락 한번 튕기면 밖에서 대기하고 있는 꽃 같은 아가씨들이 들어와 시중을 들 텐데, 여태 겨울옷 차림에 화장기 하나 없는 여자가 뭐 그리 고와서 굳이 술을 따르라 할까. 상대는 단지 자신에게 확인시켜주고 싶을 뿐이었다. 돈 가진 사람이 왕이라는 것을.

효주는 묵묵히 술병을 들었다. 이 사람의 돈 덕분에 내 배우, 내 스태프들이 덜 고생하게 된다. 차가운 도시락 먹일 거 따뜻한 찌개에 공깃밥 먹일 수 있다. 찌개 먹일 거 돼지갈비 먹일 수 있다. 얼마나 고마운가. 고마운 사람에게 술 한 잔 따를 수 있는 거다. 자존심 상할 일이 아니다.

집에서 노골적으로 하녀 취급을 당할 때에도 그렇게 생각했었다. 어른이 될 때까지 키워줬으면 어쨌든 부모는 역할을 다한 거다. 성인이 된 후에도 여전히 집에 얹혀 있으려면 뭔가 그만큼

대가를 치러야 한다. 그러니까 당연한 일을 하고 있는 거라고.

상대가 짓밟으려 해도 나는 밟히지 않는 것. 그게 효주가 자존심을 지키는 방법이었다.

그러나 채 술을 따르기도 전에 누군가가 병을 낚아챘다.

"제가 따라드리죠."

지환이었다. 언제 룸으로 돌아온 것일까. 놀라서 쳐다보는 가운데, 지환은 효주의 손에서 빼앗은 위스키 병을 한 손으로 높이 쳐들고 술을 따랐다. 투자사 대표의 눈을 똑바로 쳐다보면서.

작은 스트레이트 잔은 금세 가득 차서 테이블에 넘쳐흘러 대표의 바지를 적셨다.

"어이쿠!"

대표가 놀라서 벌떡 일어났다.

"이런, 죄송합니다."

그제야 조금도 미안하지 않은 말투로 사과를 하고, 지환은 술병을 테이블에 탁 소리가 나게 내려놓았다.

"먼저 들어가시죠, 감독님."

여태 대표의 눈에 시선을 똑바로 고정한 채 지환은 말했다.

"저는 작품에 대해서 두 분과 좀 나눌 얘기가 있어서요."

부드러운 목소리에 단호함이 실려 있었다. 어떻게 해야 하나. 당황해서 눈치를 보는데 사장이 얼른 말했다.

"어, 그렇게 해 정 감독. 오늘은 먼저 들어가봐요. 수고 많았어."

그렇지 않아도 불편한 자리, 가라는데 더 버티고 앉아 있을 이유가 없다.

"그럼 먼저 일어나보겠습니다."

효주는 일어나서 룸을 나왔다. 자신이 없는 자리에서 무슨 이야기가 오갈까. 궁금하기도 하고, 한편으로는 굳이 알고 싶지 않기도 했다.

만나서 술 접대까지 한 것이 허무하게도 그 회사의 투자 건은 결국 취소되었다고 했다. 여주인공 때문이겠지, 하고 효주는 짐작했다.

다행히도 딱 그만큼의 금액을 다른 곳에서 투자받기로 했으니 걱정할 것 없다고 사장은 효주를 안심시켰다. 그쪽은 개인투자자라 따로 내건 조건도 없고, 캐스팅에도 간섭하지 않을 테니 정 감독 마음대로 하라는 것이었다. 간이라도 빼줄 기세에 효주는 내심 어이가 없었다. 언제는 작품 놓고 몸만 나가라더니.

어쨌든 이제는 정말 여자주인공을 캐스팅해야 할 때였다. 회사에서는 톱클래스 여배우 몇 명을 추천했지만 효주는 딱 잘라 거절했다. 남자주인공이 이렇게 된 마당에 여자주인공만은 제 뜻대로 하고 싶었다.

마침 예전부터 눈여겨보아온 배우가 있었다. 특유의 분위기 있는 마스크와 신인답지 않은 안정된 연기력으로 영화판에서 서서히 주가를 올려가고 있는 배우, 추예빈이었다. 재작년에 예빈이 서브로 출연했던 영화를 보고 홀딱 반해서 생각했었다. 이 배우는 반드시 크게 될 거라고. 더 뜨기 전에 같이 한번 일해봐야 할 텐데, 하고 벼르고 있던 마당이다.

효주는 직접 추예빈의 소속사에 연락해서 캐스팅을 시도했다. 대체 누가 이 영화의 여주인공이 될 것인가, 하는 것이 영화계 초미의 관심사인 상황이었다. 예빈의 소속사에서는 춤이라도 출 기세였다.

– 연락 주셔서 감사합니다, 감독님! 저희 예빈이 당연히 스케줄 됩니다! 되고말고요!

사장은 당장 다음 날 미팅에 직접 추예빈을 데리고 나왔다. 그러나 정작 당사자인 예빈은 그리 내키는 눈치가 아니었다.

"서지환 선배님이 상대역이라고 들었어요. 그런데 저는 비록 규모가 작더라도 제가 가장 돋보일 수 있는 작품을 하고 싶어서요."

인사도 채 나누기 전에 날아온 예빈의 첫마디에 효주는 조금 놀랐다. 사실 이 작품에 예빈을 캐스팅하고 싶었던 것은, 배우치고는 수수한 외모와 차분한 이미지가 여주인공 승연에 딱 어울릴 것 같아서였다. 그런데 실제로는 당돌할 정도로 당당한 타입이 아닌가.

"예빈 씨, 감독님한테 무슨 실례를!"

사색이 된 사장이 옆에서 말리는데도 불구하고, 예빈은 효주를 똑바로 쳐다보며 또박또박 말했다.

"사장님이 하도 말씀하시니까 나왔지만, 저는 이 영화 출연하고 싶지 않아요."

도도함과 자존심, 작품에 대한 확고한 자기주장. 그 모든 것이 효주에게는 오히려 넘치도록 매력적으로 느껴졌다.

"나는 내 작품에서도 예빈 씨가 충분히 돋보일 수 있다고 생각하는데."

효주는 빙그레 웃으며 말했다.

"왜 시작도 전에 묻힐 생각부터 해요. 연기력으로 서지환 묻어버리면 되지 않나요?"

그래도 예빈은 꺾이지 않았다. 무엇보다 작품의 캐릭터가 마음에 들지 않는다는 것이었다.

"이런 수동적인 여성상, 죄송하지만 시대에 뒤떨어졌다고 생각해요. 지금은 진취적이고 강한 여성의 이야기를 해야 할 때 아닌가요?"

"물론 동의해요. 하지만 실제로 모든 여성이 그런 성격을 갖고 있지는 않으니까, 좀 더 다양한 성격의 여성에 대한 이야기를 해보고 싶은 욕심이 있네요."

시나리오를 놓고 장장 두 시간이나 이야기를 나눴지만 그날은 결국 승낙을 받지 못하고 일어날 수밖에 없었다. 다행히 며칠 후 소속사를 통해 출연하겠다는 연락이 와서 효주는 가슴을 쓸어내렸다.

예빈의 합류를 끝으로 캐스팅이 모두 완료되었다. 나머지 제작 준비 과정도 순풍에 돛단배처럼 빠르게 진행되었다.

세상과 나 사이에 돈이라는 윤활유가 넉넉해지면, 세상은 이

리도 아름다운 것을.

언젠가 박완서의 '그 여자네 집'에서 읽었던 문장이 절로 떠올랐다. 돈은 마치 윤활유처럼 영화 제작의 모든 부분에 스며들어 진행을 매끄럽게 만들었다.

서지환이라는 이름 석 자가 부린 마법은 그뿐만이 아니었다. 촬영 지원과 협조를 받아내는 것도 무척이나 수월해졌다. 스태프들이 시청에 찾아가서 사정을 해도 안 되었던 것이, 이제는 그쪽에서 먼저 연락이 오는 식이었다. 우리 지역에 와서 영화 찍어 달라, 필요한 지원은 뭐든 다 하겠다.

얼마 전까지 이 핑계 저 핑계 대면서 연락을 피했던 대학 시절 선후배나 영화계 지인들도 이제는 거꾸로 앞다투어 연락해왔다. 스태프 자리 남는 거 없느냐면서.

그토록 영원히 계속될 것 같았던 프리프로덕션 과정이 눈 깜짝할 새에 끝나고, 크랭크인을 앞두게 되었다. 뜻밖의 사람에게서 축하 전화를 받은 것은 첫 대본 리딩이 있기 이틀 전이었다.

– 나 기억해요?

낯선 번호에 낯설지 않은 목소리. 설마, 하면서 효주는 물었다.

"혹시 서현우 씨?"

– 와, 효주 씨 기억력 대단하네요. 우리 마지막으로 본 게 3년 전인데.

현우는 감탄했지만 효주에게 있어서는 별것 아니었다. 그동안 그가 출연한 작품들을 계속 보고 있었으니까.

307

– 기사 봤어요. 곧 영화 촬영 들어간다면서요? 정말 축하해요.

사실 그리 편한 사이라고는 하기 힘든데도 일부러 전화까지 해준 게 무척이나 고마웠다.

"고마워요, 현우 씨."

몇 년 만의 통화인데도 늘 연락하던 사람처럼 편안하게 느껴지는 것은, 아마도 상대가 자신에게 호감을 품고 있다는 것을 알고 있어서일 터였다.

– 효주 씨 상업영화 데뷔한다는 소식, 진작 들었어요. 가능하면 내가 출연하고 싶었는데 차마 연락을 못 했네요.

듣기 좋으라고 하는 소리라는 걸 알면서도 못내 아쉬웠다. 진작 현우에게 연락을 해볼 걸 그랬나.

– 어쨌든 촬영 힘내요, 효주 씨. 혹시 내가 도울 일이 있으면 꼭 연락 주고요.

전화를 끊으며 효주는 덧없는 생각을 해보았다. 만약에 서지환이 아니라 서현우였다면 얼마나 좋았을까. 그랬다면 여러모로 편했을 텐데.

서지환은 자신에게서 작품을 빼앗으려 했던 게 아니다. 오해는 풀렸다 해도 의문은 여전히 남아 있었다. 빼앗으려는 게 아니었다면 왜 내 작품에 출연하려는 걸까? 투자사 대표의 질문에, 지환은 작품이 좋아서라는 식으로 대답했었다. 마침 차기작으로 멜로를 찾고 있었다면서.

하지만 효주로서는 도저히 납득할 수 없는 이유였다. 아무리

시나리오가 마음에 들었다고 해도, 잠시나마 만났던 여자의 작품에 왜 굳이 출연하려고 할까. 하물며 좋게 헤어진 사이도 아닌데.

불안해하는 사이에 날짜는 하루하루 지나, 어느덧 대본 리딩 날이 되었다.

◇ ◆ ◇

주조연배우들과 주요 스태프들이 제작사 회의실에 모였다. 이런 스케줄이 있을 때는 인지도 순으로 도착하는 게 업계의 불문율처럼 되어 있었다. 아무도 그렇게 정해놓지 않았지만 자연스럽게 그렇게들 하고 있다.

그래서 서지환이 제일 마지막에 올 줄 알았는데 정작 그는 누구보다도 먼저 나타났다.

"안녕하십니까, 감독님."

도착하자마자 지환은 효주를 향해 정중하게 인사를 건넸다.

"앞으로 잘 부탁드립니다. 열심히 하겠습니다."

역시나 공손하기 그지없는 태도였다.

"나도 잘 부탁해요."

지환이 자기 이름이 쓰여 있는 자리에 가서 앉자 이어서 다른 배우들도 하나씩 도착했다. 지환은 하나하나에게 다가가 웃으며 일일이 인사를 건넸다.

"반갑습니다, 서지환입니다."

대스타가 먼저 다가가서 인사를 하자 모두가 기뻐했다. 단지 상대역인 예빈만은 예외였다.

"추예빈 씨, 얼마 전에 개봉한 영화 잘 봤어요. 앞으로 잘 부탁합니다."

경력으로 보아서나, 인기도로 보아서나 서지환 쪽이 훨씬 위다. 그런 지환이 먼저 인사를 건넸는데도 예빈은 별로 반가워하는 기색이 없었다.

"아, 네. 영광이에요, 선배님."

심드렁하게 대꾸하는 것이, 만약에 서지환 팬클럽이 봤다가는 안티 백만 양성할 기세였다.

"잘 부탁해요, 예빈 씨. 우리 앞으로 잘해봐요."

감독인 효주의 인사에도 그녀는 건성으로 대꾸할 뿐이었다.

"제가 잘 부탁드려야죠."

아무래도 이 영화에 출연하기로 결정한 것이 본인의 의사는 아닌 것 같았다. 그제야 효주는 약간 후회했다. 물론 추예빈이 욕심난 건 사실이지만, 싫다는 걸 억지로 시킬 정도는 아니었는데. 한편으로는 예빈에게 미안한 마음도 들었다. 아마도 그녀가 하고 싶었던 작품은 따로 있었던 게 아닐까. 하지만 이미 추예빈이 캐스팅됐다고 기사가 다 나간 후였다. 이제 와서는 어쩔 도리가 없다. 앞으로 잘 다독여서 갈 수밖에.

모두 모이자 제일 먼저 지환이 일어나서 인사를 했다.

"민준수 역을 맡은 서지환입니다. 전부터 정효주 감독님 작품을 좋아해서 언젠가 꼭 출연하고 싶었는데 이렇게 꿈을 이루게 돼서 영광입니다. 열심히 하겠습니다."

박수가 쏟아졌다. 누가 배우 아니랄까 봐 참 거짓말도 잘하는 구나, 하고 효주는 영혼 없이 박수를 치며 생각했다. 자신이 이전에 연출한 거라고는 독립영화 두 개가 전부인데 퍽이나 그걸 찾아서 봤겠다.

이어서 예빈이 일어나 인사했다.

"이승연 역의 추예빈입니다. 열심히 하겠습니다."

짧게 인사를 마치고 도로 앉아버리는 주연배우의 태도에 분위기가 약간 싸늘해졌다. 효주는 얼른 일어나서 인사를 이어갔다.

"정효주 감독입니다. 상업영화 첫 데뷔작이라 걱정도, 기대도 큽니다. 무엇보다 화목하고 자유로운 분위기에서 작업하는 현장을 만들어가고 싶습니다. 많이들 도와주세요."

지환은 누구보다 크게 박수를 쳤다. 돌아가며 간단히 인사를 마치자 본격적으로 리딩이 시작되었다.

"여기는 유기동물 보호소가 아닙니다. 이런 식으로 무작정 데려와서 맡겨놓고 가버리면 그만이 아니라는 겁니다. 알겠어요?"

지환이 대본을 읽는 것을 들으며 효주는 내심 놀랐다. 언제 이렇게 연기가 늘었지? 마지막으로 그의 작품을 보았던 것이 3년 전. 그 당시만 해도 대사 처리는 아직 미숙한 편이었는데. 지금은 발음 하나하나가 정확하게 귀에 꽂히게, 그러면서도 자연스럽게 읽어내고 있지 않은가.

"대체 그 후의 뒷감당은 누구 몫이라고 생각하는 겁니까?"

캐릭터 해석도 더할 나위가 없었다. 방금 전까지 그렇게 모두를 향해 사람 좋게 싱글싱글 웃던 남자가, 마치 갓 냉동고에서 빠져나온 것처럼 온몸에서 냉기를 뿜어내고 있었다.

"원장님, 이만 문 닫을까요?"

오디션으로 뽑힌 아이돌 그룹의 멤버, 민우의 연기에는 저도 모르게 미소가 피어났다. 분명 서투른 연기인데도 얼마나 열심히 준비했는지가 느껴졌다. 슬쩍 들여다보니 역시 대본에 온통 형광펜으로 표시한 흔적과 메모가 빽빽했다.

배우라는 것은 연기력만큼이나 매력도 중요하다. 민우는 아직 전자는 부족하지만 후자를 넘치도록 갖고 있었다. 신인다운 풋풋한 매력이 스크린 너머 관객에게까지도 전해지지 않을까, 하는 기분 좋은 기대를 품게 만들었다.

문제는 다름 아닌 여자주인공, 예빈에게서 벌어졌다.

"저어, 실례합니다."

첫 대사를 뱉는 순간부터 어라, 싶었는데 계속 들을수록 이질감이 커졌다.

"저 아이들도 무척 고마워하고 있을 거예요. 말은 못하지만요. 그러니 부디 기운 내셨으면 좋겠어요."

예빈이 맡은 여주인공 이승연은 기본적으로 수줍음이 많고 소심한 캐릭터였다. 거기다 남주인공인 민준수를 짝사랑하고 있다. 도대체 캐릭터 해석을 어떻게 하면 저렇게 딱 부러지는, 소위 차도녀 같은 말투가 나올 수 있을까.

내 귀에만 거슬리나 싶어 흘깃 세현을 쳐다보자 역시나 세현도 한껏 이마를 찌푸리고 이쪽을 향해 열심히 시그널을 보내고 있는 중이었다.

'뭐 해, 정 감독? 빨리 지적하지 않고!'

표정에 쓰여 있는 것 같았다.

"추예빈 씨, 캐릭터 해석을 좀 독특하게 하신 것 같네요?"

둥글게 지적하자 마치 준비한 것처럼 당돌한 대답이 돌아왔다.

"짝사랑을 하고 있는 여자라고 꼭 수줍고 소심해야 한다는 법은 없잖아요."

예빈은 효주를 똑바로 쳐다보며 말했다.

"저는 승연을 좀 당당하고 매력적인 여성으로 표현하고 싶은데요, 감독님."

회의실 안이 물을 끼얹은 것처럼 조용해졌다.

"……."

솔직히 민망하고 화가 났다. 보는 눈도 많은데 시작부터 이게 뭐란 말인가. 내가 젊은 여성감독이 아니었다면 이렇게 했을까. 신인이 아닌 베테랑 감독이었어도 이랬을까. 이따위로 할 거면 그만두라고 화를 내야 하나. 아니면 감독은 나라고, 디렉팅에 따르라고 단호하게 말해야 하나.

머릿속에서 많은 것들이 교차하는 동안, 모든 사람들이 숨죽이고 효주와 예빈의 눈치를 살피고 있었다.

"예빈 씨 생각이 그렇다면 그렇게 가봐요."

당장이라도 대본을 집어 던질 기세로 얼굴이 붉으락푸르락하고 있는 세현을 못 본 척하고, 효주는 부드럽게 입을 열었다.

"승연이는 예빈 씨니까 예빈 씨 의견을 존중할게요."

예빈의 입가에 승리의 미소가 떠올랐다. 그대로 리딩이 진행되었다.

"시간 약속 못 지키는 사람, 딱 질색입니다."

방금 무슨 일이 있었느냐는 듯, 서지환은 한 치의 흔들림도 없이 자기 대사를 읽어냈다. 오히려 흔들리기 시작한 것은 예빈이었다.

"정말 죄송합니다. 하지만 거의 다 왔으니까, 정말 잠시만 더 기다려주시면 안 될까요?"

작품 속의 승연은 오래도록 짝사랑하던 남자와 우연히 소개팅을 하게 되었다. 실수로 날짜를 착각하는 바람에 그 남자와의 약속에 늦어서 어쩔 줄 모르고 있는 장면이었다. 즉 예빈의 연기는 캐릭터의 원래 성격은 둘째치고 작품 속 상황과도 전혀 맞지 않았던 것이다.

"절대로 내키지 않는 약속이라서, 소홀하게 생각해서 착각한 건 아니에요. 정말 아니에요."

본인이 잡은 캐릭터와는 정반대인 대사가 계속되자 연기가 흔들렸다. 결국 당당한 것도, 당황한 것도 아닌 어정쩡한 연기가 되어버렸다.

"그때 치료해주셨던 고양이요. 잘 치료해주셔서 감사하다고 인사드리고 싶었어요."

누가 들어도 어색하기 그지없는, 수준 이하의 연기가 계속되었지만 효주는 끼어들어 제지하지 않고 그대로 내버려두었다. 본인도 당황해서 어쩔 줄을 모르는 것이 눈에 들어왔다. 제지해 주기를 바라듯 자꾸만 힐끔거리며 효주의 눈치를 보는 것이었다. 그러나 효주는 모른 척 입을 다물고 있었다.

그래, 지금 그 감정. 민망하고 당황스러워서 어쩔 줄을 모르겠는 바로 그 심정. 그걸 예빈이 더욱더 느껴주기를 바랐다. 그게 바로 작품 속의 승연이 지금 느끼고 있는 감정이니까.

처음에 잡았던 당당한 캐릭터는 어디 가고, 결국 예빈은 기어 들어가듯 조그맣게 첫 신의 마지막 대사를 뱉었다.

"……실례했습니다."

그제야 효주는 입을 열었다.

"방금 연기 너무 좋았어요, 예빈 씨."

미소를 지으며 칭찬하자 예빈이 입술을 깨물었다.

대본 리딩이 끝나고 나서 간단히 영화 성공을 기원하는 고사를 지냈다. 고사를 지낸 후에 회식이 예정되어 있었다. 배우들은 각자 매니저를 대동해서 회식장소로 떠나고, 효주는 세현과 함께 이동했다.

"애초에 작정하고 온 거야, 저거."

나란히 길을 걸으며 세현이 울화통을 터뜨렸다.

"몇 작품이나 했다고 벌써 배우 병에 걸려가지고, 감히 첫 리딩부터 감독이랑 기 싸움을 하려고 들어?"

그러더니 새삼 감탄한 듯한 표정으로 효주를 바라보았다.

"대단하다, 정 감독. 나 같으면 첫 대사 듣자마자 대본 집어 던졌을 텐데. 알아서 제 발에 걸려 넘어지게 만들다니. 아까 추예빈 망신살 뻗친 표정 봤지?"

효주는 빙긋 웃었다.

"망신 주려고 한 거 아냐."

여태 이런저런 현장에서 일하면서 다양한 스타일의 감독을 보아왔다. 그러면서 효주가 깨달은 것은, 감독이 너무 강하게 디렉팅을 하는 것이 좋지만은 않다는 점이다. 애초에 카리스마 있게 사람을 휘어잡고 끌고 나갈 수 있는 성격도 아니다. 그러느니 자유롭고 편안한 분위기에서, 배우가 할 수 있는 역량의 최대한을 끌어낼 수 있는 감독이 되고 싶었다.

즉 아까도 굳이 예빈과 기 싸움을 하려 든 게 아니었다.

"연기력 없지 않으니까, 놔두면 알아서 찾아갈 거 같아서 그냥 지켜본 거지."

제 손으로 캐스팅한 배우다. 비록 아까는 반발심에 엉뚱한 짓을 한 모양이지만, 하다 보면 자기도 어디가 잘못됐는지 깨달을 거라는 믿음 정도는 가지고 있었다.

"그나저나 서지환은 정말 잘하더라. 스타가 괜히 스타가 아니야."

갑자기 눈이 하트가 되는 것이, 아무래도 세현은 그새 지환에게 홀라당 넘어가버린 모양이었다.

"뭐, 나쁘진 않았는데."

대답하는 효주의 목소리는 떨떠름했다. 아까 그의 연기가 좋앉던 건 사실이지만, 애초에 잘할 수밖에 없는 연기였다. 워낙 천성이 매정하고 차가운 사람이다. 그냥 생겨먹은 대로만 하면 되는 장면이었으니 어려웠을 리가.

하지만 작품 속의 민준수는 단순히 매정하기만 한 사람이 아니었다. 차가운 성격이지만 그 안에 또 나름대로의 배려심과 다정함, 그리고 약자에 대한 측은함을 품은 캐릭터다. 아무래도 서지환이 그런 복잡한 부분을 잘 표현해낼 수 있을 것 같지가 않아서 효주는 벌써부터 걱정이었다. 차라리 서현우가 백번 나았을 거라고, 지금껏 수십 번도 더 했던 부질없는 생각을 또다시 하고 있었다.

회식장소인 갈빗집에 도착하자 이미 모두들 모여 있었다. 연출부 인원들과 프로듀서, 지환과 민우까지 효주와 같은 테이블이 되었다. 사장은 다른 미팅 때문에 참석하지 못했고, 예빈은 스케줄 때문에 먼저 갔다고 했다.

"제가 한 잔 드리겠습니다, 감독님."

방석 위에 무릎을 꿇은 지환이 양손으로 술병을 들며 다가앉았다.

"부족한 점은 지적해주시고, 많이 가르쳐주십시오."

마치 베테랑 감독이라도 대하듯 더없이 깍듯한 태도였다. 대체 이 남자는 무슨 생각을 하고 있는 건지 다시 한 번 궁금해졌다. 복잡한 생각들을 애써 지워버리며 효주는 잔을 들어 술을 받았다.

"잘 부탁해요, 서지환 씨."

지환이 내려놓은 소주병을 세현이 냉큼 들었다.

"아까 연기 정말 좋았어요, 지환 씨."

"칭찬 감사합니다, 조감독님."

지환은 역시 두 손으로 세현의 잔을 받았다.

"영화 '일식'의 성공을 위하여!"

프로듀서의 선창에 따라 모두 함께 건배를 했다.

"위하여!"

오늘따라 쓰디쓰게 느껴지는 소주를, 효주는 눈을 꼭 감고 꿀꺽 삼켜버렸다.

"근데요. 저 진짜 전부터 너무 궁금했는데."

잔을 내려놓자마자 세현이 지환을 향해 바싹 다가앉았다.

"대체 저희 작품에 왜 들어오신 거예요?"

모두가 똑같이 궁금해하던 점이 아닐 수 없다. 다른 테이블에 앉은 스태프들까지 모두 눈을 크게 뜨고 흥미진진하게 이쪽을 쳐다보는 가운데, 지환은 미소를 지으며 입을 열었다.

"제가 정효주 감독님 팬이거든요."

"어, 이게 감독님 데뷔작 아니시고요?"

민우가 고개를 갸웃거리자 지환은 친절하게 대답해주었다.

"독립영화 두 개가 있어요. '문라이즈'라는 작품이랑 '두 번째의 너에게'라는 작품. '두 번째의 너에게'는 해외영화제에서 상도 받은 작품인데, 영상이 무척 아름다우니까 민우 씨도 꼭 한번 보도록 해요."

효주가 연출했던 영화 제목이 언급될 때마다 다른 테이블 여기저기서 "우후!" 하는 환성이 튀어나왔다. 그때 함께 작업했던 스태프들이었다. 효주는 놀랐다. 빈말인 줄 알았더니 정말로 봤나 보네. 기쁘기는커녕 오히려 불편해졌다. 무슨 생각으로 내 작품을 보았던 걸까, 이 사람은.

"맞아. 서지환 씨가 우리 정 감독 왕 팬이었지? 글쎄 정 감독 아니면……."

프로듀서가 말하다 말고 갑자기 흠칫 놀라며 입을 다물었다.

"……글쎄 스태프들이 다들 정 감독 아니면 안 하겠다고 하는 바람에 회사도 두 손 들었지 뭐야? 우리 정 감독이 나이는 어려도 아주 신망이 두터워요, 하하하."

왜 저러지. 얼버무리듯 어색하게 웃는 프로듀서를 효주가 의아하게 쳐다보는데, 민우가 잔을 건넸다.

"감독님, 저도 한 잔 드리겠습니다."

지환이 깍듯하게 구는 걸 봐서인지, 민우 역시 무릎을 꿇고 두 손으로 효주의 잔에 술을 따랐다.

"기회 주셔서 정말 고맙습니다. 진짜 열심히 하겠습니다."

기합이 잔뜩 들어가 있어서 입가에 절로 미소가 떠올랐다. 여동생에게 별로 불만은 없지만 이런 남동생이 하나 더 있었으면 참 좋았겠다, 하는 생각이 들었다.

"근데 추예빈 씨는 첫 회식인데 스케줄 있다고 가버리고. 주연이 그러면 안 되는 거 아녜요?"

술이 들어가자 스크립터인 지선이 예빈의 흉을 보았다.

"그렇게 말하는 거 아냐. 바빠서 그러는 거겠지."

효주가 주의를 주었지만 아직 어려서 그런지 지선은 거침이
없었다.

"아까 보니까 서지환 선배님한테도 찬바람 쌩쌩 불잖아요. 멜
로인데 앞으로도 계속 저러면 어떡해요?"

세현도 맞장구를 쳤다.

"그러게. 아까 분위기 봐서는 좀 걱정이 되긴 하네."

효주도 한숨이 절로 나왔다. 감독인 자신에게야 그렇다 치고,
상대역인 지환에게도 저러니 앞으로 어떻게 작업을 하지?

그때 지환이 불쑥 말했다.

"감독님께 심려 끼치지 않도록 잘하겠습니다."

추예빈이 걱정이라는데 자기가 뭘 잘하겠다는 걸까. 빤히 쳐
다보자 지환이 눈을 보고 빙긋 웃었다.

"걱정 마십시오."

가슴이 철렁해서 효주는 눈을 확 돌려버렸다. 아무리 생각해
도 저런 식으로 웃을 만한 사이는 아닌 것 같은데, 우리가.

숯불이 거의 꺼져갈 때쯤 술자리도 슬슬 파하는 분위기가 되
었다. 사람들이 2차 가자고 졸랐지만 효주는 사양했다. 지금은
한시라도 빨리 지환에게서 멀어지고 싶었다.

"오늘은 피곤해서. 다음에 늦게까지 먹어요."

못내 아쉬워하는 사람들을 뒤로하고 효주는 먼저 갈빗집을 나
왔다. 밖에 나오자 겨우 숨통이 트이는 것 같은 기분이었다. 자
신도 모르게 무척 긴장하고 있었던 듯하다. 효주는 길게 한숨을
내쉬며 천천히 걷기 시작했다. 문득 서지환을 처음 만났던 날의

기억이 떠올랐다.

　……그날도 이렇게 긴장했었지.

「여기까지 와주셨는데 제가 차 한잔 대접해도 되겠습니까?」

시사회에서 영화를 보고 나오려는 효주를, 지환은 그렇게 붙들었었다. 효령은 톱스타였지만 효주는 그냥 평범한 일반인일 뿐이었다. 화면으로만 보았던 사람이 눈앞에서 웃고, 말하고, 움직이는 것 자체가 현실 같지가 않았다.

실제로 만나본 지환은 상상했던 것 이상이었다. 키가 크고 늘씬해서인지 실물이 화면보다 훨씬 더 잘생겨 보였고, 태도가 정중한 데다 무척 다정하기까지 했다.

「아, 여기 뭐가 묻었네요.」

그가 옷에 묻은 실밥을 떼어주느라 얼굴을 가까이했을 때는 하마터면 심장이 멈출 뻔했다. 물론 알고 있었다. 그 미소도, 친절함도 결코 자신을 향한 것이 아니라는 것을.

하지만 알면서도 가슴이 떨리는 것은 어쩔 수 없었다. 왜냐하면, 팬이었으니까. 거기서 끝냈어야 했는데. 동생 잘 둔 덕분에 개인적으로 팬 미팅 잘했다 생각하고 끝냈어야 했는데.

그로부터 며칠 후, 효령이 불쑥 지환의 얘기를 꺼냈다.

「아참 언니. 서지환 걔 완전 웃긴다? 오늘 미용실에서 만났는데 나보고 뭐래는지 알아? 토요일이 자기 생일이라면서, 저녁 때 회사에서 파티를 한다고 거기 와달래!」

효령은 어이없다는 듯이 깔깔거렸다.

321

「시사회 한번 가줬다고 아주 나랑 맞먹으려 들더라구. 뭐라더라? 자기가 하고 싶었던 역이 있는데 그걸 같은 소속사 배우한테 빼앗겼다나? 그래서 얼굴을 못 들고 다니겠다고, 파티에 와서 자기 체면 좀 세워달라는 거야.」

좀처럼 좋은 제의가 오지 않는다며 무척 의기소침해 있었던 지환이 떠올랐다. 하필 같은 회사 배우한테 배역을 빼앗겼다니 얼마나 속이 상했을까.

이번에는 동생 몰래 동생의 매니저에게 부탁해서 메이크업을 받고 지환의 회사로 갔다. 자기 생일파티인데도 불구하고, 사람들 속에 앉아 있는 지환의 어깨는 축 처져 있었다.

「왜 이제 왔어요. 여태 기다렸는데.」

자신을 보자마자 생생하게 되살아나는 표정을 보는 순간, 진심으로 오기를 잘했다고 생각했다. 그에게 도움이 될 수 있다는 것이 기뻤다. 다시 말하지만, 팬이었으니까.

……그때만 해도 미처 모르고 있었다. 나중에 그 일을 얼마나 후회하게 될지.

생각에 잠겨 걷는데 문득 커다란 밴 한 대가 옆을 스쳐 지나가더니 저만치 앞에서 멈췄다. 누군가가 운전석에서 내려서 이쪽을 향해 뛰어왔다. 바로 지환의 매니저였다.

"지난번에는 몰라 봬서 죄송했습니다, 감독님!"

허리를 90도로 굽혀 사과하는 바람에 오히려 효주가 당황했다.

"아니에요. 괜찮아요."

"댁까지 모시겠습니다. 타시죠, 감독님."

효주는 얼른 손을 내저었다.

"괜찮아요. 집이 이 근처라서 조금만 걸어가면 돼요."

하지만 매니저는 막무가내였다.

"제발 저 좀 살려주십쇼, 감독님!"

금세 울음을 터뜨릴 것 같은 얼굴로 통사정을 하는 바람에 어쩔 수 없이 효주는 떠밀리듯 밴에 올랐다. 역시나 안에는 지환이 타고 있었다.

"감독님, 댁이 어디십니까?"

운전석에서 매니저가 물었다.

"이 앞에 가다 보면 큰 사거리가 나와요. 거기서 우회전해서 첫 번째 골목으로 올라가면 돼요."

차가 출발했다. 효주는 지환의 얼굴을 쳐다보지 않으려 애쓰며 말했다.

"신경 써줘서 고마워요."

"아닙니다. 드릴 말씀도 있고 해서요."

부드러운 대답에 가슴이 철렁했다. 무슨 소릴 하려는 걸까.

효주의 원룸은 야트막한 언덕 위에 있었다. 매니저에게 밴을 언덕 아래 세우게 하고, 지환은 모자를 푹 눌러쓰고는 효주를 따라 내렸다.

"……."

가로등이 밝혀지기 시작한 언덕길을 말없이 걷다 보니 차라리 잘됐다는 생각이 들었다. 둘이 되었을 때 짚고 넘어가야겠다. 효주는 걸음을 멈추고 지환의 얼굴을 똑바로 쳐다보았다.

"솔직하게 말해봐요. 왜 굳이 내 작품인 거죠?"

대체 이 남자가 무슨 생각을 하고 있는 건지 알고 싶었다. 지금 확실히 해두지 않으면 앞으로 함께 일할 수가 없다.

"말씀드렸지 않습니까. 작품이 너무 좋아서 욕심이 났다고."

효주는 지환의 얼굴을 빤히 쳐다보았다.

"정말 그런 이유예요?"

"그럼 그 외에 또 뭐가 있겠습니까?"

지환이 되묻는 바람에 오히려 말문이 막히고 말았다.

"……."

한참을 깜빡거리다 마침 반짝, 하고 밝혀진 가로등 불빛이 아슬아슬하게 효주를 피해 지환의 위로 쏟아졌다. 어둠 속에 선 채로 효주는 남자를 올려다보았다. 불빛에 뚜렷한 음영을 드리우는 프로필은 촬영감독이 보면 침을 흘리며 당장 카메라를 들이댈 만한 모습이었다. 바로 한 걸음 앞에 서 있는 남자가, 마치 자신과는 다른 세상에 있는 것만 같이 느껴졌다.

어쩌면 이 사람에게 그 정도는 아무 일도 아니었을지 모른다고, 효주는 처음으로 생각했다. 여태 꿈에 나타나는 얼굴에 소스라치며 깨어나는 건 나뿐인지 모른다. 오래된 감정의 파편을 끈질기게 붙들고 있는 건 나 혼자뿐인지도. 이 사람에게는 그냥 기나긴 인생에 잠시 스쳐가듯 있었던 하나의 해프닝일 뿐인데, 나 혼자 이 생각 저 생각 많은 걸지도 모른다. 그렇다면 이쪽도 더 이상 구질구질해질 필요가 없다.

"됐어요. 그럼."

효주는 잡념을 깨끗이 버리기로 했다. 이 남자는 배우, 자신은 감독, 그뿐이다. 최소한 영화를 촬영하는 동안은.

"앞으로 잘 부탁해요."

자신의 주연배우를 향해 효주는 손을 내밀었다.

"좋은 연기 보여드리겠습니다. 지켜봐주십시오."

힘주어 마주 잡아오는 손은, 왠지 조금 떨리고 있었다.

scene 04

리딩에 이어 테스트 촬영까지 거치고 나서 이틀 후, 드디어 진짜 첫 촬영이 시작되었다. 세트에서 진행한 테스트 촬영과는 달리 본 촬영은 실제 거리에서 이루어졌다. 모든 촬영이 로케이션으로 진행될 예정이었다. 먼저 2주간 서울에서 촬영을 하고 나서 꽃 필 때에 맞춰서 강원도로 촬영을 떠나고, 다시 서울로 돌아와서 나머지 촬영을 진행하기로 스케줄이 잡혀 있었다.

최대한 현실에 가까운 연애를 표현하고 싶은 마음에 올 로케를 고집했던 것인데, 첫날부터 심각하게 그냥 세트 촬영으로 할 걸 그랬나, 고민하게 되었다.

"서지환 나온다는 영화 아니야?"

"맞네, 그 영화네!"

촬영차량에 쓰여 있는 영화 제목을 보고 행인들이 구름떼처럼 몰려들었던 것이다. 제작부로는 모자라 연출부 스태프들까지 나서서 몰려드는 사람들을 통제하느라 안간힘을 쓰고 있었다.

지환과 민우의 팬클럽에서는 각각 밥 차와 간식 차를 보내왔다.

"중국 팬들이 모금을 했다나 봐요. 서울에서 촬영하는 동안은 계속 서지환 씨 팬클럽에서 밥 차 보내주기로 했어요."

현장에서 함께 일하는 라인 피디의 보고에 효주는 놀랐다. 저걸 계속 보내려면 돈이 이만저만 많이 드는 게 아닐 텐데. 지환의 팬클럽에서 보낸 것은 밥 차뿐만이 아니었다. 스태프 전원에게 작은 선물을 돌리고, 감독인 효주에게는 특별히 홍삼세트까지 보냈다.

[감독님 우리 서 배우 잘 부탁드립니다♡]

상자에 붙어 있는 쪽지를 들여다보며 효주는 생각했다. 대체 어느 정도의 팬심이면 이렇게까지 할 수 있을까. 저 남자가 그렇게나 좋을까.

한참 고생한 끝에 현장이 어느 정도 정리되고 촬영 준비가 완료되었다. 드디어 분장 차에서 준비를 마치고 대기하고 있던 지환과 예빈이 내렸다.

"진짜 서지환이다!"

"세상에, 잘생겼다. 근데 저 여배우는 누구지?"

"글쎄, 평범해 보이는데?"

먼발치에서 배우들을 본 구경꾼들이 연방 수군거렸다.

오늘 촬영할 장면은 여주인공인 승연이 남주인공인 준수와의 첫 약속에 늦어 헐레벌떡 달려오다 마침 카페에서 나오는 준수를 마주치는 장면이었다.

상대가 누군지도 모르고 전화로 독설을 퍼부었던 준수는, 카페 앞에서 승연을 마주치고 나서야 방금 화를 냈던 상대가 원래 자신이 호감을 품고 있었던 여자라는 걸 깨닫는다. 승연이 계속해서 변명하고 사과하는 동안, 준수는 대사 한마디 없이 계속 승연을 바라본다. 오로지 표정만으로 모든 감정을 표현해내야 하는 장면이었다.

테스트 촬영 때 지환의 연기는 솔직히 말해 함량미달이었다. 그저 입 꾹 다물고 예빈을 바라보고만 있을 뿐, 그 표정에서 느껴지는 감정이 전혀 없었던 것이다. 지환을 붙들고 지금 준수는 이런저런 감정이니까 좀 잘 느껴지게 연기해달라고 시시콜콜 주문하기가 껄끄러워서, 그때는 이렇게만 말했다.

「실제 촬영 때는 좀 더 표정연기에 신경 써주세요.」
「걱정 마십시오. 잘하겠습니다.」

지환은 그렇게 대답했고, 지금은 그 대답을 믿는 수밖에 없었다. 이번에도 테스트 때와 달라진 바가 없으면 그때는 디테일하게 디렉팅을 할 생각이다.

"예빈 씨는 저쪽에서부터 여기까지 뛰어오고. 지환 씨는 안에서 예빈 씨 위치 확인하고 나서 밖으로 나오면 돼요."

이미 이틀 전 테스트 촬영 때 연기를 모두 맞춰본 상황이었다. 간단하게 동선과 위치만 체크하는 선에서 리허설을 했다. 남자는 소개팅 상대를 만나러 나왔고, 여자는 장사를 하다가 앞치마만 벗고 뛰쳐나온 상황이다. 자연히 의상도 달랐다. 지환은 단정하고 세련되게 차려입고 있고, 반대로 예빈은 베이스 메이크업만 한 얼굴에다 낡은 청바지, 검은 점퍼 차림이었다.

"아니, 그래도 내가 여배운데 지환 선배만 너무 멋있게 나오는 거 아니에요?"

예빈이 농담을 하자 지환이 빙긋 웃었다.

"예빈 씨는 그대로도 예쁘잖아."

대기가 길어져서 그사이에 친해진 걸까. 분명 지난번 테스트 촬영할 때까지만 해도 서먹해 보였는데, 오늘은 웬일인지 한결 분위기가 좋아서 효주는 조금 마음을 놓았다.

먼저 마스터 샷부터 쭉 이어서 찍고 나서 다시 지환과 예빈을 따로따로 촬영할 예정이다.

"액션."

세현의 외침과 함께 연기가 시작되었다.

저만치서 예빈이 헐레벌떡 뛰어와서 카페 앞에 멈춘다. 차마 안에 들어가지 못하고 가쁜 숨을 내쉬며 망설이고 있는데 그 순간 카페 문이 열린다. 안에서 지환이 나오고, 마주친 둘은 서로를 보고 얼어붙는다.

"늦어서 정말 죄송합니다. 혜정이한테 금요일이라고 얘기 들었는데 저는 오늘이 화요일인 줄 알았어요. 지난달 달력을 찢어내는 걸 깜빡하는 바람에 그만 요일을 잘못 본 거예요."

예빈이 떨리는 목소리로 변명했다. 테스트 때보다 훨씬 나아진 연기에 효주는 내심 놀랐다.

"절대로 내키지 않는 약속이라서, 소홀하게 생각해서 착각한 건 아니에요. 정말 아니에요."

예빈이 대사를 하는 동안 지환은 팔짱을 끼고 그녀를 바라보고 있었다.

"……."

효주는 지환의 표정에 주목했다. 지금 영화 속의 남자가 무슨 생각을 하고 있는지가 보이기 시작했다.

남자는 눈앞에 있는 여자를 보고 제 눈을 의심했다. 이 여자가 왜 여기 있는 거지? 한 박자 늦게 방금 자신이 전화로 화를 낸 상대가 바로 이 여자라는 것을 깨달았다. 경악을 느낀다.

"야옹이, 아, 그때 치료해주셨던 고양이요. 잘 치료해주셔서 감사하다고 인사드리고 싶었어요."

여자가 계속해서 변명을 늘어놓는 사이에 남자의 눈빛이 점점 후회에 물들어간다. 미안함과 안쓰러움. 이 추위 속에 볼이 빨개지도록 뛰어온 여자에 대해 느끼는 사랑스러움. 남자는 당장이라도 옷을 벗어 여자를 감싸주고 싶은 충동을 억지로 참고 있었다.

'놀라고 당황하는'이라고만 쓰여 있는 시나리오의 지문보다도 훨씬 더 복잡하고 풍부한 감정의 변화를, 서지환은 말 한마디 없이 표정과 눈빛으로 표현해냈다. 효주는 소리 없는 전율이 온몸에 퍼지는 것을 느꼈다.

시나리오를 쓰면서도 딱히 모델이 있었던 건 아니었다. 누군가를 떠올리며 쓰는 시나리오는 그 모델에 대한 환상이 깨지게 되면 결국 버릴 수밖에 없어진다는 걸 이미 예전에 겪어봐서 잘 알기 때문에. 그래서 상상 속 주인공의 얼굴은 일부러 비워놓고 있었다. 콘티를 그릴 때도 준수의 얼굴만은 새하얀 종이처럼 늘 빈자리였다.

지금 이 순간, 그 공백이 서지환의 얼굴로 완벽히 채워졌다. 무뚝뚝함 뒤에 숨겨진 다정함. 차가움 속에 품은 열정. 오로지 효주의 머릿속에만 존재하고 있던 남자가 바로 지금 눈앞에 서 있었다.

그곳에 있는 줄도 잊고 있었던 심장이 긴 겨울잠에서 깨어난 것처럼 격렬하게 뛰었다. 여태 어떻게든 서지환만은 피하려고 몸부림쳤던 것이 바보같이 느껴졌다. 처음부터 서지환이 아니면 안 되었던 건데.

그토록 출연시키기 싫었던 남자는, 바야흐로 효주로 하여금 그가 아닌 민준수를 상상할 수조차 없게 만들어놓았다.

첫날, 첫 촬영, 심지어 단 한 테이크 만에.

"컷. 좋습니다."

항복하는 기분으로 오케이 사인을 내리는 순간 오랫동안 잊고 있었던 사실이 떠올랐다.

……자신 역시 서지환의 팬이었다는 것.

밤늦게까지 촬영한 끝에 예정대로 무사히 정해진 분량을 끝낼 수 있었다. 근처 식당에서 늦은 저녁식사가 이루어졌다. 자꾸만 지환이 있는 쪽으로 시선이 갔다. 그러지 말아야지, 하고 생각하면서도 저도 모르게 또 쳐다보게 되었다. 결국은 눈이 마주쳐 버리고 말아서 효주는 입술을 깨물었다.

"감독님. 오늘 제 연기, 괜찮았습니까?"

남자는 빙긋 웃으며 물었다.

"네."

효주는 그렇게만 대꾸했다. 기대한 것 이상이었다고, 이제는 당신 아닌 민준수를 생각할 수조차 없게 되었다고 말하기는 자존심이 상했다.

가볍게 반주 삼아 술잔이 오갔다.

"우리 민우 씨는 정말 사랑 많이 받고 자란 티가 나."

촬영감독의 말에 효주는 씁쓸해졌다. 사랑받고 자란 사람에게서 티가 난다면 반대로 사랑을 못 받고 자란 사람에게서도 티가 날까.

"가만있자, 어디 내가 맞혀보지. 외아들 아니면 누나 많이 있는 집 막내. 맞지?"

확신에 가까운 질문에 민우는 활짝 웃으며 대답했다.

"저 부모님 안 계셔서 보육원에서 자랐어요."

갑자기 분위기가 싸늘해졌다.

"아니, 민우 씨. 내가 나쁜 뜻으로 말한 건 아니고……."

얼굴이 벌겋게 달아오른 촬영감독이 어쩔 줄 몰라 했다.

"에이, 괜찮아요. 저 좋게 봐주신 건데요 뭐. 감사합니다, 김 감독님!"

활짝 웃는 민우의 얼굴을 효주는 물끄러미 바라보았다. 얼굴만 보면 세상 근심이라고는 모르고 자랐을 것 같은데.

"민우 씨는 어쩌다 가수가 됐어?"

"꼭 가수가 되고 싶었던 건 아니고요. 그냥 사람들한테 사랑 받는 게 좋아서 연예인이 되고 싶었어요. 앞으로 좋은 배우가 돼서 더 많은 사람한테 사랑받고 싶고요."

촬영감독의 악의 없는 말실수는 어느덧 왜 연기를 하는가, 하는 심오한 주제로 흘러갔다.

"예빈 씨는?"

세현의 물음에 예빈이 대답했다.

"짝사랑하던 남자한테 여자친구가 생겼거든요. 무슨 단역배 우라는데, 혹시 나도 배우가 되면 좀 만나주려나 싶어서 오디션 에 갔다가 덜컥 붙어버렸어요."

"그래서 그 남자랑은 어떻게 됐는데요?"

지선의 호기심 어린 질문에 예빈은 의기양양하게 웃었다.

"당연히 내가 차버렸죠!"

왁자지껄하게 웃음이 터지는 것을 들으며 효주는 생각했다. 그럼 예빈의 안에도 누군가를 짝사랑하는 마음이 없지는 않구 나. 그 감정을 어떻게 이끌어내줄 수 있을까.

이번에는 예빈이 지환을 향해 물었다.

"선배님은요?"

"글쎄……."

지환은 소주잔을 비우고 말했다.

"처음엔 누굴 이기고 싶어서 시작했는데. 지금은 그냥 내가 할 수 있는 게 연기밖에 없어서 계속하고 있어."

"에이, 겸손하시긴!"

"뭘 하셔도 잘하실 것 같은데요?"

사람들의 말에 지환은 진지한 얼굴로 대답했다.

"그런 뜻이 아니고. 열심히 연기하다 보면 날 싫어하던 사람도 혹시 생각이 바뀔지 모르니까."

"선배님도 참. 뭐하러 안티한테까지 신경을 써요? 걔들은 뭘 해도 욕하는 애들인데."

예빈이 핀잔을 주듯 말했다.

"그러게, 저렇게 팬들이 많은데 뭐가 걱정이라고."

세현이 젓가락 끝으로 식당의 유리벽 밖을 가리켰다. 사람들이 유리벽에 빽빽하게 붙어서 안을 들여다보고 있어서 마치 좀비영화의 한 장면 같았다.

"맞아요. 그러니까 안티 신경 쓰지 말고 팬한테나 신경 써주세요."

지선이 말했다.

"저 '미스터 판사' 10회 관람 찍었다구요. 천만 관객 중에 열 명은 저예요, 아셨죠?"

"그중 세 명은 저고요."

여성스태프가 유난히 많은 탓도 있어서 어느덧 서지환 팬 미팅 같은 분위기가 되어버렸다.

"'브라더스' 같은 브로맨스 영화 또 안 찍으세요?"

"드라마도 좋은데. 재작년에 하셨던 '밤의 태양' 같은 거 말이에요."

다른 사람들이 경쟁적으로 그의 전작들에 대해 이야기하는데 효주는 한마디도 끼어들 수가 없었다. 왜냐하면 본 적이 없었으니까.

"그때 그 장면 때문에 인터넷에서 한동안 상대 남자배우 팬들이 난리쳤었잖아요. 지환 선배한테만 반사판 써가지고 자기네 배우 얼굴 칙칙해 보였다고."

"나중에 메이킹 공개한 거 보니까 반대였지?"

도대체가 무슨 영화의 무슨 장면을 이야기하는 건지도 모르겠어서 효주는 묵묵히 소주만 마셨다. 그런 효주가 신경이 쓰였는지, 갑자기 지선이 효주를 대화에 끌어들였다.

"감독님은요? 둘 중에 누구 지지하는 쪽이셨어요?"

어쩔 수 없이 효주는 사실대로 말했다.

"글쎄, 미안하지만 나는 그 영화를 못 봐서."

순간 방금까지 화기애애했던 분위기가 찬물을 끼얹은 듯 확 식어버렸다.

"어머 감독님. '브라더스'를 안 보셨다고요?"

모두가 눈을 둥그렇게 뜨고 쳐다보았다. 마치 원시인 취급하는 듯한 눈빛이었다.

"응, 그때 한창 시나리오 작업 때문에 바빠서 영화고 드라마고 보질 못했거든."

물론 거짓말이다. 서지환의 작품만 빼놓고는 열심히 봤다. 그쯤에서 넘어가주길 바랐는데, 또다시 질문이 날아왔다.

"그럼 혹시 '미스터 판사'는 보셨습니까?"

이번에 질문을 던진 사람은 당사자인 지환이었다. 역시 고개를 저을 수밖에 없었다.

"'플리즈 비 마인'은요? 그것도 작년 작품입니다만."

"미안해요. 그것도 못 봤네요."

"그럼 혹시 드라마 '밤의 태양'은?"

지환은 끈질기게 물었지만 하나같이 제목만 귀에 익을 뿐이었다.

"미안해요, 지환 씨. 내가 내 작품 하느라 정신이 없어서 그만."

결국 사과하자 지환이 빙그레 웃었다.

"괜찮습니다. 감독님 바쁘신 거 잘 아는데요."

분명 웃고 있는데 왠지 눈은 웃고 있지 않은 것같이 느껴졌다.

"그래도 하나쯤은 봐주셨으면 좋았을 텐데. 제가 무척 열심히 연기했거든요."

잔을 들어 단숨에 마시고, 지환은 다시 한 번 중얼거렸다.

"……정말 목숨 걸고 연기했는데."

어느덧 미소는 사라져 있었다. 그때부터 지환은 조개처럼 입을 다물고 묵묵히 술만 마시기 시작했다.

회식이 아니라 단순히 간단한 저녁식사 자리였는데, 지환은 혼자서 몇 병이나 소주를 마셨다. 내일 촬영 있으니까 그만 마시라고 사람들이 말려도 막무가내였다. 결국 엉망으로 취해버려서 나중에는 몸도 제대로 가누지 못하는 바람에 매니저의 등에 업혀 나가고 말았다.

그날 밤 늦게 동균에게서 전화가 왔다.

— 오늘 첫 촬영이었지? 잘했어?

"응. 잘 끝났어."

— 서지환은 어땠고?

"잘하지 뭐."

효주는 그렇게만 대답했다. 왠지 현재의 남자친구 앞에서 예전에 만나던 남자를 칭찬하는 것이 꺼려졌다. 웬만하면 아예 지환에 대한 얘기 자체를 하고 싶지 않았지만, 동균이 그런 효주의 마음을 알 리가 없었다.

— 아니, 연기 말고. 다른 선배한테 들었는데, 거만한 타입은 아니라도 현장에선 꽤 까칠하다고 하던데.

그랬나, 하고 효주는 생각해보았다. 하지만 떠오르는 것은 막내 스태프들에게까지도 친절하게 대하던 모습뿐이었다.

"처음이라 그런가, 아직 그런 건 못 느꼈어."

— 그래?

의외라는 듯한 말투였다. 대체 다른 현장에서 어떻게 일했던 건지 슬그머니 궁금해질 정도였다.

— 효주야, 내가 부탁이 하나 있는데.

잠시 침묵 후에 동균은 불쑥 말했다.

— 어떻게 나 서지환 한 번만 만나게 해줄 수 없겠냐?

가슴이 철렁했다. 동균이 지환을 왜 만나고 싶어 하는 것일까.

"서지환은 왜?"

효주는 동요를 감추고 애써 아무렇지 않게 물었다.

— 가을에 방송할 특집극 있잖아. 서지환이 주연 맡으면 딱 좋을 것 같은데, 아무리 회사로 연락해도 스케줄이 안 된다고만 해서. 그러니까 본인이랑 한번 직접 얘기해보려고.

생각지도 못한 이유에 당혹스러웠다. 잠시 생각하다 효주는 힘겹게 입을 열었다.

"미안해, 선배. 나 아직 서지환이랑 일한 지도 얼마 안 돼서."

하지만 동균은 끈질겼다.

— 그냥 말이라도 해봐달라는 거야. 말은 해줄 수 있는 거 아니냐.

동균은 자신과 그 남자 사이에 있었던 일을 모르니까 그렇게 말할 수 있겠지만, 효주는 일 외에는 그 어떤 말도 지환과 섞고 싶지 않았다.

— 부탁한다, 효주야. 나 이번 기회 꼭 잡아야 해. 보란 듯이 시청률 대박 터뜨려서 회사에서 인정받고 싶어.

전화를 통해서도 절박함이 생생하게 느껴졌다. 캐스팅에 대한 절박한 심정을 왜 모르겠는가. 얼마 전까지 자신 역시 지푸라기에라도 매달리고 싶은 심정이었는데. 다른 사람도 아니고 여자친구인 자신에게 말을 꺼내기가 얼마나 자존심이 상했을까. 말을 꺼내기까지 얼마나 고민을 했을까. 서지환에 대한 껄끄러움과, 연인을 돕고 싶은 마음 사이에서 효주는 갈등했다.

"알았어. 한번 얘기는 해볼게."

결국은 거절할 수가 없었다.

◇ ◆ ◇

다음 촬영은 지환과 민우 두 사람의 장면이었다. 이번에도 역시 세트가 아닌 실제 동물병원에서 촬영이 진행되었는데, 다행히 완전히 대로변이었던 카페 신과는 달리 인적이 드문 골목 안에 있는 병원이어서 지난번보다는 훨씬 촬영 준비가 쉬웠다.

음악방송 스케줄 때문에 조금 늦게 촬영장에 도착한 민우는, 효주를 보자마자 뭔가를 불쑥 내밀었다.

"이게 뭐야?"

커다란 꽃다발이었다.

"아까 방송국에서 팬이 줬는데, 감독님 드리려고 가져왔어요."

"팬이 준 걸 나한테 주면 어떡해?"

눈을 흘기자 민우가 진지한 얼굴을 했다.

"저도 감독님 팬이 됐거든요."

"응?"

"지환 선배님이 추천해주신 감독님 영화 있잖아요. 어젯밤에 봤는데 진짜 제가 태어나서 본 영화 중에 제일 좋았어요!"

민우가 설레는 표정을 했다. 과장스러운 말투지만 진심이라는 게 느껴져서 기뻤다.

"고맙게 받을게."

활짝 웃으며 꽃다발을 받아들자 곁에서 세현이 놀렸다.

"이야, 정 감독 오늘 생일이다, 생일. 잘생긴 연하남한테 꽃도 다 받아보고."

"그러게. 나 심지어 남자한테 꽃 받아보는 거 이게 처음이다?"

효주가 맞장구를 치자 민우는 믿지 못하겠다는 얼굴을 했다.

"에이, 거짓말."

"정말이야."

지금껏 남자에게 받아본 선물이라고는 운동화와 노트북이 전부였다. 그리고 그 두 가지 다, 차라리 받지 않는 것이 나을 뻔했다.

"아, 향기 좋다."

행복한 얼굴로 꽃향기를 맡는 효주를, 민우가 왠지 아련한 눈빛으로 바라보았다.

"앞으론 제가 자주 꽃 선물해드릴게요, 감독님."

"왜, 영화 잘 찍는 예쁜 누나랑 스캔들 한번 내보고 싶어?"

여기저기서 웃음이 터져 나오는 가운데, 오로지 지환 한 사람만이 웃지 않고 있다는 것을 효주는 뒤늦게 눈치챘다. 무슨 일인지 몰라도 얼굴이 잔뜩 굳어 있는 것이었다.

어제 과음하더니 숙취 때문에 그러나 싶었다. 얼굴만 보면 멀쩡한데, 하고 생각하다 문득 어제 동균에게서 부탁받은 것이 떠올라서 난감해졌다. 사실은 오늘 촬영 시작하기 전에 말하려고 했는데, 저래서야 쉽사리 말을 붙일 분위기가 아니지 않은가.

효주는 잠시 고민했다. 촬영 끝난 후에 말할까. 하지만 오늘 지환은 저녁에 다른 스케줄이 있으니 일찍 끝내주시면 좋겠다고 그의 매니저가 미리 부탁을 해둔 터였다. 그렇다면 촬영 후에 말할 수는 없고, 다음 날 얘기하자니 공교롭게도 콜시트에 지환의 이름이 없다.

지금 이 순간도 이제나저제나 애타게 연락을 기다리고 있을 동균을 생각하니 미루면 안 되겠다는 생각이 들었다. 매도 빨리 맞는 게 나으니까, 하고 결심한 효주는 지환에게 다가갔다.

"지환 씨. 잠깐 괜찮아요?"

지환은 효주의 얼굴도 거들떠보지 않은 채 대꾸했다.

"예."

극히 짧은 대답이 왠지 화가 난 것 같다. 입으로는 예, 라고 말해놓고도 지환은 앉아 있는 자리에서 조금도 움직이려 하지 않았다. 할 말 있으면 여기서 하라는 식이어서 어쩔 수 없이 효주는 다시 말했다.

"사람 없는 데서 얘기했으면 하는데."

그제야 지환은 마지못해 몸을 일으켰다. 효주는 지환을 이끌고 저만치 서 있는 탑 차 뒤쪽으로 향했다. 단둘이 되자마자 지환은 주머니에서 담배를 꺼냈다. 효주와 둘이 있게 되면 그는 거의 반드시라고 해도 좋을 정도로 늘 담배를 입에 물었다.

"말씀하시죠."

정작 불은 붙이지 않은 채 그는 툭 내뱉듯 말했다.

"사실은 부탁이 있어서요."

부탁이라는 말에 처음으로 지환은 효주를 똑바로 쳐다보았다.

"저한테 말입니까?"

"네."

흘깃 쳐다보자 약간 표정이 누그러진 것 같아서 조금 용기가 생겼다.

"대학교 선배 중에 김동균이라고, SBC 드라마국 피디가 있어요."

지환은 의아해하면서도 고개를 끄덕였다.

"예."

"가을에 방송할 특집극 연출을 맡게 돼서 준비하고 있다는데, 지환 씨가 주연을 맡아줬으면 하나 봐요. 그래서 지환 씨 소속사로 계속 연락했다는데, 연락이 닿지 않는다고…… 그래서 혹시 한 번만 만나줄 수 없겠느냐고 전해달라 하네요."

지환은 대답 대신에 효주를 빤히 쳐다보았다. 아무래도 거절당할 것 같은 예감에 효주는 일찌감치 퇴로를 찾았다.

"미안해요. 너무 무리한 부탁이었다면……."

"아뇨, 무리할 것 없습니다."

의외의 대답에 깜짝 놀랐다.

"감독님은 제가 그 작품에 출연하기를 바라십니까?"

이번에는 지환이 물었다. 언제 화를 냈느냐는 듯 더없이 부드러운 말투였다. 뭐가 뭔지 알 수가 없어서 효주는 더듬거리며 대답했다.

"뭐, 그때쯤이면 우리 촬영도 끝났을 테니까요. 2부작이라니까 크게 부담도 없을 거고, 오랜만에 안방 시청자들도 지환 씨 보고 싶을 거고, 또⋯⋯."

동균의 절박함이 떠올라서 저도 모르게 너무 열심히 말해버렸나 보다. 지환이 입을 가리고 쿡쿡 웃는 바람에 효주는 그만 민망해져서 입을 다물었다.

"감독님이 그렇게까지 말씀하시는데, 꼭 만나서 얘기해보겠습니다."

하마터면 안도의 한숨을 쉴 뻔한 순간, 지환이 다시 말했다.

"대신 조건이 있는데요."

불안한 예감이 들었다. 대체 뭘 요구하려는 걸까. 그러나 이어서 나온 말은 김이 샐 정도로 싱거운 것이었다.

"혹시 제가 그 작품에 출연하게 되면, 이번에는 꼭 봐주셔야 합니다."

내가 보든 말든 그게 무슨 의미가 있을까? 그렇게 생각하면서도 효주는 고개를 끄덕였다.

"그럴게요."

눈앞에 새끼손가락이 불쑥 내밀어졌다. 효주는 조금 머뭇거리다 제 손가락을 걸었다.

"약속하신 겁니다."

새끼손가락을 마주 걸고 엄지손가락으로 도장을 찍는다. 어린애 같은 짓을 해놓고 지환은 무척 기분이 좋아 보였다. 한껏 가늘어진 눈초리가, 언제 그렇게 저기압이었나 싶을 정도였다.

"고마워요. 그럼 선배한테 그렇게 전할게요."

단둘이 있는 게 불편해서 얼른 대화를 정리하고 돌아서려는데 지환이 물었다.

"그런데 그 피디님과 굉장히 친하신가 봅니다. 감독님께서 이렇게까지 열심히 말씀하시는 걸 보면."

순간 효주는 갈등했다. 사실대로 말해야 하나, 말아야 하나. 솔직히 말하면 말하고 싶지 않았다. 아무리 그가 예전 일 따위는 깨끗이 잊어버렸다 해도, 한때나마 사귀던 상대라는 사실은 변하지 않는다. 아니, 사귄 것조차 아니라 치더라도 최소한 그는 자신의 첫 남자다. 지금 만나는 사람에 대해 말하는 것이 굉장히 껄끄러웠다.

하지만 숨기는 것도 왠지 비겁한 것 같았다. 둘이 만나서 얘기하다 보면 어차피 알게 될 것도 같고. 고민 끝에 효주는 사실대로 말하기로 했다.

"만나고 있어요."

순간 지환의 얼굴에서 미소가 싹 가셨다. 웃느라 한껏 가느다래져 있던 눈매가 점점 본래의 모양을 되찾아간다. 마치 영화 속의 민준수 같은 눈빛으로, 지환은 한참 동안 효주를 빤히 쳐다보았다.

"……만나고 있다는 건, 사귄다는 뜻입니까?"

어디까지나 태연한 목소리는, 마치 태연함을 연기하고 있는 것처럼 들렸다.

"그래요."

효주가 고개를 끄덕이자 조각처럼 완벽한 턱선이 굳어졌다. 그제야 내가 실수한 게 아닐까 하는 생각이 들었다. 만약에 상대가 지환이 아니라 예빈이나 민우였다고 해도, 사귀는 남자를 위해서 이런 부탁을 한 것은 확실히 상식에 어긋나는 짓일지도 모른다.

"내가 너무 무리한 부탁을 했네요. 미안해요. 잊어버려주세요."

동균의 실망하는 표정이 떠올라서 효주는 억지로 목소리를 쥐어짜냈다.

"아니요. 만나겠습니다."

그러나 지환은 무슨 생각을 했는지 고개를 저었다.

"그 피디님 연락처 주십시오. 만나서 얘기하지요."

아까와는 달리 한껏 낮아진 목소리였다.

◇ ◆ ◇

바로 다음 날 마침 지환이 스케줄이 없어서 만나기로 약속을 잡았다고, 동균은 들뜬 목소리로 전해왔다.

ㅡ 고마워, 효주야. 정말 고맙다.

전화를 통해서도 그가 얼마나 기대와 희망에 부풀어 있는지가 잘 느껴져서, 효주도 진심으로 바랐다. 이왕이면 얘기가 잘돼서 지환이 출연을 승낙해주기를.

마침 낮 촬영만 있는 날이었다. 효주는 저녁 무렵에 촬영을 끝내자마자 세현에게 뒷정리를 맡기고 나와서 동균을 만났다. 단골 호프집에, 동균은 어딘가 지친 표정으로 나타났다.

"서지환 씨 만났어?"

동균이 맞은편에 앉자마자 효주는 숨넘어가게 물었다.

"응."

짧은 대답에 가슴이 철렁했다. 아, 얘기가 잘 안 됐구나.

"뭐래? 바빠서 안 되겠대?"

조심스럽게 묻자 동균은 고개를 저었다.

"아니."

"그럼?"

동균이 중얼거렸다.

"출연하겠대."

순간 마음이 확 놓였다.

"뭐야, 깜짝 놀랐잖아!"

놀라게 해주려고 장난을 친 건 줄 알고 효주는 활짝 웃으며 눈을 흘겼다. 그러나 동균은 마주 웃지 않았다. 여전히 어두운 표정 그대로 테이블 위에 놓인 맥주병만 뚫어져라 노려보는 것이었다. 이건 장난이 아니다. 효주도 웃음을 거뒀다.

"왜 그래, 선배. 무슨 일 있어?"

표정을 살피며 걱정스럽게 묻자 문득 동균이 고개를 들었다. 뭔가 결심한 듯한 눈빛에 가슴이 철렁하는 순간, 동균이 말했다.

"우리 헤어지자."

효주는 눈을 깜빡이며 되물었다.

"뭐라고?"

잘못 들었다고 생각했다. 좋은 소식 뒤에 왜 이별선언이 튀어
나오는지 도저히 이해가 가지 않았다.

"날 위해서 이렇게까지 애써줬는데 이런 말 해서 미안하지만,
사실은 한참 전부터 생각한 거였어."

동균은 빠르게 되풀이했다.

"미안하다, 정효주. 헤어지자."

효주는 한참 동안 말을 잃고 있었다.

"이유가 뭐야?"

"난 널 사랑하지 않아."

마치 노래 제목 같은 말이 흘러나왔다.

"솔직히 그때는 회사 일도 많이 힘들었고 해서 도피하는 심정
으로 너랑 만났어. 좋아하지는 않지만, 만나다 보면 갈수록 감
정이 생길 거라고 생각했어. 그런데 그게 아니더라."

동균의 입에서 흘러나오는 말 한마디 한마디가 모두 끔찍했
다. 마치 악몽을 꾸는 것 같은 기분으로, 효주는 이별을 고하는
연인의 얼굴을 멍하니 쳐다보았다.

그가 자신을 열렬히 사랑하지 않는다는 것 정도는 알고 있었
다. 애초에 사귀자는 말조차도 그렇게 로맨틱한 것이 못 되었으
니까. 하지만 아예 감정이 없었다는 고백은 충격이었다. 사랑까
지는 아니더라도, 좋아하는 감정은 있다고 생각했다. 서로에게

특별한 존재라고 믿었다. 자주 만나지 못해도 그가 있다는 사실 자체로 마음에 의지가 되었었다.

대답이 없자 동균은 효주가 이별 선언을 받아들이지 못한다고 생각한 모양이었다. 갑자기 이를 악물더니 변명하듯 덧붙였다.

"서지환 때문에 빚진 마음으로 계속 사귀게 되면 그건 너한테도 예의가 아닐 것 같아서 차라리 지금 말하는 거야."

실소가 나왔다. 그러면 부탁을 해놓고 그게 이루어지니까 곧바로 이별선언을 하는 건 예의란 말인가. 세상에 뭐 그런 예의가 다 있담.

뜨겁지 않다고 해서 연애감정이 아닌 것은 아니다. 분명 효주는 동균을 좋아했고, 헤어지는 것은 마음이 아팠다. 솔직히 말해 붙잡고 싶었다. 잘못한 게 있으면 미안하다고, 내가 더 잘하겠다고. 그러니까 우리 헤어지지 말자고.

하지만 애초에 사랑하지 않았다는 데는 어쩔 도리가 없었다. 연인 사이에 있어 사랑하지 않는다는 것은 무적의 논리였다. 그동안 오갔던 수많은 말과 감정과 약속들을 단 한마디로 무력화시켜버릴 수 있는.

효주는 입술을 깨물었다.

"……알았어."

당하는 쪽에게는 처음부터 선택의 여지가 없었다. 그저 받아들일 수밖에.

"미안하다, 효주야."

차인 것은 이쪽인데 왜 동균 쪽이 비참한 표정을 하는지 몰랐다.

"정말 미안하다."

다시 한 번 중얼거리고 동균은 벌떡 일어나 도망치듯 나가버렸다.

동균이 가버리고, 효주는 그대로 앉아서 위스키를 주문했다. 말없이 위스키 병을 갖다주는 주인의 표정에 늘 맥주 아니면 소주만 마시더니 별일이라고 쓰여 있었다. 실연이라도 당하지 않는 이상 비싼 술 마실 엄두조차 못 내는 자신이 한층 더 초라해졌다.

지금 처해 있는 상황에서 도망치고 싶어서 안주도 없이 계속 스트레이트로 마셨다. 알코올은 현재의 괴로움을 희미하게 만들어주는 동시에 엉뚱하게도 과거의 일을 불러왔다.

「겉모습이 아닌 내면을 사랑해주는 사람, 혹시 뭐 그런 꿈을 꾸고 있던 건가?」

진저리를 치며 잊기 위해 얼른 술잔을 비우면 목소리는 한층 더 생생하게 들려왔다.

「망상은 네 시나리오 속에서나 하도록 해.」

아까 동균에게 차일 때조차 나오지 않았던 눈물이, 오래된 지환의 목소리에 울컥 솟아나왔다. 그래, 나를 좋아하지 않았던 건 알겠다. 속아서 화가 났던 것도 이해하겠다. 하지만 꼭 그렇게까지 할 필요가 있었을까? 일부러 수고스럽게 목걸이까지 준비해와서, 품고 온 칼을 휘두르듯 상처를 줄 필요가 있었을까? 애써 덮어두었던 상처에서 방금 베인 듯 선명한 피가 흘러내렸다.

「감독님.」

그런 주제에 마치 아무 일도 없었다는 듯이 자신을 대하고 있는 남자의 얼굴을 떠올리자 서러움은 더욱더 커졌다. 내일도 내 얼굴을 보면 아무렇지도 않게 웃겠지. 나는 아직도, 아직도 이렇게 아픈데.

효주는 비틀거리며 호프집을 나왔다. 자꾸만 흘러내리는 눈물을 훔치며 길을 걸어 집으로 돌아왔다.

"감독님."

원룸 건물 안으로 들어가려는데 뒤에서 누군가가 부르는 바람에 효주는 깜짝 놀라 멈춰 섰다. 돌아보자 가로등 아래 키 큰 남자가 서 있었다. 눈물 때문에 얼굴은 보이지 않았지만, 누군지 바로 알 수 있었다.

"지환 씨가 여긴 웬일이에요?"

효주는 황급히 돌아서서 눈물을 닦았다. 아무렇지 않은 척하려고 죽을 만큼 애를 썼지만 결국은 목소리가 조금 떨리고 말았다.

"미팅 결과 보고 드릴까 해서요."

지환이 말했다.

"소개시켜주신 피디님은 잘 만나 뵈었습니다. 대본 훑어봤는데 역할도 너무 좋고 해서 즉석에서 승낙했습니다. 감독님 덕분입니다."

빙긋 웃던 남자가, 문득 효주의 얼굴을 보고는 놀란 얼굴을 했다.

"뭐 안 좋은 일이라도 있으셨습니까?"

"아무 일도 없었어요."

효주는 그를 외면한 채 말했다.

"늦었어요. 내일 봐요."

얼른 집안으로 도망치려 했지만 팔을 붙잡혔다.

"있었던 것 같은데요."

붙잡는 팔을 당황해서 홱 뿌리쳐버렸다. 너무 세게 뿌리치는 바람에 중심을 잃고 넘어질 듯 휘청거리는 효주를, 지환이 재빨리 끌어당겼다.

"속상한 일이 있으면 저한테 말씀해보세요."

귓가에 낮은 속삭임이 몰아쳤다.

"제가 다 들어드릴 테니까."

순간 효주의 안에서 무언가가 폭발했다. 병 주고 약 주는 데도 정도가 있다. 제 손으로 찔러놓고는 어디가 아프냐고 걱정해주는 건 뭐란 말인가! 있는 힘껏 남자를 밀쳐내고, 효주는 눈물 어린 눈으로 노려보았다.

"네가 더 나쁜 새끼야. 알아?"

튀어나온 욕설에 지환이 움찔했다.

"왜 그랬어? 나한테 마음도 없었으면서."

취해버린 머리는 이미 현재의 실연과 과거의 상처를 구분하지 못했다. 모든 슬픔과 분노가 오롯이 지환을 향해 폭발했다.

"운동화 같은 거 갖다주지 말았어야지. 바닷가 같은 데 데리고 가지도 말았어야지. 그런 눈으로 나를 보지 말았어야지!"

어느덧 효주는 소리치고 있었다.

"왜 그랬어! 대체 왜! 왜 나한테!"

고함을 지르는 효주를, 남자가 와락 품에 껴안았다. 빠져나오려고 몸부림칠수록 더욱더 세게 껴안아왔다. 죽어도 놓치지 않겠다는 듯이.

"내가 잘못했어."

남자의 목소리도 심하게 떨리고 있었다.

"잘못했으니까, 뭐든지 다 할 테니까, 제발 한 번만……!"

그 뒷말은 울음소리에 묻혀 효주에게까지 와 닿지 않았다.

"아아아악!"

결사적으로 껴안고 있는 남자의 품 안에서, 효주는 비명 같은 울음을 토해냈다.

화창한 봄날이 계속되었다. 기록적인 가뭄이라고 연일 뉴스에서 아우성을 쳤지만 영화 촬영에 있어서는 더없이 좋은 날씨였다. 딱히 비가 오는 장면이 아닌 다음에야, 아니 설사 비가 오는 장면이라 해도 진짜로 내리는 비는 촬영에 방해가 될 뿐이다.

날씨가 도와준 덕분에 촬영이 빠르게 진행되었다. 벚꽃 필 때쯤 맞춰서 강원도 로케를 떠나기 위해 효주는 진행속도에 한층 더 박차를 가했다. 쉬는 날이라고는 하루도 없이 강행군이 계속되었다. 매일 밤 일이 끝나면 지쳐서 돌아와 기절하듯 쓰러져 잠이 들었다.

잡생각을 할 여력조차 없어서일까. 동균과의 이별은 스스로도 놀랄 정도로 빠르게 희미해져갔다. 며칠이 지나자 얼굴조차 가물가물할 정도였다. 오히려 그보다도 더 신경이 쓰이는 것은 동균과 헤어진 날 저녁에 찾아왔던 남자 쪽이다.

「잘못했으니까, 뭐든지 다 할 테니까, 제발 한 번만……!」

알코올이 기억을 조작한 게 아니라면, 분명 그때 지환도 울고 있었다.

그 남자는 왜 하필 그날 밤에 나를 찾아왔을까. 왜 나를 껴안고 울었을까. 제발 한 번만, 뒤에는 무슨 말을 했었던 걸까.

많은 생각이 떠올랐지만 효주는 그중 어느 것도 입 밖에 내어 묻지 않았다. 왠지 물으면 안 될 것 같았다.

지환 역시 전혀 내색하지 않았다.

「오셨습니까, 감독님.」

그다음 날 아침에 촬영장에서 만났을 때는, 언제나 그랬듯이 빙긋 웃으며 반갑게 인사해오는 바람에 잠깐 헷갈렸을 정도였다. 혹시 어젯밤엔 내가 너무 취해서 꿈을 꾼 걸까.

서로 그날의 일에 대해서는 아무 말도 꺼내지 않는 사이에 촬영은 순조롭게 진행되어갔다. 효주는 무엇보다 현장이 늘 화기애애하도록 신경을 썼다. 아무리 짜증이 나도 목소리를 높이지 않았고, 누구의 의견이든 귀를 열고 들으려 노력했다.

강행군 속에서도 현장 분위기가 좋은 데는 지환의 역할도 컸다. 동균이 말했던 것과는 달리 지환은 전혀 까다롭게 굴지 않았다. 심지어 짐꾼 노릇까지 가끔 자처했다. 여성스태프가 많은 현장이다 보니 일손이 달릴 때가 많은데 그럴 때마다 자청해서 돕는 것이었다.

한 회 차의 촬영이 끝날 때마다 으레 지환이 회식을 쏘았다. 그야 원래 현장에서는 제일 비싼 배우가 한턱내기 마련이지만 이러다가 개런티 받은 거 회식비로 다 날리겠다 싶을 정도였다.

원래부터 지환에게 호의적이었던 여성스태프들은 물론, 이제는 스태프 전원이 지환의 팬클럽처럼 되어버렸다. 그러니 현장이 화기애애할 수밖에.

처음에 걱정했던 예빈도 갈수록 점점 더 좋아졌다. 초반에는 이렇게까지 수줍음을 타야 하느냐는 둥, 왜 눈도 똑바로 못 봐야 하느냐는 둥 하면서 자꾸만 다른 의견을 내곤 했지만, 이제는 진짜로 얼굴까지 빨개지는 것이 무척 자연스러웠다. 아마도 지환이 잘 리드해준 덕분일 거라고 효주는 생각했다. 예빈의 연기가 잘 풀리지 않을 때마다 둘이서 뭔가 한참 얘기를 나누는 것 같았으니까.

마침 주연들의 촬영이 없는 날이었다. 지환이 현장에 나오지 않는 날에도 그의 팬클럽에서 보낸 밥 차는 어김없이 왔다. 둘러앉아서 밥을 먹는데 지선이 뜬금없이 목소리를 낮추어 소곤거렸다.

"근데요. 지환 선배님 아무래도 여친 있는 거 같아요."

가슴이 철렁하는 것과 동시에 세현과 민우도 눈을 둥그렇게 뜨고 지선을 쳐다보았다.

"그게 무슨 소리야?"

"왜 감독님 촬영 끝나자마자 컨디션 안 좋다고 바로 가셨던 날 있잖아요."

동균과 헤어졌던, 그리고 지환이 집 앞에 찾아왔었던 그다음 날이었다. 이제 겨우 4월인데 초여름 뺨치게 더운 날씨였던 게 기억난다. 일찌감치 촬영 끝내고 스태프들이 빙수 먹으러 가자고 조르는 걸, 몸이 안 좋다고 핑계를 대고 집에 와버렸었다. 도저히 지환의 얼굴을 보고 있을 기분이 아니어서.

"그날 지환 선배님이 빙수 샀거든요? 과일빙수가 이렇게 커다란 유리그릇에 산더미처럼 쌓여갖고, 하여튼 엄청 예쁘게 나왔단 말이에요."

빙수와 애인 사이에 무슨 관계가 있단 말인가. 괜히 심장이 세차게 뛰기 시작하는 것을 감추고 효주는 아무렇지도 않은 척 되물었다.

"그래서?"

"지환 선배가 숟가락도 못 들게 하더니 사진부터 열심히 찍더라고요!"

"아, 그거?"

그제야 세현이 기억난다는 듯이 말했다.

"SNS에 올리려고 그랬던 거 아냐? 난 그렇게 생각했는데."

"지환 선배 SNS 안 해요. 있었으면 제가 벌써 팔로잉했죠. 뭘저렇게 열심히 사진을 찍나, 싶어서 슬쩍 보니까 메신저로 사진보내고 있더라고요. 그게 누구한테 보내는 거겠어요?"

갑자기 지선이 안경을 치켜 올리며 명탐정 코난 같은 눈빛을했다.

"근데 여기서 중요한 건 뭐냐! ……그날 예빈 씨도 마침 그 자리에 없었다는 거죠."

민우가 손가락을 딱 퉁겼다.

"맞다. 그날 예빈 누나 스케줄 있다고 먼저 갔죠?"

세현이 입을 딱 벌렸다.

"뭐야. 그럼 설마 둘이 몰래 사귄다는 거야?"

여기저기서 기다렸다는 듯이 증언이 터져 나왔다.

"그러고 보니까 지환 씨가 예빈 씨 따로 만나서 밥 사줬다고 하던데요."

"감독님 앞에서는 조심하는데, 분장 차에서 보면 완전 썸 타는 분위기예요. 저 지환 선배가 예빈 씨 머리 쓰다듬어주는 것도 봤다니까요?"

"아, 예빈 씨 바스트 딸 때 지환 씨가 일일이 리액션 다 해주는 게 그래서 그런 거구나!"

의혹은 금세 기정사실로 둔갑하고, 이어서 격론이 벌어졌다.

"안 되는데, 지환 선배는 공공재로 남아줘야 되는데!"

여성스태프들이 입을 모아 반대하는 입장이라면, 남성스태프들은 보기 좋은데 왜 그러느냐는 식이었다.

"에이, 잘만 어울리는데 뭐."

금세 주위가 갑론을박으로 시끄러워졌다.

"자, 자, 그만. 둘이 사귀든지 말든지 제삼자들과는 관계없는 일이잖아요?"

결국 효주가 나서서 정리해야 했다.

"쓸데없는 데 신경 끄시고 촬영에만 집중합시다. 괜히 나가서 허튼소리들 하지 마시고."

아무렇지 않은 척 다시 밥을 먹기 시작하면서 효주는 생각했다.

……그날 밤 일은 역시 꿈이었던 걸까.

◇ ◆ ◇

강행군을 한 보람이 있어서 당초 예정대로 서울에서의 촬영 부분이 마무리되어갔다. 벚꽃 필 때쯤 맞춰서 무리 없이 지방으로 로케를 떠날 수 있을 것 같았다.

진행이 순조로운 것과는 별개로 힘든 것은 힘든 것이었다. 현장에서는 정말 많은 문제가 터졌고, 그 모든 문제가 감독인 효주에게 보고되었다. 다행히 현장의 라인 피디는 제작이사인 메인 프로듀서와 달리 말이 통하는 사람이어서 한결 짐을 덜게 되었지만 그렇다 해도 결국 총책임자는 감독이었다. 매일같이 머리가 터져나갈 것 같았다.

현장이라면 알 만큼 안다고 생각했는데, 상업영화 현장에서는 독립영화를 할 때와는 전혀 다른 차원의 문제들이 생겼다. 그동안 해왔던 게 소꿉장난이었구나 싶을 정도였다. 그간 모셔왔던 감독들이 왜 대부분 까칠한 성격이었는지 이제야 알 것 같았다. 이래서야 아무리 호인이라도 성격 버리는 건 시간문제다.

피곤과 스트레스에 나날이 지쳐가는 효주에게 큰 힘이 되는 사람이 있었으니, 바로 민우였다. 나이가 어려서 체력이 좋은데다 워낙 천성이 밝았다. 아무리 지쳐도 늘 생글생글 웃으며 현장 분위기를 밝게 만들었다.

「어 누나, 언제 시술 받고 오셨어요? 얼굴에서 막 빛이 나는데요?」

「뭐래, 같이 밤새워놓고.」

누구에게나 스스럼없이 형, 누나, 하면서 따르는 민우를 스태프들도 모두 귀여워했다.

"어휴, 쟤 안 뽑았으면 어쩔 뻔했니. 완전 비타민이다, 비타민."

세현의 말에 효주도 마음 깊이 동의했다.

"감독님, 예수님이 옷가게 가서 마음에 드는 옷을 가리키면서 뭐라고 했게요?"

오늘도 민우가 다가오더니 시치미를 뚝 떼고 아재 개그를 시전했다.

"예루살렘."

그래도 감독인데, 좀 진중한 모습을 보이고 싶어서 효주는 웃음기를 싹 지우고 대꾸했다.

"헐. 그러면 예수님이 마구간에 가셨는데 마부가 뭐라고 했게요?"

"그건 모르겠는데?"

"Jesus, 무슨 말이 필요해!"

갑자기 노래를 부르며 춤을 추어 보이는 바람에 버티던 효주도 결국은 웃지 않을 수 없었다.

"감독님은 웃는 게 훨씬 예뻐요."

민우가 눈을 가늘게 뜨고 효주를 쳐다보며 느끼한 멘트를 날렸다.

"이야, 우리 민우 사회생활 제대로 배웠네."

다들 한바탕 웃고 나서 본격적으로 촬영이 시작되었다.

"자, 그럼 리허설 시작합시다."

몇 번이나 다시 가는 게 싫어서 감정 신이 아닌 이상은 촬영 전에 최대한 리허설을 꼼꼼히 하는 편이었다. 지환과 민우, 두 사람이 자리를 잡고 대사를 시작했다.

"원장님한테 정떨어진 거 아닐까요?"

"뭐?"

지환이 얼굴을 굳혔다. 원래 까칠한 역할이긴 하지만, 리허설부터 너무 과하게 연기가 들어가 있지 않은가 싶을 정도로 매서운 눈초리였다.

"아까 얼핏 듣자니까 그쪽에서 먼저 원장님을 좋아했다고 하는 거 같던데, 사실 그 짝사랑이라는 게 대, 대단한 게 아니거든요. 하물며 제대로 알기도 전에……."

오늘 민우의 대사가 유난히 길어서 걱정했는데, 역시나 중간에 살짝 더듬는다.

"좋은데 민우야, 조금만 천천히 해보자."

"죄송합니다, 감독님. 다시 할게요."

민우는 효주에 이어 지환에게도 사과했다.

"죄송합니다, 선배님."

상대가 예빈이었다면 웃으며 격려를 했을 지환은, 어째서인지 대꾸 한마디 없이 차디찬 눈으로 민우를 쳐다볼 뿐이었다.

"……."

입을 다물고 있어도 심기가 불편한 것이 팍팍 전해져왔다. 이건 더 이상 연기가 아니라 실제 상황이었다. 불쌍한 민우는 완전히 주눅이 들고 말았다. 그러니 연기가 더 꼬일 수밖에.

"어제 원장님이 그렇게 구시는……."

"막무가내로."

효주가 지적하기도 전에, 지환의 입에서 민우가 빠뜨린 대사가 튀어나왔다.

"아, 죄송합니다. 어제 원장님이 그렇게 막무가내로 구시는 거 보고 확……."

민우가 또다시 더듬거리자 더 이상 못 참겠다는 듯, 지환이 길게 한숨을 내쉬었다. 짜증이 짙게 묻어나는 한숨이었다.

"장난하러 왔나?"

서리가 잔뜩 낀 목소리에 주위가 삽시간에 싸늘해졌다. 촬영이 시작된 이후로 지환이 이토록 정색을 하는 것은 처음이었다.

"죄송합니다, 선배님."

"너는 드문드문 촬영하니까 힘이 넘치겠지만, 여기 지금 단하루도 못 쉬고 있는 사람들이 수십 명이야. 실없이 이 사람 저 사람 붙잡고 농담 따먹기 할 시간에 대본을 한 번 더 봤어야지."

수많은 사람들 앞에서 지적을 당한 민우는 금세 눈물이 떨어질 것 같은 표정이 되었다.

"잘못했습니다."

보다 못해 효주가 끼어들었다.

"십 분만 쉬고 리허설 다시 할게요."

지시가 떨어지자마자 지환은 등을 돌려 어디론가 가버렸다. 대사를 안 외울 정도로 게으른 아이가 아니다. 단지 너무 긴 대사를, 그것도 서지환 같은 대스타 앞에서 하자니 긴장해서 그랬던 것뿐이라는 걸 효주는 알고 있었다. 게다가 왠지 그 대스타는 리허설 시작 전부터 무척 기분이 안 좋아 보였으니까.

"죄송합니다, 감독님."

"괜찮아. 대사 너무 길면 조금 끊어서 가자."

일단 민우를 위로해놓고 효주는 지환의 뒤를 따라갔다.

"지환 씨, 내가 부탁 하나 할게요."

"말씀하시죠."

지환은 여전히 굳은 얼굴로 대꾸했다.

"지환 씨 말이 맞는데, 그래도 민우한테 조금만 더 부드럽게 대해줘요. 예빈 씨한테 하는 거의 반의반만 해줘도 좋을 것 같은데."

뒷말은 저도 모르게 약간 비꼬는 것처럼 되어버렸다. 둘이 사귀든지 썸을 타든지 알 바는 아니지만 공사는 구분해야 할 것 아닌가. 예빈에게는 그렇게 잘해주는 주제에 나이도 훨씬 어린 민우에게만 엄하게 구는 게 화가 났다.

"야단치는 것보다는 좀 다독이면서 서로 기분 좋게 가는 게 좋잖아요."

순간 지환이 픽, 하고 웃었다.

"감독님은 저한테 늘 어려운 부탁만 하시네요."

잠시 효주의 얼굴을 뚫어져라 쳐다보고, 지환은 바람을 일으키며 옆을 스쳐 지나갔다.

"……."

뒤에 남은 효주는 어안이 벙벙했다. 후배한테 조금만 친절하게 해달라는 게 그리 어려운 부탁이란 말인가. 아니 그 전에, '늘'이라니. 대체 뭘 그렇게 많이 부탁했다고 그런 소리를 하는 건지 알 수가 없었다.

촬영 시작하기 전에 제발 작품에서 빠져달라고 했던 거? 그거라면 어차피 들어주지도 않지 않았는가. 동균을 만나달라고 한거? 엄밀히 말하면 그건 제 부탁이 아니었다. 그냥 중간에서 말을 전해줬을 뿐이지. 도대체 내가 무슨 부탁을 그렇게 했다고 이런 취급이란 말인가.

화가 나고 억울해서 효주는 마음 깊이 결심했다. 앞으로 무슨 일이 생기더라도 절대 지환에게는 부탁하지 않겠다고.

◇ ◆ ◇

강원도로 떠나기 전 마지막 촬영은 지환과 예빈, 두 주인공의 신이었다. 승연에게 전 남자친구가 찾아오고, 우연히 그것을 본 준수가 승연이 다른 남자를 만나는 거라고 오해를 한 끝에 처음으로 싸우는 장면이다.

"여기서는 구도를 좀 로우 앵글로 가야 하지 않을까요? 이렇게 가면 준수가 좀 위축돼 보일 것 같은데요."

"근데 카메라를 내리면 위에 저 간판들이 걸려서."

"그럼 렌즈를 망원으로 바꿔서 가죠? 뒤에 안 걸리게."

촬영감독과 이야기를 나누고 있는데 지환이 다가왔다.

"어제는 죄송했습니다, 감독님."

어제는 그토록 무서운 표정을 하고 있더니, 오늘은 무슨 바람이 불었는지 착 엎드리는 자세였다. 효주는 콘티에 시선을 옮기며 대꾸했다.

"신경 쓰지 않아요."

효주가 거들떠도 보지 않자 지환은 한참 앞에서 우물쭈물하고 있었다. 결국 효주는 눈을 들어 지환을 똑바로 쳐다보고 쏘아붙였다.

"촬영 준비 안 할 거예요?"

결국 지환은 어깨를 늘어뜨리고 자기 위치로 돌아갔다.

여태껏 지환은 늘 디렉팅에 순순히 따라주었다. 사실 따랐다고 하기도 우스운 것이, 별로 디렉팅이 들어간 것도 없었다. 그의 연기는 어디까지나 시나리오에 충실했다. 애드리브조차 거의 하지 않았고, 대사도 심지어 토씨까지 대본에 있는 그대로 연기했다. 기본적으로 연기력도 훌륭하다 보니 따로 입 댈 데라고는 없었다.

지환에게 한해서 효주는 거의 오케이, 좋았어요, 정도밖에 말한 기억이 없었다. ……바로 오늘까지는.

"그 대단한 고민이라는 게 겨우 이런 거였어요? 양손에 남자를 하나씩 올려놓고 저울질하는 거? 그런 겁니까?"

오늘따라 지환의 연기가 마음에 들지 않았다. 감정을 폭발시키듯 화를 터뜨리며 소리쳐야 하는 장면인데, 어째서인지 나온 것은 뜨뜻미지근한 연기였다. 시나리오의 지문에도 분명 '격정적으로 소리친다.'고 되어 있는데, 자꾸만 목소리에 힘이 빠졌다. 화를 낸다기보다는 도리어 애원하는 것같이 들리기도 했다.

"컷."

지켜보던 효주는 결국 제동을 걸었다.

"조금만 더 화내주세요, 지환 씨."

"예, 감독님."

지환은 순순히 다시 연기를 시작했다. 하지만 이번에도 별로 달라지지 않았다.

"컷. 목소리 조금만 더 높여서, 세게 갈게요."

그다음 테이크에도, 또 그다음 테이크에도 마찬가지였다. 분명 지시대로 노력하고 있는 건 알겠는데, 몇 번을 다시 해도 좀처럼 효주가 원하는 선까지 올라와주지를 않았다.

"선배, 저 괜찮으니까 막 화내셔도 돼요. 밀치셔도 되고요."

예빈까지 나서서 부추겼는데도 좋아지지 않았다. 마치 감독이 화를 내라니까 마지못해 억지로 화를 내는 연기를 하는 것 같다. 속으로는 전혀 화내고 싶지 않으면서.

이건 서지환답지 않다.

"잠깐만요, 지환 씨."

효주는 촬영을 중지시키고 지환을 가까이로 불렀다.

"몰입이 잘 안 되는 거 같은데, 혹시 뭐 마음에 걸리는 거라도 있어요?"

그제야 지환은 조심스럽게 입을 열었다.

"준수의 감정이 잘 이해가 가지 않습니다. 화가 나는 상황은 알겠는데, 그렇다고 사랑하는 여자한테 고함까지 치면서 화를 낼 것 같지가 않아서요."

역시나 다른 의견이 있었던 것이다.

"원래가 준수는 그런 성격이에요. 까칠하고, 독설 잘 뱉고. 알잖아요?"

여태 캐릭터 파악 잘해서 연기 잘만 해왔으면서 새삼스럽게 왜 이러나 싶었다. 하지만 평소 같으면 순순히 '예, 감독님.' 하고 대답했을 지환이 왠지 오늘만은 쉽게 물러나지 않았다.

"하지만 이미 준수는 승연을 사랑하고 있지 않습니까. 아무리 화가 났다고 해도 대본에 쓰인 것처럼 무섭게 화를 내지는 않을 것 같습니다."

"그 사랑하는 여자가 다른 남자를 만나는 중이라고 오해하고 있잖아요. 충분히 화를 낼 만한 상황 아닌가요?"

"저는 그렇게 생각하지 않습니다."

지환은 단호하게 말했다.

"만약에 그녀가 다른 남자를 만나고 있다면 도리어 초조해지 겠죠. 제발 날 버리지 말아달라고 매달리고 싶겠죠. 무릎 꿇고 애원이라도 하고 싶겠죠. 도망갈까 봐 불안해 죽겠는데, 감히 어떻게 소리를 지르겠습니까?"

순간 효주는 말문이 막혔다. 그런 식으로는 생각해보지 못했다. 그냥 화날 만한 상황이니까, 게다가 원래 성격도 까칠한 남자니까 당연히 폭발하듯 화를 낼 거라고만 생각하고 시나리오를 썼었다.

"……."

모두가 숨을 죽이고 쳐다보고 있는 가운데, 지환은 효주의 눈을 바라보며 열심히 말했다. 마치 이 자리에 효주 이외에는 아무도 없는 것처럼.

"그 여자 앞에서는 숨도 제대로 못 쉴 겁니다. 한번 웃어주기만 해도 세상을 다 얻을 것 같을 겁니다. 만약에 그 여자가 사기를 친다면, 뻔히 알면서도 전 재산을 다 갖다 바칠 겁니다."

단어 하나하나가 심장에 날아와 박히는 것 같았다.

"그 여자가 죽으라면 웃으면서 죽을 수도 있는 게, 사랑에 빠진 남자란 말입니다."

갑자기 서러워졌다. 나한테는 별것 아닌 부탁조차도 거절해놓고, 사랑하는 여자가 죽으라면 죽을 수도 있다니. 왈칵 눈물이 날 것만 같아서 효주는 입술을 깨물었다. 이 사람이 진짜로 사랑에 빠진 모습을, 나는 한 번도 본 적이 없다.

그렇게, 그렇게 좋아했는데…….

"지환 선배 말에도 일리가 있는 것 같아요, 감독님."

예빈의 목소리에 효주는 벼락을 맞은 것처럼 제정신으로 돌아왔다. 하마터면 눈물을 흘릴 뻔한 자신을 믿을 수가 없었다. 촬영 도중에, 대체 나는 무슨 생각을!

심장이 터져 나올 듯이 뛰었다.

"십 분만 쉬고 다시 가죠."

효주는 지환을 외면하고 지시했다. 목소리가 떨렸다.

"어떡해, 나 방금 심쿵했어."

"역할 몰입 제대로다. 아주 그냥 시도 때도 없이 멜로 눈깔이
네."

여성스태프들끼리 뒤편에서 소곤거렸다.

"감독님, 커피 드세요."

지선이 갖다준 커피를 마시면서 효주는 놀란 가슴을 애써 진
정시키고 상황 자체에 집중하려고 노력했다. 대본이 절대적인
것은 아니다. 사정에 따라 배우와 의견을 나눠가면서 현장에서
대본을 수정하는 것도 비일비재한 일이었다.

그런데 문제는 효주 자신이 잘 이해할 수 없다는 것이었다. 사
랑에 빠진 남자란 건 정말 그렇게 바보 같은 짓을 하는 것일까.
이렇게 성격이 나쁜 캐릭터인데도, 화조차 제대로 못 낼 정도
로?

생각을 정리하고 난 후 효주는 지환에게로 향했다. 지환은 초
조한 얼굴로 커피잔을 만지작거리고 있었다. 효주가 가까이 다
가가자 매니저가 자리를 피해주었다.

"감독님 지시에 거역할 생각은 없었습니다."

몇 분 전만 해도 그렇게 단호하게 말하더니, 지환은 왠지 안절
부절못하며 효주의 눈치를 살폈다.

"정말 죄송합니다, 감독님. 제가 잘못했습니다."

이럴 때마다 궁금해진다. 신인감독과 슈퍼스타. 누가 봐도 저울이 어느 쪽으로 기우는지 명확한 사이인데도 이 사람은 왜 이렇게 자꾸만 내 눈치를 보는 걸까.

"아니, 괜찮아요. 연기자가 감독이 하라는 대로 움직이는 꼭두각시는 아니니까요. 오히려 솔직하게 의견을 말해줘서 고마워요."

그제야 지환은 눈에 띄게 안심한 얼굴을 했다.

"지환 씨 의견, 일리가 있다고 생각해요."

지환의 옆에 조금 떨어져 앉아서 효주는 말했다.

"그런데 사실 이해가 잘 가지는 않아요. 사랑에 빠진 남자를 본 적이 없으니까요."

순간 커피잔을 만지작거리고 있던 지환이 정지화면처럼 동작을 멈췄다.

"⋯⋯이해합니다."

한참 후에야 그는 중얼거렸다. 왠지 목소리가 조금 떨리는 것같이 느껴졌지만 효주는 신경 쓰지 않고 계속해서 말을 이어갔다.

"혹시나 캐릭터 붕괴같이 보이지 않을까 걱정도 되고요."

"⋯⋯."

"그러니까 둘 다 가봐요. 한 번은 원래 대본대로, 그리고 뒤에 한 번은 지환 씨가 연기하고 싶은 대로 해요. 둘 다 보고 나서 좋은 쪽으로 고르죠."

이게 효주가 내린 최선의 결론이었다.

"대신에 원래 대본대로 갈 때는, 이해가 안 가더라도 제대로 화내줘야 해요."

지환이 고개를 끄덕였다.

"알겠습니다."

지환이 원래 위치로 돌아가서 예빈과 마주 섰다. 효주도 자리를 잡았다. 촬영감독을 비롯한 스태프들에게 같은 장면을 두 번 갈 거라고 간단히 설명을 하고 나서 다시 촬영을 시작했다.

"액션."

지시와 함께 연기가 시작되었다.

"그 대단한 고민이라는 게 겨우 이런 거였어요?"

방금 효주와 나눈 대화 때문인지, 목소리에도 표정에도 아까보다 훨씬 더 박력이 실려 있었다. 욕심 같아서는 좀 더 가주었으면, 싶기는 했지만 이 정도면 그런대로 만족이었다.

"컷. 좋았습니다. 그럼 다시 가볼게요."

곧이어 다시 같은 장면의 연기가 시작되었다.

"그 대단한 고민이라는 게 겨우 이런 거였어요?"

첫마디를 듣는 순간 온몸에 전율이 일었다.

"양손에 남자를 하나씩 올려놓고 저울질하는 거? 그런 겁니까?"

방금 했던 것과 똑같은 대사인데, 똑같다는 것조차 깨닫지 못하게 만들 정도로 전혀 달랐다. 지환은 매달리듯 예빈의 어깨를 붙잡고 눈을 들여다보며 호소했다.

"그 남자에 비해서 내가 어디가 부족한 겁니까? 말해주면 고치겠습니다. 하라는 건 뭐든지 다 하겠습니다. 그러니까, 그러니까 제발…….”

애절한 목소리에 효주는 눈시울이 뜨거워지는 것을 느꼈다.

“준수 씨…….”

예빈의 눈에도 어느덧 대본에 없는 눈물이 고여 있었다. 세현이 옆구리를 쿡 찌르는 바람에 겨우 효주는 정신을 차리고 컷 사인을 보냈다.

“컷.”

카메라가 멈추자마자 스태프들이 여기저기서 훌쩍이는 소리가 들려왔다. 어느 쪽이 좋았는지, 굳이 의견을 물을 필요조차 없었다.

「그 남자에 비해서 내가 어디가 부족한 겁니까? 말해주면 고치겠습니다. 하라는 건 뭐든지 다 하겠습니다. 그러니까, 그러니까 제발…….」

그것이 대본에는 없는 대사, 즉 애드리브였다는 것을 깨달은 건 촬영이 끝나고도 한참 뒤의 일이다. 시나리오를 쓴 효주 자신조차도 눈치채기 힘들었을 정도로, 서지환은 그 순간 완벽하게 민준수 그 자체였다.

강원도로 떠나기 바로 전날까지도 회사 편집실에서 지환의 연기를 수도 없이 돌려보았다. 빨리 스크린을 통해 보고 싶어서 몸이 달았다. 크랭크인 후 여태껏 찍은 모든 장면 중에서 단연코 가장 마음에 들었다.

효주는 반성했다. 내가 그동안 잘못하고 있었던 게 아닐까. 예빈과는 의견이 상충되는 부분이 있다 보니 대화도 많이 했지만, 오히려 지환과는 알아서 잘한다는 핑계로 거의 이야기를 나눈 적이 없었다. 그는 배우, 나는 감독이라고 다짐한 주제에 될 수 있는 한 피하려 들기만 했다.

정말 감독으로서 그를 대한다면 좀 더 많은 대화를 나눠봐야 하지 않았을까. 평소에 작품에 대해, 캐릭터에 대해 더 많은 대화를 나누었다면 진작 그런 좋은 장면들이 많이 나오지 않았을까.

골똘히 생각에 잠긴 채 효주는 편집실을 나와 사장실로 향했다. 강원도에서의 촬영 계획에 대해 간단히 보고할 예정이었다.

"아서라, 아서. 괜히 정 감독 건드렸다간 또 서지환이 길길이 날뛸라."

안에서 들려온 사장의 목소리에 효주는 문을 열려던 손을 멈췄다.

"아니, 그래도 최 감독이 커리어는 훨씬 위잖아요. 후반작업에만 참여하게 해서 공동연출로 이름만 올려도 훨씬 마케팅하기 좋을 텐데요. 영화제 같은 곳에서도 먹힐 거고."

이번에는 프로듀서의 목소리였다.

"아, 그걸 누가 몰라? 정효주 일이라면 서지환이 아주 눈 뒤집힐 기세로 난리를 치니까 그렇지."

사장의 말에 효주는 제 귀를 의심했다.

"그때 뭐야, SJ엔터테인먼트 대표 만나서 투자받을 때도 그래. 정효주한테 술 한잔 따라달라고 했다고 글쎄 멱살을 잡더라니까?"

"멱살까지요?"

"아, 멱살뿐이야? 두들겨 패려는 걸 내가 겨우 뜯어말려났는데. 결국 그래가지고 투자 취소되니까 자기 돈으로 갖다 박은 거봐."

들려오는 말마다 하나같이 믿기 힘든 것들뿐이었다. 심장이 튀어나올 것처럼 격렬하게 뛰어서, 효주는 손으로 가슴께를 꽉 눌렀다.

"하긴 처음부터 서지환이 감독 바뀌면 자긴 안 하겠다고 했었죠. 그때부터 뭐가 있다 싶더라니."

현기증이 일었다. 지환은 자신을 작품에서 쫓아내려던 게 아니다. 오히려 그 반대였던 것이다. 믿기 힘든 사실에 혼란스러워하는 사이에도 수군거림은 계속되었다.

"대체 둘이 무슨 사이인 걸까요? 혹시 사귀나?"

"그걸 낸들 아나. 하여튼 아예 정 감독한테 공동감독의 공 자도 꺼내지 마. 알았어?"

사장은 몇 번이나 신신당부했다.

scene 06

고속도로를 빠져나와 한 시간 넘게 국도를 달렸다. 몇 개의 계곡, 또 몇 개의 마을들을 지나치면서 길은 점점 더 가파르고 좁고 구불구불해졌다.

"여기 주민들은 6.25도 다 끝난 다음에야 알았다더라."

세현이 멀미로 연신 헛구역질을 하며 말했다.

천신만고 끝에 도착한 촬영지는 여태까지의 고생도 한순간에 잊어버리게 만들 정도의 절경이었다. 세현이 찍어온 동영상 속에서 보았던 앙상한 숲은 바야흐로 별천지로 변해 있었다.

국경의 긴 터널을 빠져나오자, 설국이었다.

꽃그늘이 진 숲에 들어서는 순간 가와바타 야스나리의 '설국'의 첫 문장이 절로 떠올랐다. 눈 설(雪) 자만 꽃 화(花) 자로 바꾸면 딱 어울릴 것 같다. 조용했던 숲 속에 사람들이 나타나자 새들이 여기저기서 놀라 울었다.

"없는 연애세포도 막 살아날 것 같아요!"

온 천지에 흩날리는 분홍빛 꽃잎을 보며 지선이 꿈꾸는 것 같은 눈동자를 했다.

강원도에서는 지환과 예빈 두 사람 위주로 촬영이 진행될 예정이었다. 승연이 홀로 떠난 여행지에서 준수를 떠올리고 있는

데, 준수가 그곳까지 따라와서 재회하게 된다. 드디어 두 사람
이 처음으로 서로의 감정을 확인하게 되는 중요한 장면이다.

그러니까 원래 감정선상으로는 예빈의 단독 신을 먼저 촬영한
후에 두 사람의 신을 촬영하는 것이 맞다. 그런데 지환이 갑자기
CF 때문에 파리에 다녀와야 하는 일이 생기는 바람에 두 사람의
신부터 먼저 찍어놓고 나서 그 뒤에 예빈의 단독 신을 촬영하도
록 계획이 짜여 있었다.

이미 해가 질 무렵이라 본격적인 촬영은 다음 날부터였다. 스
태프들이 이것저것 사전준비를 하는 동안 효주는 혼자 빠져나
와 벚나무 숲을 걸었다. 아련한 노을빛이 더해진 벚꽃은 눈을 깜
빡이는 것조차 아까울 정도로 아름다웠다. 머릿속에 그림이 절
로 떠올랐다.

이쯤에 벤치를 놓고, 승연이 앉아 있으면 저만치에서 준수가
걸어오고……. 빨리 촬영에 들어가고 싶어서 가슴이 뛰었다.

원래 대본상으로는 이 장면에 키스 신은 들어가지 않는다. 그
런데 정작 풍경을 보니 한번 넣어볼까, 하는 생각이 들었다. 그
림이 이렇게 좋은데 키스가 빠지면 왠지 허전할 것도 같다. 승연
과 준수가 흩날리는 벚꽃 아래 입 맞추는 장면이 떠올랐다.

가만히 감싸 안는 팔.

섞이는 숨결.

꽃잎처럼 가만히 내려앉는 입술.

상상만으로도 떨리기 시작하는 가슴을, 효주는 굳이 진정시
키려 하지 않았다. 처음부터 설레었어야 했다. 그는 나의 주인

공이니까. 감독인 나부터 설레지 않으면 관객들을 어떻게 설레게 만든단 말인가.

「잘못했으니까, 뭐든지 다 할 테니까, 제발 한 번만……!」

이제는 확실히 알겠다. 그게 꿈이 아니었다는 것을. 지환은 그때 자신에게 진짜로 사과했던 것이다. 몰래 뒤에서 돕고 있었던 것도 그래서일 터였다. 미안해서.

그렇다고 해서 입었던 상처가 한순간에 잊히는 것은 아니지만, 마음이 한결 가벼워진 것도 사실이었다. 비록 그때는 속았다는 데 화가 나서 심하게 굴었던 모양이지만, 그렇게 나쁜 사람은 아니었던 거라고 효주는 생각하기 시작했다.

그와의 사이에 있었던 일은 이미 과거일 뿐이다. 그러니 나쁜 감정 따위는 이제 작작 떨쳐버리고 좀 더 지환을 똑바로 바라보자는 생각이 들었다. 내 주인공을 완벽하게 표현해내는 고마운 내 배우를.

생각에 빠져 천천히 걷고 있는데 문득 어깨를 살며시 두드리는 손길이 느껴졌다.

"무슨 생각을 그렇게 하시죠?"

흠칫 놀라 돌아보자 방금까지 효주의 머릿속을 꽉 채우고 있던 남자가 빙긋 웃었다. 얼굴이 붉어질 것 같아서 효주는 얼른 시선을 내리깔았다.

"내, 내일 아침에 도착하는 거 아니었어요?"

저도 모르게 목소리가 떨렸다.

"도착하자마자 촬영 시작하면 힘들 것 같아서 그냥 하루 일찍 왔습니다."

효주가 다시 걷기 시작하자 지환도 천천히 보폭을 맞추어 곁에서 걸었다. 수많은 말들이 입속에서 맴돌았다.

나 모르게 도와줬다는 거 들었어요. 그때는 오해해서 정말 미안했어요. 그리고 고마워요. 덕분에 내 작품에서 쫓겨나지 않을 수 있었어요. 옛날 일, 사과도 받았으니까 이제 우리 모두 털어버리고 편하게 지내요. 나도 다 잊어버릴 테니까 그만 미안해해도 괜찮아요.

하지만 그 어느 것도 입 밖으로 나오지 않았다. 결국 효주는 그나마 할 수 있는 말을 입에 담았다.

"그날은 지환 씨 덕분에 정말 좋은 장면이 나왔어요. 고마워요."

지환은 진심으로 기쁜 얼굴을 했다. 활짝 웃는 남자의 얼굴이 눈부셨다.

"저 감독님한테 처음 칭찬 받아보는 것 같습니다."

"그랬어요?"

"늘 오케이라고만 하시고 그 이상은 전혀 말씀 안 하시니까요."

정곡을 찔린 효주는 머쓱해지고 말았다.

"사실은 내일 촬영 때 키스 신을 넣어볼까 하고 생각하고 있었어요."

의견을 구하려고 말을 꺼낸 건데 지환은 대답이 없었다.

"……감독님께서 꼭 원하신다면요."

한참 만에 돌아온 대답이 마치 내키지 않는다는 듯한 뉘앙스여서 효주는 조금 서운해졌다. 좋은 장면이 나올 것 같다고 맞장구쳐줄 줄 알았는데.

"왜요? 별로일 것 같아요?"

"아니, 제가 키스를 해본 지가 오래돼서요."

엉뚱한 말에 의아하게 쳐다보자 지환은 얼른 덧붙였다.

"그러니까, 멜로를 한 지가 한참 돼서."

"아, 그래요."

고개를 끄덕이자 지환이 불쑥 말했다.

"어떤 식으로 해야 할지 감독님이 좀 가르쳐주시면 좋겠습니다."

음, 하고 효주는 주위를 둘러보았다. 유독 커다란 벚나무 한 그루가 눈에 띄어서 지환의 팔을 붙잡고 그쪽으로 향했다.

"그러니까 승연이가 이렇게 나무에 기대서 있고요."

나무줄기에 등을 기대는 시늉을 잠깐 해 보이고 나서 효주는 얼른 물러났다. 민망해서 직접 시연까지 하고 싶지는 않았다.

"승연이가 눈 감고 고개 들면, 준수가 고개 숙여서 키스. 어떤 것 같아요?"

충분히 알아듣게 설명했다고 생각했는데, 지환은 잘 모르겠다는 듯 고개를 갸웃거렸다.

"이렇게 말입니까?"

지환이 어색하게 나무를 향해 허리를 숙였다. 나무에서 너무 멀리 떨어져 있어서 자연히 자세가 엉거주춤해진다. 머릿속에 있는 그림과는 전혀 달랐다.

　"아니, 좀 더 바짝 다가가야죠."

　민우의 연기를 지도하는 심정으로 효주는 하나하나 디테일하게 설명했다.

　"자, 한 손으로 나무 위쪽 짚고요. 아니, 그렇게 팔 뻗지 말고."

　그런데도 지환은 좀처럼 이해하지 못하고 헤맸다.

　"잘 모르겠습니다."

　안 되겠다. 결국 효주는 직접 지환의 팔을 잡아서 나무에 짚게 하고, 나무와 지환 사이로 쏙 들어가 나무에 등을 기대고 섰다.

　"한쪽 손으로는 승연이 턱 살짝 붙잡고."

　지환이 순순히 효주의 턱을 붙잡았다.

　"좋아요. 그 상태에서 예빈 씨가 서서히 고개 들면, 그때 키스."

　눈을 감은 채 고개를 들고 말했다.

　"알겠어요?"

　그렇게 물으며 눈을 뜬 순간 효주는 숨을 멈췄다. 지환의 눈동자가 바로 눈앞에 있었다.

　"……."

　가만히 응시하는 눈빛. 얼굴에 닿는 숨결을 느끼는 순간, 그다음에 이어질 일을 예감했다. 가슴이 철렁했다. 피해야 한다고 생각했지만 마치 거미줄에라도 걸린 것처럼 몸이 움직이지 않았다. 안타까운 듯한 눈빛이 효주를 옴짝달싹할 수 없게 만들었다. 입술이 닿기 직전, 달콤한 절망이 효주를 덮쳤다.

안 돼.

거절의 말은 끝내 밖으로 나오지 못하고 가슴속에서만 맴돌았다.

"……."

입술이 닿기 직전, 지환은 불에 덴 듯 효주에게서 멀리 떨어졌다.

"먼저 가십시오, 감독님."

시선을 피하며 남자는 조금 떨리는 목소리로 말했다.

"저는, 담배 한 대 피우고 가겠습니다."

숙소는 촬영지에서 차로 십오 분 정도 떨어진 곳에 있는 모텔이었다. 현장을 체크한 후 다 같이 차를 타고 숙소인 모텔로 돌아와서 저녁을 먹었다. 아까 본 로케장소만은 못했지만 모텔 근처에도 벚꽃이 많이 피어 있었다.

서울과는 전혀 다른 맑은 공기와 아름다운 경치에 모두들 들떠 있었다. 촬영이 아니라 단체여행이라도 온 것 같은 분위기였다.

저녁은 모텔 뒤의 공터에서 바비큐 파티를 했다. 지환이 근처의 한우 산지에 특별히 주문했다는 고기가 냉장차에 실려와서 모두가 열렬히 박수를 쳤다.

왠지 얼굴을 마주하기가 민망해, 효주는 고기 굽는 역할을 자처해서 지환에게서 멀리 떨어졌다. 다행히도 지환은 일찌감치 스태프들에게 둘러싸여버린 상태였다.

고기를 뒤집으며 효주는 골똘히 생각에 잠겼다. 그 순간, 그는 분명 자신에게 입 맞추려 했었다. 단순히 분위기에 취해서였을까. 아니면……. 어느덧 심장이 두근거리는 것을 느끼고 화들짝 놀라 고개를 저었다. 상대는 서지환이었다.

「주제를 알아, 가짜.」

모진 말로 자신에게 상처를 주었던 남자. 자신이 도둑 취급을 당할 때, 외면하고 도망쳤던 남자. 그런 남자가 이제 와서 자신에게 연애감정을 품고 있다고 생각하다니, 이렇게 한심할 데가 없었다. 착각은 참담한 결과를 부른다. 겪어보지 못한 것도 아니지 않은가.

춤추듯 팔랑팔랑 떨어진 분홍빛 꽃잎이 숯불에 닿아 칙 소리를 내며 흔적도 없이 불타버리는 것을 보며 효주는 정신을 차리려 애를 썼다. 분위기 때문이다. 온 천지에 피어난 벚꽃이 사람을 이상하게 만드는 것뿐이다. 그 남자도, 나도.

타는 냄새에 효주는 퍼뜩 정신을 차렸다. 생각에 빠져 있느라 그만 고기를 반쯤 태워먹고 말았다. 얼른 뒤집으려는데 문득 손이 허전해졌다.

"감독님이 이런 거 하시면 안 되죠."

빙긋 웃으며 집게를 빼앗아간 것은 지환이었다. 얼른 도로 빼앗으려 했지만 지환이 손을 높이 치켜들어버리자 손끝조차 닿지 않았다.

"이리 줘요. 어떻게 주연배우가!"

효주는 어쩔 줄 몰랐다.

"저야 감독님한테 비하면 아무것도 아니니까요."

아무렇지도 않게 고기를 뒤집기 시작하며 지환은 다시 한 번 말했다.

"감독님 앞에서, 저는 아무것도 아닙니다."

손을 움직이면서도 시선은 효주를 응시하고 있었다. 아까와 같은 눈빛. 차분하게 가라앉아 있으면서도 속에는 불을 품고 있는 것 같은 눈빛. 뭔가 끊임없이 이쪽을 향해 이야기하고 있는 것 같은, 그런 눈빛.

"……막내들 불러올게요."

효주는 도망치듯 등을 돌려 사람들 속으로 돌아왔다.

"감독니임! 왜 이제 오세요옹."

지선이 기다렸다는 듯이 효주의 팔에 매달려 애교를 떨었다. 다른 스태프가 효주에게 잔을 쥐여주고 소주를 따랐다.

"자, 한 잔 쭈욱 드시고 풀어주세요."

"응? 무슨 얘기?"

스태프들이 입을 모아 합창했다.

"감독님 남친 얘기요!"

효주는 흠칫 놀라 지선을 쳐다보았다. 잠시 같이 지냈던 지선이 효주에게 애인이 있다고 얘기한 모양이었다. 기대를 배반하는 것은 미안하지만 거짓말을 할 수는 없다.

"헤어졌어, 얼마 전에."

삽시간에 싸해지는 분위기가 어색해서 효주는 잔을 들어 단숨에 털어넣었다. 독한 맛 뒤에 희미하게 단맛이 느껴지는 액체가 목으로 넘어가는 순간 깨달았다.

얼마 전에 이별했다는 사실조차 까맣게 잊고 있었을 정도로, 머릿속에는 오로지 지환의 생각뿐이었다는 것을.

밤이 깊고 숯불이 다 사그라질 때까지도 사람들의 수다는 지칠 줄 모르고 계속되었다. 분위기가 분위기여서인지 주제는 계속 연애 이야기. 미안하지만 그런 화제는 딱 질색이었기 때문에 효주는 일찌감치 자겠다고 빠져나와서 방에 들어와버렸다.

모텔방의 책상 앞에 앉아서 콘티를 새로 그리는 데 몰두했다. 벤치에 앉아 있는 승연, 가만히 다가오는 준수. 흐드러진 벚꽃 아래서의 첫 키스. 키스하는 부분을 그리다 결국 연필을 내던져버렸다. 끈질기게 떠오르는 것은 엉뚱하게도 예빈이 아닌 자신의 얼굴이었다.

일어나서 한참 방 안을 서성이다 문득 그런 생각이 들었다. 언제까지 이럴 게 아니라 터놓고 얘기를 해보는 게 어떨까. 단순히 미안해서 저러는 거라면 이제 털어버리자고 말하면 된다. 혹시

나 미안함 외의 뭔가 다른 감정이 있다면…… 그건 그때 가서 생각할 문제였다.

발코니로 나가 밖을 내려다보았다. 여태 그 자리에 모여앉아 깔깔대고 있는 사람들 속에 지환의 모습은 보이지 않았다. 효주는 방에서 나와 지환의 방으로 향했다. 바로 옆방이 지환의 방이었다.

문 앞에 서서도 한참이나 망설였다. 괜한 짓을 하는 건 아닐까. 또 상처받게 되는 것은 아닐까. 몇 번이나 도로 방으로 돌아가려고 하다 결국 효주는 용기를 냈다. 무엇보다 저 남자가 진짜로 무슨 생각을 하고 있는 건지 알고 싶었다. 알아야 한다고 생각했다. 그렇지 않으면 앞으로 나아갈 수가 없게 되니까.

번지점프를 하는 기분으로 심호흡을 하고 난 후 노크를 했다. 고민한 것이 허무하게도 대답은 들려오지 않았다. 밖에 나갔나, 하고 돌아서려는데 안에서 두런두런 대화하는 목소리가 들렸다. 혹시 방에서 다른 스태프와 얘기하고 있나, 싶어서 효주는 살짝 문을 열어보았다.

"……CF고 뭐고 그냥 확 때려치울까 봐."

들려온 것은 마치 투정을 부리는 듯한 목소리였다. 문틈으로 들여다보자 창가에 서 있는 지환의 뒷모습이 보였다. 그는 창밖을 바라보며 누군가와 통화를 하고 있었다.

"나흘 동안이나 어떻게 견디지, 보고 싶어서."

늘 듣던 정중하고 침착한 목소리가 아닌, 더없이 사적(私的)이고도 달콤한 목소리.

……그는 연인을 향해 사랑을 속삭이고 있었다.

효주는 소리 나지 않게 문을 닫았다. 도망치듯 제 방으로 돌아와 문을 걸어 잠갔다. 문에 기대어 미친 듯이 뛰는 심장을 애써 진정시켰다.

서지환에게는, 연인이 있다.

어디론가 사라져버리고 싶을 정도로 창피했다. 마침 자신이 그 통화를 엿듣게 된 것을 효주는 진심으로 신께 감사했다. 그렇지 않았더라면 지금쯤 얼마나 창피한 꼴을 당했을까.

이유도 모르게 울고 싶어졌다. 그에게 연인이 있다고 해서 자신이 속상해할 이유라고는 단 하나도 없는데도. 자신이 지금 느끼는 이 기분을 그 누구도, 서지환조차도 모른다는 것만이 단 하나의 위안이었다. 지치지도 않고 몇 번이나 착각하는 자신이 나쁜 것일까. 아니면 그렇게 만드는 남자가 나쁜 것일까. 어찌 됐든 아픔은 착각한 쪽의 것이었다.

지금 이 순간에도 옆방에서 연인에게 사랑을 속삭이고 있을 남자를 떠올린 순간, 심장이 조이는 것처럼 아파왔다. 효주는 제 몸을 감싸 안듯 가만히 웅크렸다.

다음 날 아침, 방에서 스토리보드를 수정하고 있는데 지선이 헐레벌떡 뛰쳐 들어왔다.

"감독님, 감독님!"

암행어사 마패 꺼내듯 척 하고 효주의 눈앞에 내미는 것은 휴
대전화였다.

"뭔데 그래?"

들여다보니 인터넷 기사가 휴대전화 화면에 떠 있었다.

[서지환-추예빈 몰래 데이트 포착]

지선이 의기양양해했다.

"제가 그랬죠? 분명히 둘이 사귀는 거라고?"

효주는 다시 한 번 어젯밤 일을 하늘에 감사했다. 미리 알고
있지 않았더라면 지금 이 순간 상처받은 표정을 그대로 지선에
게 들켰을 것이다. 창피한 것은 둘째치고 감독으로서 있을 수 없
는 일이었다. 배우에게 사심을 품다니.

하룻밤이 지나자 머릿속은 많이 냉정해져 있었다. 만약에 착
각이 아니었더라도, 정말로 그가 자신에게 다른 감정을 품고 있
었다 해도 달라질 것은 없었다. 자신은 감독이고 그는 배우이니
까.

물론 감독들 중에서는 배우와 사랑에 빠지는 경우도 없지 않
았다. 특히 남자감독과 여자배우 사이에서는 왕왕 있는 일이었
다. 하지만 자신은 신인이자 여성감독이었다. 상업 첫 작품부터
배우와, 그것도 서지환 같은 상대와 사적인 관계가 되었다고 소
문이라도 났다가는 앞으로의 작업이 힘들어질 터였다.

어쨌든 서지환에게는 따로 연인이 있으니까 그런 걱정은 천하

에 쓸모없는 것이었다. 이렇게 스캔들 기사도 나지 않았는가.

「나흘 동안이나 어떻게 견디지, 보고 싶어서.」

그 말의 의미를 이제야 알 것 같았다. 내일까지 예빈과 함께
촬영을 하고 나서 지환은 광고촬영을 위해 파리로 떠난다. 그리
고 남은 사람들은 그다음 날 낮부터 밤까지 예빈의 단독 신을 촬
영하고 나서 다음 날 아침에 다 같이 서울로 떠난다.

그 후 이틀 동안 전 스태프와 배우들 모두 휴가를 갖고 나서
촬영을 재개한다. 즉 지환과 예빈은 총 나흘 만에 다시 만나게
되는 것이었다.

"잘됐네. 둘이 실제로 스캔들 났으니 관객 많이 들겠다."

효주가 침착하게 말했을 때였다.

"감독님!"

또다시 문이 벌컥 열리고 누군가가 뛰어드는 바람에 효주와
지선 둘 다 깜짝 놀랐다. 바로 스캔들의 당사자였다.

"지환 선배님?"

놀라서 묻는 지선을 쳐다보지도 않고, 지환은 다짜고짜 효주
에게로 다가왔다.

"사실이 아닙니다."

마치 무언가에 쫓기듯 초조한 표정이었다.

"그냥 크랭크인하기 전에 만나서 밥 한 번 먹은 건데 그게 이
제 와서 기사가 난 겁니다."

필사적으로 말하는 남자의 얼굴에 효주는 놀랐다. 아무래도 거짓말 같지는 않았다.

예빈이 아니라면, 그럼 누구지⋯⋯? 무의식중에 그렇게 생각하다 효주는 정신을 차렸다. 왜 내가 그런 걸 궁금해해야 한단 말인가!

이 남자가 불러일으키는 감정 하나하나가 다 싫었다. 자꾸만 착각하게 만들고, 궁금하게 만들고, 사람을 흔들어놓는다. 이제는 질색이다.

"그래서요?"

싸늘하게 되묻자 지환은 더욱더 어쩔 줄 몰라 했다.

"당장 소속사 통해서 해명기사 내겠습니다. 그런 일 없다고, 사실무근이라고⋯⋯!"

매달리듯 붙잡아오는 팔을 힘껏 뿌리쳐버렸다.

"미쳤어요?"

지환이 움찔하며 효주를 쳐다보았다.

"두 사람이 사랑하는 내용의 영화예요. 이미 나온 얘기를 아니라고 펄쩍 뛰면 작품이 뭐가 돼요?"

"하지만⋯⋯!"

"둘이 사귀든지 헤어지든지 나랑은 아무 상관없어요. 내 작품이 중요할 뿐이에요."

순간 지환의 입이 거짓말처럼 다물어졌다. 그런 지환을 똑바로 쳐다보며 효주는 딱 잘라 말했다.

"제발 부탁이니까, 영화 개봉할 때까지는 그냥 입 다물고 가만히 있어요."

영화가 모든 상영관에서 내려질 때까지 스캔들에 대해서 긍정
도 부정도 하지 않는 것으로 두 배우의 소속사는 노선을 정했다.
추예빈의 소속사에서는 은근히 스캔들을 기뻐하는 눈치였다.
서지환의 회사 쪽은 곤란해하기는 했지만, 사장이 계약서에 있
는 '흥행에 방해되는 행위를 하지 않는다.'라는 책임조항을 들먹
이며 강경하게 나가자 마지못해 동의했다.

인터넷은 난리가 나 있었다. 기사마다 리플이 수천수만 개에
달했다. 모든 포털 사이트의 검색어 1위는 하루 종일 '추예빈'이
었다.

─ 어딜 가나 다 서지환 연애하는 얘기야. 피곤해서 그렇지 관
객은 들겠네.

전화로 사장이 말했다. 여기저기서 쏟아지는 확인 요청에 완
전히 지쳐버린 것 같았다.

거짓말 조금 보태 온 나라가 발칵 뒤집어진 가운데서도 강원
도의 촬영 현장만은 이상할 정도로 평온했다.

예빈도, 지환도 촬영장에서는 전혀 티를 내지 않았다. 평소
와 다름없이 연기를 맞추고 대화를 나누는 모습은 스캔들이 터
지기 전보다 친해 보이지도, 그렇다고 서먹해 보이지도 않았다.
오히려 둘을 제외한 다른 사람들이 눈치를 살폈다. 둘이 같이 있
으면 가까이 다가가기를 어려워하고, 식사를 할 때도 알아서 자
리를 피해주었다.

389

키스 신은 NG 한번 없이 순조롭게 찍어냈다.

「역시 실제 커플이라 그런지 다르네요.」

스태프들이 수군거리는 가운데, 촬영감독 혼자서만 모니터를 들여다보며 고개를 절레절레 저었다.

「얘네 연애하는 거 맞아?」
「네?」
「그림은 예쁜데 뭐랄까, 설렘이 없어.」

그런가, 하고 한참 들여다봤지만 효주로서는 잘 알 수가 없었다.

어쨌든 이틀 만에 예정대로 예빈과의 장면을 모두 소화해내고, 지환은 해 지기 전에 매니저와 함께 공항으로 떠났다.

"그럼 다녀오겠습니다, 감독님."

지환은 언제나처럼 정중하게 인사를 건넸다.

"촬영 잘하고, 나중에 서울에서 봐요."

효주 역시 사무적으로 대꾸했다. 지환이 떠나자마자 민우가 빈자리를 채우듯 절묘한 타이밍으로 도착했다. 본인은 촬영분량도 없는데 그냥 놀러 왔다는 것이었다.

"자꾸 단체 채팅방에 벚꽃 사진이 올라와서 참을 수가 있어야죠?"

지환이 없어져서 허전해지려던 참에 깜짝 선물처럼 민우가 오니 모두들 기뻐했다. 효주 역시 민우의 얼굴을 보니 가라앉았던 기분이 확 밝아지는 기분이었다.

그날 저녁은 민우를 환영할 겸 삼겹살 파티를 열었다.

"에이, 지환 선배님 가시자마자 돼지고기예요?"

불평하는 연출부 막내의 입에 효주는 커다란 삼겹살 조각을 밀어넣어버렸다.

"배가 불렀지, 아주?"

불편한 남자가 곁에 없으니 숨통이 트였다. 소주마저 유난히 달다. 계속해서 잔을 비우자 민우가 어디선가 날아온 벚꽃 이파리를 붙잡아 장난스럽게 효주의 잔에 동동 띄웠다.

"끊어 드시어요, 선비님."

그러거나 말거나 효주는 꽃잎째로 꿀꺽 마셔버렸다. 오늘은 마음 편하게 취해버려도 괜찮을 것 같다.

술이 들어가자 점점 각자의 진심이 나오기 시작했다.

"서지환 선배님은 절 왜 이렇게 싫어하시는 걸까요?"

민우가 시무룩하게 중얼거렸다.

"싫어하다니. 그냥 너 잘되라고 그러는 거지."

"아니에요. 제 인사는 받지도 않으신다고요."

송아지같이 슬픈 눈을 하고, 민우는 물었다.

"제 연기가 그렇게까지 쓰레긴가요, 감독님?"

세현이 대신 대꾸했다.

"솔직히 못하긴 못하는데 쓰레기는 너무했지. 안 그래, 정 감독?"

"그렇지, 쓰레기는 아니지."

"말하자면 재활용품 정도랄까?"

농담으로 웃겨주려 들어도 민우의 기분은 좀처럼 나아지지 않았다. 도대체 지환이 민우에게만 왜 그러는지 이유를 알 수가 없으니까 위로도 힘이 없다. 효주는 위로를 집어치우고 소주병을 들었다.

"마셔, 그냥."

민우는 얼마 못 가 취해서 테이블에 이마를 박아버렸다. 민우가 매니저에게 업혀 제 방으로 올라가자 세현도 비틀거리며 따라 일어났다.

"어, 죽겠다. 나 먼저 올라갈게, 정 감독."

민우와 세현이 일어나고 나자 테이블에는 효주와 예빈 두 사람만 남았다. 다른 테이블에 있던 스태프들도 대부분 방으로 갔고, 남은 사람들은 각자 취해서 자기들끼리 떠드느라 여념이 없었다.

"근데 서지환 씨랑은 어떻게 된 거예요?"

단둘이 남은 것을 기회로 효주는 은근슬쩍 물었다.

"정말 사귀는 거?"

별로 둘 사이에 간섭하고 싶지는 않았지만, 감독으로서 사실은 알아야 한다고 생각했다.

"저도 잘 모르겠어요. 이게 어떤 사인지."

술이 들어가서일까, 아니면 자기도 털어놓고 싶었던 걸까. 늘 효주에게 데면데면하기만 했던 예빈이 오늘만은 순순히 입을 열었다.

"현장에서는 엄청 챙겨주고 잘해주시잖아요. 그런데 그 외에는 연락도 한번 없으세요. 제가 먼저 메신저로 말 걸어도 몇 시간 있다가 겨우 대답 오고요."

표정으로 보아 거짓말 같지는 않았다.

"그럼 기사 난 건 뭐죠?"

"첫 촬영하기 전에 딱 한 번 같이 밥 먹었는데 그게 하필 기자한테 찍힌 거예요."

이것 역시 지환이 했던 말대로였다.

"밥 사주시면서 백번도 더 말씀하시더라고요. 감독님이 신인이니까 우리가 알아서 잘해야 한다고요."

머릿속이 혼란스러워졌다. 정말로 예빈이 그의 연인이 아니라면, 그럼 그때 그 통화의 상대는 누구란 말인가.

"그래서, 예빈 씨 생각은 어떤데요?"

"솔직히 좋은 감정이 없다고 하면 거짓말인데, 괜히 상처받고 싶지는 않아요. 워낙 스타잖아요, 지환 선배."

혼잣말처럼 중얼거린 예빈이 문득 효주를 흘겨보았다.

"근데 그거 아세요? 감독님 좀 재수 없는 타입인 거."

세현이 곁에 있었으면 감독한테 말본새가 그게 뭐냐고 화를 냈겠지만, 왠지 효주에게는 예빈이 친해지고 싶어서 괜히 시비를 거는 것처럼 들렸다.

"왜 그럴까? 난 예빈 씨 좋은데."

효주는 웃었다. 물론 예빈이 다루기 쉬운 타입은 아니었다. 가끔씩 골치 아플 때도 있지만, 그녀가 가진 배우로서의 자존심과 당당함을 효주는 진심으로 좋아했다. 어쩌면 그런 면이 동생과 닮아서 끌리는 건지도 모른다.

"술 들어가도 절대 감독님 얘기는 안 하시잖아요? 맨날 남이 하는 말만 듣고 있고."

그야 그랬다. 곁에 늘 지환이 있으니까, 혹시 쓸데없는 소리가 나올까 봐 일부러 취하지 않으려고 신경을 쓴 것도 사실이었다. 그걸 예빈이 눈치채고 있었을 줄은 몰랐기 때문에, 효주는 내심 놀랐다.

"그래서, 예빈 씨는 나한테 무슨 얘기가 듣고 싶은데?"

기다렸다는 듯이 예빈이 눈을 반짝이며 다가앉았다.

"연애 얘기요."

하필 그건가. 효주는 픽 웃었다.

"글쎄, 나 연애한 지 되게 오래돼가지고 기억도 잘 안 나는데."

"마지막에 헤어진 게 언젠데요?"

"음, 한 3년 됐나?"

그렇게 대답하고 효주는 흠칫 놀랐다. 동균과 헤어진 것이 겨우 한 달도 되지 않았는데, 나는 대체 무슨 소리를. 하지만 마지막 연애라는 말에 자신이 머릿속에 떠올리고 있는 남자는 명백히 동균이 아닌 지환이었다.

"뭐 하는 사람이에요? 같은 영화 일? 배우? 스태프?"

대답 대신에 제 손으로 빈 잔에 술을 따라 꿀꺽 마셔버리자 예빈이 알겠다는 듯이 고개를 끄덕였다.

"배우네요."

　고맙게도 예빈은 그게 누구냐고 캐묻지는 않았다.

"어떻게 사귀게 되신 건데요?"

"내가 그 사람 팬이었어요. 쉽게 말하면 작품 속 캐릭터랑 배우를 혼동해버린 거지."

　예빈이 효주의 빈 잔을 채워주었다.

"근데 왜 헤어지셨어요?"

"차였어요. 내가."

　문득 목이 콱 메어 효주는 당황했다. 얼른 잔을 들어서 술과 함께 눈물을 꿀꺽 삼켜버렸다.

"저도 비슷한 거였어요."

　예빈이 불쑥 말했다.

"제가 그때 신인이었거든요? 상대는 선배였고요. 촬영하는 내내 저한테 홀딱 반한 것처럼 굴었어요. 그래서 저도 좋아하게 됐고요."

　예쁜 얼굴에 문득 분한 표정이 떠올랐다.

"근데 촬영 끝나고 나니까 갑자기 돌변해서 좋아한 적 없다고 딱 잡아떼는 거예요. 자긴 다 연기였대. 알고 보니까 원래 여자 친구가 따로 있었더라고요."

　분명히 존재했던 감정을, 처음부터 그런 것 따윈 없었다고 한순간에 부정당하는 기분. 함께 손잡고 춤추고 있다 생각했는데

나 혼자 달밤에 춤춘 꼴이 되어버리는 기분.

"나 그 기분 알아."

진심으로 공감한 나머지 애써 참고 있던 눈물이 왈칵 쏟아지고 말았다. 그 눈물을, 예빈이 손을 뻗어 닦아주었다.

"우리 감독님, 자기 얘기하면서는 참다가 남의 얘기에 우시네."

못 말린다는 듯한 말투에서 다정함이 느껴져서 더욱더 눈물이 났다.

"이렇게 마음이 약해서서 감독 어떻게 해요?"

"그러니까 예빈 씨가 나 많이 도와줘야지."

"저 열심히 할게요."

예빈이 비장하게 말했다.

"우리 감독님 완전 스타 감독 돼서 그 새끼 땅 치고 후회하라고."

효주는 눈물을 닦으며 웃었다. 자신이 아무리 스타 감독이 된다 해도 지환이 후회할 일은 없겠지만, 예빈이 그렇게 말해준 것이 기뻤다.

– 연분홍 꽃잎 흩날리며 또 봄이 흘러가네요

옆 테이블에서 취한 스태프가 휴대전화로 켜놓은 노래 한 자락이 귀에 들어왔다.

"아, 하필 이 노래야."

투덜거리던 예빈이 기어이 눈물을 닦아냈다. 아마도 좋아했던 사람과 관련이 있는 노래인가 보았다.

"……제가, 정말 좋아했거든요."

효주는 일어나서 예빈에게 다가갔다. 옆에 앉아 말없이 어깨를 감싸 안자 예빈이 효주에게 기대오며 눈물을 쏟았다.

– 여름이 오고 겨울이 지나 또다시 봄이 찾아와도

소리 없이 들썩이는 예빈의 어깨를 토닥이며, 효주는 꽃잎이 덧없이 흩날리는 밤하늘을 올려다보았다.

– 내 마음은 여전히 그때 그 봄에 머물러……

아침에 일어나 보니 예빈이 곁에 누워 잠들어 있었다. 입을 헤벌리고 침까지 흘리며 잠든 배우의 모습에 절로 웃음이 나왔다.

"일어나, 예빈 씨. 밥 먹고 촬영 시작해야지."

흔들어 깨우자 예빈이 화들짝 놀라며 몸을 일으키더니 거울부터 찾았다.

"어떡해. 감독님 때문에 저 눈 완전 부었잖아요!"

울상을 하는 예빈을 달래느라 혼이 났다.

"예뻐, 너무 예뻐."

진심이었다. 겨우 제게 마음을 열어준 배우가 효주의 눈에는 그 어느 때보다도 예뻐 보였다.

모텔 뒤뜰에서 한창 조리 중인 밥 차에서 구수한 해장국 냄새가 풍겼다. 모두들 든든하게 해장을 하고 나서 촬영이 시작되었다.

"자, 이제 오늘이 강원도 마지막이에요. 우리 멋지게 마무리하고 쉽시다!"

효주는 그렇게 스태프를 격려했다.

오늘은 승연이 벚꽃 아래 벤치에 앉아 혼자 준수를 떠올리며 눈물을 흘리는 장면을 찍을 예정이었다. 어제까지 지환과 함께 촬영한 장면의 바로 직전에 해당하는 부분이다. 대사 한마디 없이 표정 연기로만, 그것도 롱 테이크로 가야 하는 장면이라 배우로서는 상당히 어려운 연기였다.

문제는 예빈이 좀처럼 감정을 잡지 못하는 것이었다. 남이 보기에는 멀쩡한데 자꾸만 눈이 부은 것 같다며 신경을 썼다. 지환의 스케줄에 맞추느라 감정선이 거꾸로 되어버린 것도 문제였다. 이미 두 사람의 마음이 이어져서 키스까지 하는 장면을 먼저 다 찍어놓고 나니 새삼 쓸쓸한 감정에 빠지기가 힘든 것이다.

몇 번을 반복해도 좀처럼 만족할 만한 장면이 나오지 않았다. 생각 끝에 효주는 사람들을 최대한 물러가게 하고 다가가서 예빈의 옆에 앉았다.

"예빈 씨, 눈 감아봐요."

전 같았으면 왜 그러느냐고 캐물었을 예빈은 시키는 대로 순순히 눈을 감았다. 효주는 말없이 예빈에게 헤드폰을 씌워주었다.

　- 연분홍 꽃잎 흩날리며 또 봄이 흘러가네요……

　잠시 후 눈을 감은 예빈의 뺨에 눈물이 흘러내렸다.
"……."
　예빈의 감정을 해치지 않게, 효주는 헤드폰을 살짝 벗기고 조용히 물러나서 손짓으로 큐 사인을 보냈다. 모니터 속의 예빈이 눈부시게 아름다워서 눈물이 났다.

scene 07

강원도 촬영을 마무리하고 서울로 돌아와 모처럼 이틀 동안 꿀 같은 휴식을 가졌다. 배우들은 자기 촬영이 없는 날은 쉬었지만 스태프들은 그러지도 못했기 때문에 크랭크인 이후로는 처음 가져보는 휴일이었다.

저녁 8시 정도에 집에 도착하자마자 효주는 씻지도 못하고 그대로 침대에 쓰러져 기절하듯 잠이 들었다. 눈을 떴을 때는 여전히 저녁 8시였다. 푹 잔 것 같은데, 하고 당황하다 시간 옆의 날짜를 보고 깨달았다. 아, 하루가 지났구나.

어떻게 사람이 꼬박 24시간 동안 잘 수가 있지. 어이가 없어서 휴대전화의 시간을 들여다보며 피식거리고 있다 문득 그런 생각이 들었다. ⋯⋯파리는 지금쯤 몇 시일까?

퍼뜩 제정신으로 돌아온 효주는 머리를 마구 헝클어뜨렸다. 거기가 지금 몇 시든 대체 그게 나랑 무슨 상관이라고!

그러고 있는데 문득 휴대전화가 울렸다.

– 언니, 잘 지내?

한 살 아래의 사촌동생인 효민이었다.

"어, 효민아!"

오랜만에 듣는 목소리에 효주는 반가움을 감추지 못했다. 중학교 2학년 때까지 시골 외할머니 댁에서 자란 효주였다. 이모의 딸인 효민은 외할머니 댁 근처에 살고 있어서 어릴 적부터 자주 같이 놀며 자랐다. 명절 때나 만나는 친동생 효령보다도 훨씬 더 가까운 사이였다.

외할머니가 돌아가시고 효주가 서울로 올라온 이후로는 서로 연락도 뜸해졌지만, 지금도 어릴 때의 추억은 그대로 남아 있었다.

"웬일로 연락을 다 했어. 잘 지내고 있는 거지?"

― 응. 있잖아, 언니. 나 결혼해.

수줍은 목소리가 깜짝 놀랄 만한 소식을 전해왔다.

"세상에, 축하해!"

우리 효민이가 벌써 시집갈 나이가 됐구나. 효민의 어릴 적 모습이 떠올라서 괜히 효주는 눈물이 찔끔 났다. 사실 그때는 자신도 어린 나이였는데.

"신랑은 어떤 사람이야? 결혼식은 언제고?"

― 대학교 선배야. 식은 이번 주 일요일에 서울에서 올려. 언니 와줄 거지?

"그럼!"

효주는 냉큼 대답했다. 촬영을 하루 쉬는 한이 있어도 꼭 축하해주러 가고 싶었다. 대답부터 하고 나니 혹시 거기서 부모님을 마주치지 않을까, 하고 뒤늦게 걱정이 되었지만 생각을 고쳐먹었다. 일찍 가서 신부 얼굴만 보고 나오면 되겠지.

"정말 축하해 효민아. 내가 꼭 축하해주러 갈게."

– 고마워, 언니.

잠시 후, 효민이 조심스럽게 물었다.

– 근데 언니, 언니가 찍는 영화가 그 서지환이랑 추예빈 나오
는 영화 맞지?

"응."

– 둘이 진짜 사귀는 거야?

왠지 불안하다 했더니 역시나 그 질문이었다.

"나야 모르지. 배우들이랑 그런 사적인 얘기는 안 해."

– 에이, 그래도 분위기 보면 알 거 아냐.

"그런 분위기 아니야. 혹시 진짜 사귄다고 해도 사람들 앞에
서 티를 내겠니?"

– 그래도 뭐가 있으니까 굴뚝에서 연기가 났겠지. 사진 보니
까 얼굴도 배우치곤 평범하던데, 혹시 남자들 앞에선 여우짓 하
는 타입 아냐?

동생이 예빈의 흉을 보는 게 싫어서 효주는 조금 엄하게 말했
다.

"예빈 씨 좋은 사람이야. 그런 말 하려고 전화한 거니?"

그제야 효민이 흠칫 놀라며 본론을 꺼냈다.

– 아, 그게 아니고 사실은 부탁이 있어서.

"부탁?"

– 내가 친구들한테 우리 사촌언니가 영화감독이라고 자랑했
거든. 서지환한테 부탁해서 결혼 축하영상 하나만 찍어서 보내
주면 안 돼?

효주는 당황했다.

"글쎄, 효령이한테 부탁하는 건 어떨까? 내가 대신 부탁해줄 테니까."

— 에이, 효령 언닌 여자잖아. 서지환이 해야 친구들이 부러워하지.

"지환 씨 매니저가 안 된다고 할까 봐 그래."

물론 핑계였다. 지환에게 부탁하고 싶지 않을 뿐.

— 그래도 한번 부탁만 좀 해줘봐. 내 결혼선물이라고 생각하고. 응? 언니이.

효민은 애교까지 섞어가며 졸랐다. 도저히 거절할 수가 없었다.

"알았어, 한번 얘기는 해볼게."

전화를 끊고 나자 뒤늦게 고뇌가 밀려왔다. 부탁하면 거절할 것 같지는 않지만……

「감독님은 저한테 늘 어려운 부탁만 하시네요.」

지환이 그렇게 말했던 것이 떠올라서 차마 입이 안 떨어질 것 같다. 아니, 부탁이고 뭐고 아예 지환과 엮이는 것 자체가 싫었다. 일이야 어쩔 수 없이 같이 한다지만 그 외에는 한마디도 하고 싶지 않다.

한편으로는 사촌동생이 모처럼 한 부탁인데 어떻게든 들어주고 싶기도 했다. 본인도 오랜만에 연락하면서 말 꺼내기가 쉽지 않았을 텐데. 효주는 머리를 싸맸다. 부탁을 하기는 싫고, 안 하자니 동생에게 미안하다.

한참을 고민한 끝에 떠오른 것이 있었다. 잠깐, 서지환 말고 다른 사람한테 부탁하면 어떨까. 생각이 미친 것은 지환의 사촌 형, 서현우였다. 현우 역시 꾸준히 영화와 드라마에서 주연을 맡으며 인기를 얻고 있었다. 서지환처럼 S급은 아니라도 충분히 A급 이상이다. 서현우 정도면 효민도 크게 서운해할 것 같지는 않았다.

무엇보다 영화 촬영 시작하기 전에 현우가 전화해서 그렇게 말하지 않았던가. 혹시 자기가 도울 일이 있으면 꼭 연락 달라고.

효주는 용기를 내서 전화를 걸었다.

'안녕하세요, 저 정효주예요.'

저쪽에서 여보세요, 하고 전화를 받으면 그렇게 말해야지, 하고 미리 연습까지 하고 전화를 걸었는데.

– 효주 씨!

전화를 받자마자 들려온 반가운 목소리에 그만 웃음이 났다.

다음 날 효주는 현우를 만났다. 약속장소는 현우의 소속사 1층에 있는 카페였다. 3년 전만 해도 빌딩 한 층에 세 들어 있던 작은 회사는, 간판스타인 서지환과 서현우 등의 활약에 힘입어 번듯한 5층짜리 건물로 이전해 있었다.

약속 시간보다 조금 일찍 도착해서 기다리면서 효주는 3년 전의 일을 떠올렸다.

지환에게서 모진 말을 듣고 괴로워하고 있었을 때였던 것 같다. 너는 가짜에 불과하다, 아무런 가치도 없다는 말이 끝없이 머릿속을 맴돌고 있었다. 그러던 어느 날 불쑥 모르는 번호로 연락이 왔다.

– 배우 서현우라고 합니다.

아 네, 하고 대답하다 가슴이 철렁 내려앉았다. 그는 내가 민효령인 줄 알고 있을 텐데, 어떻게 나한테 전화를 했지?

– 전에 정효주 씨가 같이 작업했던 영화의 스태프에게 물어서 연락처를 받았습니다. 드릴 말씀이 있는데 잠깐 만나주실 수 있겠습니까?

심장이 불안하게 뛰었다. 이 남자는 분명 '정효주'와는 초면일 텐데, 왜 연락을 해온 걸까?

그날은 마침 이식수술 전 검사를 위해 며칠 입원 후 퇴원하는 날이었다. 현우는 일부러 병원 근처까지 와주었다.

「그때 촬영장에서 절 도와주셨던 건, 민효령 선배가 아니라 정효주 씨였죠.」

현우의 첫마디였다. 질문이 아니라 이미 알고 있는 게 뻔해서 차마 거짓말을 할 수가 없었다.

「본의 아니게 속이게 돼서 죄송해요.」

지환에게서 사실을 듣고 따지려고 온 걸까. 조마조마해하면서 대답하자 상상도 못 했던 말이 상대의 입에서 흘러나왔다.

「저는 효주 씨를 좋아합니다.」

「네?」

깜짝 놀라서 하마터면 머금고 있던 커피를 뱉을 뻔했다. 현우는 화장기 없는 효주의 얼굴을 똑바로 바라보며 다시 한 번 말했다.

「그날, 저는 효주 씨에게 반했습니다. 비록 그때는 민효령 선배인 줄 알고 있었지만 말입니다.」

「…….」

「효주 씨가 허락해주신다면, 진지하게 만나보고 싶습니다.」

비록 마음을 받아줄 수는 없었지만 진심으로 고마웠다. 효령이 아닌 자신을 보아주는 사람이 있다는 게. 동시에 지환에게서 가짜 취급을 받은 것이 떠올라서 더 슬펐던 기억이 난다.

「죄송해요. 제가 몸이 안 좋아서 곧 수술도 받아야 하고, 하여튼 누굴 만날 수 있는 상황이 아니에요.」

거절할 때는 진심으로 미안했다.

「그래도 가끔씩 연락하고 지내면 안 되겠습니까?」

「……죄송해요.」

서운한 기색이 역력했지만, 현우는 그 이상 매달리지 않고 깔끔하게 받아들여주었다.

그날, 처음이자 마지막이라며 현우가 집까지 데려다주었다. 함께 돌아오는 길에 하필 지환을 마주쳐서 현우가 흠씬 얻어맞는 바람에 무척 미안했었다. 아무 사이도 아니라고 사실대로 말했으면 좋았을 텐데, 지환에게 차인 효주의 자존심을 생각해서였는지 현우는 끝까지 아무 말도 하지 않았다.

옛날 일을 떠올리며 한숨을 내쉬고 있는데 저만치서 사십 대 정도의 깔끔한 캐주얼 차림을 한 남자가 나타났다. 왠지 낯이 익어서 어디서 봤더라, 하고 생각하고 있는데 마침 시선이 마주쳤다. 어쩔 수 없이 효주는 일단 어색하게 미소를 지으며 인사를 건넸다.

"안녕하세요."

하지만 상대는 효주를 알아보지 못하는 것 같았다.

"가만있자, 누구시더라?"

고개를 갸웃거리는 남자에게 카페 직원이 와서 조심스럽게 말을 걸었다.

"대표님, 손님 저쪽에 와 계십니다."

그제야 효주는 상대가 누군지를 기억해냈다. 바로 이 회사 대표였다. 지환의 생일날 본 적이 있기 때문에 얼굴이 낯설지 않았던 것이다. 그때는 동생의 얼굴을 하고 있었으니 상대가 자신을 알아보지 못하는 것도 당연했다. 알은체를 하지 말걸. 뒤늦게 속으로 후회했지만 이미 대표는 효주의 얼굴을 계속 쳐다보고 있는 중이었다.

"어디서 만난 적이 있었던가요?"

어쩔 수 없이 효주는 자신을 밝혔다.

"정효주 감독이라고 합니다. 영화 '일식'의……."

"아, 정효주 감독님!"

갑자기 상대가 목소리를 높이는 바람에 효주는 깜짝 놀랐다. 악수를 청해오기에 엉겁결에 마주 잡자 아예 두 손으로 효주의 손을 덥석 잡고는 놓아줄 생각을 하지 않았다.

"아이고, 이렇게 만나 뵙게 돼서 영광입니다!"

효주는 어안이 벙벙했다. 단지 소속사 배우가 출연하는 영화의 감독일 뿐인데 뭘 이렇게까지 반가워하는지 모를 일이었다.

"앞으로 잘 좀 부탁드립니다. 예? 사실은 슬슬 지환이 재계약 때가 돌아와서, 하하하."

자기가 말하고 자기가 웃는다. 효주로서는 왜 이러는지 알 수가 없었다. 재계약이 나랑 무슨 상관이 있다는 걸까?

"제가 잘 부탁드려야죠."

영문도 모르고 대충 그렇게 얼버무리자 대표는 겨우 효주의 손을 놓아주었다.

"그런데 감독님께서 저희 회사엔 웬일이십니까? 지환이는 오늘 저녁 비행기로나 돌아올 텐데요."

"서지환 씨 때문이 아니고, 서현우 씨를 만나러 왔어요."

"현우를요?"

대표가 눈을 둥그렇게 떴다.

"아니 우리 현우랑은 어떻게 아는 사이십니까?"

설명을 할 길이 없다. 친구도 아니고, 그렇다고 같이 일했던 사이도 아니고.

"그냥 좀……."

효주는 말끝을 흐렸다. 곤란해하는 것을 대표도 눈치챈 모양이었다.

"어이쿠, 깜빡했네. 저쪽에서 손님이 기다리고 있어서요, 하하. 아무쪼록 앞으로 잘 부탁드립니다, 감독님."

대표는 몇 번이나 잘 부탁한다는 소리를 되풀이하고 나서야 효주를 두고 저만치로 가버렸다.

도로 자리에 앉아서 안도의 한숨을 내쉬고 있는데 잠시 후 현우가 나타났다.

"정효주 감독님!"

3년 만의 만남이라 어색할까 봐 걱정했는데, 현우는 마치 오랜 친구처럼 효주를 반갑게 대해주었다.

"그러지 말고 편하게 불러주세요."

현우가 웃으며 호칭을 바꿨다.

"그동안 잘 지냈어요, 효주 씨?"

"덕분에요. 현우 씨도 잘 지내셨죠?"

"네. 작년에 영화 끝나고 나서 요즘은 쉬고 있네요."

"'암흑세계' 말이죠? 재미있게 봤어요."

현우는 조금 놀란 얼굴을 했다.

"보셨습니까, 제 작품?"

"그럼요. 연기 정말 좋았어요."

직업이 직업이니만큼 개봉한 한국영화는 거의 다 보는 편이었다. 서지환의 작품만 빼고.

"근데 효주 씨가 저한테 부탁이라니, 뭡니까?"

현우가 본론을 꺼냈다.

"혹시 카메오 출연 같은 거면 영광으로 생각하고 받아들이겠습니다만."

카메오도 나쁘진 않지만 서지환이 있는 현장에 서현우를 부를 수야 없는 노릇이다. 효주는 웃으며 고개를 저었다.

"그런 건 아니고요."

"그럼?"

"저어, 실은 제 사촌동생이 결혼을 하는데……."

효주는 머뭇거리며 용건을 말했다.

"너무 사적인 부탁이라 죄송해요."

"아닙니다. 어려운 일도 아니고, 저야 물론 들어드릴 수 있는데."

이야기를 들은 현우가 의아한 얼굴을 했다.

"사촌동생 되시는 분은 이왕이면 지환이가 해드리는 걸 더 기뻐하지 않을까요?"

지환과 본인의 격차를 순순히 인정하는 듯한 말투였다.

"제가 뭐 부탁하는 거, 서지환 씨가 안 좋아해요. 그래서 저도 별로 부탁하고 싶지 않고요."

효주는 솔직하게 말했다.

"예? 지환이가요?"

현우는 마치 외계인이 나타났다는 말을 들은 듯한 표정을 했다. 그러면서도 결국 승낙은 해주었다.

410

"어쨌든 저라도 필요하시다면 얼마든지 하겠습니다."

효주가 동영상 촬영을 시작하자 현우는 미소를 지으며 휴대전화 카메라를 쳐다보았다.

"안녕하세요, 배우 서현우입니다. 이렇게 좋은 날, 우리 효민 씨 결혼식에 축하하러 와주신 하객분들께 너무나 감사드리고……."

미리 준비한 것같이 자연스럽게 멘트가 흘러나왔다. 역시 배우다, 하고 효주는 감탄했다.

"두 분 결혼, 다시 한 번 진심으로 축하드립니다. 행복하세요."

하객들에 대한 감사의 말에 이어 신랑신부에게 축하의 말을 전하며 현우는 멘트를 마무리했다.

"이 정도면 될까요?"

"충분해요. 고마워요, 현우 씨."

현우가 농담처럼 물었다.

"사촌동생 되시는 분도 결혼을 하는데, 효주 씨는 뭐 좋은 소식 없나요?"

"아쉽지만 없네요."

"에이. 현장에서 썸 탄다든가, 뭐 그런 것도 없어요?"

"없어요, 그런 거."

단호하게 말하자 현우도 재미없어졌는지 더 이상 연애에 관해서는 묻지 않았다. 커피를 마시며 작품에 대해 몇 마디 더 나누다가 효주는 일어섰다.

"시간 많이 뺏은 것 같네요. 오늘 고마웠어요, 현우 씨."

회사 밖까지 효주를 배웅해준 현우가 헤어지기 전에 불쑥 효주를 불렀다.

"저, 효주 씨."

"네?"

"혹시…….."

현우가 말하다 말고 머뭇거렸다.

"아닙니다. 알아서 잘하겠죠."

뜻 모를 말을 중얼거리고, 현우는 빙긋 웃었다.

"그럼 또 봐요, 효주 씨."

눈 깜짝할 사이에 이틀간의 휴가가 끝나고 촬영이 재개되었다. 오늘의 촬영장은 동물병원. 촬영 현장 스케치 기사를 내기 위해 인터넷 매체의 기자도 와 있었다.

이틀 동안 푹 쉬고 나온 사람들은 하나같이 얼굴이 한결 좋아져 있었다. 활기찬 분위기 속에, 파리에서 돌아온 지환이 드디어 촬영장에 나타났다.

"서지환! 서지환! 서지환!"

배우와 스태프들의 열렬한 환호가 쏟아지는 가운데, 매니저가 커다란 쇼핑백 두 개를 들고 지환의 뒤를 따랐다. 뭔가 했더니 선물 보따리였다.

"자리 비워서 죄송합니다. 대신 선물 사왔으니까 봐주세요."

지환이 산타클로스처럼 한 명 한 명에게 선물을 직접 꺼내어 건넸다. 헤드 스태프들부터 막내들까지 각자 선물을 받아들고 싱글벙글했다. 여성스태프들에게는 명품 브랜드의 스카프, 남성스태프들에게는 카드지갑 따위였다.

"세상에, 이게 에르메스구나."

"제 거는 지방시네요!"

모두가 입이 귀에 걸려 어쩔 줄을 몰랐다. 내 선물은 뭘까, 모두들 두근거리며 자기 차례를 기다리고 있는데 하필이면 그 와중에 지환에게 전화가 왔다.

"예, 대표님. ⋯⋯예?"

갑자기 지환이 표정을 굳히더니 전화를 받으며 저만치로 가버렸다. 잠시 서로들 눈치를 보고 있는 사이에 성질 급한 세현이 쇼핑백을 거꾸로 들어 확 쏟아버렸다.

"에이, 뭘 기다리고 있냐. 우리 그냥 하나씩 다 나눠 가지자!"

스카프, 카드지갑, 화장품, 향수. 그만그만한 선물들 가운데 유독 한 가지가 눈에 띄었다. 네모지고 길쭉한 상자. 주얼리 용의 케이스였다.

"이건 누구 거지?"

"우리 한번 구경이나 해봐요!"

여성스태프들의 부추김에 세현이 상자를 열었다. 안에서 나온 아름다운 보석이 박힌 목걸이를 보는 순간 효주는 가슴이 철렁했다. 언젠가 본 적이 있는 디자인과 너무나 닮아 있어서.

"세상에, 딱 예빈 씨 거네!"

누군가가 말했다. 누구도 그것이 예빈의 것임을 의심하지 않았다. 예빈 본인마저도.

"어때요?"

예빈이 생글거리며 제 목에 목걸이를 대 보였다.

"너무 예뻐요, 예빈 언니!"

"목걸이가 예빈 씨 버프 받았네."

여기저기서 칭찬이 쏟아지는 가운데 지선이 효주의 귀에 속삭였다.

"지환 선배, 언제는 그런 거 아니라고 펄쩍 뛰더니만. 뭐예요, 이 상황?"

물론 효주라고 해서 대답할 말이 있을 리 없었다.

"……주인 잘못 찾아갔는데."

문득 싸늘한 목소리가 들려와서 돌아보자 어느새 지환이 자리로 돌아와 있었다. 방금 전까지 빙글빙글 웃고 있던 얼굴이 왠지 무섭도록 굳어져 있다. 지환은 예빈에게 성큼성큼 다가가서 그녀의 손에 들린 목걸이를 탁 잡아챘다.

"미안하지만 이건 감독님 거."

순간 예빈의 얼굴에서 미소가 싹 걷혔다. 어떻게 반응해야 할지 모르겠다는 듯한 표정이었다.

"……."

방금까지 들떠서 떠들썩했던 사람들이 삽시간에 조용해졌다

"에이, 지환 씨도 농담은. 저런 게 나랑 어울리기나 해요?"

414

효주는 애써 웃어넘기려 했다. 농담이 아니라는 건 분위기로 알았지만 제발 장단을 맞춰주었으면 했다. 하지만 지환은 한층 더 정색을 하고 말했다.

"아니, 농담 아닙니다."

방금 예빈에게서 빼앗은 목걸이가 효주의 눈앞에 내밀어졌다.

"처음부터 감독님 거였어요."

슬쩍 쳐다보니 예빈은 귀까지 새빨개진 채 입술을 깨물고 있었다. 효주는 눈앞이 캄캄해졌다.

"서지환 씨, 잠깐 나 좀 봐요."

고함을 치고 싶은 것을 억지로 참으며 효주는 낮게 말했다. 입을 꾹 다문 채 동물병원 안쪽으로 들어가자 둘러싸고 있던 스태프들이 놀라서 길을 비켰다.

제 어깨에 기대 눈물을 흘리던 예빈이 떠올랐다. 감독님 때문에 눈이 부었다며 귀엽게 투정을 부리던 모습도.

내가 저 배우를, 어떻게 내 사람으로 만들었는데!

진료실 문을 쾅 닫았다. 단둘이 되는 동시에 위태위태하게 겨우 붙잡고 있던 이성의 끈이 툭 끊어졌다.

"당신이 뭔데!"

주먹을 꽉 쥐어 가슴을 쾅, 하고 때렸다. 애교 섞인 주먹질이 아닌 진심 어린 구타였다.

"대체 뭔데 나한테 이래!"

생각 같아서는 잘난 얼굴에도 주먹을 날리고 싶었지만 차마

415

배우의 얼굴에 상처를 낼 수가 없어서 그것만은 최후의 이성으로 참아냈다. 대신에 얼굴 이외의 모든 곳이 표적이 되었다. 효주는 닥치는 대로 주먹으로 때리고 정강이를 걷어찼다.

"난 잘못한 게 없어."

얻어맞으면서도 지환은 반항하듯 효주의 눈을 똑바로 쳐다보았다. 전혀 미안해하지 않는 태도가 더욱더 분노를 부추겼다.

"왜 그게 잘못이 아니야!"

이 남자는 3년 전이나 지금이나 변한 게 없다. 태연한 얼굴로 말도 안 되는 짓을 해놓고, 그게 잘못인 줄조차 모른다!

"왜! 왜 그런 짓을 해놓고 잘못한 줄도 몰라!"

주먹과 발길질에 한층 더 힘이 실렸다. 신음을 흘리면서도 저항하지 않는 남자의 눈은 고통이 아닌 슬픔으로 가득 차 있었다.

"좋아하는 여자한테 선물한 게 잘못입니까?"

날리려던 주먹이 허공에서 멈췄다. 격렬한 분노는 삽시간에 사라지고, 대신에 당혹감이 온몸을 휩쌌다. 힘없이 아래로 툭 떨어지는 효주의 손목을 지환이 재빨리 잡았다.

"더 때려도 괜찮으니까 똑바로 날 봐."

고개를 돌리는 효주의 두 손을 꽉 붙잡고, 지환은 어떻게든 그녀와 시선을 맞추려 했다.

"대체 왜 날 봐주지 않는 거야."

필사적인 목소리였다.

"왜, 대체 왜 서현우지?"

갑자기 튀어나온 이름에 효주는 당황해서 지환을 쳐다보았다. 눈동자에 비친 것은 질투에 미쳐 있는 남자의 얼굴이었다. 눈이 마주친 순간, 원망에 찬 목소리가 날아왔다.

"내가 사랑하는 거 알면서!"

'이 남자는 대체 무슨 생각을 하고 있는 걸까?'

여태껏 백 번, 천 번도 더 떠올렸던 의문이 한순간에 풀려버렸다.

……이 남자는 나를 사랑한다.

심장에 서서히 퍼지는 짜릿한 환희에, 효주는 스스로에게 격렬한 혐오감을 느꼈다. 나는 지금 왜 기뻐하고 있는 걸까. 상처받을 내 배우 따위는 아무 상관없다는 건가, 나는!

"이럴 거면 예빈 씨한테 왜 그랬는데!"

자신에 대한 혐오와 죄책감을, 효주는 지환에게 마구 밀어붙였다.

"왜 좋아하게 만들었는데, 왜 착각하게 만들었는데!"

"당신이 걱정하니까."

말끝마다 감독님, 감독님 하며 지나칠 정도로 깍듯하고 정중하기만 했던 남자는 이미 어디론가 사라지고 없었다. 거침없이 밀어붙여오는 열정에 숨이 막힐 것 같았다.

"당신이 원하는 대로 추예빈이 연기하지 못할까 봐 걱정했잖아. 그래서 나한테 반하게 만들었어. 그게 왜?"

잔인하기 그지없는 말에 절로 몸서리가 쳐졌다. 그러니까 지금, 연기를 위해서 예빈의 감정을 이용했다는 게 아닌가.

"그게 동료 배우한테 할 짓이에요?"

"못 할 건 뭐지?"

지환은 더없이 진지한 얼굴로 말했다.

"나는 당신만 기뻐해준다면 사람이라도 죽일 수 있어."

평소 늘 유쾌하고 예의발랐던 남자에게서 광기와도 같은 것이 느껴졌다. 오로지 자신만을 바라보는 눈동자. 세상에 다른 것은 아무것도 보이지 않는다는 듯이 자신만을 담고 있는 그 눈동자에 소름과도 같은 전율이 흘렀다.

이 남자는 이상하다.

효주는 뒷걸음질을 쳤다. 등을 돌려 도망치듯 진료실을 나오는데, 문 앞에 낯선 남자가 서 있다가 효주를 보고 흠칫 놀라며 물러섰다. 남자의 손에 들린 카메라를 본 순간 심장이 내려앉았다.

기자!

얼어붙은 효주에게서 등을 돌려, 남자는 그대로 날쌔게 도망쳐버렸다.

촬영은 그대로 중단되고, 다음 날 효주는 회사로 불려갔다.

"어젯밤에 기자가 보내온 거야."

사장이 노트북으로 메일에 첨부된 동영상을 실행시켰다. 키 큰 남자를 때리고 있는 여자의 모습이 화면에 나타났다. 바로 효주 자신이었다. 카메라 위치로 보아 진료실 문에 나 있는 작은 유리창 너머로 찍은 모양이었다.

여자는 저항하지 않는 남자를 미친 듯이 때리고 발로 찼다. 효주는 차마 화면을 똑바로 볼 수가 없었다. 때릴 때는 손톱만치도 잘못이라 생각하지 않았는데 이렇게 제삼자의 눈으로 보자니 추하기 그지없었다.

"그나마 문짝이 두꺼워서 무슨 소리를 하는지는 안 찍혔네. 다행인지, 불행인지 원."

노트북을 닫으며 중얼거리는 사장에게, 효주는 고개를 깊이 숙였다.

"죄송합니다, 사장님. 드릴 말씀이 없습니다."

그제야 사장이 울화통을 터뜨렸다.

"이게 죄송하다고 해서 될 일이야? 오늘 저녁에 바로 기사 내보낸다는데!"

곁에서 프로듀서가 덩달아 비아냥거렸다.

"아니, 서지환이 왜 그렇게 정 감독한테 쩔쩔매는지는 모르겠는데. 아무리 그래도 스스로 주제파악은 좀 했어야지. 뭐 본인이 봉준호야, 박찬욱이야? 응?"

"뭔 소리야? 봉준호 박찬욱도 배우는 안 패!"

입이 열 개라도 할 말이 없었다. 아무리 화가 났어도 그러지 말아야 했다. 배우를 폭행하다니, 감독으로서 있을 수 없는 일이었다.

"자알 됐네. 배우 폭행하는 감독으로 기사 나고, 아주 영화 홍보 제대로 되겠네."

"어떻게 돈으로라도 막아볼 수 없을까요?"

프로듀서의 물음에 사장이 면박을 주었다.

"기억 안 나? SJ엔터테인먼트가 바로 지난주에 이채경 스폰서 기사 돈으로 막으려고 시도했다가 그것까지 그대로 기사로 내버리는 바람에 더 난리가 났잖아!"

"아, 그게 쟤들이었죠."

"특종에 눈이 멀었어. 아주 악질이라고, 저것들."

대화를 들으며 효주는 점점 절망에 빠져들었다. 기사의 헤드라인이 떠올라 눈앞이 까맣게 물들었다.

[영화 '일식' 정효주 감독, 배우 서지환 폭행]

동영상이 있는 이상 어떤 변명도 통하지 않을 것이다. 설령 지환이 자기는 괜찮다, 감독과 화해했다고 기사를 낸다고 한들 대중이 납득할 리 없다. 물론 자신의 앞날은 망친 거나 다름없었다. 전 국민에게 사랑받는 배우를 폭행한 감독의 작품을 앞으로 누가 봐줄까. 아니, 누가 영화를 만들게 해주기나 할까.

무엇보다도 가장 효주를 괴롭게 하는 것은 작품을 망쳐버렸다는 사실이었다. 아름다운 사랑이야기인 영화가, 추악한 폭행 시비로 얼룩져버렸다. 내 손으로, 내 작품을 망가뜨려버렸다.

"꼴도 보기 싫으니까 나가봐. 촬영은 무기한 스톱이니까 그렇게 알고."

사장이 내뱉었다.

효주는 비틀거리며 회사를 나와 집으로 돌아왔다. 들어오자마자 그대로 침대 속에 기어들었다. 지금 처해 있는 상황이 꼭 악몽처럼 느껴져서 눈물조차 나오지 않았다.

아니, 어쩌면 여태까지가 꿈이었는지도 모른다는 생각이 문득 들었다. 나같이 자질이 부족한 사람이 이렇게 주목받는 작품의 감독이 되고, 최고의 인기배우를 데리고 영화를 찍는 일이 현실에서 벌어질 리가 없다.

모두 다 꿈이었던 것이다. 그러니까 지금은 꿈에서 깨서 도로 현실로 돌아온 것뿐이다……. 여태 말라붙어 있던 눈물이 그 순간 거짓말처럼 흘러내렸다. 달콤한 꿈에서 깨어나는 순간은, 늘 이토록 잔인했다.

효주는 울면서 이불 속에 숨어 한나절을 보냈다. 지금쯤이면 기사가 떴을 거라는 생각이 들었지만 무서워서 차마 인터넷에 들어가볼 수도 없었다. 휴대전화가 계속 진동하는 걸 봐서는 여기저기서 전화와 메시지가 쏟아지고 있는 것 같았다. 하지만 하나도 받을 수도, 확인할 수도 없었다.

지금쯤 스태프들도 모두 사건에 대해서 알게 됐을 터였다. 촬영장의 아이돌인 지환을 때렸으니 단체 채팅방에서 무슨 얘기가 오가고 있을까 상상하자 죽고 싶어졌다. 그냥 세상에서 사라져버리고 싶은 마음만 간절했다.

「어쩌다 저런 걸 내 속으로 낳았는지.」

어머니가 했던 말이 떠올랐다. 그때는 그토록 상처받았던 말에, 이제 와서 진심으로 동의하게 되었다. 나 같은 건 차라리 태어나지 않았으면 좋았을 뻔했다. 휴대전화는 일 분이 멀다 하고 울려댔다. 견디다 못해 아예 꺼버리려다가 걸어온 사람의 이름을 보고 효주는 멈칫했다.

효령이었다.

심장이 멎는 것 같았다. 혹시 내가 민효령의 언니라는 것까지 기사에 나서, 효령까지 싸잡아 욕을 먹고 있는 건 아닐까? 효주는 벌벌 떨리는 손으로 겨우 전화를 받았다.

"……효령아."

─ 괜찮아, 언니?

걱정스러운 목소리에 왈칵 눈물이 났다.

"기사 보고 전화한 거야?"

─ 아직 안 났어, 기사.

지금쯤 나왔을 줄 알았는데, 하고 생각하다 효주는 문득 놀랐다.

"그럼 기사 날 줄은 어떻게 알았어?"

─ 그게 중요한 게 아니고. 일단 기사부터 막자, 언니.

도와주려는 마음은 고맙지만, 돈도 안 통하는 사람들이라는데 효령이라고 방법이 있을 것 같지 않았다. 효주는 힘없이 물었다.

"어쩌려고?"

─ 내가 차 보낼 테니까 일단 화장하고 이쪽으로 와.

이 와중에 무슨 화장인가, 생각하는데 효령이 다시 고쳐 말했다.

— 나처럼 보이게 화장하고 오라고.

"뭐?"

— 그 기사 묻는 대신에 다른 먹잇감을 주는 거야. 나랑 쌍둥이라고, 똑같이 생긴 얼굴 나란히 보여주면 찍고 싶어서 돌아버릴 거 아냐?

그럴듯한 이야기에 잠시 희망의 빛이 보였다. 하지만 다시 생각하니 별로 가능성이 없을 것 같았다. 누가 봐도 서지환을 폭행하는 쪽이 훨씬 더 자극적인 기삿거리가 아닐까.

"그 정도로 협상이 될까?"

— 일단 시도는 해봐야지. 하여튼 매니저 보낼 테니까 빨리 이쪽으로 와.

효주는 전화를 끊고 망설였다. 마지막으로 효령처럼 화장했던 것이 이미 3년 전. 그때 겪은 일을 생각하면 솔직히 말해서 두 번 다시 하고 싶은 마음이 들지 않았다.

하지만 지금은 찬밥 더운밥 가릴 때가 아니었다. 어쨌든 약간의 가능성이라도 있다면 걸어볼 수밖에 없다고 효주는 생각했다.

◇ ◆ ◇

효령이 보내준 차를 타고 미용실에 가서 메이크업을 받았다.

423

혹시 그새 많이 달라져 있으면 어쩌나 하고 걱정했는데, 완성된 얼굴은 영락없는 톱스타 민효령의 그것이었다. 매니저가 갖다 준 효령의 옷으로 갈아입고, 효주는 또다시 차에 탔다.

약속장소는 하필이면 효령 소유의 카페였다. 2층은 손님을 받는 곳이 아니다 보니 인테리어에 별로 신경을 쓰지 않는 티가 역력했다. 벽의 장식도, 조명도, 하다못해 창가에 놓인 화분까지도 3년 전 지환을 만날 당시와 같아서 아름답지도 못한 추억이 자동으로 소환되었다.

「어때. 가짜한테 딱 어울리는 최후 같지 않나?」

지금 이런 생각 할 때가 아니잖아. 효주는 억지로 잡념을 떨쳐 버렸다. 아직 효령도, 기자도 도착하기 전이었다. 테이블에 앉아서 초조하게 기다리고 있는데 잠시 후 누군가가 2층에 나타났다. 이쪽으로 성큼성큼 다가오는 상대의 얼굴을 보고 효주는 깜짝 놀랐다.

바로 지환이 아닌가!

'지환 씨가 여긴 웬일이에요?'

놀라서 그렇게 물으려는 순간 지환이 맞은편에 앉으며 먼저 입을 열었다.

"나와주셔서 고맙습니다."

귀에 익지 않은 딱딱하고 서먹한 말투에 효주는 자신이 지금 효령의 얼굴을 하고 있다는 사실을 퍼뜩 깨달았다.

"부탁드릴 게 있어서 만나자고 했습니다."

뭐가 뭔지 알 수가 없었다. 효령은 분명 여기서 자기랑 같이 기자를 만나자고 했는데, 지환은 자기가 효령을 만나자고 했다고 말한다. 대체 이게 어떻게 된 일일까.

"무슨 부탁이죠? 나한테."

혼란스러운 가운데서도 효주는 애써 동생의 말투를 흉내 냈다.

"기사는 내가 막았습니다. 언니한테는 효령 씨가 막았다고, 걱정 말라고 말해줘요."

"막았다고요? 그걸 어떻게?"

효주는 깜짝 놀라 물었다.

"다른 기삿거리를 줬습니다."

별로 말하고 싶어 하지 않는 기색이 역력해서 더럭 겁이 났다. 대체 뭘 던져줬길래 그 악질이라던 기자가 협상에 응했을까.

"그러니까 그 기삿거리가 뭐냐고 묻잖아요?"

다그쳐 묻자 지환은 어쩔 수 없다는 듯이 대답했다.

"내가 마약을 했다고 기사가 나갈 겁니다."

제정신으로 하는 소린가, 하고 효주는 남자의 얼굴을 빤히 쳐다보았다.

"그 정도가 아니면 도저히 막을 수가 없었어요."

한없이 진지한 얼굴을 하고 있어서 소름이 끼쳤다.

"영화 상영 다 끝나고 나서 터뜨리기로 합의했으니까 흥행에는 지장이 없을 겁니다. 그러니까 언니한테는 효령 씨가 손을 써서 기사 막았다고 얘기해줘요. 절대 나하고 관련이 있다는 걸 알게 하면 안 됩니다."

지환은 바짝 다가앉으며 몇 번이나 신신당부했다. 자신의 배우생명이 끝장나는 것 따위는 아랑곳없다는 듯이. 오직 효주에게 사실이 알려지는 것만이 걱정이라는 듯이.

이 남자는 나 때문에 자기 인생을 내던지려 하고 있다. 가슴속에서 뜨거운 것이 울컥 치밀어 올랐다.

"언니 때문에 그렇게까지 할 것 없어요."

효주는 테이블 아래로 주먹을 꽉 쥐었다.

"언니가 저지른 일이에요. 뒷감당도 언니가 해야죠."

"제정신입니까?"

지환은 화난 얼굴로 효주를 노려보았다.

"기사가 나가면 당신 언니는 끝장입니다. 다신 영화를 찍을 수 없을지도 몰라요. 게다가 내 팬들도 가만히 있지 않을 겁니다. 자칫하면 집 밖에도 못 나가게 될 텐데 그걸 가만히 보고만 있자는 겁니까?"

어쩌면 언니한테 그렇게 매정할 수가 있느냐고 힐난하는 듯한 말투였다.

"그럼 지환 씨 배우생명은 어쩌고요!"

"어차피 효주 씨가 준 생명입니다."

지환은 딱 잘라 말했다.

"언니는 나를 스타로 만들어주기 위해서 그렇게 싫어했던 신장 기증까지 했어요. 이까짓 배우생명 따위, 아까울 것 없습니다."

가슴이 철렁했다. 그걸 지환이 알고 있을 줄은 몰랐다. 하지만······.

"그건 지환 씨 때문이 아니었어요."

효주는 호소하듯 말했다.

"아무리 정 없는 부모라도 죽는 걸 가만히 앉아서 볼 수는 없었대요. 배우인 내 몸에 칼을 대게 만들고 싶지 않다고 결국 언니가 결심한 거예요. 서지환 씨 배역은 어차피 수술하려던 김에 덤으로 얻어낸 것뿐이라고요."

수술하는 대신에 지환에게 드라마의 주연을 맡게 해달라고 한 건 사실이지만, 그 일이 아니더라도 결국 수술은 했을 거였다.

"그러니까 지환 씨는 언니한테 빚진 것도 없는 거예요."

부채의식 따위 바란 적도 없었다. 하물며 그 일 때문에 지환이 자기 연기생명을 포기하게 될 줄은 몰랐다. 알았다면 그런 조건 따위 걸지 않았다.

"내가 빚을 져서 이런다고 생각합니까?"

지환은 싸늘하게 말했다.

"사람 한참 잘못 보셨네."

더 이상 얘기할 가치도 없다는 듯이, 지환은 자리를 박차고 일어났다.

"언니한테 얘기 잘 부탁합니다."

초조해졌다. 이대로 두면 지환은 자기 손으로 자기 인생을 망치게 된다. 내가 저지른 잘못 때문에! 효주는 마음을 독하게 먹었다. 황급히 지환의 뒤를 따라가 앞을 막아섰다.

"이런다고 언니가 당신을 거들떠나 볼 것 같아요?"

할 수 있는 한 가장 차가운 목소리를 끌어내자 남자는 재미있다는 듯이 웃었다.

"내가 그걸 모를까 봐?"

하지만 웃음은 금세 사라지고, 그는 이를 악물었다.

"좋은 연기를 하면 날 좀 봐줄까 싶어서 3년 동안 단 일주일도 안 쉬고 연기했어. 그런데 언니는 아예 그 후로 내 작품을 본 적도 없더군요. 3년 동안 헛짓을 했다는 걸 알았을 때, 내 기분이 어땠는지 압니까?"

"……"

"그 후로도 어떻게든 날 보게 만들려고 죽도록 노력했어. 대사 한마디를 수십 번, 수백 번씩 연습해서 카메라 앞에 섰어. 그럼 언니가 뭐라고 하는지 알아요? 오케이, 그 한마디뿐이야. 카메라가 멈추면 아예 내 얼굴조차 거들떠보지 않는단 말입니다."

목소리에 깃든 슬픔과 절망이 느껴져서 가슴이 콱 막혔다.

"언니가 봐주지 않는데, 더 이상 연기를 해봤자 무슨 의미가 있을까?"

진심으로 궁금하다는 듯이 묻고는, 지환은 스스로 대답을 중얼거렸다.

"……어차피 끝낼 거, 효주 씨를 위해 뭔가 할 수 있어서 다행입니다."

효령의 매니저가 운전하는 차를 타고 집에 돌아왔다. 원룸 문 앞에 아까 나갈 때까지도 없었던 택배상자가 놓여 있었다. 뭔지 확인해볼 기분도 나지 않아서 효주는 그대로 상자를 문밖에 놔 둔 채 들어왔다.

쓰러지듯 침대에 앉자마자 효령에게서 전화가 왔다.

— 거짓말해서 미안해. 아무래도 언니가 직접 얘기해보는 게 좋을 것 같아서.

동생을 탓하고 싶지 않았다. 효령이 그렇게 해주지 않았더라 면, 자신 때문에 누군가의 인생이 망가졌다는 것조차 까맣게 모 르고 있을 뻔했다.

"그 사람, 병원에 왔었지?"

지난번과 같은 질문에 이번에는 정반대의 대답이 돌아왔다.

— 응.

효주는 눈을 감아버렸다. 툭하면 꿈에 나타나던 슬픈 눈빛은 꿈이 아니라 실제였던 것이다.

— 언니 수술하는 거 말리러 왔던 모양이야. 벌써 수술실 들어 가고 난 후긴 했지만.

효령은 조금 망설이듯 말했다.

— 나한테 매달려서 무척 울었어. 언니한테 꼭 할 말이 있다면 서.

"무슨 할 말?"

— 모르겠어. 그 사람은 아무 말도 못 했어. 언니가 부탁을 했 거든.

"내가? 뭐라고?"

수술하고 나온 직후, 마취가 덜 깬 상태에서 보았기 때문일까. 떠오르는 것은 그저 울고 있는 얼굴 뿐, 대화를 했던 것은 전혀 기억에 없었다.

– 다신 찾아오지 말아달라고 했었어.

"아……."

탄식이 절로 흘러나왔다.

「감독님은 저한테 늘 어려운 부탁만 하시네요.」

지환이 그렇게 말했던 것이 무슨 뜻인지 이제야 알 것 같았다. 그 남자의 마음이라는 열쇠 하나로, 지금껏 이해할 수 없었던 일들이 하나하나씩 풀려간다. 왜 진작 깨닫지 못했을까, 하고 허무해질 정도로 쉽게.

이제 알 수 없는 것은 오로지 하나뿐이다.

"나 어떻게 해야 할지 모르겠어, 효령아."

효주는 매달리듯 물었다.

"내가 어떻게 해야 하니?"

– 글쎄.

정성을 봐서 만나주라고 하지 않을까 했는데 동생의 대답은 언제나 그렇듯 냉정했다.

– 그건 언니가 알아서 판단해야지. 그래서 언니한테 만나보게 한 거잖아.

하지만 효주는 도저히 알 수가 없었다. 어떻게 해야 할지 모르겠다. 이제 와서 사랑한다고 해도 혼란스러울 뿐이다. 한참 침묵이 흐른 끝에 참, 하고 효령이 생각난 듯이 말했다.

— 언니한테 줄 게 있어. 퀵으로 보내놨으니까 도착했을 거야.

아까 문 앞에 있던 택배박스가 생각났다.

"뭔데?"

— 열어보면 알아. 혹시 그게 좀 도움이 될지도 모르겠네.

전화를 끊고 효주는 밖으로 나가 택배박스를 가지고 들어왔다. 안에서 나온 것은 사용한 흔적이 있는 휴대전화였다. 왠지 낯설지가 않아서 자세히 들여다보자 결국 기억이 났다. 3년 전, 서지환을 만날 때 쓰던 휴대전화다.

연예인인 효령은 여러 개의 휴대전화를 가지고 있었다. 그중 하나를 빌려서 지환과 연락하는 용도로 쓰다가 헤어지고 난 후 효령에게 돌려주었었다. 이제 이 번호 더는 쓸 일 없으니까 없애달라고.

이걸 왜 보냈을까. 의아해하며 전원을 켜본 효주는 놀랐다. 정상적으로 기지국이 뜨고 통화 가능한 상태가 되었다. 즉 여태 해지를 하지 않고 있었다는 뜻이다.

대체 왜 해지하지 않던 걸까. 그리고 뭘 보라는 걸까. 이것저것 눌러보다 메신저 애플리케이션을 열어보는 순간 효주는 숨을 삼켰다.

'서지환'이라는 이름 옆에 +999라는 숫자가 쓰여 있었다.

……확인하지 않은, 천 개 이상의 메시지.

떨리는 손가락으로 대화창을 누르려다 효주는 문득 동작을 멈췄다. 그대로 황급히 전원을 끄고 도로 상자에 넣어버렸다.

그 안에 뭐가 들어 있을까. 죽을 만큼 궁금하면서도 한편으로는 알고 싶지 않았다. 정확히 말하면 아는 것이 무서웠다. 일단 알게 되면 그 전으로는 돌아갈 수 없을 것 같은 예감이 들었다.

열고 나서 후회하는 판도라가 되느니 차라리 평생 모르는 편이 낫다. 효주는 침대 밑 깊숙한 곳에 상자를 밀어넣어버렸다.

다음 날 사장에게서 전화가 왔다.

― 정 감독, 마음고생 많았지?

전날까지만 해도 이를 어쩔 거냐고 펄펄 뛰더니 언제 그랬느냐는 듯이 부드러운 목소리였다.

― 기사는 민효령 씨가 나서서 잘 무마했다고 하니까 너무 걱정 말고. 응?

지환이 사장에게까지 손을 써둔 모양이었다. 그 남자는 대체 어디까지……. 효주는 입술을 깨물었다.

― 근데 정 감독이 민효령 씨 친언니인 줄은 또 몰랐네. 허허. 진작 그렇다고 말을 했으면 더 잘 모셨을걸.

"걱정 끼쳐드려 죄송합니다."

― 호사다마라고 하잖아. 영화가 대박이 나려고 이런 일 저런 일 있는 모양이야. 우리 그렇게 생각하고, 서로 간에 서운한 건 털어버리자고. 응?

"예."

― 마침 일요일이니까 푹 쉬고, 내일부터 다시 촬영 재개하는 걸로 하지. 조감독한테도 그렇게 말해놨으니까 스태프들한테도 연락 갈 거야.

433

"감사합니다."

– 그럼 쉬어요, 정 감독.

전화를 끊는데 왠지 오늘이 일요일이라는 말이 자꾸 머릿속에 맴돌았다. 뭐가 있었더라……. 잠시 생각하다 소스라치며 깨달았다. 결혼식! 사촌동생 효민의 결혼식이 바로 오늘이었던 것이다. 이런저런 소동을 겪는 바람에 까맣게 잊고 있었다.

황급히 시계를 보자 다행히 시간은 충분했다. 효주는 얼른 씻고 가볍게 화장을 하고, 한 벌뿐인 원피스를 꺼내 입고 집에서 나와 버스를 탔다.

– 와, 오늘 무척 예쁘네요. 어디 가요?

화들짝 놀라서 쳐다보자 버스 안에 설치된 TV에서 지환의 광고가 흘러나오고 있었다. 왠지 얼굴을 똑바로 볼 수가 없어서 애써 고개를 돌려 외면해버렸다.

예식장은 사람들로 꽉 차 있었다. 넓은 홀 중앙에 설치된 대형 스크린에서 현우가 찍어주었던 결혼 축하 영상이 흘러나왔다.

"효주 언니!"

신부대기실에 들어서자 신부가 눈부시게 활짝 웃으며 효주를 맞이했다.

"결혼 축하해, 효민아."

신부의 손을 꼭 잡고, 효주는 축하와 함께 사과의 말을 전했다.

"미안해. 나 촬영 때문에 금세 가봐야 해서 식은 못 보고 갈 것 같아."

사실 부모님을 마주치고 싶지 않아서 얼굴만 보고 바로 갈 생각이었다.

"이렇게 와준 것만도 고마운데 미안하긴. 촬영은 잘하고 있는 거지?"

"응. 올해 하반기에 개봉할 거야."

이렇게 대답할 수 있게 된 것이 얼마나 다행인가. 기사를 막아준 남자에게, 효주는 처음으로 감사했다.

"꼭 보러 갈게."

아쉬운 듯이 효주의 손을 꼭 잡고 있던 신부는 곧 계속해서 들어오는 하객들에게 둘러싸였다. 오래 있을 만한 분위기가 아니었다.

"축하해, 효민아. 행복하게 잘 살아야 해."

다시 한 번 인사를 건네고 대기실 밖으로 나온 효주는 저만치 앞에서 오는 사람을 보고 걸음을 멈췄다. 화사한 한복을 차려입은 어머니가 이쪽을 바라보고 있었다.

"……엄마."

3년 만에 처음으로 보는 어머니였다.

"잠깐 얘기 좀 하자."

어머니는 효주의 팔을 붙잡고 대기실 근처의 빈 탈의실로 끌고 들어갔다. 누가 볼세라 문을 닫는 어머니에게, 효주는 어색하게 물었다.

435

"잘 지내셨어요? 아버지 몸은 좀 좋아지셨고요?"

"좋지 않으니까 오늘도 못 오신 거 아니니. 얼마 전부터 면역 억제제도 늘렸다."

마치 잘 안 맞는 신장이 못마땅하다는 듯한 말투여서 쓴웃음이 나왔다. 고맙다는 인사 따위는 애초에 기대도 안 했지만. 어쨌든 효주와의 대화를 시도한 목적이 아버지의 건강은 아닌 모양이었다. 어머니는 금세 화제를 돌렸다.

"그건 그렇고, 너 요즘 영화 찍는다면서?"

"네, 그렇게 됐어요."

다시 한 번 그 남자가 고마웠다. 만약에 그 기사가 나갔더라면 지금쯤 얼마나 비참한 기분이 들었을까.

"이왕 하는 거 잘됐으면 좋겠구나."

형식적인 격려의 말 뒤에 곧바로 본론이 따라붙었다.

"혹시나 해서 말인데. 네가 효령이 언니라는 얘기는 나가지 않게 부탁한다."

"네?"

효주는 제 귀를 의심했다.

"효령이 이름 팔아서 영화 홍보할 생각 말라는 얘기야."

원래부터 밝힐 생각도 없었지만 대놓고 이런 말을 들으니 기가 찼다.

"동생을 동생이라고 말도 못 하나요?"

저도 모르게 반항하듯 말하자 어머니가 어이없다는 얼굴을 했다.

"효령이 이름 팔아 광고했다가 망하기라도 하면? 효령이 체면이 뭐가 되니?"

말끝마다 효령이, 효령이, 효령이. 효주의 주먹에 힘이 들어갔다. 자신의 인생이 걸린 일에까지도 어머니는 동생에게 털끝만큼이라도 폐가 되지 않을까, 오로지 그것만 걱정하고 있다. 도저히 부모가 하는 짓이라고는 믿을 수가 없었다.

"그때 저, 왜 데리러 오셨던 거예요?"

20년 가까이 가슴속에만 묻어뒀던 질문을 꺼내지 않고는 견딜 수가 없었다.

"그냥 할머니 집에 내버려뒀으면 됐잖아요. 그때까지도 그러셨듯이요!"

"효령이가 여간 성화를 부려야지."

마치 조르는 아이에게 장난감 하나 사줬다는 듯한 말투였다.

"언니 혼자 있을 거 아니냐고, 언제 데리러 가느냐고 매일매일 얼마나 난리를 치는지. 따로 키웠어도 쌍둥이는 쌍둥이구나 했다."

그렇게 말하는 어머니의 얼굴에, 큰딸에 대한 연민이나 미안함 따위는 그림자조차도 보이지 않았다.

"그러니까 너도 효령이 고마운 줄 알아. 폐 끼칠 생각 말고."

"걱정 마세요. 그럴 생각 없으니까요."

목이 메는 것을 참고 대꾸하고 나서 효주는 등을 돌려 나왔다.

예식장 밖으로 나오자 기다렸다는 듯이 봄 햇살이 따사롭게 쏟아졌다. 차라리 날이라도 흐리면 좀 나았으련만. 남의 속도 모르고 화창하기만 한 날씨가 한층 더 서러웠다.

외할머니가 돌아가시던 날도 이렇게 따뜻한 봄날이었다. 그때 효주는 눈이 빠지도록 울었다. 아기 때부터 키워주셔서 엄마나 다름없는 할머니가 돌아가신 것도 슬펐지만, 무엇보다 이제는 갈 곳이 없을까 봐 두려웠다.

매년 설과 추석에만 겨우 내려와서 얼굴을 보는 부모님. 와서도 그동안 공부 잘했느냐, 학교생활은 어떠냐, 관심 어린 말 한마디 없던 부모님이 아무래도 자신을 데려가줄 것 같지 않았다. 역시나 장례가 끝나고도 한동안 효주는 돌아가신 할머니 댁에서 혼자 지내야 했다. 제 손으로 밥을 해 먹고 빨래를 해 입으면서.

「글쎄 언니가 생활비는 넉넉하게 주겠다잖아. 대학까지 학비도 다 대주고.」

「미쳤어? 멀쩡히 부모가 있는 애를 우리가 왜 데려가?」

반찬을 갖다주러 온 효민의 부모, 즉 효주의 이모와 이모부가 뒷마당에서 한바탕 말씨름을 하는 걸 우연히 들었다.

「하여튼 처형네도 너무하네. 아니 자기 자식을 언제까지 남한테 맡겨 키울 셈이야?」

「효령이가 아역배우 하잖아. 언니도 그 뒷바라지하느라 정신없어 그러지.」

「아, 그럼 고아원에라도 보내든가!」

진짜로 데려가지 않을 모양이구나. 무섭고 슬퍼서 효주는 소리죽여 울었다. 기껏해야 1년에 두 번 보는 가족들에게 크게 애정이 있는 건 아니었지만, 어린 효주에게 있어 혼자가 될 수도 있다는 것은 더없는 공포였다. 그러고 나서도 2주 동안이나 더 혼자 할머니 댁에서 지낸 후에야 부모님은 겨우 효주를 데리러 왔다.

아, 버림받지는 않았구나. 그래도 부모님은 부모님이구나.

데리러 와준 게 그저 고마워서, 왜 이렇게 늦었냐고 투정 섞인 말 한마디 못 했던 어린 시절의 자신이 떠올라서 새삼 눈시울이 뜨거워졌다. 부모로서의 최소한의 애정이라고 믿었던 그것조차도 결국 효령 때문이었던 건데.

신장 한쪽과 함께 진작 떼어버렸다고 생각했던 아픔이 생생하게 되살아났다. 상처 자국이 욱신거리는 것 같아서 효주는 절룩거리며 겨우 걸음을 옮겼다.

도망치듯 들어선 대낮의 호프집은 평소보다도 더 손님이 없었다. 언제나 그렇듯 무심한 표정으로 맞이하는 주인이 고마웠다. 효주는 구석 자리에 앉아 소주잔을 기울이기 시작했다.

가끔씩 그런 생각을 했었다. 만약에 그때 할머니에게 맡겨진 게 내가 아니라 효령이었다면 지금쯤 내가 부모님의 사랑을 받고, 화려한 톱스타의 인생을 살고 있을까?

하지만 그랬으면 좋았을 거라고 바란 적은 한 번도 없었다. 이토록 비참한 기분에 빠져 있는 이 순간도 마찬가지였다.

비록 보잘것없는 자신이라도, 효주는 사랑했다. 톱스타인 동생과도 바꾸고 싶지 않을 정도로. 세상 사람 모두가 동생이 낫다고 해도, 최소한 나 하나만은 나를 사랑해줘야 하지 않겠는가. 그렇지 않으면 내가 너무 불쌍하지 않을까.

그렇게 생각하다 문득 지환이 떠올랐다. 아니, 한 사람 더 있었구나. 이런 나를 사랑한다고 말하는 이상한 사람이.

저도 모르게 손이 움직여 휴대전화에서 지환의 전화번호를 찾았다. 그러면 안 돼, 하고 이성이 소리쳤지만 만신창이가 된 마음은 누구라도 곁에 있어주기를 간절히 바라고 있었다. 그게 하다못해 서지환이라도.

─ 감독님?

전화를 받는 지환의 목소리에는 반가움과 놀람이 반반 섞여 있었다.

"지금 어디 있어요?"

울음을 겨우 삼키며 말하자 금세 당황한 목소리가 돌아왔다.

─ 우시는 겁니까?

더욱더 울고 싶어졌다. 내가 울어도 우리 부모님은 눈 하나 깜짝하지 않을 텐데, 이 남자는 왜 이렇게 큰일이라도 난 것처럼 구는 걸까.

지환은 무슨 일이냐고 묻지 않았다.

─ 어디 계신지만 말씀해주십시오. 제가 지금 바로 가겠습니다.

지금 바로, 라더니 정말로 지환은 그로부터 삼십 분도 지나지 않아 달려왔다. 운전하는 매니저가 얼마나 들볶였을지 상상하자 슬픈 와중에도 픽 웃음이 났다.

"무슨 일입니까?"

차에서 내려서도 뛰어왔는지 그는 가쁜 숨을 몰아쉬었다. 나를 위해 이렇게 숨이 턱에 닿도록 뛰어와주는 사람이 있구나, 싶었다. 부모도 내버린 나를 위해서.

"기사 때문에 그러는 거라면, 사장님 말씀으론 민효령 씨가 잘 무마했다고 하던데. 설마 얘기 못 들으신 겁니까?"

태연하게 거짓말을 하는 남자를 한참 물끄러미 쳐다보다 효주는 불쑥 물었다.

"근데 왜 갑자기 또 존댓말 해요?"

지환이 흠칫 놀란 얼굴을 했다.

"지난번에 나한테 막 반말 했었잖아요, 사랑한다고 고백하면서."

일부러 아픈 곳을 후벼 파듯 직구를 던지자 남자가 고운 입술을 깨물었다.

"……감독님은 제 마음을 받아줄 생각이 없으시니까."

짓씹은 입술 사이로 진심이 흘러나왔다.

"제가 감독으로 대해드려야 작품 계속 할 수 있을 것 아닙니까."

아, 그런 건가. 효주는 다시 픽 웃었다.

"잘 생각했어요. 난 서지환 씨한테 아무 생각 없으니까."

친절하게 확인사살까지 시켜주었다. 두 번 다시 사랑에 빠지고 싶지 않다. 특히나 상대가 서지환이라면.

소주병을 들어 지환의 잔에 따르며 효주는 말했다.

"친척동생 결혼식에 갔다가 엄마를 만났어요. 3년 만에."

순간 아, 하는 탄식 비슷한 것이 지환의 입에서 흘러나왔다. 그 역시 효주의 어머니를 기억하고 있는 모양이었다.

"옛날에 지환 씨가 나한테 그렇게 말했던 거 기억나요? 식구 대접도 못 받으면서 왜 그 집에서 미련하게 버티고 있는 거냐고, 고시원이라도 얻어서 나오라고 그랬었잖아요."

지환은 고개를 끄덕였다.

"돈 때문이라고 하셨죠."

"그거, 거짓말이었어요."

효주는 씁쓸하게 웃었다.

"물론 돈도 없긴 했지만 사실은 혼자가 되는 게 무서웠어요."

고아원에서도 안 받아줄 만한 나이가 되어서도, 할머니가 돌아가셨을 무렵의 공포가 여전히 효주의 안에 남아 있었다. 혼자가 되는 것보다는 구박받으면서라도 붙어 있는 게 나았다. 자신을 버리려 든 가족이라도, 아니 그런 가족이니까 더욱더 끈질기게 붙어 있었다.

"그래서 영화 현장이 좋았던 것 같아요. 몸은 힘들어도 작품하는 동안에는 사람들이랑 가족처럼 지낼 수 있잖아요."

말하는 동안에도 효주는 계속해서 취해갔다.

442

"근데 감독으로서도 엄청 형편없지 뭐예요. 카리스마 있게 확 끌고 가주지도 못하고, 능력은 능력대로 없어서 스태프들 고생이나 시키고."

대화상대가 나를 좋아한다는 건 무척이나 편리한 일이라는 걸 처음으로 알았다. 무슨 말을 해도 내 편을 들어주고, 내 콤플렉스를 꺼내 보여도 비웃지 않고, 나보다도 더 아픈 표정을 짓고.

"이번 작품도 그래요. 현장 잘 돌아가고 있는 것도 다 지환 씨가 스태프들 하나하나 챙기고 신경 쓴 덕분이지 내가 한 게 뭐가 있어요."

차마 세현에게조차 하지 못했던 이야기였다. 감독은 나인데, 정작 이 영화를 이끌고 가는 건 지환이라는 사실이 부끄럽고 비참했다. 고맙게 생각하면서도 한편으로는 존재감이라고는 없는 자신에게 화가 났다.

효주의 고백에 지환은 씁쓸한 얼굴을 했다.

"감독님 혼자만 모르시는군요."

"내가 뭘 몰라요?"

"모두들 이 작품, 감독님 때문에 하고 있는 겁니다. 감독님을 믿고 좋아하니까."

효주는 소리 내어 웃었다.

"부처 눈에는 부처만 보인다더니, 지환 씨가 날 좋아하니까 그렇게 보이나 보네요."

그래도 듣기는 좋네, 하고 중얼거리며 효주는 잔을 들어 단숨에 마셔버렸다. 한 잔, 또 한 잔. 어느 순간부턴가 지환이 더는 술을 따라주지 않았다. 기다리다 못해 제 손으로 힘겹게 술을 따르자 지환이 잔을 빼앗아가서 단숨에 비워버렸다. 잔을 내려놓고 손등으로 입술을 훔치며 지환이 말했다.

"이만 일어나시죠. 모셔다 드리겠습니다."

효주는 비틀거리며 일어났다.

"괜찮아요, 나 혼자 갈 수 있으니까."

카운터로 향하는 길에 괘씸한 테이블이 갑자기 다리를 걸어오는 바람에 그만 넘어질 뻔했다. 다행히 뒤를 따라온 지환이 황급히 부축했다.

"감독님!"

지환이 효주를 빈 테이블에 앉혔다. 너 나한테 무슨 감정 있냐? 효주가 테이블과 눈싸움을 하는 동안 지환이 계산을 하고 와서 다시 효주를 부축하고 밖으로 나왔다.

"업히세요."

나오자마자 지환은 등을 돌려댔다. 무거울 텐데, 하고 조금 망설이다 효주는 눈 딱 감고 업혔다. 이 정도 고생은 시켜도 된다. 우리 예빈이의 복수다 이거야. 지환은 별로 힘도 들이지 않고 몸을 일으켰다.

"걸어가면 한 십 분 넘게 걸리는데."

그래도 양심에 찔려서 미리 이실직고하자 작은 웃음소리가 들렸다.

"밤새도록 걸을 수도 있습니다."

지환은 효주를 업고 그녀의 원룸이 있는 방향을 향해 천천히 걸었다. 밤이라 지나다니는 사람이 별로 없는 것이 다행이었다.

"저 광고 말예요."

집에 가는 길에 있는 건물 옥상의 대형 광고판이 눈에 띄었다. 여전히 지환의 커피 광고가 걸려 있다.

"모델료 얼마 받았어요?"

대답이 돌아오는 데는 잠시 시간이 걸렸다.

"아마 1년 계약에 칠억인가 팔억인가 했던 것 같습니다."

영 자신 없는 말투에 웃음이 나왔다. 하기야 광고가 한두 개여야 일일이 기억을 하겠지.

"그렇게 비싼 배우한테 업혔으니 얼마나 드려야 되려나."

"가끔 한 번씩 이렇게 불러만 주시면 됩니다."

비꼬듯이 한 말에 지환은 성실하게 대답했다.

"오늘처럼 힘든 일이 있을 때도 좋고, 그냥 심심하실 때도 괜찮습니다. 이렇게 불러주시면 언제든지 제가 달려오겠습니다."

왠지 코끝이 찡해져서 효주는 지환의 등에 얼굴을 묻었다. 전해져 오는 온기가 상처 입은 가슴에 서서히 스며들었다.

……왜 당신은 나를 이렇게 소중하게 대해주는 거지?

업힌 채 언덕을 올라갈 때는 아무래도 미안해서 내려달라고 했지만 지환은 아랑곳하지 않았다. 그가 겨우 효주를 내려준 것은 효주의 원룸 문 바로 앞에서였다.

배우인 주제에 표정을 참 못 숨긴다. 헤어지기 싫다고 노골적으로 쓰여 있는 얼굴로 지환은 말했다.

"안녕히 주무십시오, 감독님."

새삼스레 어색한 기분에 효주는 눈길을 피하며 작별인사를 건넸다.

"잘 가요."

방에 들어오자마자 문을 걸어 잠그고 옷도 갈아입지 않은 채 그대로 침대에 쓰러져버렸다. 취해서 금세 잠이 올 줄 알았는데 어째서인지 갈수록 정신은 점점 맑아져만 갔다.

아까 내가 잘 가라고 말하지 않았더라면 그는 어떻게 했을까. 그랬다면 지금쯤 우리는 뭘 하고 있을까.

한 시간 정도 뒤척였을까. 잠은 오지 않고, 목만 타는 듯이 말랐다. 일어나서 냉장고를 열어보자 하필이면 생수가 똑 떨어져 있었다. 효주는 비틀거리며 지갑을 찾아 들었다. 바로 원룸 앞에 있는 편의점에 가려고 문을 열고 나가다 흠칫 놀라 멈춰 섰다.

한 시간 전에 작별인사를 했던 남자가, 아직도 그 자리에 그대로 서 있었다.

"왜 여태 있어요?"

떨리는 목소리로 묻자 지환이 대답했다.

"혹시, 제가 필요하실까 해서."

평소보다 한층 낮아진 목소리는 마치 유혹처럼 들렸다.

"나 지환 씨 좋아하지 않아요."

저항하듯 말하자 남자는 빙긋 웃으며 다가왔다.

"필요는 하다는 거네요."

뒤로 물러나자 등이 문에 부딪쳤다. 도망갈 곳을 잃어버린 효주의 귓가에 지환이 입술을 바싹 대고 속삭였다.

"그럼, 얼마든지 이용해요."

누가 먼저였는지는 모르겠다. 그저 정신을 차리자 함께 침대에 쓰러져 키스하고 있었다.

키스만 하다가 밤을 새우는 게 아닐까 싶을 정도로 기나긴 키스였다. 이마에, 눈꺼풀에, 뺨에, 코끝에, 눈썹에. 세포 하나하나에 다 입 맞추려는 건가, 하고 의심스러울 만큼 지환은 끝없이 키스를 퍼부었다.

이래도 되는 걸까, 지금이라도 밀치고 일어나야 하나, 하고 머리로는 생각하고 있는데 정작 몸이 움직여지지 않았다. 어느덧 복잡했던 머릿속도 마약에 취한 듯 멍해지고 말아서, 효주는 지환이 하는 대로 순순히 몸을 맡겼다.

달콤한 키스의 바다에 얼마나 오랫동안 푹 빠져 있었을까. 문득 가슴께에 살며시 파고드는 손길이 느껴져서 효주는 숨을 멈췄다. 단 한 번뿐이었던 관계에서의 아픔을 기억하고 있는 몸이 순식간에 긴장으로 뻣뻣해졌다.

효주의 변화를 알아챘는지 금세 귓가에 부드러운 속삭임이 내려앉았다.

"기분 좋은 것만 할 테니까, 응?"

남자는 자기 말을 지켰다. 아주 천천히 하나씩 옷을 벗기고, 그때마다 조금씩 드러나는 살갗을 공들여 어루만지고 입을 맞추며 예뻐했다.

가장 은밀한 곳에조차 그는 거침없이 입을 맞췄다. 처음에는 부끄러워서 이리저리 몸을 비틀며 어떻게든 피하려 했지만, 결국은 주어지는 쾌감 쪽이 수치심보다 훨씬 더 강했다. 입술과 혀로 흠뻑 사랑받는 동안 효주는 몇 번이나 눈앞이 하얗게 되는 것을 느꼈다.

남자도 물론 돌부처는 아닌 듯, 가빠지는 숨결에서 점점 더 욕망의 향기가 짙어졌다. 본인은 미처 의식하지 못하고 있는 것 같으면서도, 이따금씩 안타까운 듯 효주의 허벅지에 뜨겁고 단단한 것을 밀어붙여오곤 했다.

그러면서도 지환은 결코 그 이상의 행동은 하려 들지 않았다. 기분 좋은 것만 하겠다는 약속을 철저히 지키려 하는 것처럼.

이상해지는 것은 오히려 효주 쪽이었다. 처음이자 마지막이었던 관계는 분명 고통뿐이었는데, 어째서인지 바로 그 행위를 자꾸만 갈망하게 되었다.

아파도 좋다. 부서져도 상관없다. 다시 한 번 이 남자를, 가장 깊은 곳까지 느끼고 싶다.

"해줘요."

결국은 조르고 말았다.

"뭘?"

뻔히 알 텐데도 굳이 되묻는 게 얄미워서 살짝 노려보자 남자는 기쁜 듯이 중얼거렸다.

"이러면 내가 착각할지도 모르는데."

그러면서도 지환은 순순히 효주의 말에 따랐다.

그는 오랜 시간을 들여 그녀의 안에 자신을 파묻었다. 완전하게 침범당하는 순간에 느껴진 것은 아픔이 아닌 기대감이었다. 이 뒤에 뭐가 있을지 잘 모르겠지만 여태 겪어보지 못한 아주 큰 것이라는 사실만은 알 수 있었다. 효주는 시트를 꽉 움켜쥐며 다가올 파도에 대비했다.

그러나 한참이 지나도 지환은 움직일 기미가 없었다. 살짝 눈을 떠보니 제 얼굴을 물끄러미 내려다보고 있는 남자의 눈에 눈물이 어려 있었다.

효주는 흠칫 놀라 물었다.

"아파요?"

처음 관계를 가졌을 때 그가 말했던 게 기억났다. 너무 조여서 아프다고.

지환은 빙긋 웃어 보였다.

"아니, 너무 좋아서."

입가는 웃으려 애를 쓰는데 눈은 여전히 울고 있다. 목소리마저도 떨리고 있어서 왠지 심장이 찌르르하게 아팠다.

저도 모르게 목을 껴안고 제 쪽에서 먼저 입 맞추었다. 아까 그렇게 오랫동안 키스했던 주제에, 남자는 처음으로 입술을 도둑맞은 소년처럼 흠칫 놀라 떨었다.

"미안, 이제 못 참겠어."

낮은 중얼거림과 함께 움직임이 시작되었다. 흠뻑 젖은 내부가 단단한 것으로 문질러지자 금세 눈앞이 아찔해졌다.

결코 나쁜 느낌은 아닌데, 좋은 것 같은데, 이런 걸 원했던 게 맞는데. 문제는 감당할 수 있는 범위를 한껏 뛰어넘어 있었다.

끝을 알 수가 없이 계속 커져만 가는 감각에 더럭 겁부터 났다. 마치 계속해서 올라가기만 하는 롤러코스터에 탄 사람처럼.

"잠깐, 잠깐만요."

당황해서 제동을 걸었지만 남자는 그녀를 내려줄 생각이 전혀 없는 모양이었다. 참다못해 손으로 가슴을 밀어내려 해도 단단한 몸은 꿈쩍도 하지 않고, 오히려 더욱더 세차게 부딪쳐왔다.

아무리 참으려 해도 목 안에서 저절로 짐승 같은 소리가 새어나왔다. 마치 발정기를 맞이한 암컷 같은 소리. 지금 내 표정이 얼마나 흉할까 두려워져서 효주는 두 손으로 얼굴을 감싸버렸다.

"얼굴 보여줘요."

가쁜 숨 사이로 지환이 졸랐다.

"싫어요."

고집스레 고개를 저었지만 얄미운 남자는 기어이 효주의 손을 떼어내 양 손목을 꼭 붙잡아 침대에 단단히 눌러 붙였다.

"쳐다보지 마요."

효주는 울먹였다.

"조금도 이상하지 않아. 예뻐요."

속삭임과 동시에 남자는 허리의 움직임을 더 빠르게 했다.

아무 생각도 하지 못하게 될 정도로 몰아붙여지던 어느 순간, 거짓말처럼 롤러코스터가 멈추었다.

이어진 것은 황홀한 추락.

"아, 지환 씨!"

효주는 그에게 필사적으로 매달렸다.

눈조차 제대로 뜨지 못할 정도로 길고도 깊은 쾌락의 파도 속에서 겨우겨우 헤어나온 순간.

여태 끈질기게 괴롭힌 주제에, 남자는 효주의 가슴에 얼굴을 묻고 소리 죽여 울음을 터뜨렸다.

"……."

넓은 어깨가 격렬한 흐느낌에 들썩였다.

울지 말아요.

지친 나머지 목소리조차 나오지 않아서, 효주는 위로하는 대신에 손을 뻗어 지환의 머리칼을 어루만졌다. 가만가만 머리를 쓰다듬는 사이에 울음은 조금씩 잦아들고, 대신에 규칙적인 숨소리가 그 자리를 채웠다.

효주도 뒤를 따르듯 잠에 빠져들었다.

어디선가 풍겨오는 구수한 냄새에 눈이 뜨였다.

"편의점 옆에 해장국집 아줌마, 인심 좋네요."

정신이 번쩍 들었다. 튕기듯 몸을 일으키자 지환이 작은 밥상 위에 냄비를 내려놓고 있었다.

"해장국 2인분 포장해달라고 했더니 한 5인분은 될 정도로 주더라고요. 물론 사인은 해주긴 했지만."

"……."

눈을 크게 뜨고 쳐다보고 있자 지환이 손짓했다.

"얼른 와서 먹어요. 속 안 좋을 텐데."

녹을 듯이 다정한 말투는 이미 어제의 정중했던 그것과는 전혀 달랐다. 어디선가 들은 기억이 있다 했더니 그거였다. 누구인지도 모를 상대와 통화할 때의 그 목소리. ……서지환이 연인을 대할 때의 목소리.

문득 떠오르는 어젯밤의 기억에 효주는 질끈 눈을 감아버렸다. 끔찍한 후회가 밀려왔다. 대체 어쩌다 그런 짓을 해버렸을까, 나는.

효주가 꼼짝도 하지 않고 있자 지환이 다가왔다.

"자."

안아 일으키려고 뻗는 양손을 피해 효주는 침대 구석으로 도망쳤다. 방어하듯 몸을 단단히 감싸 안고 턱짓으로 문을 가리켰다.

"……나가요."

지환이 침대에 걸터앉았다.

"효주 씨."

봄바람처럼 부드럽게 불린 이름에, 심장은 태풍을 맞은 것처럼 거세게 흔들렸다. 살면서 여태 누구에게도 이런 식으로 불려본 적이 없었다. 지환 본인조차도 그렇게 부른 적이 없다.

효주는 공포에 휩싸였다. 언제 상처받았느냐는 듯이 아무렇지도 않게 다시 뛰기 시작하는 심장이 두렵다. 같은 사람에게 또다시 속아 넘어가고 싶어지는 마음이 무섭다.

그런 자신을 부정하듯 효주는 더욱더 벽 모퉁이 구석으로 기어들었다. 이 남자의 발아래서 산산조각이 났던 목걸이를 필사적으로 떠올렸다. 그때 그가 짓밟았던 건 보석이 아니라 효주 자신이었다.

"조금, 정말 아주 조금이라도 괜찮으니까."

가만히 뻗어오는 손길을 소스라쳐 피하자 아름다운 얼굴에 슬픔이 깃들었다.

"……날 좋아해주면 안 되겠어요?"

지금쯤 자신은 어떤 표정을 하고 있을까. 혹시 얼굴에 벌써 좋아한다고 쓰여 있지나 않을까 두려워져서, 효주는 무릎에 얼굴을 파묻고 잔뜩 웅크렸다.

"나는 이제 누구와도 사랑하고 싶지 않아요. 두 번은 안 하고 싶어요."

고슴도치처럼, 보이지 않는 가시를 바짝 곤두세웠다.

"그러니까 그냥 가요. 부탁이에요."

울먹이며 애원하자 머리 위에서 한숨 소리가 들렸다.

"정말이지 늘 나한테 어려운 부탁만 하네요, 효주 씨는."

잠시 침묵 후에 질문이 날아왔다.

"도저히 나는 안 되겠어요?"

"안 되겠어요."

"정말로, 전혀 가능성이 없는 겁니까?"

"없어요."

앵무새처럼 고집스레 그의 말을 되풀이했다. 그렇지 않으면

자칫 입에서 엉뚱한 소리가 나와버릴 것만 같아서. 절대로 싫다
고 버틸 줄 알았던 남자는, 잠시 후 불쑥 말했다.

"효주 씨가 원한다면 그렇게 해야죠."

효주는 숨을 멈췄다.

"이제 두 번 다시 괴롭게 해드리지 않겠습니다."

일어서서 나가는 기척이 들렸다. 설마설마했는데 정말로 문
이 닫히는 소리가 들렸다.

"……!"

고개를 들자 이미 방 안에 지환의 모습은 없었다.

분명 진심으로 한 말인데. 어떻게 나오나 떠보려고 해본 말이
아닌데. 진짜로 그가 가버리자 순식간에 가슴이 텅 비어버린 것
같았다. 분명 눈을 뜨고 있는데 보이는 것은 새하얀 어둠뿐이었
다. 숨이 콱 막혀서 억지로 심호흡을 했지만 조금도 나아지지 않
았다.

왜 이런 기분이 드는 걸까. 어쩔 줄 몰라 하다 퍼뜩 떠오르는
것이 있었다. 황급히 침대 밑으로 손을 넣어 깊숙이 넣어두었던
상자를 꺼냈다. 머리로는 이러면 안 된다고 생각하면서도 손이
제멋대로 움직였다.

휴대전화의 전원을 켜고 메신저를 열었다. 대화창에 들어가
자 가장 최근에 와 있는 것은 음성메시지였다. 재생 버튼을 누르
는 손가락이 떨렸다.

– 안 보이네. 벌써 방에 들어갔어?

지환의 목소리. 순간적으로 무슨 소린가 했다.

- 바로 옆방인데, 내가 놀러 갈까? ……알았어, 알았어, 안 갈게. 화내지 마.

옆방이라는 말에 곧 상황이 이해되었다. 동시에 머릿속에 장면이 떠올랐다. 강원도의 모텔방. 자기 방 창가에 서서 바깥을 내려다보며 휴대전화를 귀에 대고 있는 지환의 모습. 그는 밖에서 술 마시며 이야기를 나누고 있는 사람들 사이에 효주의 모습이 보이지 않아서, 방에 들어갔다고 생각하고 놀러 갈까, 하고 묻고 있는 거였다.

잠깐만, 그렇다면. 가슴이 철렁 내려앉은 순간,

- ……CF고 뭐고 그냥 확 때려치울까 봐.

언젠가 들었던 말이 흘러나왔다.

- 나흘 동안이나 어떻게 견디지, 보고 싶어서.

효주는 눈을 감았다. 그때 그 통화의 상대가…….

재생이 끝난 후 대화창을 위로 올려보았다. 텍스트 메시지, 사진, 음성메시지. 다양한 종류의 메시지들이 하루에도 몇 개씩 와 있었다.

- 우리 지금 다 같이 빙수 먹으러 왔는데. 맛있겠지? 효주 씨도 같이 왔으면 좋았을걸.

푸짐하고 맛있어 보이는 과일빙수 사진 아래의 메시지였다. 맛있는 음식, 예쁜 풍경. 특별한 것, 그리고 특별할 것도 없는 것들까지 그는 이런 식으로 꼬박꼬박 사진을 찍어 보내고 시시콜콜 이야기를 했다. 3년 동안 단 한 번도 메시지를 확인하지 않는 여자에게.

수천 개의 메시지에 서지환의 3년간의 모든 것이 들어 있었다. 본 적도 없는 작품이 어디 가서 로케이션을 했는지, 현장에서 어느 배우가 지각대장이었는지, 근처 식당의 메뉴 중에 뭐가 맛있고 맛이 없었는지까지 다 꿰게 될 지경이었다.

— 오늘 효주 씨 좀 너무했어. 나 진짜 열심히 연기한 건데 칭찬도 한번 안 해주더라. 뭐 하루 이틀도 아니지만.

다른 음성메시지를 재생시키자 조금 부루퉁해진 목소리가 흘러나왔다.

— 민우 그 자식한테 칭찬해주는 거의 반의반, 아니 10분의 1이라도 해주면 나는 막 날아다닐 것만 같은데.

남자다운 낮은 목소리로 쏟아지는 달콤한 고백의 홍수. 온몸이 녹아내리는 것만 같아서 효주는 스르르 눈을 감았다. 한없이 달콤한 기분에 빠져 있을 때, 문득 뇌리를 날카롭게 파고드는 목소리가 있었다.

「이제 두 번 다시 괴롭게 해드리지 않겠습니다.」

소스라치며 눈을 뜨자 텅 빈 방의 공기가 무겁게 내려앉았다. 적막하기만 한 공기 안에 희미한 향기가 감돌았다.

……방금 전까지 여기에 그 사람이 있었는데.

효주는 어쩔 줄 몰라 잠시 방 안을 서성이다 현관을 향해 달려갔다. 혹시나 아직 기다리고 있지 않을까. 어젯밤에 그랬듯이. 간절하게 빌면서 문을 열어젖혔지만 복도 어디에도 남자의 모

습은 보이지 않았다. 다리에 힘이 풀려서 효주는 그 자리에 주
저앉아버렸다. 눈시울이 확 뜨거워지는 것을 느낀 순간, 눈에서
뜨거운 것이 투두둑 떨어졌다. 효주는 얼굴을 감싸고 울음을 터
뜨렸다.

"……흑!"

지난 3년 동안 그는 한시도 나를 잊은 적이 없었다. 내게 상처
를 주었던 것의 몇 배로 후회하고 괴로워했다. 나를 위해서 연기
자로서의 생명도 아낌없이 내던졌다. 그 대가로 그가 원한 것은
오로지 내 마음의 아주 작은 조각뿐이었는데.

「조금, 정말 아주 조금이라도 괜찮으니까.」

그 손을 뿌리치지 말았어야 했다. 할 수만 있다면, 영혼을 팔
아서라도 시간을 돌리고 싶었다. 끔찍한 절망에 눈물이 멈추지
않았다. 다 끝나버렸다. 그런 중요한 순간에조차, 자신은 또다
시 바보짓을 하고 말았다…….

"……정효주 씨."

가만히 부르는 목소리가 들려온 것은 그때였다. 효주는 울음
을 멈췄다.

잘못 들은 거면 어떡하지. 내 간절함이 불러온 환청이면 어떡
하지.

두려움에 떨며 눈을 들자 눈물이 가득 고인 눈동자와 시선이
마주쳤다.

"미안해, 난 안 되겠어."

울음을 참듯 이를 악물고, 남자는 고집스레 말했다.

"도저히 포기할 수가 없어. 아무리 노력해도 안 돼."

"……."

"1퍼센트, 아니 0.1퍼센트의 가능성이라도 좋으니까."

주저앉은 효주 앞에 무릎을 꿇고, 남자는 최종선고를 기다리는 죄인처럼 떨며 물었다.

"……나한테 기회를 줄 수 없겠습니까?"

좋아한다고 말해야 했다. 처음부터 그랬다고, 한순간도 좋아하지 않았던 적이 없었다고 말해야 했다. 또다시 바보짓을 할 수는 없다. 하지만 목이 콱 메는 바람에 말이 나오지 않아서, 급한 마음에 효주는 정신없이 고개만 끄덕였다. 눈물로 얼룩진 제 얼굴이 흉한 줄도 모르고.

정작 중요한 말은 한마디도 하지 못한 바보 같은 여자를, 남자는 세차게 끌어안았다.

"그럼 됐어."

목소리가 심하게 떨려서 효주는 알았다. 그 역시 울고 있다는 것을.

"……그거면 난 됐어."

소리 없이 울음을 터뜨리는 남자의 품에 안겨 효주는 눈을 감았다.

사랑하는 남자의 품 안에서, 어둠은 더 이상 막막하지 않았다.

"나 이제 촬영장 어떻게 가."

문득 효주가 중얼거렸다.

"음? 왜요?"

"내가 지환 씨 때린 거 다들 알고 있을 거 아녜요."

밖에서도 그렇지만 촬영장에서도 슈퍼스타인 지환이다. 자신이 때려서 영화 물 건너가게 만들 뻔까지 했으니 스태프들이 얼마나 원망하고 있을까 생각하면 차마 촬영장에 걸음할 용기가 나지 않았다.

지환이 쿡쿡 웃으며 자기 휴대전화를 건네주었다.

"자, 한번 봐요."

그것이 단체 채팅방 화면이라는 것을 안 효주는 가슴이 철렁해서 고개를 저었다.

"못 보겠어요."

벌써 쌓인 메시지가 백 개도 넘었다. 무슨 이야기가 오갔는지 보기가 무서워서 여태 열어보지도 못한 터였다.

"보라니까."

"싫다니까요?"

끝까지 거부하자 지환이 효주를 뒤에서 한 팔로 꽉 껴안고 눈앞에 휴대전화 화면을 들이대서 강제로 보게 만들었다.

눈을 감고 도리질을 치다가 결국 겨우겨우 실눈을 뜨는 순간.

[이건 누가 봐도 지환 선배가 잘못한 거예요.]

처음으로 눈에 들어온 메시지에 효주는 숨을 멈췄다.

[정 감독 같은 사람이 손까지 들었을 때는 이건 안 봐도 비디오지.]

[맞을 짓을 한 거죠 뭐.]

[지환 씨가 기자회견이라도 하면 안 돼요? 맞을 짓 해서 맞았다고.]

지환이 계속해서 스크롤을 내렸다. 길고 긴 대화를 아무리 들여다보아도 그중에 효주를 탓하는 사람은 없었다.

[아, 몰라. 감독님 촬영 복귀 못 하시게 되면 다 지환 선배 탓이에요.]

[지환 씨 이거 보고 있지? 책임져!]

메시지를 읽어내려가던 효주의 눈앞이 서서히 흐려졌다. 누군가에게 이토록 신뢰받고, 또 사랑받는다는 것은 얼마나 기쁘고 행복한 일인지.

"말했잖아요. 모두들 효주 씨 좋아한다고."

여전히 효주를 뒤에서 껴안은 채로 지환이 귓가에 속삭였다.

"……물론 그중에서 내가 제일 좋아하지만."

효주가 현장에 나타나자 환호성이 터졌다.

"감독니이이이임!"

지선이 제일 먼저 달려와서 품에 안겨 훌쩍거렸다.

"괜찮으세요? 이대로 영영 감독님 못 뵙게 되는 줄 알고 다들 얼마나 걱정했는데요."

그다음에는 세현이, 그다음에는 촬영감독이 하는 식으로 스태프들이 돌아가며 효주를 얼싸안고 기뻐했다.

"잘 왔어, 정 감독."

"마음고생 많으셨죠?"

여기저기서 쏟아지는 따뜻한 위로의 말. 효주는 눈물이 나는 것을 억지로 참았다.

"모두들 걱정시켜서 죄송해요."

그러나 훈훈한 분위기도 거기까지였다.

"감독님, 많이 힘드셨죠?"

민우가 눈물을 글썽이며 효주를 안으려고 하는 순간, 지환에게 뒷덜미를 붙잡히고 만 것이었다.

"넌 안 돼."

강제로 효주에게서 민우를 멀찍이 떼어내고, 지환은 선언했다.

"앞으로 감독님 반경 1미터 이내로 접근 금지."

정작 민우보다도 효주가 당황해서 어쩔 줄을 몰랐다. 사귀는 건 사귀는 거고, 영화는 찍어야 하는데 대놓고 이러면 어떡해.

"저기, 오해들 말아요. 서지환 씨하고는 그냥 좋은 친구 사

461

이······."

그 문장이 끝나기도 전에 차가운 목소리가 날아왔다.

"이제 그만하죠, 눈 가리고 아웅 하는 거."

예빈이었다.

"이렇게까지 하고 나서 사귀는 사이 아니라고 하면 누가 믿겠어요?"

어이없다는 듯한 말투에 효주는 얼굴이 확 뜨거워졌다.

분위기가 삽시간에 싸늘해졌다. 모두들 숨죽이고 눈치를 보는 가운데, 예빈은 자리를 박차고 일어나 저만치 구석으로 가버렸다.

효주는 황급히 그 뒤를 따랐다.

"예빈 씨!"

예빈이 화를 내는 것도 무리가 아니다. 지환은 자신을 걱정시키지 않기 위해 일부러 예빈을 유혹했으니까. 비록 자신이 사주한 것은 아니라 해도, 엉뚱하게 아무 상관없는 예빈이 피해를 입게 된 건 사실이었다. 모두가 보는 앞에서 지환에게 목걸이를 빼앗기는 망신까지 당하고.

그보다도 더 걱정은 예빈이 이미 한번 상대역 배우에게 상처를 받은 적이 있다는 거였다. 결국 서지환도 같은 짓을 해버린 꼴이 되고 말았다.

예빈을 따라간 효주는 무조건 고개를 숙였다.

"정말 미안해, 예빈 씨. 다 내 잘못이야."

그런 효주를, 예빈은 그저 말없이 쳐다보기만 했다. 길어지는 침묵에 조마조마해졌다. 서지환이고 정효주고 다 싫다고, 영화 못 찍겠다고 하면 어쩌나.

한참 후에야 예빈은 가볍게 한숨을 내쉬었다.

"화는 나지만 어쩌겠어요. ……제가 지환 선배보다 감독님을 더 좋아하는데."

제 귀를 의심하고 쳐다보자 예빈이 중얼거렸다.

"이번만 용서해드릴게요. 감독님 봐서."

"예빈 씨!"

눈물을 글썽이는 효주를 예빈이 살며시 끌어안았다.

"그날 감독님이 말씀하셨던 사람 말이에요."

겉으로는 무척 차가워 보이는 예빈의 품은, 생각했던 것 이상으로 따뜻했다.

"예전에 사귀다가 헤어졌다는 배우. 그게 지환 선배죠?"

더 이상 거짓말을 하고 싶지 않았다. 속아주지도 않을 테지만.

"응."

"잘됐네요. 이번에는 감독님 울 일 없으셨으면 좋겠어요."

고맙고 미안한 내 배우. 사랑스러운 내 주인공.

효주는 예빈을 힘주어 마주 안았다.

"근데 감독님 그거 알아요?"

"뭐?"

"지환 선배한테 감독님 아까워요."

불쑥 중얼거린 예빈의 말에, 효주는 울다가 그만 웃어버리고 말았다.

"나도 그렇게 생각해."

◇ ◆ ◇

비 온 뒤에 땅이 굳어진다고 하더니, 일단 위기를 넘기자 촬영
은 전보다도 더 끈끈한 분위기에서 순조롭게 진행되었다.

효주뿐 아니라 다른 배우와 스태프들도 모두 영화 자체가 엎
어질까 봐 많이 걱정하고 있었던 모양이다. 촬영이 재개된 것만
으로도 행복하다는 듯, 아무리 힘들어도 피곤하다 소리 한마디
하는 사람이 없었다. 모두들 작품에 대해 얼마나 애정을 품고 있
는지가 느껴져서 효주는 기뻤다.

「촬영하는 동안은 어디까지나 배우와 감독이에요. 현장에서
는 사적으로 대하지 말아줘요.」

지환에게는 미리 그렇게 못 박아두었다.

「어차피 사귀는 거 다들 아는데 너무 차가운 거 아닌가?」

약간 불만스러워 보이긴 했지만 그래도 지환은 잘 따라주었
다.

막바지 촬영에 박차를 가하고 있는 가운데 효주를 찾아온 사

람이 있었으니, 바로 동균이었다.

못 본 새 한층 초췌해진 얼굴로 동균은 말했다.

"너랑 다시 시작하고 싶어."

물론 효주로서는 그저 난감할 뿐이었다.

"우린 이미 끝난 사이잖아. 먼저 헤어지자고 해놓고 이제 와서 이러면 어떡해?"

동균은 무척이나 억울해했다.

"나도 헤어지고 싶어서 헤어지자고 한 게 아니란 말이야."

"그럼?"

"서지환 때문이었어."

가슴이 철렁했다. 여기서 지환의 이름이 왜 나오는 걸까.

"서지환 씨가 뭘 어쨌는데?"

"그 자식이 너하고 헤어지면 내 작품에 출연해주겠다고 해서 받아들였던 거야."

일단은 놀랐고, 놀람이 조금 가시고 나자 기가 막혔다. 애인과 헤어지는 대신에 출연하겠다고 조건을 내세웠다는 남자도, 그랬다고 정말로 이별을 선언한 남자도 어이가 없다.

어쩐지 헤어진 날 어떻게 귀신같이 알고 찾아왔다 싶더라니 그런 거였어?

입을 다물지 못하고 있는 효주에게, 동균은 거의 애원했다.

"근데 아무래도 내가 잘못 생각한 것 같아. 도저히 너 없으면 안 될 거 같다, 나."

"그럼 서지환이랑 약속한 건 어쩔 건데?"

동균은 제법 결연한 표정으로 말했다.

"다른 배우 쓰지 뭐."

제멋대로 구는 남자에게, 효주는 화를 내지 않았다.

"나도 겪어봐서 선배 마음 이해해. 얼마나 캐스팅 절박했으면 그랬겠어."

감정이 있어야 화도 나는 거라는 사실을 새삼 깨달았다. 지환에게는 화를 냈다가, 기뻤다가, 울고 싶었다가, 크게 웃고 싶었다가, 그토록 롤러코스터를 타곤 하는 감정이 동균을 상대로는 그저 호수처럼 잔잔하기만 했다. 연인인 자신을 팔아넘기듯 했다는 걸 걸 알고 나서도.

관심 없는 상대에게, 사람은 얼마나 관대해질 수 있는 것일까.

동균도 그것을 깨달았는지 매달리다시피 굴었다.

"차라리 화를 내, 효주야. 내가 잘못한 거잖아. 응?"

화가 나지 않는데 어떻게 화를 내라는 걸까. 도리어 화조차 나지 않는 자신이 미안하기까지 했다.

"나 정말 괜찮아 선배. 신경 쓰지 마."

효주가 끝내 화를 내지 않자 도리어 동균이 캐물었다.

"너 혹시 서지환이랑 뭐 있는 거냐?"

대답하지 않았지만, 침묵만으로도 충분히 대답이 됐나 보다.

"영화 찍으면서 둘이 눈 맞은 거야? 응? 그런 거야?"

마치 효주가 바람을 피웠다는 양 추궁하는 태도에, 효주도 참지 못하고 쏘아붙였다.

"원래 지환 씨하고는 훨씬 전부터 알던 사이였어. 선배는 작품 때문에 나를 팔아넘겨놓고 무슨 할 말이 있어?"

결국 동균은 본전도 못 건지고 어깨가 축 처져서 돌아갔다.

그래도 한때는 좋아서 만난 사이인데, 힘없이 터벅터벅 걸어가는 뒷모습을 보고도 연민 한 점 일어나지 않는 것에 효주는 스스로도 조금 놀랐다. 나라는 사람은 생각보다 차가운 면이 있는지도 모르겠다.

다음 날은 모처럼 촬영을 하루 쉬는 날이었다. 외출 준비를 위해 가볍게 화장을 하다 말고 효주는 거울 속의 제 얼굴을 빤히 들여다보았다.

매일같이 이어지는 강행군에 피로가 가득한 창백한 얼굴. 서른이 넘으면서 짙어지기 시작한 팔자 주름이 오늘따라 도드라져 보였다. 못생겼다고 할 수는 없겠지만, 후하게 쳐줘도 미인이라고 하기는 힘들 것 같다.

······지환 씨는 정말로 이런 나를 사랑하는 걸까.

그렇다는 걸 잘 알고 있으면서도, 부모에게조차 제대로 사랑받아본 적이 없는 못난 마음은 때때로 이런 불안감에 빠져들곤 했다.

마침 켜놓은 TV에서 지환의 광고가 나오고 있었다. 그것도 하필이면 화장품 CF. 작은 TV 화면에 비친 서지환은 사람인가 싶을 정도로 완벽한 미모를 자랑하고 있었다. 효주는 한숨을 지으며 리모컨을 들어 TV를 꺼버렸다. 차라리 저 사람이 이렇게

467

까지 스타가 아니었다면. 외모라도 좀 덜 뛰어났더라면.

외출 준비를 마치고 나가려는데 때마침 노크 소리가 들렸다. 문을 열자마자 방금 TV 속에서 보았던 남자가 활짝 웃으며 팔을 벌렸다.

"보고 싶었어요."

매일같이 보는 사이인데도 이 남자는 늘 보고 싶었다는 말로 인사를 대신한다. 껴안으려 드는 지환의 팔을 피해서 효주는 한 걸음 물러났다.

"서지환 씨, 나한테 뭐 잘못한 거 없어요?"

"없는데, 그런 거."

일 초도 고민하지 않고 대꾸하는 남자를 흘겨보았다.

"나랑 헤어지는 대신에 동균 선배가 연출하는 드라마 출연해 주겠다고 했다면서요?"

순간 지환이 찔끔하는 표정을 했다.

"어떻게 알았어요?"

"어떻게 알았을 거 같아요?"

되묻자 지환의 얼굴이 굳어졌다.

"그 자식이 찾아왔던가? 뭐라고 했죠?"

"서지환 쓰기로 한 거 취소할 테니까 다시 만나자고 하던데요?"

"설마 진짜로 그렇게 할 건 아니죠?"

진심으로 불안해하는 표정이 좋았다. 그래서 일부러 심술을 부렸다.

"지환 씨한테 실망했네요. 내가 물건이에요?"

"잘못했어요."

지환은 즉시 꼬리를 내렸다.

"그때는 어떻게든 효주 씨 잡고 싶은 생각에 그랬어. 비겁했다는 거 나도 인정해요. 그냥 내가 너무 좋아해서 그런 거니까, 한 번만 용서해줘요."

매달리듯 간절한 눈빛에 가슴속에서 은밀한 기쁨이 피어올랐다. 이 사람은 나를 좋아한다, 확인받는 기분이 들었다. 스스로도 유치하다고 생각하면서도 어쩔 수 없었다.

"됐어요. 나 지금 약속 있어서 나가야 하니까 나중에 얘기해요."

"약속? 누구랑?"

"내가 그걸 왜 말해줘야 되죠?"

"그러고 보니까 화장까지 했네. 혹시 남자 만나는 거예요?"

그래도 끈질기게 달라붙는 남자를, 효주는 짐짓 차갑게 뿌리쳐버렸다.

"나 너무 집착하는 남자 싫은데."

시무룩한 강아지 같은 얼굴을 하는 남자를 뒤로하고, 효주는 웃음을 참으며 돌아섰다.

◇ ◆ ◇

좀 놀려주고 싶은 생각도 있었지만, 사실대로 말했다가는 못

가게 할 것 같아서 말하지 않은 거였다. 오늘 만날 사람은 바로 서현우였으니까.

며칠 전에 현우가 입원을 했다는 기사를 보고 놀라서 전화를 했다. 영화 촬영 도중에 팔을 다쳤다는 것이었다.

「심각한 거예요? 문병 가야 하는 거 아니에요?」

그렇게 묻자 현우는 이렇게 대답했다.

「심각한 건 아니지만 문병은 와줄래요?」

와달라고까지 말하는데 가지 않을 수가 없었다. 지난번에 현우는 자신의 부탁을 흔쾌히 들어주기도 했으니까.

병실 문을 살짝 열자 침대에 비스듬히 앉아서 휴대폰을 들여다보고 있던 현우가 효주를 보고 반가운 얼굴을 했다.

"효주 씨."

효주는 다가가서 테이블에 주스 상자를 내려놓고 물었다.

"다친 데는 좀 괜찮아요?"

현우가 깁스를 한 한쪽 팔을 들며 웃어 보였다.

"사실은 별거 아닌데, 그냥 다쳤다는 핑계로 링거 맞으면서 좀 쉬는 중이에요."

웃는 얼굴을 보니 마음이 놓였다.

"우리 나가서 좀 걸을까?"

470

현우의 제안에 함께 병실을 나왔다.

병원 뒤쪽에 있는 산책로의 나무들은 푸른색이 짙어져 있었다. 이제 겨우 5월 말인데, 한여름 못지않게 따가운 햇볕에서는 여름 냄새가 나기 시작했다.

나란히 걷다 문득 현우가 툭 하고 말했다.

"그때 내가 고백했던 거, 진심이었어요."

효주는 그만 어색해졌다. 사귀고 있는 남자의 사촌형에게 듣기에는 아무래도 민망한 말이었다.

"그래서 이번 효주 씨 영화도, 실은 처음부터 제가 하고 싶었습니다."

크랭크인 직전에 축하 전화를 했을 때도 현우는 같은 말을 했었다. 그때는 그냥 인사치레인 줄 알았는데, 이제 보니 진심이었던 건가.

"그럼 연락하지 그랬어요. 캐스팅 문제 때문에 한참 마음고생했었는데."

효주도 진심으로 말했다. 그 당시에 현우가 연락을 해 왔다면 얼마나 기뻤을까.

"지환이 녀석이 효주 씨를 무척 그리워했어요. 대본 들어올 때마다 제일 먼저 고려하는 게 그거더군요. 효주 씨가 좋아할 만한 작품인가, 아닌가."

"아……."

"그걸 알면서 차마 반칙 못 하겠더라고요. 그렇지 않아도 녀석한테는 평생 미안한 짓만 했으니까."

그가 진심으로 지환을 아끼고 걱정하고 있다는 것이 효주에게도 느껴졌다.

"초등학교 졸업할 때 일인데, 지환이가 졸업생 대표로 답사를 하고 싶다고 나한테 부탁했었습니다. 그 자존심 강한 녀석이 처음이자 마지막으로 나한테 고개를 숙였었어요."

마치 고해라도 하듯, 현우의 입에서 옛날 이야기가 흘러나왔다.

"들어주고 싶었죠. 들어주겠다고 약속했고. 그런데 우리 부모님이 절대 안 된다고 펄쩍 뛰셨어요. 벌써 지환이하고 약속했다고 말해도 막무가내이신 겁니다. 정 그러면 큰아버님 가족, 그러니까 지환이네 가족을 아예 동네에 발도 못 붙이게 쫓아내버리겠다고까지 하셨어요. 어쩔 수 없이 약속을 어길 수밖에 없었죠."

괴로운 얼굴로 현우는 중얼거렸다.

"답사를 하러 단상 위로 올라가는 나를 쳐다보던 그 녀석의 표정이, 여태 기억이 납니다."

"아……."

"그래서 차마 효주 씨한테 연락할 수가 없었어요."

언젠가 지환에게 맞던 현우의 모습이 떠올랐다. 충분히 반격할 수 있을 텐데도 일방적으로 맞고만 있어서 그때도 의아하게 생각했었다. 현우도 오랫동안 지환이 모르는 마음의 빚을 지고 있었던 것이다.

효주는 조금 망설이다가 입을 뗐다.

"아마 연락하셨어도 달라질 건 없었을 거예요."

이제는 알겠다. 헤어져 있는 동안에도, 심지어 다른 사람을 만나는 동안에도 자신은 지환을 마음에서 내려놓은 적이 없었다는 것을.

"너무하네요."

현우의 농담에, 효주도 따라 웃었다.

병원 주위를 한 바퀴 돌아서 병동 근처로 돌아왔다. 헤어지기 전에, 현우는 문득 걸음을 멈추고 효주를 바라보았다.

"마지막으로 한 번만 안아봐도 됩니까?"

팔을 벌리는 현우를 향해 효주는 한 걸음 다가섰다. 가만히 안아오는 팔에서 지환의 열기와는 또 다른 온기가 느껴졌다.

사랑할 수는 없었지만 고마운 사람. 글자 그대로, 정말 좋은 사람.

"혹시 지환이 녀석이 또 효주 씨 울리면, 그땐 꼭 나한테도 기회 줘요."

귓가에 닿은 장난스러운 속삭임이 효주를 한 번 더 웃게 만들었다.

한결 가뿐해진 마음으로 효주는 현우와 헤어졌다. 지환은 오랫동안 현우와의 라이벌의식 때문에 괴로워해왔다. 현우의 진심을 알게 되면, 어쩌면 지환도 조금은 마음이 편해지지 않을까.

그렇게 생각하며 돌아 나오다 효주는 흠칫 놀라 걸음을 멈췄다. 저만치에 키가 큰 남자가 서서 이쪽을 바라보고 있었다.

"지환 씨?"

여기까지 따라온 남자가 놀라우면서도 한편으로는 걱정이 되었다. 누가 알아보기라도 하면 어쩌려고 이런 데 서 있을까.

"어떻게 알고 왔어요? 이럴 줄 알았으면 같이 올걸……."

서둘러 다가가다 말고 효주는 가슴이 철렁해서 입을 다물었다.

지환은 무서운 얼굴로 이를 악물고 있었다.

"왜 하필 저 자식이지?"

그제야 효주는 지환의 오해를 눈치 챘다. 현우와 껴안고 있는 걸 본 거구나.

"지환 씨, 그런 게 아니라……."

"혹시 나 몰래 다른 남자를 만난다면 그건 용서할 수 있어. 나도 효주 씨한테 나쁜 짓 했으니까, 벌 받는다 생각하고 한 번쯤은 눈감아줄 수 있어."

이미 효주의 말 따위는 지환에게 들리지 않는 것 같았다.

"하지만 저 녀석만은 안 돼."

지환은 매달리듯 효주의 손을 잡아서 제 가슴에 가져다 댔다.

"잘 알잖아, 내가 평생 저 자식 때문에 얼마나 괴로워했는지. 그런데 하필 저 자식이랑 만나는 건 너무 잔인하잖아."

그는 화를 내고 있지 않았다. 애원하고 있었다.

"내가 더 잘할게. 그러니까 제발 서현우만은 만나지 마. 응?"

효주는 물끄러미 바라보았다. 화려한 스타가 아닌, 그저 열등감과 패배감에 괴로워하는 한 인간을. 어떻게든 사랑받고 싶어서 몸부림치는, 나와 전혀 다르지 않은 한 사람을.

사랑스러운 감정이, 가슴이 터지도록 흘러넘쳤다.

"서현우 씨는 참 좋은 사람이에요."

가만히 입을 여는 순간 지환의 얼굴에 충격이 어렸다.

"다정하고, 진실하고, 사람을 있는 그대로 바라볼 줄 알지요. 어쩌면 지환 씨보다는 현우 씨가 훨씬 더 좋은 사람일지 몰라요."

점점 더 불안함에 물들어가는 눈동자를 가만히 들여다보며, 효주는 처음으로 지환에게 제 마음을 고백했다.

"그런데 나는 지환 씨가 좋네요."

팔을 활짝 벌려 품안 가득 끌어안으며 다시 한 번 되풀이했다.

"그래서, 지환 씨가 좋아요."

마지막 촬영 날은 주인공인 준수와 승연의 장면이었다. 그 외에 준수를 유혹하는 동물병원 손님 역할이 필요했는데, 그다지 비중이 크지 않은 역이라 조감독인 세현에게 캐스팅을 맡겼다. 세현은 평소에 친분이 있던 배우에게 우정출연을 부탁했다고 하더니, 정작 촬영 당일이 될 때까지도 그게 누군지는 말해주지 않았다.

"연기 끝내주게 하는 친구니까 걱정 마. 이미지 화려해서 역에 딱 알맞고."

"글쎄 그게 누구냐니까?"

"아휴, 좀 기다려봐. 나 못 믿어?"

결국 우정출연자의 정체가 밝혀진 것은 촬영 당일. 촬영장에 나타난 배우를 보고, 효주는 놀라서 앉아 있던 의자에서 벌떡 일어났다.

"효령아!"

대배우의 등장에 촬영장이 발칵 뒤집어졌다.

"정효주 감독님, 오늘 촬영 잘 부탁드립니다."

효령이 시치미를 뚝 떼고 다가와서 효주에게 인사를 했다.

오랜만에 만난 동생이 반갑기도 하고 한편으로는 민망하기도 했다. 그렇지 않아도 효령에게 카메오를 부탁해볼까 생각도 했지만 차마 말을 꺼내지 못하고 있었는데.

"너도 참, 바쁜 사람을 여기까지 부르고 그랬어?"

애꿎은 세현을 탓하자 세현이 펄쩍 뛰었다.

"내가 부른 거 아니거든?"

효령이 대신 대답했다.

"내가 조감독님한테 먼저 연락드렸어. 혹시 카메오 자리 없겠느냐고. 그래서 꽂아주신 거야."

효주는 가슴이 뭉클했다.

"고마워, 효령아."

"언니 첫 작품인데 당연히 내가 출연해야지."

효주와 효령 사이에 오가는 친밀한 말투에 사람들이 하나같이 어리둥절한 표정을 했다. 대체 무슨 사이야, 하는 눈치를 깨달

476

은 효령이 방긋 웃으며 말했다.

"우리 언니예요. 쌍둥이 언니."

사람들의 눈이 두 배는 커졌다. 모두들 대놓고 효령과 제 얼굴을 번갈아 보는 바람에 효주는 그만 민망해졌다.

"지선이 너 지금 속으로 거짓말이라고 생각했지?"

"어, 어머? 아녜요 감독님!"

펄쩍 뛰는 지선을 보고 효주는 웃어버렸다. 딱 걸렸지 너.

"오랜만입니다, 민효령 씨. 우리 오늘 잘해봅시다."

빙긋 웃으며 인사를 건네는 지환에게, 효령은 도도하게 대꾸했다.

"그쪽이나 잘하면 돼요."

말투가 쌀쌀맞은 것이, 아무래도 효령은 아직 지환이 못마땅한 모양이었다.

효령은 미리 전달받은 대본을 완벽하게 숙지한 데다 이미 메이크업과 헤어도 모두 마치고 온 상태였다. 간단히 리허설만 거친 후 바로 촬영에 들어갈 수 있었다.

지환과 효령이 마주앉고, 카메라가 돌아가기 시작했다.

"괜찮으시면 제가 원장님께 감사의 표시로 저녁 사드리고 싶은데, 어떠세요?"

"미안하지만 이미 결혼했습니다."

"제가 원장님한테 결혼하자는 거 아니잖아요. 그냥 밥 한번 같이 먹자고 한 건데 결혼한 게 무슨 상관이에요?"

대한민국에서 각각 남녀 톱이라 불리는 배우들의 연기 대결이 눈앞에서 펼쳐졌다. 스태프들은 물론, 효주마저도 일이라는 것을 깜빡 잊고 빠져들었다.

"전에 병원에 왔을 때, 아내 되시는 분을 봤어요."

"그래서?"

"그냥 평범한 아줌마던데요. 현모양처 스타일?"

효령이 매혹적인 눈매로 사르르 눈웃음을 쳤다.

"같이 살다 보면 좀 재미없을 것 같은데, 저랑 친구 안 하실래요?"

두 배우의 열연 덕분에 일사천리로 마지막 촬영을 끝낼 수 있었다.

"컷, 좋습니다. 이대로 촬영 종료하겠습니다."

마지막 오케이 사인을 내리는 순간, 아까부터 참고 있던 눈물이 기어이 터져 나오고 말았다.

"그동안 수고 많으셨습니다. 모두들 정말, 너무 고생해줘서……!"

말을 잇지 못하는 효주를, 효령이 껴안았다.

"고생했어, 언니."

끝없이 이어지는 박수갈채 속에서, 효주는 끝없이 울었다.

epilogue 02

그 해 가을 시즌에 개봉한 영화 '일식'의 최종 관객 수는 사백만. 손익분기점을 훌쩍 뛰어넘는, 멜로영화로는 훌륭한 성과였다.

효주는 일약 충무로의 주목받는 신인감독이 되어 여기저기서 차기작 제안이 쏟아져 들어왔다. 주연인 지환과 예빈의 연기에도 찬사가 이어졌다. 특히 예빈은 이 영화로 완전히 주연급으로 자리매김해서, 효주는 그것이 무엇보다 기뻤다.

영화가 성공적으로 흥행을 마친 것은 좋았지만 효주는 슬슬 새로운 걱정에 휩싸였다. 영화의 흥행이 마무리되면 지환이 기삿거리를 주기로 약속하지 않았던가.

약속대로 지환의 마약 스캔들을 주지 않으면 그들은 효주가 지환을 때리는 영상을 기사로 내버릴 것이었다. 즉 자신의 감독 생명과, 지환의 배우 생명 사이에서 선택해야 했다.

물론 선택하기는 어렵지 않았다.

"우리 그냥, 기사 내라고 해요."

결심 끝에 효주는 운을 뗐다.

다행히 영화 흥행은 잘 마쳤으니 이제 와서 기사가 터진다 해도 나 하나만 다치면 되는 일이었다. 기사가 나가면 당연히 여론

의 뭇매를 맞을 테고, 그러면 앞으로 일은 들어오지 않겠지만 그
것도 상관없었다. 계속 독립영화 찍으면 되지 않겠는가. 언제부
터 그렇게 돈 되는 영화만 했다고.

하지만 지환은 딱 잘라 거절했다.

"싫어요."

오히려 효주가 몸이 달았다.

"나는 독립영화 찍으면 돼요. 하지만 지환 씨는 앞으로 계속
연기해야 하잖아요. 마약 기사 나가면 이미지 손상으로 광고주
들한테 물어줘야 할 돈도 어마어마할 거 아녜요?"

"마약 기사도 안 낼 건데."

태연하게 대꾸하는 남자에게 기가 막혔다. 애초에 둘 다 안 할
수 있는 방법이 있었다면 일이 이렇게까지 되지도 않았을 텐데,
이제 와서 무슨 소리를 하는 걸까.

"그럼 어쩌자는 거예요?"

"더 좋은 특종을 던져주면 되지."

그제야 지환이 빙긋 웃었다.

"……서지환 결혼 기사."

효주는 숨을 멈췄다.

지환이 주머니에서 검은 상자를 꺼냈다. 열기도 전에 그 안에
뭐가 들어 있는지 알 수 있었다.

목걸이에 박힌 반짝이는 보석을, 효주는 물끄러미 들여다보
았다. 처음 보았을 때도 그랬지만, 눈으로 보아서는 진짜인지
가짜인지 알 수가 없다.

"나하고 결혼해주겠습니까?"

속삭이는 지환의 목소리가 미세하게 떨리고 있었다.

"있잖아요."

효주는 대답 대신에 중얼거렸다.

"그때 진짜랑 가짜 중에서, 나한테 주려고 했던 게 어느 쪽이었어요?"

정말 궁금해서 물은 건데, 지환은 마음 아픈 얼굴을 했다.

"진짜도, 가짜도 다 효주 씨 거였어."

떨리는 손으로 목걸이를 효주의 목에 걸어 주며 지환은 말했다.

"내가 사랑한 여자는 정효주 한 사람이었으니까."

평생 동생의 그늘에 가려 살면서 늘 마음 한편에 그런 생각을 품고 있었다. 왜 같은 쌍둥이 자매인데 늘 사랑받는 것은 그 애일까. 나라는 존재는 그 애의 가짜에 불과한 것일까.

하지만 그런 의문 따위는 더 이상 아무 의미가 없어졌다. 왜냐하면 이 사람에게 나는, 세상에서 오로지 하나뿐인 존재이니까.

"좋아요!"

목걸이를 어루만지며 효주는 활짝 웃었다.

톱스타와 신인감독의 결혼.

기사가 나가자 그야말로 온 나라가 떠들썩했다. 기자들이 집

481

앞에까지 찾아와서 진을 치고 극성을 부리는 바람에 효주는 한동안 집에 갇혀 지내다시피 했다.

시간이 모든 것을 해결해준다는 말은 역시 이 경우에도 빗나가지 않았다. 기사가 나가고 2주 정도가 지나자 소동도 어느 정도 시들해지고, 효주와 지환도 한숨 돌릴 수 있었다.

영화가 흥행에 성공하자 영화사에서는 아예 효주에게 사무실을 하나 내주었다. 자유롭게 나와서 글도 쓰고 하라는 것이었다.

뜻밖의 손님이 효주를 찾아온 것은 조금씩 결혼 준비를 시작하던 어느 날의 일이었다. 사무실에 출근해서 시나리오 작업을 하는데, 직원이 노크를 하고는 문을 열었다.

"정 감독님, 손님이 오셨는데요?"

"손님? 누구요?"

혹시 또 기자인가 싶어서 효주는 겁을 먹었다.

"어머님이시래요."

가슴이 철렁한 순간, 직원의 등 뒤에 서 있는 어머니의 얼굴이 보였다.

"……엄마."

대체 어머니가 여기까지 왜 찾아왔을까. 불안을 감추고, 효주는 일단 어머니에게 자리를 권했다.

나이를 무색케 하는 하늘하늘한 시폰 블라우스를 입은 어머니의 귀에서 커다란 보석 귀걸이가 달랑거렸다. 늘 꾸미고 과시하는 것을 좋아했던 어머니. 가끔은 효령보다도 오히려 어머니 쪽이 더 배우같이 보일 때도 있었다.

오랜만에 보는 딸을, 어머니는 밉지 않게 흘겨보았다.

"효주 너도 참 너무한다. 어떻게 자식이 결혼한다는 소식을 기사를 보고 알게 만들어?"

"죄송해요."

사과하면서도 효주는 헷갈렸다. 어차피 내놓은 자식 아니었던가. 그렇더라도 결혼한다고는 미리 연락을 했어야 맞았던 걸까.

"내년 봄에 결혼한다지? 준비는 어떻게 돼가고?"

"이제 시작이에요. 결혼식장 알아보고 있어요."

"신혼집은?"

"아마 지환 씨 집에 제가 들어가게 될 것 같아요."

"그래, 그럼 조만간 그 집에 같이 가보자."

"네?"

당황해서 되묻자 어머니는 당연하다는 듯이 말했다.

"인테리어랑 가구랑 바꾸려면 내 눈으로 좀 살펴봐야지. 딸 시집보내는데 엄마가 혼수 정도는 해줘야 할 거 아니니?"

당장 지난번에 만났을 때만 해도 어머니는 행여 효령에게 누를 끼치지 말라는 말뿐이었다. 그런데 갑자기 웬 친정엄마 행세란 말인가.

"그리고, 서 서방이랑 인사는 언제 시켜줄 거니?"

어머니는 이어서 물었다.

"나하고는 이미 안면이 있는 사이다만, 그래도 결혼 전에 정

식으로 인사하고 허락은 받아야 할 것 아니야. 게다가 아버지는
아직 사위 될 사람 얼굴도 못 봤잖니."

점점 이건 아니라는 생각이 들기 시작했다. 언제 자식 대접을
해준 적이 있다고 이제 와서 당당하게 부모 대접을 받으려고 드
는 것일까.

문득 어머니가 눈을 가늘게 뜨고 효주를 그윽한 눈빛으로 바
라보았다.

"우리 딸이 한때는 뭐가 되려나, 걱정했는데 이렇게 유명한
감독님이 되고."

생전 처음으로 듣는 우리 딸, 이라는 말에 온몸에 오소소 소름
이 돋았다.

"거기다 사위는 우리나라 최고 스타고. 효령이에 이어서 너까
지 이렇게 잘됐으니 엄마가 아주 어깨가 으쓱하다 얘."

그제야 효주는 어머니가 이제 와서 부모 행세를 하려는 이유
를 깨달았다. 뒤늦게 잘못을 깨달은 것도, 없던 모성애가 갑자
기 솟아난 것도 아니다. 그저 또 다른 액세서리가 필요한 것뿐.

갑자기 효령이 불쌍해졌다. 그 애가 부모님에게 사랑받았던
것도 결국 이런 의미였나. 그래서 나와 달리 부모님에게 사랑받
는데도 별로 행복하지 않아 보였던 걸까.

"뭔가 잘못 생각하시는 것 같은데요."

결국 효주는 참지 못하고 입을 열었다.

"저 엄마랑 아빠한테 지환 씨 소개시킬 생각 없어요. 물론 허
락도 구하지 않을 거고요."

"뭐?"

"결혼식에 초대할 생각도 없었는데 갑자기 찾아와서 이러시는 거, 솔직히 당황스러워요."

어머니가 기가 막힌다는 듯이 목소리를 높였다.

"아니, 낳아주고 키워준 부모를 결혼식에 부르지도 않겠단 말이야?"

"네. 그러니까 돌아가주세요."

"너 지금 패륜아가 되겠다는 거니?"

패륜아라는 말에는 효주도 참을 수가 없었다.

"제가 패륜아면 자식을 팽개쳐둔 부모는 패륜 부모인가요?"

"뭐가 어쩌고 어째?"

기어이 어머니가 고함을 친 순간.

"효주 씨."

문득 들려온 목소리에 효주도, 어머니도 흠칫 놀라 돌아보았다. 지환이 효주의 사무실 안으로 들어서고 있었다.

"지환 씨!"

놀라서 부르는 효주를, 지환은 부드럽게 책망했다.

"아무리 화나도 어머니한테 그러는 거 아니에요."

"하지만……."

"그래도 부모님이잖아."

효주는 억울해서 가슴이 터질 것만 같았다. 부모님이 자신에게 어떻게 했는지 다 알면서 이 남자는 왜 이러는 걸까.

갑자기 나타난 지환이 편을 들어주자 어머니는 의기양양해졌다. 언제 그렇게 소리를 질렀느냐는 듯이, 한껏 반가운 미소를 지으며 알은체를 하는 것이었다.

"이게 얼마만이야, 서지환 씨. 아니 참, 이제 서 서방이라고 불러야지?"

"오랜만에 뵙습니다, 어머님."

지환이 정중하게 고개를 숙였다.

"진작 찾아뵙고 인사를 드리지 못해서 죄송합니다."

"아유, 바쁜 거 아는데 다 이해하지."

어머니는 별소리도 다 한다는 듯이 손사래를 쳤다.

"신경 쓸 거 하나도 없어. 이제 우리 효주랑 결혼하거든 자주 만나서 식사도 하고 그러면 되지 뭐. 안 그러니, 효주야?"

그러나 효주 대신에 지환이 대답했다.

"아뇨, 그럴 일은 없을 겁니다."

어머니의 얼굴에서 웃음이 가셨다.

"자네 지금 뭐라고 했나?"

"그동안 효주 낳아주시고 키워주셔서 정말 감사합니다, 하지만."

효주를 제 등 뒤에 숨기듯 하고 앞으로 나서며 지환은 딱 잘랐다.

"이제 효주 보호자는 접니다."

"뭐라고?"

"어머님을 뵈면 효주가 상처받습니다. 그러니 앞으로 효주 만날 생각은 말아주십시오."

"내 딸을 못 만나게 하겠다고? 아니 자네가 뭔데? 응?"

"외람된 말씀이지만."

지환은 전혀 목소리를 높이지도, 격앙되지도 않았다.

"효주한테 신장을 내놓으라고 강요하셨을 때부터 이미 부모는 아니었다고 생각합니다."

어디까지나 차분한 말투에서 깊은 분노가 느껴졌다.

"이제는 어머님 따님이 아니라 제 아내입니다. 그러니까 제가 지킬 겁니다."

"뭐야?"

어머니는 기가 막힌다는 듯이 주먹을 쥐어 가슴을 쳤다.

"효주 너 입이 있으면 말 좀 해봐. 응? 이게 지금 말이나 되는 소리야?"

어머니가 손을 뻗어 지환의 등 뒤에 있는 효주를 끌어내리려 했지만, 지환이 어림없다는 듯이 제 몸으로 가로막았다.

시야가 완전히 가로막혀 어머니의 모습조차 보이지 않았다. 제 앞에 단단히 버티고 선 남자의 넓은 등이, 마치 저를 지켜주는 든든한 장벽처럼 느껴졌다.

"앞으로 효주에게 하실 말씀이 있으시거든 저를 통해서 하십시오. 찾아오시더라도 저를 찾아오시고요."

"천륜을 끊어놓겠다고? 세상에 이런 법이 어디 있어!"

고래고래 소리를 지르는 어머니에게, 지환은 더 이상 대꾸하지 않았다. 대신에 살짝 열려 있는 문틈을 향해 말했다.

"모시고 나가요."

말이 떨어지자마자 건장한 남자들이 우르르 들어와서 어머니를 에워쌌다. 지환의 매니저들이었다.

"가시죠, 사모님."

"이거 놔! 이거 안 놔?"

버티던 어머니가 강제로 끌려 나가고 나자 사무실 안에는 고요가 찾아왔다.

허물어지듯 비틀거리는 효주를, 지환이 얼른 끌어안았다.

"괜찮아요?"

단단하고 넓은 품 안에 안겨 있자 그런 생각이 들었다. 아, 여기가 내 자리구나.

가족 안에서도 찾을 수 없었던 내 자리. 아주 멀리 돌고 돌아서, 이제야 겨우 내가 있어야 할 곳에 돌아온 것 같은 그런 느낌.

"더 꼭 안아줘요."

다정한 남자는 그 말대로 해주었다.

epilogue 03

결혼식은 기자들을 피해 교외에 있는 작은 야외 결혼식장에서 비밀리에 진행되었다.

최소한만 초대한다고 했는데도, 워낙 그동안 같이 작품 한 배우와 스태프들이 많다 보니 작은 결혼식장은 완전히 미어터질 지경이었다.

특히 지환 쪽의 하객들은 그야말로 별들의 잔치였다. TV에서만 보았던 스타들이 다가와서 축하 인사를 건네는 바람에 효주는 하마터면 정신이 달아날 뻔했다.

"우리 언니 잘 부탁해요, 형부."

그렇게 말하고 나서 효령은 지환의 귓가에 대고 뭐라고 속삭였다. 무슨 소리를 하는지 효주에게는 들리지 않았지만, 지환은 단단히 겁을 먹은 모양이었다.

고운 한복을 차려입은 할머니는 주름진 손 가득 밤과 대추를 집어 효주의 한복 자락에 던지며 눈물을 글썽이셨다.

"아들딸 마이 낳고 잘 살아야 한데이!"

신혼여행을 마치고 돌아와서 효주는 본격적으로 다음 작품 준비에 몰두했다.

"어? 이거 '나의 달' 이잖아?"

효주의 노트북을 어깨 너머로 보고 지환은 반가운 얼굴을 했다.

처음부터 지환이 뮤즈였던 시나리오. 그가 아닌 다른 배우는 생각할 수조차 없었기에 한때는 영원히 묻어두려고 했던 그 작품. 이제는 다시 세상의 빛을 보게 해주고 싶어서 다시 꺼내어 다듬고 있는 것이었다.

"왜, 하고 싶어?"

"당연하지. 이건 원래 내 거였는데 내가 아니면 누가 하겠어?"

손을 뻗어 스크롤을 아래로 내리며 지환은 싱글벙글했다.

"그때도 이거 꼭 하고 싶었다고."

효주는 조심스럽게 전부터 가슴속에 담아두었던 말을 꺼냈다.

"저기, 지환 씨. 이거 남자 주인공 투톱인 거 기억해?"

"당연하지. 왜, 누구 생각해둔 배우라도 있어?"

"서현우 씨랑 하면 좋겠어."

"뭐?"

예상했던 대로 지환은 펄쩍 뛰었다.

"죽으면 죽었지 그 자식이랑은 안 해."

효주는 차분하게 설득했다.

"현우 씨는 나름대로 지환 씨를 무척 생각하고 있어."

"그 밥맛없는 자식이 퍽이나."

역시나 그는 귓등으로도 들으려 하지 않았다.

"초등학교 졸업식 날, 현우 씨가 지환 씨 부탁 일부러 무시한 거 아니야."

지환이 흠칫하며 놀란 눈으로 효주를 바라보았다. 그걸 어떻게 알았느냐는 듯이.

"들어주고 싶었대. 그런데 현우 씨 부모님이……."

효주는 최대한 현우가 했던 말을 그대로 전했다. 두 사람의 오랜 앙금이 풀릴 수 있도록, 진심을 담아서.

하지만 얘기를 다 듣고 난 후 지환은 이렇게 말했다.

"그래도 그 자식이랑은 싫어."

실망감에 온몸에서 힘이 쭉 빠져나가는 순간 지환이 다시 말했다.

"뭐, 꼭 서현우를 쓰고 싶다면 방법이 없는 건 아닌데."

효주는 귀가 번쩍 띄어 물었다.

"뭔데?"

대답 대신에 지환은 효주를 번쩍 안아서 들어올렸다.

"어머!"

당황하는 효주를 침대에 데려가 눕히며, 지환이 귓가에 속삭였다.

"아기부터 가지면 한번 생각해보도록 하지."

첫날밤부터 계속 아기를 조르던 지환이었다. 효주 역시 낳고 싶은 마음은 있었지만, 일단 다음 작품까지는 끝내고 생각하자 싶어서 잠시 미루고 있는 중이었다.

"임신하면 작품은 어떻게 찍고?"

덮쳐 오는 입술을 피하며 말하자 지환이 진지한 얼굴을 했다.

"낳기만 낳아줘. 키우는 건 내가 할 테니까."

"사람들이 그런 말, 다 거짓말이라고 믿지 말랬는데."

"빨리 보고 싶어, 너 닮은 아이."

그가 어떤 마음인지 효주는 이해했다. 그녀 역시 다르지 않았으니까.

이 남자와 좀 더 깊은 사이로 이어지고 싶다. 평생토록, 아니 눈을 감은 후에조차도 영영 끊어지지 않을 인연으로.

에라, 어떻게든 되겠지.

효주는 눈을 감고 사랑하는 남자의 목에 팔을 감았다.

나란히 주연을 맡은 서지환, 서현우 형제는 경쟁하다시피 훌륭한 연기를 펼쳤다. 임신 중인 정효주 감독의 분투도 눈물겨웠다.

진통이 시작된 것은 촬영을 무사히 마치고 난 후 처음으로 공개 시사회를 갖는 날이었다. 감독으로서 한창 영화에 집중하고 있는 사람들을 방해하고 싶지 않았지만, 점점 심해지는 진통에 도저히 견딜 수가 없게 되었다.

"나, 아무래도 지금 병원에 가봐야 할 것 같아요."

식은땀을 흘리며 말하자 곁에 앉아 있던 지환과 현우가 벌떡 일어났다.

감독을 나란히 양쪽에서 부축하고 나가는 두 주연배우를, 관객들이 놀라서 쳐다보았다.

그렇게 영화 '나의 달'과 아기는 쌍둥이처럼 같은 날 나란히 세상에 태어났다.

많은 사람들에게 사랑받는 운명마저도, 꼭 닮은 채로.

— fin.

postscript

안녕하세요 독자 여러분, 박수정입니다.

오랜만에 단행본으로 찾아뵙습니다. 2016년 봄의 '플리즈 비 마인' 이후로 처음이네요.

이 작품, '돌아봐줘'를 쓰기 시작한 것이 작년 가을인데, 어쩌다 보니 세상에 내놓는 것은 꼬박 1년 후인 2018년 가을이 되었습니다. 내용상으로도 그렇고, 이래저래 가을과 인연이 있는 책인가 봅니다. 그래서 표지도 쓸쓸한 분위기가 물씬 나게 해보았는데, 여러분은 어떠셨나요?

남자주인공의 만행이 이어진다든가 하는 강렬한 느낌이 아닌, 잔잔하게 스며드는 듯한 느낌의 후회물이 된 것 같아서 개인적으로는 마음에 듭니다.

사실 이 작품을 쓰는 과정이 쉽지는 않았습니다. 데뷔 이후로 단연 가장 많이 고쳐 쓴 작품이었던 것 같습니다. 마침표를 찍는 순간 눈물이 왈칵 나올 정도였으니까요. 부족한 작가 손에서 많이 고생했던 아이들인 만큼, 부디 여러분께 많은 사랑을 받았으면 좋겠습니다.

참고로 작중 후반부에 지환과 효주가 함께 작업하는 영화 '일식'의 내용은 제 전작 '플리즈 비 마인'에서 빌려왔습니다. 제가 개인적으로 가장 좋아하는 작품이고, 또 같은 출판사의 작품이기도 하여 넣게 되었습니다.

연재를 거치지 않은 책이다 보니 여러분께서 어떻게 읽으셨을지 무척 궁금합니다. 괜찮으시다면 제 블로그에 들러서 감상을 들려주시면 무척 기쁘겠습니다.

이 작품을 믿고 오래 기다려주신 도서출판 가하 측에 진심으로 감사를 드립니다. 사실은 중간에 너무 힘들어서 포기할까 하는 생각도 했었는데, 편집팀의 무한 신뢰와 따뜻한 격려에 힘입어 무사히 끝내게 되었습니다.

영화 제작에 대해 많은 조언을 주신 한지혜 감독님께도 깊이 감사드립니다. 부디 앞날에 많은 행운이 있으시기를.

간단히 제 근황을 말씀드리면 최근에 네이버 웹소설에서 '신부가 필요해'라는 작품을 완결하였습니다. 올해는 웹소설 한

편, 단행본 한 편으로 성적이 나쁘지 않은데 어쩌다 보니 단행본
은 매년 내지 못하고 격년으로 나오게 되네요.

내년에도 또 다른 작품으로 여러분을 찾아뵐 수 있기를 기도
합니다.

2018년 가을,

박수정